ILANA CASOY
RAPHAEL MONTES

TOT IST SIE DEIN

THRILLER

Aus dem Portugiesischen
von Philipp Diepmans

FISCHER | SCHERZ

Aus Verantwortung für die Umwelt hat sich der S. Fischer Verlag zu einer nachhaltigen Buchproduktion verpflichtet. Der bewusste Umgang mit unseren Ressourcen, der Schutz unseres Klimas und der Natur gehören zu unseren obersten Unternehmenszielen.

Gemeinsam mit unseren Partnern und Lieferanten setzen wir uns für eine klimaneutrale Buchproduktion ein, die den Erwerb von Klimazertifikaten zur Kompensation des CO_2-Ausstoßes einschließt.

Weitere Informationen finden Sie unter: www.klimaneutralerverlag.de

Erschienen bei FISCHER Scherz

Die Originalausgabe erschien 2016 unter dem Titel »Bom dia, Verônica« bei DarkSide® Entretenimento LTDA., Rio de Janeiro.
© Andrea Killmore 2016
Die Veröffentlichung erfolgt durch die freundliche Vermittlung der Marianne Schönbach Literary Agency

Für die deutschsprachige Ausgabe:
© 2022 S. Fischer Verlag GmbH,
Hedderichstraße 114, D-60596 Frankfurt am Main

Lektorat: Susanne Kiesow
Illustrationen: Retina 78
Satz: Dörlemann Satz, Lemförde
Druck und Bindung: CPI books GmbH, Leck
Printed in Germany
ISBN 978-3-651-00118-3

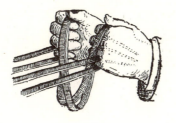

»Lass deine linke Hand nicht wissen,
was die rechte tut.«

Matthäus 6.3

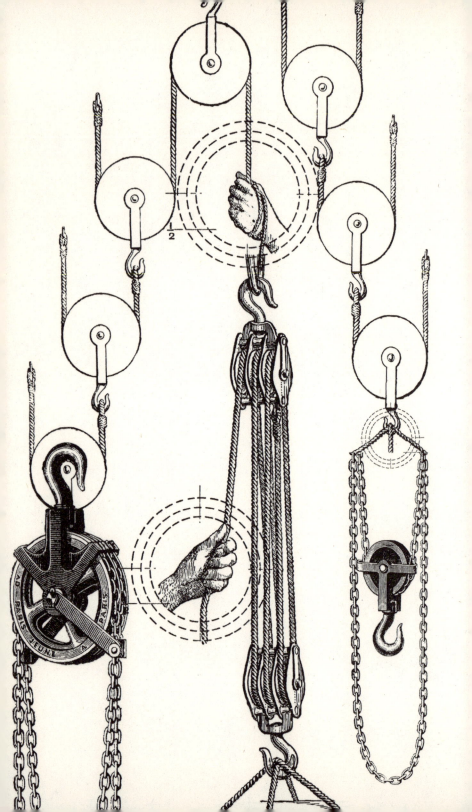

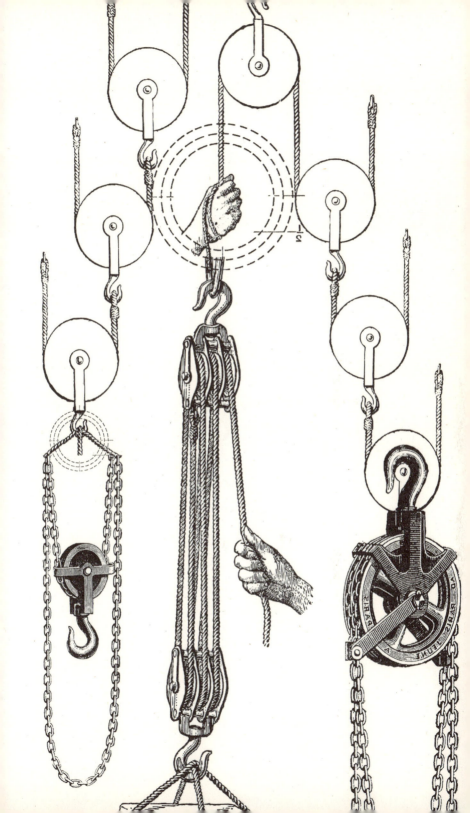

Prolog

Ich kann mit meinen Füßen den Boden nicht berühren, denkt er, während er in die Dunkelheit hinausschreit.

Er ist schon heiser. Er fleht seine Großmutter an, ihn zu befreien, aber die Schreie verstummen in der stinkenden Vogelkiste, die über seinem Kopf sitzt. Der starke Geruch, eine ekelerregende Mischung aus Holz und tierischem Kot, lässt ihn schwindeln – er hat das Gefühl, jeden Augenblick ohnmächtig zu werden.

Warum bestraft sie ihn? Er versteht das nicht. Er macht doch alles, was sie sagt, einschließlich der täglichen Reinigung der Kisten für die Volieren. Er reinigt das Holz und sogar die Schaumstoffverkleidung im Inneren der Kisten. Aber nichts, was er macht, ist ihr gut genug.

Seine Großmutter ist anspruchsvoll, sie nutzt die Kisten dazu, den Vögeln das Singen beizubringen. Sie lässt sie so lange darin sitzen, isoliert in der Dunkelheit, bis sie es von den Älteren gelernt haben.

Wieder kam er ohne seine Mutter vom Busbahnhof nach Hause. Seit diese Verräterin nach São Paulo gefahren ist, mit dem Versprechen, bald zu ihm zurückzukehren, lässt ihn seine Großmutter Tag für Tag dort auf sie warten. Auf einer Plastikbank zwischen anderen Menschen eingezwängt, sieht er Reisende in Bussen ankommen und abfahren, Menschen, die in das riesige Reich zwischen dem Rio de la Plata und dem Amazonas aufbrechen. Er ist gerade einmal acht Jahre alt, aber sie schickt ihn jeden Tag allein dorthin. In jedem Gesicht sucht er nach der Frau, an die er sich nur dank eines einzigen Fotos erinnern kann: seine Mutter. Er erinnert sich an ihre dunkle Haut, die dunklen Haare, die leuchtend grünen Augen und die schmalen, sinnlichen Lippen. Und an den Leberfleck am Kinn. Bei jeder Frau schaut er zuerst auf das Kinn, und jedes Mal, wenn er dort nicht findet, was er sucht, spürt er die Wut, die in ihm aufsteigt. Er weiß, was als Nächstes kommt.

Mit Seilen hängt ihn seine Großmutter an die Haken unter der Kellerdecke. Um die Strafe für ihn noch schlimmer zu machen, setzt sie ihm eine Kiste auf den Kopf, damit er nachdenken, grübeln kann. Die Vögel in den anderen Kisten leisten ihm Gesellschaft, sie sind seine Partner, mit denen er Strafe und Angst teilt. Stunden verbringt er dort oben, hängt unter der Decke, als könne er fliegen. Nach und nach keimt in ihm ein Gefühl des Widerstands auf. Er hasst seine Mutter und stellt sich immer wieder vor, wie sie auf unterschiedliche Weise ums Leben kommt. Er weiß, dass es nicht die Schuld seiner Großmutter ist –, die arme alte Frau, sie liebt ihn, sie ist der einzige Mensch auf der Welt, der für ihn da ist. Des Schreiens müde, pfeift er neben den Vögeln ein trauriges Lied, und erst, wenn er die Töne perfekt trifft, nimmt ihm seine Großmutter die Kiste vom Kopf.

Ich kann mit meinen Füßen den Boden nicht berühren, denkt er erneut. Aber diesmal kann er aus irgendeinem Grund nicht mehr pfeifen. Er presst seine Lippen zusammen, es gelingt ihm, einzelne Töne hervorzubringen, aber sie klingen nicht, wie sie sich sonst anhören. Sein Unvermögen treibt ihn nur noch weiter in die Verzweiflung. Seine Haut beginnt, an den

Händen zu reißen, seine Lungen betteln um Luft. Nachdem er krampfhaft versucht hat zu pfeifen, hat er nun den Geschmack von Blut im Mund. Er weiß nicht genau, wann sie das erste Mal zugepickt haben. Oder das zweite, das dritte Mal. Es ist, als hätten ihn sämtliche Vögel gleichzeitig angegriffen, ihre kleinen Schnäbel in seinen Körper geschlagen, in seine Brust und seine Oberschenkel. Vor Schmerz macht er sich in die Hose, aber seine Großmutter kommt nicht.

Die Vögel machen immer weiter, in ihrer Wut angetrieben durch sein unvollkommenes Pfeifen. Ihre spitzen Schnäbel sind scharf und stoßen auf keinen Widerstand. Sie durchdringen seine Haut, picken an seinem Fleisch. Die kleinen Vögel beginnen, ihn in der Kiste hängend bei lebendigem Leib aufzufressen.

Keuchend wacht Brandão in schweißgetränkten Laken auf. Das Fieber ergreift seinen ganzen Körper. Mit rauen Händen streicht er sich über die Brust, dann über Arme und Beine, um sicherzugehen, dass es nur ein Traum war. Er setzt sich auf, erholt sich allmählich von dem Schreck und blickt in den Spiegel: Das Kind ist jetzt ein Mann. Ein gebrochener Mann, auf dem Boden zerschellt in kleine Stücke.

Vor dem Fenster geht die Sonne unter. Mit zittrigen Beinen steht er auf, reibt sich die Augen. Ohne zu duschen oder etwas zu essen, zieht er seine Uniform an und setzt sich in den Corsa. Er fährt, achtet dabei nicht auf den Verkehr, die anderen Fahrer hupen, fluchen, beinahe stößt er mit einem anderen Auto zusammen. Er bremst erst, als er am Busbahnhof Tietê ankommt. Als er aus dem Auto steigt, schwankt er wie ein Betrunkener, obwohl er nicht einen Tropfen angerührt hat.

Auf der Tafel mit den Ankünften findet er einen Bus, der aus dem Norden kommt und gerade in den Busbahnhof einfährt. Mit schnellen Schritten geht er zum richtigen Bussteig, verschränkt seine Arme, wischt sich den Schweiß aus dem Gesicht und mustert die Frauen, die aus dem Bus steigen. Er wartet zehn Minuten. Zwanzig Minuten. Freunde begrüßen sich, Familienangehörige fallen sich um den Hals, der Bus fährt davon, der nächste kommt an, diesmal aus dem Süden. Wo ist Janete?

»Janeteeeeee!«, ruft er.

Passagiere mit ihren Koffern in den Händen schauen ihn irritiert an. Was gucken sie so?

Er dreht sich um und rennt zwischen den wartenden Bussen hindurch. Immer wieder ruft er den Namen seiner Frau. Er schlägt auf den Informationsschalter, rempelt junge Frauen an, tritt wütend einen Mülleimer um. Wo ist sie?

Ein Mitarbeiter des Sicherheitsdiensts nähert sich ihm, hält ihn am Arm fest und redet auf ihn ein. Brandão hört gar nicht, was der Mann sagt. Noch bevor er seinen Satz beenden kann, hat er ihm seine Faust ins Gesicht gerammt und ist weitergelaufen. Immer mehr Männer laufen hinter ihm her, er taucht in der Menschentraube unter, die sich in Richtung U-Bahnhof bewegt, und versteckt sich dann hinter einem schmutzigen, orangefarbenen Müllcontainer.

Dort, an die Wand gelehnt, während lediglich Beine an seinen Augen vorbeiziehen, lichtet sich der Nebel in seinem Kopf und nimmt die Erkenntnis der realen Ereignisse Gestalt an. Was hat er getan? Er sieht, wie Janetes Haar Feuer fängt, er hört ihre Schreie, die aus ihrem brennenden Körper dringen, und erinnert sich, wie ihm der Anblick gefallen hat: Ihre Arme werden von der Hitze verschlungen, bis sie nur noch Kohle sind. Wie konnte er nur so dumm sein? Er hat die Kontrolle über sich selbst verloren.

Janete hat ihn verraten, denn sie hat ihm genommen, was

ihm am wertvollsten war. Er hatte keine andere Wahl gehabt. Sie hat verdient, was sie bekommen hat, aber er nicht. Seine Bestimmung war es, sich um seine Großmutter zu kümmern, bis sie hundert Jahre alt war. Er sollte die verlogenen Frauen bestrafen, die ihre Familien zurücklassen und an diesem dreckigen Busbahnhof die Stufen heruntersteigen. Wer wird sie jetzt ansprechen und zum Mitgehen überreden? Wer wird sich jetzt den Sarg mit ihm teilen, den er heimlich im Keller für sie beide gebaut hat? Brandão fährt sich mit der Hand über die Glatze, ein junger schwarzer Mann kommt auf ihn zu und fragt, ob alles in Ordnung sei. Nichts ist in Ordnung, siehst du das nicht? Meine Großmutter ist tot, Janete ist tot. Sonst gibt es niemanden mehr.

»Warum hat sie mir das angetan?«, fragt er den jungen Mann.

Am liebsten hätte er ihm seine Faust ins Gesicht gerammt, wie er es bei dem Wachmann getan hat, aber der Mann versteht ihn und lässt ihn allein. Janete war die perfekte Ehefrau gewesen, sie hatte alles für ihn getan, ihn respektiert und seine Vorlieben mit ihm geteilt. Warum hatte sie sich in letzter Zeit so verändert?

Die Erklärung traf ihn wie ein Schlag: Das war nicht sie, nicht allein. Jemand musste ihr das Gift besorgt haben, jemand musste sie ermutigt und angestachelt haben. Er schüttelt den Kopf und hält Ausschau nach den Männern vom Sicherheitsdienst. Als er niemanden sieht, steht er langsam auf, geht zu seinem Auto und fährt heim.

Entschlossen durchsucht er das ganze Haus, der Hass wütet in ihm. Er muss die Quelle des Verrats finden. Auch ohne eine Spur glaubt er, die Antwort bereits zu kennen. Er durchsucht die beiden Nachttische, den Küchenschrank, den Kleiderschrank im Schlafzimmer. Er schaut unter das Bett und sieht dort ihren schwarzen Regenschirm. Hatten sie nicht wegen des Schirms aus der Wäscherei angerufen? Er geht zum Telefon, öffnet die Liste mit den eingegangenen Anrufen und ruft die Nummer zurück.

»Polizeirevier São Paulo, guten Abend.«

Eine Frauenstimme. Intuitiv verstellt er seine Stimme: »Bitte, mit wem spreche ich?«

»Verônica Torres, wie kann ich Ihnen helfen?«

Brandão legt auf, als wäre die Verbindung abgebrochen. *Und wie du mir geholfen hast, Süße.* Er gibt »Verônica Torres« und »Polizeirevier São Paulo« bei Google ein und hat schon bald alle Informationen, die er benötigt. Er notiert sie auf einem Blatt Papier und erledigt ein paar Telefonate. Dann kontrolliert er seine Munition und verlässt das Haus.

Er hat nur einen einzigen Gedanken. Bevor er sie tötet, wird er sie bestrafen, wie er es bisher noch mit keinem Menschen getan hat.

1

Das war der erste Tag vom Ende meines Lebens.

Natürlich wusste ich davon noch nichts, als ich am Morgen meine Augen aufschlug und sofort sah, dass ich zu spät war. Schon in der vergangenen Woche hatte ich mir wegen ein paar Minuten, die ich länger geschlafen hatte, einen ordentlichen Rüffel von meinem Chef geholt – in seiner Welt war es vollkommen undenkbar, dass noch jemand nach ihm im Büro erschien. Da ich nicht in der Stimmung war, mir das Gemecker des Alten schon wieder anzuhören, schlüpfte ich schnell in eines meiner schwarzen Kleider, zog mir meine Armreifen an (ohne die ich nie aus dem Haus gehe), warf mir meine zentnerschwere Tasche über die Schulter und knallte die Tür hinter mir zu, ohne auch nur einen Kaffee getrunken zu haben.

Obwohl es nur wenige Kilometer bis zum Polizeipräsidium von São Paulo waren, machte der Verkehr alle meine Versuche, pünktlich zu sein, zunichte. Ich traf eine Dreiviertelstunde zu spät im Kommissariat ein und stolperte beinahe noch über meine hohen Absätze.

»Guten Morgen, Verônica«, rief mir jemand vom Empfang aus zu. Ich reagierte lediglich mit einer einstudierten Geste. Ich bin niemand, der morgens gerne redet. Ich lächelte andeutungsweise, gerade genug, damit hinter meinem Rücken niemand behaupten konnte, ich wäre unfreundlich gewesen. Während der Aufzug in den elften Stock hinauffuhr, hörte ich ein tiefes Knurren in meinem Magen und zählte die Menge an Kalorien, die ich heute zu mir nehmen durfte. Es waren nicht viele. Wenn ich ehrlich bin, waren es wenige, sehr wenige. Glauben Sie mir, es ist nicht leicht, eine achtunddreißigjährige Frau mit ein paar Pfund zu viel zu sein. Und als würde das nicht reichen, war es montags meistens am schlimmsten, wenn ich mir selbst die Schuld dafür gab, am Wochenende alle Erfolge zunichtegemacht zu haben.

Ich schleuderte die Tasche auf meinen Schreibtisch und schaute zum Büro des Chefs hinüber. Der Alte war schon da, aber die Tür zu seinem Büro war geschlossen, und die Vorhänge waren zugezogen. Die Nachricht war eindeutig: »Nicht stören!« Carvana machte die Regeln, ich hatte sie zu befolgen. Er genoss das bisschen Macht, mich herumzukommandieren, ich genoss meine wahre Macht, ihn im Stillen zu manipulieren, ohne dass er es jemals bemerken würde.

Nach einigen Jahren im Dienst des Sekretariats der Zivilpolizei des Bundesstaats São Paulo lernt man es zu schätzen, unsichtbar zu sein. Niemand achtet auf einen. Man ist zu unwichtig. Alle Mitarbeiter eilen zu ihren Schreibtischen, schieben ihre eigenen Sorgen und Probleme vor sich her, leihen sich hier einen Locher, fragen da, was es Neues gibt oder wie es einem geht, ohne eine andere Antwort als »Alles super!« zu erwarten. Sie kommentieren das Spiel vom Wochenende, aber niemand von ihnen – passen Sie gut auf, was ich sage –, *niemand* von ihnen achtet wirklich auf mich. Ich bin unsichtbar.

»Guten Morgen, Verônica«, sagte irgendjemand im Vorbeigehen.

Ich machte mir nicht einmal die Mühe zu antworten. Ich war viel zu sehr damit beschäftigt, zum Kühlschrank auf dem

Flur zu gehen. Ich wusste, dass in der Tür zwei Puddingteilchen warteten, die von irgendeiner Geburtstagsfeier übrig geblieben waren. Ich schaute sie sehnsüchtig an und entschied mich dann seufzend für eine kalorienreduzierte Götterspeise. Zurück am Schreibtisch lutschte ich frustriert auf der wabbeligen, nach Erdbeere schmeckenden Masse herum und erwartete, dass diese Woche mit den Bergen an Anfragen und Formularen, die sich vor mir türmten, genauso frustrierend verlaufen würde wie immer. Ich überlegte, meine WhatsApp-Nachrichten durchzugehen, brauchte aber so lange, bis ich mein Handy gefunden hatte, dass ich beschloss, zunächst das Chaos in meiner Handtasche zu beseitigen.

Mein Mann machte immer Scherze darüber, dass ich mein ganzes Leben in dieser Handtasche mit mir herumtragen würde. Ich könnte die Tasche austauschen, aber nicht das Durcheinander darin. All meine Träume, meine Ängste und meine Eitelkeiten waren darin verstaut, verborgen unter einem Reißverschluss. Ich mochte dieses Bild, und mir kam der Gedanke, dass er vielleicht recht damit hatte. Das Gewicht der Tasche bestätigte, dass es wirklich nicht leicht war, sein ganzes Leben auf einer Schulter zu tragen. Man konnte sogar auf den Gedanken kommen, dass ich eine Leiche mit mir herumtrage.

Ich breitete den Inhalt der Tasche auf meinem Schreibtisch aus, legte sie, leer wie sie jetzt war, auf meinen Schoß und begann mit dem Aufräumen.

»Guten Morgen, Verônica«, sagte das Mädchen, das mir jeden Tag Kaffee anbot. Ich wusste nicht, wie sie hieß, und war mir sicher, dass sie meinen Namen auch nur wegen des Schilds auf meinem Schreibtisch kannte. Sie war wie ich eine Unsichtbare.

Ich hob den Kopf, lächelte sie an und machte mich dann wieder an meine Arbeit. Ein Haufen Kreditkartenabrechnungen: Müll. Werbebroschüren: Müll. Leere Bonbon- und Kaugummipapiere: Müll. Ich fand einen roten Lippenstift, den ich seit Tagen gesucht hatte, und sortierte die Geldscheine, achtete darauf, dass das Gesicht auf ihnen immer in die gleiche Richtung schaute, und machte einen kleinen Haufen mit den für mich wichtigen Dingen.

Ich weiß nicht, wie lange es dauerte, für Ordnung zu sorgen. Ich glaube, es waren nur ein paar Minuten, es ist aber durchaus möglich, dass es eine halbe Stunde war. Ich weiß nur, dass sich plötzlich die Tür zum Büro von Carvana öffnete und eine magere, in Tränen aufgelöste Frau heraustrat. Ich erinnere mich, dass ich Carvana einen fragenden Blick zuwarf. Er wedelte mit der Hand und gab mir damit zu verstehen: »Kümmere du dich darum!« Wie immer. Der Alte war ein gefühlloser Mistkerl. Das und nichts anderes.

Die Frau zog sich in eine Ecke in der Nähe der Kaffeemaschine zurück, die kurz davorstand, den Geist aufzugeben. Auch die Frau sah so aus, als würde sie kurz davorstehen, den Geist aufzugeben. Sie zitterte am ganzen Körper und hielt den Kopf gesenkt. Als ich näher kam, hob sie den Kopf, und ich konnte mir ihr Gesicht genauer anschauen. Ich sah nichts anderes als ihren schrecklich zugerichteten Mund. Ihre Lippen waren geschwollen, dunkelrot, mit eitrigen Pusteln übersät. Nach einiger Zeit gelang es mir, die Aufmerksamkeit von ihrem Mund abzuwenden und der Frau in die Augen zu sehen. Ich schaute den Menschen gerne in die Augen.

Später erfuhr ich, dass ihr Name Marta Campos war. Noch etwas später wusste ich alles über sie. Mehr, als ich mir hätte vorstellen können. Doch in diesem Moment wusste ich gar nichts, und dennoch spürte ich Mitleid mit dieser Frau mit dem widerlichen, von eitrigen Pickeln überzogenen Mund. Heute verstehe ich, warum. Für Marta war ich nicht unsichtbar. An diesem Montag, an dem das Ende meines Lebens begann, war sie der erste Mensch, der mir wirklich »Guten Morgen« wünschte. Sie sagte es mit ihren Augen, als sie mich ansah, als würde sie in einen Spiegel schauen.

Ich versuchte, Marta zu beruhigen, sagte ihr, dass alles gut werden würde. Ich ging schnell zum Kühlschrank, um ihr ein Glas Wasser zu holen. Als ich zurückkam, war es schon zu spät. Vielleicht war ich zu langsam gewesen, vielleicht hätte ich besser auf sie achtgeben müssen, aber irgendetwas sagte mir, dass ich alles richtig gemacht hatte. Jetzt stand ich dort und hielt mich an dem Glas in meiner Hand fest, respektierte ihren Wunsch, Martas Schicksal.

Wenige Meter von mir entfernt nahm sie ihre Brille ab und legte sie auf das Fensterbrett aus Marmor. Bevor Sie auf die Kante stieg, schaute sie mir ein letztes Mal in die Augen.

»Jetzt wird er mich lieben können«, sagte sie und seufzte dabei schwer.

Dann breitete Marta ihre Arme aus und warf ihren Körper nach hinten. Ich lief los. Ich schwöre, dass ich loslief. Ich erreichte das Fenster, aber nur noch rechtzeitig, um zu sehen, wie sie nach ihrem Fall aus dem elften Stockwerk auf dem Boden aufschlug.

Sie hatte tatsächlich endgültig ihren Geist aufgegeben.

2

»Ich hoffe, du hast gute Neuigkeiten, Verô!«, sagte Carvana, sobald ich sein Zimmer betrat.

Vor den Fenstern war es bereits dunkel geworden, und ich fühlte mich erschöpft, verschwitzt, meine Kleider kniffen, meine Haare klebten mir in der Stirn. Das Betreten von Carvanas Büro war jedes Mal wie das Betreten eines Schlachtfelds, und er war bereits kampfbereit. Ein Glas Whisky in der Hand, die Füße auf dem Schreibtisch, direkt neben dem kleinen Schild, auf dem zu lesen war »Polizeichef Dr. Wilson Carvana«.

Ich versuchte, seine wie üblich fehlende Sensibilität zu ignorieren. Ich kannte das schon seit Jahren, die Haltung von einem, dem alles scheißegal ist, und eigentlich hätte ich mich längst daran gewöhnen müssen. Aber das war nicht irgendein Nachmittag: Eine Frau war in den Tod gesprungen, nachdem sie mehr als eine Stunde in seinem Zimmer verbracht hatte, und alles, was der Alte von mir hören wollte, waren gute Neuigkeiten. »Die Leiche ist gerade abtransportiert worden. Ich habe mich um alles gekümmert, Doc.«

»Endlich!« Carvana lächelte sein Lächeln der gelben Zähne und drehte sich in meine Richtung. »Hast du die Fotos für mich gemacht?«

Ich bejahte seine Frage und übergab ihm den Papierkram.

Auf der ersten Seite ein Foto von Marta Campos' leblosem Gesicht, ihr eitriger, ausgefranster Mund. Er betrachtete die Fotos, während das Telefon wie wild schrillte, und schleuderte sie dann mit einem angewiderten Ausdruck auf seinen Tisch.

»Verdammt, ist das eklig! Kann dieses Scheißtelefon nicht einmal still sein? Die Pressegeier feiern unten schon ihren Leichenschmaus. Sind noch viele von ihnen da?«

Ich reckte meinen Hals und spürte sofort das aufkommende Schwindelgefühl beim Blick aus dem Fenster in die Tiefe. In der Lobby hatten sich zahlreiche Reporter und Sensationsgierige versammelt, auch wenn die Leiche längst nicht mehr hier war.

»Immer mit der Ruhe, Doc, es war Selbstmord. Die Presse weiß, dass sie darüber nicht schreiben darf«, sagte ich und versuchte, die Sache herunterzuspielen.

»Einen Scheiß weiß sie! Diese Geier wollen Aas. Und wir haben hier einen prall gefüllten Teller. Es wird nicht mehr lange dauern, bis mich die Interne auseinandernehmen wird. Und das kurz vor meiner Pensionierung. Was habe ich getan, um das zu verdienen?«

Dich wie ein Riesenrindvieh verhalten, wie immer, schoss es mir in den Sinn. Aber ich musste gar nichts sagen, Carvana wollte sich nur selbst reden hören. Er war ein vom System geförderter Egomane.

Und jetzt war er am Arsch, gerade wo er sich auf der Zielgeraden befand. Ohne zu fragen, schenkte er mir ein Glas Whisky ein, prostete mir zu, verzweifelt bemüht, unser Bündnis zu erneuern. Ich hätte ihm am liebsten das Glas ins Gesicht geschleudert.

»Wir müssen unsere Versionen abstimmen«, sagte Carvana, während er sich eine Zigarre anzündete. »Wir werden der Internen sagen, dass diese Marta vollkommen durchgeknallt war, dass sie nichts gesagt hat. Schau dir nur dieses Gesicht an, ihr Mund ist so unfassbar widerlich. Sie war verrückt, das reicht völlig aus. Wir müssen die Sache schnell abschließen. Kümmere dich darum, Verô!«

»Kümmere dich!« war Carvanas Lieblingssatz, den er voller Stolz und unangenehmer Überlegenheit immer und immer wiederholte. In letzter Zeit hatte er sich mehr und mehr aus den Ermittlungen zurückgezogen. Er hatte den Willen verloren, die Wahrheit zu suchen, und dachte nur noch daran, wie er in Mato Grosso angeln gehen würde, sobald er im Ruhestand war, weit weg von der Fuchtel seiner Frau.

Ich musste so tun, als würde ich mitmachen. Mit einem geschmeichelten Ego würde er aufhören, mich als Boxsack zu benutzen, und seinen Mund öffnen, ohne es überhaupt zu merken. Er mochte es, Doc genannt zu werden. Der alte Trottel fühlte sich eh schon wie eine Figur aus CSI Miami, alles, was ihm fehlte, war die dunkle Sonnenbrille.

»Alles klar, Doc. Lass mich nur machen. Aber verrate mir noch, was die Frau bei dir wollte. Sie war ganz schön lange in deinem Büro, und du hast nicht einmal angerufen, damit ich Protokoll schreibe. Das macht mich neugierig.«

»Verô. Ich möchte nicht darüber reden ...«

Ich streckte meine Hand nach Carvana aus, um einen Zug von seiner Zigarre zu nehmen. Er wusste, dass ich nicht rauche, aber es war wichtig, dass er mich als Komplizin betrachtete, die denselben Rauch und dieselben Sorgen mit ihm teilte. Ich hob die Augenbrauen und machte deutlich, dass mich seine Abfuhr nicht zufriedenstellen würde.

»Verdammt, Doc, Marta hat sich direkt vor meinen Augen in den Tod gestürzt. Verrate mir, was ihr so Sorgen bereitet hat! Ich muss es verstehen, damit ich dir helfen kann. Sie kam weinend aus deinem Büro.«

»Frauen weinen doch immer«, erwiderte er und räkelte sich in seinem Stuhl. Er blies seinen Mundgeruch direkt in meine Richtung. »Diese Marta wollte Anzeige erstatten. Sie war eine von diesen Frauen, die immer noch keinen abbekommen haben, einsam, verletzlich, hilfsbedürftig. Dann hat sie sich mit so einem Penner auf einer dieser Online-Partnerbörsen eingelassen. Sie dachte, sie hätte ihren Mann fürs Leben gefunden. Der Typ tischte ihr eine Lüge nach der anderen auf, lieh sich Geld von ihr, mit dem Versprechen, es bald zurückzuzahlen, und im Laufe der Zeit hatte er sie komplett ausgenommen. Ich frage dich: Was geht mich das an? Hat sie jemand gezwungen, sich dem Typen an den Hals zu werfen? Nein. Sie hat sich ihm zu Füßen geworfen, weil sie eine Idiotin war, die förmlich dafür bezahlt hat, dass sie jemand ›Liebling‹ nennt. Und dann rennt sie zur Polizei, um Anzeige zu erstatten und mir ans Bein zu pinkeln?«

Ich war jeden Tag aufs Neue überrascht davon, was für ein Arschloch Carvana war. Ich überspielte meine Entrüstung und nahm den Faden wieder auf: »Und was hatte sie an ihrem Mund?«

»Sie hat gesagt, dass sie das von diesem Typen hatte. Wahrscheinlich war es einfach nur Herpes.«

»Die beiden haben sich also tatsächlich getroffen?«

»Scheint so. Anscheinend aber nur einmal. Nachdem sie monatelang gechattet haben, hat der Typ ein Date vorgeschlagen, und sie haben sich zum Abendessen verabredet. Er hat sie nach Strich und Faden verarscht, sie hat ihm noch mehr Geld gegeben oder was auch immer, und – puff! – hat er sich in Luft aufgelöst. Dann hat sich zu allem Überfluss noch ihr Mund entzündet! Sie wollte, dass ich diesen Typen finde. Ich habe ihr gesagt, dass er schon längst über alle Berge sei und sie ihre Wunde versorgen und die Sache auf sich beruhen lassen solle.

Wenn überhaupt, könnten wir eine Anzeige wegen Diebstahls und Betrugs aufnehmen. Ich war ganz ruhig und freundlich zu ihr. Du kennst mich, Verô, ich bin ein guter Kerl. Ich sagte ihr, dass ich verstehen kann, was sie durchgemacht hat und so. Ich war *fucking charming* zu ihr, und was ist ihr Dank?«

»Die Frau war absolut verzweifelt, Doc.«

»Sie war verrückt, ich sag es dir. Auf einmal taucht ein Prinz auf, sagt ihr alles, was sie hören will, und bittet sie um etwas Geld. Was glaubt sie denn? Dass der Typ sich in das Foto auf der Webseite verliebt hat? In ihre Chatbeiträge? Das ist ein Fall für den Psychiater, nicht für die Polizei. Verô, diese Frauen brauchen eine Therapie. Und jemanden, der sie richtig durchvögelt, damit sie wieder runterkommen.«

Ich rang mir ein Lächeln ab und stimmte ihm zu. So ein Macho. Ich wusste, wie schwer es für jede Frau war, ein Polizeirevier zu betreten, ihre Scham zu überwinden und Anzeige zu erstatten, um zuzugeben, wie dumm sie gewesen war, auf einen solchen Lügner hereinzufallen, der ihr über das Internet seine Liebe gestanden hatte. Alles, woran ich denken konnte, war, wie Marta sich gefühlt haben muss, als sie von Carvana empfangen wurde, sein abfälliger Ton in der Stimme, seine Verachtung für den Schmerz, den sie empfand. Ich konnte gut nachvollziehen, warum das arme Ding aus dem Fenster gesprungen ist.

Jetzt wird er mich lieben können, hatte sie gesagt und mich mit einem letzten verzweifelten Blick angeschaut, der nach Gerechtigkeit rief. Mich erfüllt es jedes Mal mit Zufriedenheit, wenn ich für Gerechtigkeit sorgen kann. Deswegen habe ich mich vor Jahren für die Polizei entschieden. Ich wurde Aushilfe als Protokollantin, und nach einigem Durcheinander bekam ich den Job als Assistentin. Aber das ist eine andere Geschichte.

Ich schob meinen Körper weit nach vorne und stützte mich auf der Stuhllehne ab, wohlwissend, dass der nächste Schritt mit einem hohen Risiko verbunden war.

»Doc, darf ich in dieser Sache ermitteln?«

Er verdrehte die Augen, erstickte fast am Rauch seiner Zigarre, und bevor er irgendetwas sagen konnte, fuhr ich fort: »Ich stimme dir zu, dass die Frau verrückt war, aber wir haben sogar eine eigene Abteilung, die sich genau auf solche Fälle spezialisiert hat. Wir können das nicht einfach ignorieren, zumindest nicht den Teil mit dem Geld. Hast du die Unterhaltung mit Marta auf deinem Computer gespeichert? Kann ich da mal einen Blick drauf werfen? Du weißt, dass ich dir helfen kann, den Kerl zu schnappen, ohne dass irgendwo mein Name auftaucht ...«

Ich war zum Angriff übergegangen. Carvana war nicht darauf vorbereitet gewesen. Ich hatte ihn überrumpelt. Er zog eine Grimasse, stieß einen Pfiff aus und ließ mich wieder einmal wissen, dass er es war, der mich in der Hand hatte.

»Verô, du lernst es wirklich nicht! Mit einem Selbstmordversuch in deiner Akte wirst du nie an einem richtigen Fall arbeiten können! Wie glaubwürdig wärst du? Gar nicht! Sekretärin ist noch das Beste, was ich für dich tun konnte, um dich bei mir zu behalten. Das habe ich nicht für dich getan, sondern einzig und allein für meinen Freund Júlio! Aber damit muss auch gut sein. Kein Einsatz auf der Straße, keine Ermittlungen. Kümmer dich einfach darum, dass der Fall zu den Akten gelegt wird! Wenn die Leiche abkühlt, kühlen auch die Gemüter der Journalisten wieder ab!«

Jetzt schenkte er mir auch noch dieses süffisante, bösartige Grinsen. Aber so ist das Leben halt: Man macht hundert Dinge richtig, aber diese Idioten halten einem den einzigen Fehler, den man gemacht hat, immer und immer wieder vor. Es ist so unglaublich ungerecht! Diese Ungerechtigkeit traf mich tief in meinem Innersten. Ich spürte den Schmerz in meiner Brust. Eine Woge der Beklommenheit, die ich nur allzu gut kannte.

Ich wollte weiterargumentieren, aber das Klingeln des Telefons hinderte mich daran. Der Polizeipräsident. Es tat mir gut zu sehen, wie der Alte beim Anruf seines Vorgesetzten förmlich schrumpfte. Er lief eifrig von einer Seite seines Büros zur anderen, räusperte sich, während er seinem Chef berichtete.

»Natürlich nicht, Chef ... Wie kommen Sie darauf? Ich habe alles unter Kontrolle ... Sie müssen sich keine Sorgen machen. Nein ... Es ist nichts in den Akten. Ich war auch fassungslos. Wir haben der armen Frau jede Unterstützung angeboten, Chef. Ich weiß, dass im Fernsehen darüber berichtet wird ... Das Mädchen war leider nicht ganz bei Verstand. Ja, ich weiß, Chef. Ja ... Ja ... Ja ... Nein. Natürlich nicht. Ich komme.«

Er legte auf, er war geschlagen. Mit einem Gesicht, aus dem seine Bitte um Hilfe für jeden zu erkennen war, sah er mich an. »Der Polizeipräsident sitzt mir im Nacken. Ich muss ein bisschen Politik machen, Verô. Bringst du den Fall für mich zu den Akten?«

»Ja.«

»Und versprich mir, dass du die ganze Geschichte ruhen lässt.«

»Ich verspreche es.«

Ich lächelte, als der Alte gegangen war. Innerlich und äußerlich. Ich nahm meinen USB-Stick aus der Tasche, steckte ihn in seinen Computer und zog das Backup des Tages. Ohne Zeit zu verschwenden, ging ich danach in die Asservatenkammer. Das Kommissariat war nahezu menschenleer, niemand würde mich vermissen, wenn ich nicht an meinem Schreibtisch saß. Vorsichtig öffnete ich den Karton mit der Handtasche von Marta Campos, der dort in einem Regal wartete. Ich machte mir nicht einmal die Mühe, Handschuhe überzustreifen. Meine Fingerabdrücke würden bei einer Untersuchung nicht berücksichtigt werden, da ich hier im Gebäude arbeitete. Ich bezweifelte, dass jemand etwas merken würde. In Brasilien wird ohnehin nie irgendetwas kontrolliert. Bei einem Selbstmord einer Frau ohnehin nicht ... Akte zu. Fall gelöst.

Sorgfältig kontrollierte ich den Inhalt der Tasche und fotografierte alles mit meinem Handy. Zum Glück war Marta Campos viel besser organisiert als ich. In ihrer Tasche fand ich sogar ein weiteres Täschchen, alles war sorgfältig an seinem richtigen Platz verstaut. Ich fand eine Heilsalbe (zweifellos wegen der schrecklichen Wunde an ihren Lippen), Autoschlüssel und ein kleines Notizbuch von Moleskine. Ich blätterte die Seiten durch, sah, dass einige Notizen mit einem Textmarker hervorgehoben waren. Intuitiv steckte ich das Büchlein in meine Handtasche. Niemand würde es vermissen. Außerdem fand ich in einem kleinen Etui einen weiteren Schlüssel, wahrscheinlich ihr Haustürschlüssel. Ein paar Hygieneartikel, eine Zahnbürste, Zahnpasta, Zahnseide.

Ich ging einige der Kreditkartenbelege durch, konnte aber nichts finden, was mir auf Anhieb ins Auge gefallen wäre. Dann widmete ich mich ihrem Handy. Heutzutage war darin das ganze Leben eines Menschen enthalten. Zum Glück für mich hatte Marta sich nicht einmal die Mühe gemacht, ihr Telefon mit einem Passwort zu sichern.

Ein kurzer Blick in ihre E-Mails, und schon fand ich, was ich gesucht hatte: eine elektronische Quittung des Taxiunternehmens mit der Anschrift des Zielorts, der Adresse des Kommissariats. Sie ist also nicht mit dem eigenen Auto gekommen. Mir fielen mehrere E-Mails mit dem Hinweis »*Delivery Failure*« auf. Mails, die nicht an den angegebenen Empfänger gesendet werden konnten. Alle Mails waren an die Adresse sexystudent88@gmail.com geschickt worden. Das war zweifellos die Adresse des Typen, der Marta verarscht hatte. Selbst nach allem, was er ihr angetan hatte, hat sie nicht aufgehört, ihm Nachrichten zu schicken, immer noch in der verzweifelten Hoffnung, dass alles nur ein Missverständnis und ihre Geschichte noch nicht zu Ende war. Sie musste verzweifelt geglaubt haben, dass er sie wirklich geliebt hatte. Ich wollte mehr sehen, musste mich aber beeilen. Jederzeit könnte jemand hereinkommen, und ich hatte keine Lust darauf, irgendeine Erklärung erfinden zu müssen. Ich steckte ihre Schlüssel in meine Tasche, schloss den Karton, löschte das Licht und verließ den Raum. Ich schaute auf meine Uhr: fast neun Uhr abends.

Im leeren Aufzug rief ich meinen Mann an: »Liebling, es gab ein Problem auf dem Revier. Ich muss heute etwas länger bleiben. Kannst du die Kinder bei deiner Mutter abholen? Ich liebe dich.«

Als ich auflegte, musste ich unweigerlich an Marta denken: *Jetzt wird er mich lieben können ...*

Vor der Tür des Gebäudes wartete immer noch eine Gruppe von Reportern. Ich sah mich gezwungen, vor den Kameras einige Worte über den Fall zu sagen, immer darauf bedacht, Martas Namen nicht zu erwähnen. Ich zog es vor, den Selbstmord nicht zu kommentieren, und verwies auf die laufenden Ermittlungen –, nicht ohne zu betonen, dass wir nicht ruhen würden, bevor die Wahrheit ans Tageslicht gebracht wurde.

Eilig ging ich zum Parkplatz und war gerade in meinen kleinen Honda gestiegen, als mein Handy zu vibrieren begann. Carvana. Zweifellos wollte er hören, dass ich den Fall zu den Akten gelegt, der Presse keinen Mist erzählt und einen Schlussstrich gezogen hatte.

Ich zündete den Motor und ließ das Handy vibrieren. *Fick dich, Carvana!*

3

Das Navi war mein Lebensretter. Ich wurde ohne jeglichen Orientierungssinn geboren und verlief mich schon, wenn ich nur eine Runde um den Block ging. Doch diese wunderbare Erfindung brachte mich ohne Stress und Umwege an mein Ziel. Trotz des schrecklichen Tages hatte ich das Glück, in der Nähe von Martas Haus auf Anhieb einen Parkplatz zu finden. Das größere Problem ließ allerdings nicht lange auf sich warten: Ihr Haus befand sich in einer schönen Anlage in São Paulo, die Zufahrt allerdings war verschlossen. Im Schatten eines Baumes wartete ich auf meine Gelegenheit. Immer mehr Menschen kamen von der Arbeit nach Hause, irgendjemand von ihnen müsste doch bald das elektronische Tor aktivieren, um mit dem Auto in die Anlage zu fahren. Meine Füße schmerzten. Wenn ich heute Morgen gewusst hätte, wie anstrengend es sein würde, mit diesen hohen Absätzen hier herumzustehen und zu warten, hätte ich mich für Sneakers entschieden. Wirklich. Jedes Riemchen meiner Schuhe schnitt mir wie ein Messer in die Haut, aber Marta verdiente diese Qualen und meine Anstrengung herauszufinden, was ihr zugestoßen war.

Es dauerte tatsächlich nicht lange, bis einer der Bewohner von der Arbeit nach Hause kam und sich das Tor automatisch öffnete. Ich hatte mir bereits eine gute Position gesucht und betrat die Anlage, sobald er an mir vorübergefahren war. Kurz darauf stand ich vor Martas Haus. Nummer acht, klein, weiß und gelb gestrichen. Es sah aus wie ein Puppenhaus. Von außen.

Im Inneren des Hauses zeigte sich mir ein ganz anderes Bild. Ich sage immer, dass der Ort, an dem wir leben, genauso viel über uns aussagt wie ein Fingerabdruck. Martas Haus spiegelte deutlich die zitternde, weinende Frau wider, die sich am Anfang des Tages vor meinen Augen in den Tod gestürzt hatte: Es herrschte ein heilloses Durcheinander, wie in meiner Handtasche, nur schlimmer. Ich betrat ihr Haus und stolperte über die Falte eines Teppichs. Ich zog mein Handy hervor, stellte meine Tasche auf den Schaukelstuhl am Eingang und erlöste meine Füße von ihren Peinigern. Ermittlungen, die man barfuß machen kann, sind die besten Ermittlungen.

Ich fotografierte alles, was mir wichtig erschien, um das Leben von Marta Campos verstehen zu können. Unter dem oberflächlichen Bild des Chaos zeigte mir die Einrichtung, dass das Haus bis vor kurzem aufgeräumt und organisiert gewesen sein musste: Die Möbel waren geschmackvoll aufeinander abgestimmt, an den Wänden eine hübsche Tapete und geschmackvolle, etwas verstaubte Bilder. Offensichtlich hatte sich vor kurzem etwas Grundlegendes in ihrem Leben geändert – ein Ereignis, das zu dem unerklärlichen Widerspruch zwischen dem schönen, aber verlassenen Haus und ihrer gut organisierten Tasche geführt hat. Litt Marta vielleicht an Depressionen?

Ich ging direkt ins Bad. Verschmierte Fliesen, der Abfluss voller Haare, feuchte Handtücher. Marta hatte die letzten Tage gelebt wie ein Zombie. Am Waschbecken standen ranzige Cremetiegel, Flaschen mit Shampoo und Spülung, die bis zum Rand mit Wasser gefüllt waren. Sie war gepflegt gewesen, hatte aber aufgehört, sich um sich selbst zu kümmern. Ich öffnete den kleinen Schrank und fand zwei Antidepressiva, Citalopram und Cymbalta. Daneben kleine Fläschchen Frontal, kein Wunder: Eine Frau über dreißig, die keine Medikamente gegen Angstzustände im Haus hat, verdient eine Medaille. Ich fotografierte alles und machte mich dann auf die Suche nach ihrem Schlafzimmer.

Bevor ich die Tür öffnete, zögerte ich einen Augenblick. Im Geiste entschuldigte ich mich bei Marta, dass ich in ihr Privatleben eindrang. Das seltsame Gefühl, tot zu sein, während eine unbekannte Person meine Habseligkeiten durchwühlt, überwältigte mich. Das war nicht cool. Ich musste mir ins Gedächtnis rufen, dass ich es für einen guten Zweck tat: Ich musste das Arschloch finden, das ihr das angetan hatte.

Das Zimmer war für meinen Geschmack ein wenig übertrieben. An den Wänden Poster von Elvis und Madonna. Auf dem Fußboden und dem Doppelbett zahlreiche Kissen mit bekannten Gesichtern: Marilyn Monroe, James Dean und andere Mitglieder des Klubs 27 – berühmte Musiker, die im jungen Alter von siebenundzwanzig Jahren gestorben sind: Jim Morrison, Janis Joplin, Kurt Cobain, Jimmy Hendrix und Amy Winehouse lächelten mir erwartungsvoll entgegen. All diese Promis waren an einer »Überdosis Leben« gestorben. Hatte Marta schon früher Selbstmordphantasien gehabt? Wahrscheinlich. Ich schaute in die Schubladen und Schränke. Kein Abschiedsbrief, keine Hinweise darauf, dass sie an jenem Morgen das Haus bereits in dem Wissen verlassen hatte, dass sie sich aus einem Hochhaus stürzen würde. Alles, was sie wollte, war, Hilfe zu bekommen. Aber ihr Gespräch mit Carvana hatte für sie tödlich geendet.

Obwohl ich vollkommen erschöpft war, versuchte ich, mich

zu konzentrieren. Ich nahm eine Wasserflasche aus dem Kühlschrank und nutzte die Gelegenheit, dessen Inhalt zu kontrollieren. Mehrere Flaschen Coca-Cola, nur wenige Lebensmittel, ein furchtbarer Geruch von etwas Verdorbenem aus der Trattoria do Sargento, Reste von Resten in großen Schachteln ohne die hier sonst so übliche Ordnung. Im Spülbecken türmte sich das Geschirr, Krümel auf der Arbeitsfläche. In der Speisekammer weitere Colaflaschen. Kein Gras, kein Koks, kein Alkohol. Nur Coca-Cola. Endlich etwas, nach dem sie süchtig gewesen ist.

Ich betrat das nächste Zimmer und stellte fest, dass sie gelegentlich am Schreibtisch gearbeitet hat. In den Regalen eine bunte Mischung unterschiedlicher Bücher: einige Klassiker, einige Sammlerexemplare, vieles, was sich nicht zu lesen lohnt, Schnulzen, Liebesromane. Ich machte von allem ein Foto, um mir später die Bilder noch einmal in Ruhe ansehen zu können. Ich blätterte hastig durch die Fotoalben. Darin waren nur wenige Fotos, alle alt mit alten Menschen – Onkel, Tanten, Großeltern. Anscheinend hatte Marta keine Kinder, sie war nur selbst Kind gewesen; eine traurige Realität, die wir erkennen, wenn wir älter werden.

Ich setzte mich vor den Computer, der mich am meisten interessierte. Er war noch eingeschaltet und surrte im Ruhemodus. Ich steckte meinen USB-Stick hinein, und während ich alle Daten kopierte, sah ich mir den Webverlauf an. Ich brauchte nicht lange, um festzustellen, dass Marta sich bis vor zwei Monaten fast ausschließlich auf der Partnerbörse AmorIdeal.com angemeldet und ihre Besuche dort dann plötzlich eingestellt hatte. Zweifelsohne war das der Zeitpunkt, an dem sie dem Dreckskerl begegnet war. Ich versuchte, ihr Profil auf der Webseite zu öffnen, jedoch ohne Erfolg. Ihr Profil war bereits gelöscht worden. Wahrscheinlich hatte sie es selbst gelöscht, in dem Glauben, ihre große Liebe gefunden zu haben. Die letzten zwei Monate mussten ihr wie ein Glücksrausch vorgekommen sein, angefeuert von falschen Komplimenten und Liebesschwüren. Es fühlte sich lächerlich an, war aber gleichzeitig tragisch und real.

Ich öffnete einige Mails mit dem Absender sexystudent88@gmail.com und stellte fest, dass es sich dabei tatsächlich um den Hurensohn mit seinen falschen Liebesbekundungen handelte. Er nannte sich Pietro, aber ich war mir sofort sicher, dass es ein falscher Name war. In einer seiner letzten Mails bat er sie für verschiedene, angeblich dringende Untersuchungen um tausendfünfhundert Real. Leider war er nicht krankenversichert. Ich weiß nicht, wer gesagt hat, dass Liebe blind macht, aber hier war ich mir ziemlich sicher, dass es stimmte. Jede Frau sah im Fernsehen immer wieder solche Betrugsfälle, und jede von ihnen dachte, dass das nur anderen passieren konnte, ihnen aber nicht. In ihrer eigenen Realität glaubten sie beim erstbesten Typen, der ihnen begegnete, er sei ihre große Liebe. @sexystudent88 war schlau, er flutete Martas Postfach mit leidenschaftlichen Nachrichten, die er ihr mitten in der Nacht schickte.

> Es ist vier Uhr morgens, und ich bin mit dem Gedanken an dich aufgewacht =) Die Begegnung mit dir hat mein Leben verändert. Du bist meine Traumfrau. Ich sage dir nur nicht, dass ich mich in dich verliebt habe, weil du weglaufen würdest, wenn ich es doch täte ... Aber ich kann nicht anders, ich liebe dich, meine Prinzessin. Du bist so schön, du begegnest mir in meinen Träumen ...
> Ich kann es nicht erwarten, dich wiederzusehen! Pietro.

Eine weitere Mail von ihm kam nur wenige Minuten später.

> Meine Liebste, ich kann nicht schlafen. Du gehst mir nicht aus dem Kopf. Wie soll ich damit nur leben? Ich bin ein Glückspilz, dass du mir begegnet bist. Ich wünsche mir, dass ich dich wirklich für mich gewinnen kann. Pietro.

Und um acht Uhr morgens eine weitere Mail.

> Ich bin mit einem Lächeln im Gesicht aufgewacht. Es fühlt sich wunderbar an, geliebt zu sein und jemanden von ganzem Herzen zu lieben. Ich danke dir, dass du mir die Hoffnung geschenkt hast, wieder lieben zu können, meine Prinzessin! =)

Bei Martas Antworten fiel mir auf, dass sie zunächst sehr vorsichtig und schüchtern war, sich aber dann mehr und mehr den Komplimenten und Zärtlichkeiten öffnete, bis er sie eindeutig um seinen Finger gewickelt hatte und begann, sie auszunutzen und Geld von ihr zu verlangen.

> Meine Prinzessin, ich schäme mich, dich um etwas bitten zu müssen. Wir kennen uns noch nicht einmal persönlich, aber ich spüre eine so starke Verbindung zwischen uns, dass ich glaube, es wagen und dich in einem so dringenden Moment um Hilfe bitten zu können. Ich weiß nicht, an wen ich mich sonst wenden sollte, es ist wirklich ernst. =(Kannst du mir fünfhundert Real leihen? Mein Bankkonto wurde wegen eines Rechtsstreits mit meiner Familie gesperrt, und ich brauche das Geld, um meine Studiengebühren zahlen zu können. Ich verspreche, dir das Geld zurückzugeben, sobald alles geregelt ist. Tausend Küsse von Pietro!

Ich erschrak, als mein Telefon zu vibrieren begann. Schon wieder versuchte mein Mann, mich zu erreichen. Zum vierten Mal. Ich konnte nicht länger hierbleiben, ich hatte keine Lust auf einen weiteren Streit zu Hause. Das fehlte mir gerade noch. Paulo war noch nie gut damit klargekommen, mit einer Polizistin verheiratet zu sein. Da konnte er sagen, was er wollte. Manchmal, wenn ich ihm zu Hause von meinem Tag im Kommissariat erzählte, sah er mich manchmal an wie eine Außerirdische. Er konnte nicht nachvollziehen, was in einem vorgeht, wenn man einen rätselhaften Fall vor sich hat. Es ist wie ein Adrenalinschub, ein Wissensdurst, dem man unbedingt nachgeben muss. Ich hatte mich immer darauf gefreut, als Ermittlerin aufs Spielfeld zurückzukehren. Und jetzt war der Anpfiff erfolgt.

Eilig machte ich den Computer aus und hatte bereits das Licht ausgeschaltet, als ich hinter der Schlafzimmertür eine Pinnwand bemerkte. Dort, verborgen unter Post-its und Pinnnadeln fand ich, was ich gesucht hatte. Meinen Schatz. Zwischen verschiedenen Zetteln, Speisekarten und anderen, auf den ersten Blick nutzlosen Dingen schien Marta versucht zu haben herauszufinden, wer hinter @sexystudent88 und Pietro steckte. An der Pinnwand fand ich verschiedene ausgedruckte Facebook-Chats und E-Mails, handschriftliche Notizen zu ihm und eine amateurhafte Skizze seines Gesichts – ein weiterer Hinweis, dass Marta nicht einmal ein Foto von ihm hatte. Ich nahm den ganzen Papierkram, um ihn mir später genauer anzusehen und die Spreu vom Weizen zu trennen. Zweifellos hatte sie bereits einiges hiervon zu ihrem Gespräch mit Carvana mitgenommen, aber entweder hat der alte Sack es vor mir verheimlicht oder direkt in den Müll geworfen.

Ich machte mich auf, das Haus zu verlassen. Ich stellte meine Tasche auf den Stuhl und packte mein Telefon, den

USB-Stick und die Papiere hinein – noch mehr Dinge, die ich mit mir herumtragen musste. Ich entschied, meine Schuhe nicht wieder anzuziehen. Meine Füße hatten eine solche Folter einfach nicht verdient. Neben der Tür fiel mein Blick auf einen kleinen Tisch, auf dem sich einige Briefumschläge und Werbebroschüren stapelten. Ich hatte das Haus so hastig und gierig nach Informationen betreten, dass ich den Tisch übersehen hatte. Ich griff nach den Umschlägen und sah sie durch: Stromrechnung, Gasrechnung, Telefonrechnung, Standardbriefe von Wohltätigkeitsorganisationen, die sie ebenfalls um Geld baten, und zuletzt ein bereits geöffneter Umschlag von einem Labor. Es handelte sich um das Ergebnis einer Untersuchung ihres Mundes und ihrer Vagina: *Positiver Befund des Pilzes Defungi vermibus*. Ich fotografierte den Zettel und sah zu, dass ich verschwand.

Auf dem Weg durch die Wohnanlage drückte ich immer wieder auf Martas Autoschlüssel, um zu sehen, wo sie ihr Auto geparkt hatte. Ich verstand nicht, warum sie mit dem Taxi zum Revier gekommen war, wenn sie doch ein Auto hatte. War sie nicht in der Lage gewesen zu fahren? Meine Suche führte zu dem Ergebnis, dass ihr Auto weder in der Nähe des Hauses noch woanders in der Anlage stand. Ich drehte eine weitere Runde durch die Wohnanlage: nichts. Erstaunt schmiss ich den Schlüssel in meine Handtasche und stieg in meinen Honda.

Bevor ich losfuhr, warf ich erneut einen Blick auf mein Handy – weitere drei Anrufe von meinem Mann. Ich öffnete Google und suchte nach Informationen über *Defungi vermibus*. Innerhalb von Sekunden hatte ich die Antwort. *Defungi vermibus*, der Pilz der Toten, von dem bekannt ist, dass er nur auf Leichen vorkommt. Ich las die weiteren Ergebnisse, bei vielen ging es um die Geschichte vom »Kuss des Nekrophilen«.

Ein Mädchen, das ihren Verehrer auf dem Balkon küsst und einen Pilz bekommt, der nur bei Leichen auftrat. Ich bekam Gänsehaut. Man musste nur eins und eins zusammenzählen. Wenn Marta sich diesen Pilz bei ihrem Verehrer eingefangen hatte, hatte sie nicht nur herausgefunden, dass er sie betrogen hat, sondern auch, dass der Kerl, die Liebe ihres Lebens, ein Nekrophiler war.

Ich legte meinen Kopf auf dem Lenkrad ab und weinte, wie ich seit Jahren nicht mehr geweint hatte. Ich erinnerte mich an Marta, wie sie hilflos neben dem kaputten Kaffeeautomaten immer weiter in sich zusammengesunken war. Ich erinnerte mich an ihren hässlichen Mund, von dem die Infektion Besitz ergriffen hatte. Ich erinnerte mich an ihre verängstigten Augen, an das Gefühl, nicht ernst genommen zu werden, das ich nur zu gut kannte.

Unsichtbar zu sein ist für viele Realität. Marta wusste das. Ihre Wunde, der Betrug, die Prüfung, das Märchen. Ich erinnerte mich an diesen Satz ... Den Satz, den sie sagte, bevor sie aus dem Fenster sprang. Es ergab alles einen Sinn. *Jetzt wird er mich lieben können ...*

4

Janete wischt ihre Hände an der karierten Schürze ab, die sie extra für diesen Tag herausgesucht hatte. Perfekt gebügelt, perfekte Rüschen, beinahe ohne einen einzigen Flecken, so vorsichtig, wie sie ist. Sie stützt sich mit den Händen auf die Spüle und seufzt. Wie gern hätte sie geweint, aber diesen Gefallen wird sie ihm nicht tun. Sie schluckt ihre Tränen herunter. Versucht, sich zu beruhigen, während ihr Mann mit der Faust auf den Esstisch schlägt und in die Küche ruft: »Verdammt, Janete, ich habe Hunger. Ich bin eh schon zu spät. Diese Frau ist ja langsamer als eine Schnecke. Ich habe heute Bereitschaftsdienst. Wird's jetzt bald, oder muss ich hier noch ewig warten?«

Er war nicht schon immer so gewesen. Damals, als sie frischverheiratet waren, tat Brandão alles, damit sie sich wohlfühlte und es ihr gutging. Er war fest entschlossen, sie zu erobern, und er wusste, wie man eine Frau gewinnt. Nach und nach wurde er zum Mittelpunkt ihres Universums. Er war ein Mann, der wusste, was er wollte, das hatte sie vom ersten Moment an gewusst, aber sie fühlte sich wertgeschätzt, wertgeschätzt für das, was sie am besten konnte: sich um ihren Ehemann und das Haus kümmern.

In ihrem Heimatort im Landesinneren hatte Janete eine

kranke Mutter und drei Schwestern, die alle verheiratet waren und Kinder hatten. Jede von ihnen hatte sich große Sorgen gemacht, als sie, die jüngste von ihnen, beschloss, mit ihrem Verlobten durchzubrennen und in die große Stadt zu gehen. Damals war sich Janete sicher gewesen und hatte eine nie zuvor dagewesene Freiheit gespürt. Sie fühlte sich unbesiegbar: Sie würde ihr eigenes Haus in São Paulo haben, sie würde ihrem Mann alle Wünsche von den Augen ablesen. Sie fühlte sich wie eine Prinzessin. Und lange Zeit fühlte sie sich nicht nur so, sie lebte wie eine Prinzessin.

Sie liebte ihren Mann über alles. Deswegen glaubte sie ihm auch, als Brandão ihr vorwarf, ihre Familie würde sich viel zu sehr in ihr Leben einmischen. Sie telefonierte beinahe täglich mit ihrer Mutter und mindestens einmal pro Woche mit ihren Schwestern. Sie wollten alles über ihr neues Leben wissen –, und Janete hatte die schlechte Angewohnheit, ihnen alles zu erzählen. Er hatte dafür gesorgt, dass sie nicht mehr telefonierten. Allmählich wurden auch ihre Besuche weniger, sie musste sich schließlich um Brandão kümmern, was viel Zeit in Anspruch nahm. Als ihre Mutter starb, fuhr sie nicht einmal zur Beerdigung. Ihre Schwestern waren so erbost, dass danach jeglicher Kontakt zu ihnen abbrach.

Janete vermisste sie nicht. Brandão brauchte eine Frau, die sich um den Haushalt kümmerte. Es machte sie stolz, wenn er ihr erzählte, wie sehr er von seinen Kollegen und Vorgesetzten bei der Militärpolizei dafür gelobt wurde, wie gut sie seine Uniform bügelte, wie sie genau das Essen kochte, das er sich wünschte, oder wenn er ihre neue Schürze oder ihre perfekt manikürten Fingernägel lobte.

Er beschützte sie vor allem, was diese wunderbare Liebe bedrohen könnte. Da sie nur selten aus dem Haus ging, kannte sie kaum jemanden in der Stadt. Ihre Freunde aus der Heimat hatten sich von ihr abgewandt und sie vergessen. Auch die Anrufe hörten irgendwann auf. Wer sollte sie schon anrufen?

Für Brandão waren die sozialen Netzwerke Zeitverschwendung, eine Beschäftigung für Arbeitslose und Taugenichtse. Sie löschte ihre Konten bei Facebook, Twitter und Instagram. Sie hatte nicht einmal ein Handy, das würde sie nur verwirren. Jeden Tag überprüfte er, auf welchen Webseiten sie gewesen war und welche Nummern sie angerufen hatte. Alles, weil er sich Sorgen um ihre Sicherheit machte. Aber es war ihr egal. Die einzige Person, die ihr etwas bedeutete und die sie brauchte, war Brandão. Aber auch das ist nicht mehr so ...

Janete fährt erschrocken zusammen, der Knall der Faust auf dem Esstisch hallt in ihren Ohren wider. Ihr Mann sitzt am Tisch, Messer und Gabel in den Händen. Ungeduldig trommelt er mit dem Besteck auf die Tischdecke.

»Dieser Drecksfraß brennt noch das ganze Haus ab!«

Der Geruch holt sie schlagartig in die Realität zurück. Sie nimmt die Tarte mit Palmherzen aus dem Ofen und löscht das Feuer in der Pfanne, balanciert den Öl- und Essighalter auf dem Zeigefinger, legt einen Arm um die Salatschüssel und trägt alles zu der mit Blumenmotiven bedruckten Tischdecke. Mit zitternden Händen serviert sie ihrem Mann etwas Salat und ein Stück der Tarte, damit er den ersten Hunger stillen kann, während sie in der Küche die saftigen Steaks fertig brät. Schließlich wischt sie sich mit dem Geschirrtuch den Schweiß von der Stirn, bedeckt sein Steak mit den karamellisierten Zwiebeln und steckt sich das Geschirrtuch in den Ausschnitt. Sie verspürt nicht den geringsten Appetit, dennoch setzt sie sich zu ihm an den Tisch, und sie beginnen zu essen.

Es herrscht absolute Stille, so sieht es die Hausordnung für diese Zeit des Tages vor. Sie zwingt sich, das Gericht zu essen, von dem sie weiß, dass es köstlich ist, das bei ihr aber lediglich den Geschmack von Sand hinterlässt. Es ist der Geschmack der Verbitterung. Brandão schaut die Nachrichten im Fernsehen, in denen über eine Frau berichtet wird, die sich aus dem Fenster eines Polizeireviers gestürzt hat. Auf eine merkwürdige Weise identifiziert sich Janete mit dieser Frau: Es gibt anscheinend noch andere Menschen auf der Welt, deren Leben so elend ist wie ihr eigenes. Selbst in ihrem Leiden ist sie nichts Besonderes.

Mit allen Sinnen verfolgt sie die Berichterstattung im Fernsehen. Wie es wohl sein muss, sich das Leben zu nehmen? Es ist ja nicht so, dass sie nicht schon daran gedacht hätte, in verzweifelten Augenblicken, wenn sie nicht schlafen konnte, weil in ihren Ohren die Schreie hallten. Die Schreie der Dunkelheit. Aber sie hat nicht den Mut, den andere haben. Sie ist ein Feigling.

»Iss leise, Janete!« Er stößt sie an die Schulter. »Ich will hören, was dieser verdammte Scheißkerl zu sagen hat.«

Auf dem Bildschirm erscheint hinter den Mikrophonen verschiedener Sender ein grauhaariger Mann mit einem dicken Schnurrbart und müden Augen, der hastig über den Fall berichtet. Am unteren Bildrand wird sein Name eingeblendet: Polizeichef Wilson Carvana.

»Dieser Typ hasst die Militärpolizei! Die Frau hat alles richtig gemacht, als sie genau vor seinem Fenster auf dem Bürgersteig aufgeschlagen ist«, sagt Brandão lachend. Er lacht immer noch, als die Kamera das Blut zeigt, das vor dem Gebäude von der Straße gewaschen wird. »Der soll mir nur mal über den Weg laufen! Ich mache diesen Mistkerl fertig!«

Er steckt sich ein großes Stück Kuchen in den Mund. An seinem lauten Schmatzen erkennt Janete, wie wütend er ist. Sie spürt die Verachtung, die ihr Mann für diesen Polizisten hat.

»Dieser Kuchen zerbröselt ja von allein. ›Bröselkuchen‹ im

wahrsten Sinne des Wortes, was? Und das Steak? Wie eine Sohle. Nicht einmal kochen kannst du«, schmatzt er heraus. Und steckt sich ein weiteres Stück in den Mund.

So beginnt der Albtraum jedes Mal. Wenn ihr Mann so ist wie heute, hasst er alles und jeden, egal, wie es in Wahrheit um ihn herum aussieht. Es ist, als wäre er ein anderer Mensch. Janete wird auf ihrem Stuhl immer kleiner, den Blick in den Schoß gelegt, während sie versucht, sich nicht zu bewegen. Am besten ist es, nichts zu sagen und einfach abzuwarten. Einfach warten.

Doch ihre Apathie stachelt ihn immer weiter an. Er schimpft und flucht ununterbrochen, und wenn er redet, spuckt er Kuchenkrümel in jede Ecke des Raumes. Ohne Vorwarnung steht er auf, zieht seine Uniform an und greift nach seinem Halfter mit der Pistole. Dabei pfeift er dieses verdammte Lied, von dem er weiß, dass sie es hasst: »Acalanto para Helena«, ein Wiegenlied von Chico Buarque.

Brandão hat dieses Talent: Alles, was er in die Finger bekommt, verrottet. Janete macht es wahnsinnig, schon nach den ersten Takten wird ihr übel, und die Tränen steigen ihr in die Augen. Sie rechnet nach, wie viele Minuten es noch sind, bis ihr Mann zum Dienst muss. Nur noch ein paar Minuten, und die Nacht wird ihr allein gehören. Aber bis dahin muss sie stark bleiben.

Er scheint ihre Gedanken zu lesen, ihre Bemühung, Haltung zu bewahren, zu spüren und will nicht akzeptieren, dass Janete immun gegen sein Gift ist. Wenn er das Haus verlässt, muss er sie zerstört, in zwei Hälften zerbrochen zurücklassen. Brandão dreht sich noch einmal zu ihr um und sagt in einem unbekümmerten Ton: »Es ist an der Zeit, dass wir uns ein neues Hausmädchen suchen, nicht wahr, mein Vögelchen?«

Sie schluckt. Sie hat Angst zu atmen. Die Dunkelheit kehrt zurück, die Schreie kehren zurück. Gegen ihren Willen rinnen ihr die Tränen über die Wangen.

»Brandão, ich bitte dich, zwing mich nicht, es schon wieder zu tun, ich flehe dich an.«

»Wir haben es gemacht, und wir werden es wieder tun. Wir gehören doch zusammen.«

Er kommt auf sie zu, beugt sich über den Tisch und leckt ihr die Tränen aus dem Gesicht, eine nach der anderen, als würde er an einem Eis lecken. Janete wendet sich voller Ekel ab. Sie will ihm nicht in die Augen sehen müssen, aber es ist unvermeidlich. Seine schönen, grünen Augen, in denen sie nichts als sein sadistisches Vergnügen sieht. Sie weiß, dass sie nicht unverschämt sein darf, aber sie kann dem Drang nicht widerstehen, sie muss ihn fragen.

»Brandão, was ist mit dem letzten Mädchen passiert? Ich bitte dich, bei allem was mir heilig ist, ich ertrage es nicht mehr! Verrate mir, was aus dem letzten Mädchen geworden ist.«

Er grinst sie an, weiß, dass er gewonnen hat. Er wollte, dass sie ihn fragt. Das ist seine Art, sie zu unterwerfen. Mit leiser Stimme antwortet er, wobei seine Worte einzeln in der Luft hängen bleiben: »Das ... geht ... dich ... nichts ... an.«

»Ich bitte dich.«

Sie sieht die Ohrfeige in dem Augenblick, als sie sie bereits trifft. Der trockene Klang des Schlags wird von der Melodie der Seifenoper mit anregender Musik und tanzenden Körpern verschluckt. Janete spürt, wie ihre rechte Wange brennt, weiß, dass sie rot glüht, und verurteilt sich, so dumm gewesen zu sein. Sie hätte ihn nicht fragen dürfen.

»Morgen suchen wir uns ein neues Hausmädchen«, sagt er und geht zur Tür. »Ich mache früher Feierabend, und dann werden wir ein bisschen feiern. Du kannst schon mal alles vorbereiten, mein Vögelchen!

Angespannt geht Janete im Zimmer auf und ab. Immer wieder wechselt sie den Sender auf der Suche nach weiteren Informationen über die Frau, die sich aus dem Fenster gestürzt hat. Die Nachrichten vermeiden es, Einzelheiten zu erwähnen, einige sagen, dass es ein Unfall gewesen sei. Aber sie weiß, dass es Selbstmord war. Sie gibt ein paar Suchbegriffe bei Google ein und stößt auf eine Nachmittagssendung, die über den Fall berichtet hat. Der Moderator erscheint ihr überdreht, sie versteht kein Wort von dem, was er sagt. Dann erscheint der Kommissar auf dem Bildschirm, der die Militärpolizei so abgrundtief hasst. Oh, wenn er nur wüsste, was sie weiß ...

Janete greift nach ihrem Kreuzworträtselheft und schreibt seinen Namen auf eine noch unausgefüllte Seite: Wilson Carvana. Während sie den Namen notiert, spürt sie, wie ein neuer Funke Mut durch ihren Körper fährt. Wenn sie mit einem Kommissar sprechen könnte, würde sie sich vielleicht selbstbewusster fühlen. Aber es fällt ihr schwer, ihr Leiden einer Person zu offenbaren, die sie nicht kennt. Besser, sie lässt es gleich bleiben.

Sie bleibt vor dem Computer sitzen, schaut sich wieder und wieder das Video an. Plötzlich bemerkt sie eine Polizistin, die sich am Tatort um alles zu kümmern scheint. Sie schaut sich das Video erneut an. Ein weiterer Link führt sie zu einem anderen Beitrag. Dort findet sie ein Interview mit der Polizistin, und in der Einblendung erscheint ihr Name: Verônica Torres. Irgendetwas in ihrem besorgten Tonfall verrät Janete, dass sie ein guter Mensch ist. Sie hat sich schon immer für fähig gehalten, einen Menschen nach seinem Äußeren zu bewerten. Bei Brandão hat sie sich grausam geirrt, aber ein solcher Fehler wird ihr nicht ein zweites Mal passieren.

Sie spürt die Erregung in ihrem Körper, als sie den Namen der Polizistin in die Suchmaschine eingibt und ihre Telefonnummer auf dem Bildschirm erscheint. Sie löscht den Browserverlauf, trinkt ein Glas Wasser, setzt sich in den Sessel und schaltet den Fernseher aus. Sie greift zum Telefon und zögert. Sie muss schnell wählen, bevor sie es sich anders überlegt. Es klingelt, einmal, zweimal.

Am anderen Ende meldet sich eine Frauenstimme: »Mordkommission, guten Abend. Hallo? Hallo?«

Ihr ist zum Weinen zumute. Wie lange hat sie schon nicht mehr die Stimme einer anderen Person gehört, außer im Fernsehen natürlich. Die letzte Person war … Das Mädchen mit der goldenen Hautfarbe. Janete will nicht an sie denken. Die Erinnerung zieht ihr den Boden unter den Füßen weg.

Sie atmet tief ein und ergreift ihre Chance: »Dona Verônica?«

»Nein, Frau Torres ist schon nach Hause gegangen. Kann ich Ihnen helfen?«

Die Enttäuschung überrollt sie. Sie legt auf, überzeugt davon, dass sie verrückt geworden ist. Eilig ruft sie bei der Bäckerei und der Metzgerei an, macht ihre Bestellungen und löscht den Anruf beim Kommissariat aus dem Speicher. Sie geht in ihr Zimmer, nimmt zwei Pillen, betet eilig ein Vaterunser und legt sich ins Bett. Sie versucht, die Augen zu schließen, doch ihr fehlt der Mut. Sie starrt an die Decke. Alle Lampen in ihrem Zimmer sind eingeschaltet. Sie hat so unglaubliche Angst vor der Dunkelheit. Sie schaut so angespannt auf die Glühbirnen, bis vor ihren Augen schwarze Punkte tanzen. Ihr ist schwindelig. Sie denkt an all die gefolterten Frauen, die Schreie des

Entsetzens und die Kiste. Brandãos Pfeifen klingt ihr immer noch im Ohr, die anhaltende Musik raubt ihr den Schlaf.

Schlaf, meine Kleine, es lohnt sich nicht, wach zu bleiben. Ich gehe hinaus, weit fort, bis hinter die heitere Morgendämmerung ...

Allmählich nimmt in ihrem Kopf eine Idee Gestalt an. Wenn Sie Mitleid mit sich selbst hätte, wenn sie eine starke Frau wäre, würde sie auf ein hohes Gebäude steigen und es der Frau aus den Nachrichten gleichtun. Einfach springen, ohne Furcht.

Vielleicht würde sie dann ihren Frieden finden.

5

Nachdem ich das Auto in der Tiefgarage unseres Hauses geparkt hatte, zog ich vor dem Rückspiegel mein Make-up nach und versuchte dabei, meine von den Tränen aufgequollenen Augen zu überschminken. Nekrophilie – dieses Wort ging mir nicht mehr aus dem Kopf. Selbst wenn ich mich schrecklich verletzlich fühlte, so durfte ich nicht zulassen, die Kontrolle zu verlieren. Ich betrat die Wohnung und fand Paulo auf dem Sofa, eine zur Hälfte geleerte Weinflasche neben sich. Er stand auf und betrachtete mich besorgt, dann kam er auf mich zu.

»Liebling«, sagte er, berührte dabei meinen Arm. Er wollte mir einen Kuss geben, intuitiv wand ich mich von ihm ab. Ein Kuss auf den Mund war gerade das Letzte, was ich wollte.

»Entschuldige, dass es so spät geworden ist. Der Tag wollte kein Ende nehmen.«

»Ich hab's in den Nachrichten gesehen. Wie geht es dir?«

In seiner Stimme schwang Angst mit. Eine Frau hatte sich vor meinen Augen umgebracht, er sollte mich gut genug kennen, um zu wissen, dass ich nicht darüber reden wollte. Ich wusste, dass dieser Tag Wunden hinterlassen würde, die ich für den Rest meines Lebens mit mir herumtragen würde. Die beiden Narben an meinen Handgelenken, Tätowierungen gleich, mittlerweile kaum noch zu erkennen, zwei Spuren meiner Verzweiflung, als ich vierundzwanzig Jahre alt gewesen war. In dieser beschissenen Welt sollte es nicht verwerflich sein, wenn man versucht, sich das Leben zu nehmen.

»Mir geht's gut«, antwortete ich und versuchte, mich von ihm zu befreien.

Paulo schlang von hinten seine Arme um mich und küsste meinen Nacken. Am Ende streichelte er über meinen Kopf wie bei einem Kind. Ich ließ ihn gewähren, obwohl es mich wahnsinnig machte. Je mehr Zuneigung er mir entgegenbrachte, desto mehr hatte ich das Gefühl, ihm etwas schuldig zu sein. So war es einfach. Paulo war der perfekte Ehemann, der Versorger, fürsorglich, liebevoll, treu. Ich war noch nie perfekt gewesen, umso schwerer fiel es mir, das zu akzeptieren.

»Was ist mit den Kindern?«

»Sie schlafen«, sagte er. »Möchtest du über den Fall sprechen?«

»Du weißt doch, dass ich das nicht will.«

Ich schenkte mir ein großes Glas Whisky aus der Bar im Wohnzimmer ein. Paulo ließ sich wieder auf die Couch fallen und beobachtete mich, als versuchte er, meine Bewegungen zu analysieren.

»Ich glaube, du solltest dich nicht zu sehr in diesen Fall reinziehen lassen«, sagte er schließlich.

Als einzige Antwort hob ich eine Augenbraue. Je weniger ich mit ihm diskutieren musste, desto besser.

»Ich brauche nur etwas Schlaf«, erwiderte ich stattdessen, zwang mich zu einem Lächeln, und verließ das Wohnzimmer. Im Schlafzimmer nahm ich eine Alprazolam aus der Packung, die schon zur Hälfte aufgebraucht war.

Dann versuchte ich zu schlafen.

Noch bevor ich meine Augen öffnete, wusste ich, dass ich in Schwierigkeiten steckte. Mein Mund schmeckte, als hätte ich einen Aschenbecher ausgeleckt, meine Augen waren trocken, wundgerieben. Vom Bett aus konnte ich das Gewirr von Stimmen meiner am Frühstückstisch sitzenden Familie hören. Ohne mich zu bewegen, schoss mir nur ein Gedanke durch den Kopf: *Scheiße, die Einkäufe! Ich habe die Einkäufe vergessen!*

Ich konnte mir bereits die Empörung und Beschwerden vorstellen, denen ich mich ausgesetzt sah, sobald ich die Küche betrat. Mutter zu sein und gleichzeitig einem Beruf nachzugehen, der einem alles abverlangte, war etwas für organisiertere Menschen, als ich es war. Ich habe diese Frauen schon immer beneidet, die für alles einen Plan hatten ... Es lohnte sich nicht einmal, meine Einkaufsliste aufzuschreiben: Wenn ich mich daran erinnerte, einkaufen zu gehen, fehlte es bereits an allem, es gab nicht einmal mehr eine Rolle Toilettenpapier im Haus.

Ich stand auf, jeder Muskel in meinen Beinen schmerzte. Ich stellte mich unter den kalten Strahl der Dusche, um zu sehen, ob ich wirklich wach war, schminkte mich eilig und bereitete mich darauf vor, mich dem tobenden Mob zu stellen. Frauen sind wie Krieger, sie bemalen sich für den Kampf, den sie Tag für Tag auszutragen haben.

»Endlich, Verô!«, sagte Paulo, als er mich sah. Rafael knabberte an einem trockenen Stück alten Brotes, während Lila ein Glas Milch trank.

»Ich weiß, ich habe den Einkauf vergessen.«

»Ich versuche hier, mit zwei Eiern noch irgendwas für vier Personen zu zaubern, aber wir haben nicht einmal mehr Butter, kein Nutella für die Kinder ... Musste es wirklich so weit kommen, Verô?«

»Auch dir einen guten Morgen.« Mein geschundener Körper würde keiner weiteren Runde standhalten. »Du kannst schließlich auch mal einkaufen. Deine Männlichkeit wird darunter schon nicht leiden.«

Rafael und Lila sahen mich mit großen Augen an. Sie wussten nicht, was passiert war, aber sie wussten, dass es keine gute Idee war, sich schon am Morgen mit mir anzulegen. Sie gaben mir beide einen Kuss und verließen die Küche, um sich die Zähne zu putzen. Paulo nutzte die Gelegenheit und zog mich an sich.

»Es tut mir leid, Schatz. Ich hätte dich nach allem, was gestern passiert ist, nicht auch noch anmaulen dürfen.«

»Schon okay.«

»Versprich mir, dass du dich nicht in den Fall dieser Frau, die sich umgebracht hat, einmischen wirst.«

»Ich verspreche es«, log ich und sah ihm dabei in die Augen. Es war einfach so, dass ich schon daran gewöhnt war. Ich hatte nicht einmal ein schlechtes Gewissen dabei. »Ich muss los. Weißt du noch, welcher Tag heute ist?«

»Natürlich weiß ich, welcher Tag heute ist. Bei allem, was du um die Ohren hast, hätte es mich nicht überrascht, wenn du es vergessen hättest. Wie alt wäre dein Vater heute geworden? Einundachtzig?«

»Zweiundachtzig«, sagte ich und küsste ihn auf die Stirn, neben die kahlen Stellen, die allmählich größer wurden. »Auf dem Weg zum Kommissariat fahre ich am Friedhof vorbei und lege ein paar Blumen hin.«

»Pass auf dich auf.«

»Na klar.«

Ich zog die Tür hinter mir zu. Für einen Moment herrschte Stille. Im Aufzug dachte ich an die vielen Lügen, die ich meinem Mann in so kurzer Zeit aufgetischt hatte. Für einen Moment hatte ich ein schlechtes Gewissen, doch schnell verscheuchte ich das unangenehme Gefühl.

Ich liebte ihn wirklich – die Familie, die ich mit ihm aufgebaut hatte, war mein ganzes Leben. Die Lügen ... na ja, die Lügen dienten lediglich dazu, alles am richtigen Platz zu halten.

Vielleicht ist es an der Zeit, darüber zu sprechen, wo ich herkomme, wer ich bin, und darüber, was bereits von Anfang an hätte geklärt werden sollen, ich aber vermieden habe zu erzählen. Es ist erstaunlich, was die Vergangenheit aus uns macht.

Ich bin als ganz normales Mädchen aufgewachsen, als einziges Kind einer jener Familien, die im Stadtteil Pinheiros wohnten, klassisch bürgerlich. Mein Vater war Polizist, meine Mutter eine ihm treu ergebene Hausfrau. Wie fast alle Kinder hier besuchte ich die staatliche Schule Fernão Dias Peas, sehr traditionell, bekannt für ihre exzellente Bildung und ihre harte Hand. Ich war gut in der Schule, erzielte ordentliche Noten, und die logische Folge davon war, dass ich mich in der philologischen Fakultät der Universität von São Paulo einschrieb. Als Tochter eines Polizisten bewarb ich mich nach Abschluss meines Studiums im Alter von nur zweiundzwanzig Jahren auf eine Stelle als Assistentin bei der Zivilpolizei. Damals stellte ich mir vor, dass mir der Beruf unzählige Geschichten liefern würde, über die ich Dutzende Bücher schreiben könnte und die mich vielleicht sogar zu einer berühmten Schriftstellerin machen würden. Ich bin vom Sternzeichen her eine echte Löwin, ich liebe es, bewundert und gelobt zu werden. Und ich träume laut.

Mein Leben war nicht perfekt, aber ich kann behaupten, dass ich glücklich war. Ich lebte bei meinem von mir verehrten Vater und meiner fürsorglichen Mutter. Und dann passierte es.

Es war ein heißer Dienstag im Januar. Wir hatten schon Ferien, und eine Woche später hätte ich mit meinen Eltern nach Miami fliegen sollen. Um sechs Uhr morgens, schlaftrunken in meinem Bett liegend, hörte ich die schweren Schläge an der Tür: »*Bumm, bumm, bumm, bumm, bumm!*«

Der Schreck riss mich hoch. Ich öffnete meine Zimmertür, um zu sehen, wer es war. Mein Vater stand bereits an der Haustür, nur in Unterwäsche, und lugte durch den Spion.

»Ja?«

Trotz meiner Müdigkeit und meinen verschlafenen Augen sah ich, wie angespannt er war.

»Kommissar Júlio Torres?«, sagte die Stimme auf der anderen Seite der Tür. »Ich bin Kommissar Takoshiro von der Zivilpolizei São Paulo. Ich zeige Ihnen meine Marke. Ich habe einen Durchsuchungsbeschluss und einen Haftbefehl. Machen Sie die Tür auf!«

Mein Vater streckte sich und erwiderte mit müder Stimme: »Könnten Sie mir ein paar Minuten geben, damit ich mich anziehen kann? Sie haben mich geweckt.«

»Drei Minuten.«

Mein Vater drehte sich um. Ich rannte zu meinem Bett und zog die Decke bis zum Hals nach oben. Als ich hörte, wie sich seine Schritte näherten, schossen mir die Tränen in die Augen. Er setzte sich auf die Bettkannte und streichelte mir über den Kopf.

»Was wollen die von dir, Papa?«

»Keine Angst, meine kleine Blume«, so nannte er mich, seine kleine Blume, auch wenn ich schon lange nicht mehr klein war. »Es wird alles gut. Das ist reine Routine. Schließ deine Tür hinter mir und warte auf meine Nachricht.«

»Ich bin kein kleines Kind mehr, Papa«, antwortete ich mit Nachdruck. »Musst du ins Gefängnis?«

Zum ersten Mal in meinem Leben hatte ich richtige Angst.

Mein Vater, mein Fels in der Brandung, brach vor meinen Augen in kleine Stücke, und ich zerbrach mit ihm.

»Bitte tu, was ich dir sage, Verônica. Bitte.«

Er wandte sich von mir ab und verließ eilig mein Zimmer. Die Zeit raste. Ich schloss die Tür, öffnete sie aber sofort wieder und beobachtete durch den Spalt, was passierte. Ich sah, wie er in seinem Zimmer einige Dokumente zusammensuchte und den Schredder einschaltete, während er mit meiner Mutter redete. So sehr ich es auch versuchte, ich konnte nicht verstehen, worüber sie sprachen. Er sagte etwas, sie antwortete. Ich musste mich entscheiden, ob ich versuchen sollte zu verstehen, was sie sagten, oder dem Schauspiel weiterzusehen. Ich entschied mich fürs Zuschauen.

»*Bumm, bumm, bumm, bumm, bumm!*«, erklang es erneut von der Haustür her.

Er griff in eine Schublade und zog seinen Revolver heraus. Verzweifelt versuchte meine Mutter, ihn daran zu hindern, sich die Waffe an den Kopf zu halten. Ich kniff, war zu feige zu reagieren. Bis heute verurteile ich mich dafür. Ich hielt mir die Ohren zu, kroch unter mein Bett und schloss die Augen. Ich glaube, ich habe mir in die Hose gepinkelt, als ich den ersten Schuss hörte. Ich weiß es nicht mehr. Was dann geschah, verwirrt mich bis heute. Ich sehe die Bilder wie Blitze und weiß nicht, ob die Lücken von meinem Gedächtnis oder meinem Verstand gelöscht wurden.

Was ich weiß, ist, dass die Polizei, als die Schüsse fielen, die Haustür aufbrach, dann folgten mehrere Schreie und laute Rufe, es war wie im Krieg. Alles dauerte nur eine Minute, vielleicht zwei. Was dann folgte, war tödliche Stille.

Später, ich weiß nicht, wie viel später, streckte eine blonde Polizistin ihren Arm nach mir aus und sprach mit leiser Stimme zu mir: »Komm, du musst das nicht mitansehen.«

Sie drückte mein Gesicht an sich und führte mich aus dem Haus. Vor dem Haus herrschte großes Chaos. Aufgeregte Polizisten, die Sirene eines näher kommenden Krankenwagens, irgendjemand untersuchte mich, während andere mit einer Bahre in den Händen ins Haus gingen und alle zur Seite traten. Ich versuchte, die Szenerie aus den Augenwinkeln zu beobachten, mir fehlte der Mut, Fragen zu stellen.

Es war schon spät am Abend, als ich allein nach Hause kam. Mein Name war in allen Zeitungen des Landes. Tragödie in São Paulo. Júlio Torres, Drogenfahnder der Polizei São Paulo, gegen den wegen des Verdachts der Korruption ermittelt wird, hat versucht, sich seiner Verhaftung zu entziehen und selbst zu töten. Die Polizei war in das Haus eingedrungen und eröffnete, nachdem er seine Waffe gezogen hatte, das Feuer. Meine Mutter starb noch vor Ort, sie war schon immer das Schutzschild des Mannes gewesen, den sie so sehr geliebt hatte. Mein Vater überlebte und wurde mit lebensgefährlichen Verletzungen auf die Intensivstation gebracht.

Eine ganze Woche lang behandelten die Medien das Vergehen der Polizei von São Paulo: Beamte des Drogendezernats hatten riesige Mengen Kokain beschlagnahmt, mehrere hundert Kilo, und hatten einen Teil behalten, um ihn zu verkaufen. Beteiligt waren auch Beamte der Kriminalpolizei, die in Berichten von Beschlagnahmungen stets kleinere Mengen angegeben hatten. So vermieden sie, dass irgendjemand Verdacht schöpfte.

Es war der perfekte Plan. Die Ermittlungen dauerten mehrere Monate bis zu jenem schicksalshaften Dienstag, an dem alle verhaftet werden sollten. Für mich brach an diesem Tag eine Welt zusammen, mir war niemand geblieben, an dem ich mich hätte festhalten können. Ich war von nun an mutterseelenallein.

Zu Hause betrat ich langsam das Zimmer meiner Eltern. Erschöpft, nicht in der Lage, irgendetwas zu tun, lag ich lange Zeit auf dem Bett. Die Blutflecken an den Wänden nahm ich gar nicht wahr.

Irgendwann stand ich auf und kniete mich neben die Kreidestreifen, die die Umrisse der abtransportierten Körper nachzeichneten. Es sah so aus, als hätte dort nur ein Mensch gelegen. Ich ging in die Küche, nahm die Putzmittel aus dem Schrank und begann verzweifelt, das Zimmer meiner Eltern zu reinigen. Ich schrubbte den Boden, die Wände, zog die Betten ab, aber es gelang mir nicht, das ganze Blut zu entfernen. Warum zum Teufel gab es keine Firma, die solche Orte reinigte, damit die Verwandten so etwas nicht mitansehen mussten? In der Küche nahm ich das schärfste Messer, das ich finden konnte, stieg in die heiße Badewanne und tat das, was ich in so vielen Filmen gesehen hatte. Ich wurde schläfrig, es tat gar nicht weh.

Viel später wachte ich wieder auf, im Krankenhaus. Sofort wurde mir klar, dass ich nicht tot war. Neben meinem Bett, links von mir, saß Polizeichef Carvana und stellte sich als ein alter Freund meines Vaters vor. Er machte mir ein Angebot. Ich hatte keine andere Wahl.

Zwei Tage später berichteten die Zeitungen vom Tod des Polizisten Júlio Torres. Es gab eine schlichte Beerdigung, eine Totenwache, und als ich sah, wie der Sarg langsam hinabgelassen und mit Erde bedeckt wurde, hatte ich endgültig das Gefühl, dass der Mann, den ich auf der ganzen Welt am meisten bewundert hatte, nicht mehr zurückkehren würde. Als Paulo ein Jahr später in mein Leben trat, war ich bereits das Waisenkind Verônica Torres, Assistentin von Polizeichef Carvana.

Ich parkte das Auto vor einem alten, himmelblau gestrichenen Haus. Bereits auf dem Bürgersteig stieg mir der Geruch von verkochtem Essen, Desinfektionsmitteln und geriatrischer Windeln in die Nase. Nach so langer Zeit hätte das Mädchen an der Rezeption längst wissen müssen, wer ich bin. Aber jedes Mal, wenn ich auf sie zutrat, machte sie keinerlei Anzeichen, mich wiederzuerkennen. Und so sagte ich ihr durch das kleine Fenster: »Ich bin die Tochter von Júlio Torres. Ich möchte zu meinem Vater.«

Dieser Ort war deprimierend. Ich hatte für meinen Vater das beste Altersheim São Paulos ausgesucht, aber wer jeden Monat ein kleines Vermögen dafür zahlte, dass er dort vor sich hinvegetierte, war der Staat. Als er aus dem Koma erwachte, sagten die Ärzte, dass er schwere psychische und motorische Schäden erlitten habe. Zusammengefasst ließ sich sagen, dass sein Gehirn eingefroren war. Seitdem saß er im Rollstuhl, schaute wie ein trauriger Clown vor sich hin, sabberte, ohne einen einzigen Ton von sich zu geben, wurde von den Krankenschwestern verwöhnt, die ihn liebevoll fütterten und ihm seine Medikamente gaben, ohne dass auch nur irgendetwas davon etwas geändert hätte.

In den ersten Jahren hatte der Staatsanwalt noch die Hoffnung, er könne sich erholen und unter dem Mantel eines Zeugenschutzprogramms mit seinem Wissen zu den Ermittlungen beitragen und so das korrupte System zum Einstürzen bringen. Er sollte eine neue Identität erhalten und berichten, was er wusste. Sie hatten beschlossen, ihn für tot zu erklären, damit er sich in Ruhe erholen konnte. Carvana stellte mich als seine Assistentin ein und verschaffte sich so die Gewissheit, dass ich meinen Mund halten würde.

»Mein Vater ist tot«, versicherte ich ihm damals.

Aber so einfach konnte ich das alles nicht hinter mir lassen. Und da war ich nun also wieder ...

Ich ging durch die Gänge zu seinem Zimmer. Jedes Mal spürte ich, wie es mir die Kehle zuschnürte, wenn ich sehen musste, was aus ihm geworden war. Ich erinnerte mich an meinen Vater, der so groß, so stark gewesen war, der mich immer, wenn er mich umarmte, in die Luft hob, und mir, als ich meinen Job als Assistentin der Zivilpolizei antrat, Ratschläge zu Recht und Moral erteilte. Diese zerbrechliche Gestalt, zusammengesunken, mit einem Spuckefaden, der ihm vom Kinn lief, Brotkrümel auf der Kleidung, brachte mich um den Verstand. Als er mich erblickte, reagierte er wie das Mädchen an der Rezeption: mit Gleichgültigkeit. Er hatte keine Ahnung, wer ich war.

Das Zimmer war einfach, spartanisch, ohne Luxus, aber es war sauber. Die Möbel hatten bereits diesen unvermeidlichen Geruch von Suppe angenommen. Auf seiner Kommode stand ein alter Fernseher, den mein Vater nicht benutzte. Die Ärzte konnten nicht garantieren, dass er wieder zu Bewusstsein käme, wahrscheinlicher war, dass er nichts verstand, nichts sagte und so lebendig war wie der Bademantel, der an seiner Tür hing.

»Herzlichen Glückwunsch zum Geburtstag, Papa«, sagte ich und küsste ihn auf den kahlen Kopf.

Natürlich hatte ich kein Geschenk dabei. Was hätte man dem alten Mann in seinem vegetativen Zustand auch schenken sollen? Ich stellte einen Klappstuhl vor ihm auf und schaute in seine leeren Augen, versuchte, ein Zeichen von intelligentem Leben zu finden. Nichts. Ich fand nie etwas, konnte aber auch nicht widerstehen, es zu versuchen.

Auf irgendeine verdrehte Weise war dieser Schlag ein Segen gewesen. So böse es klingt, man musste es so sagen. Er hatte schon immer so viele Geheimnisse. Warst du wirklich korrupt oder warst du nur das Bauernopfer?, wollte ich ihn fragen. Warum hast du so auf deine Verhaftung reagiert? Fühlst du dich schuldig für den Tod meiner Mutter? Die einzige Antwort, die ich bekam, waren sein leerer Blick und endloses Schweigen.

Ich schlug die Beine übereinander und machte es mir bequem. Ich senkte den Kopf, schloss die Augen, sah die Abfolge der Ereignisse wie einen Film vor meinem inneren Auge und erzählte ihm die unglaubliche Geschichte von Marta Campos. Ich liebte diese Momente, in denen ich ihm alles erzählen konnte, ohne etwas zu beschönigen oder lügen zu müssen. Ich war mir absolut sicher, dass nichts von dem, was ich ihm erzählte, jemals dieses Zimmer verlassen würde. Manchmal kam es mir so vor, als würde ich in seinem Gesicht den Hauch eines Lächelns oder einen Ausdruck der Zustimmung erkennen, aber ich wusste, dass das nur mein eigener Wunsch war.

Ich verfluchte Carvana, ich verfluchte das gesamte System. Arme Marta Campos. Wie konnte nur alles so falsch sein? Wie konnten diese Menschen mit ihren Abzeichen mit nichts etwas zu tun haben wollen? In Brasilien waren Polizisten der letzte Dreck. Man drückte ein Auge zu, man ließ sich bestechen, oder man starb. Ich hatte es satt, mich mit Polizisten zu umgeben, die ihre Dienstmarke versteckten, um nicht auf dem Heimweg umgebracht zu werden. Polizisten, die ihre Uniform zum Trocknen nicht in den Hof, sondern hinter den Kühlschrank hängten, damit niemand sie sah. Zivilpolizisten, die ihren Dienstausweis versteckten, um nicht bei einem Raubüberfall erschossen zu werden. Ich wollte mich nicht dafür schämen müssen, wer ich war.

Im Kommissariat, beim Ausfüllen von Berichten und der Planung von Verhören für Carvana, war ich eine lebendige

Tote. Während ich meinem Vater die Geschichte erzählte, überkam mich neue Energie, und ich spürte, wie sich etwas veränderte. Ich war stark, unbesiegbar. Ich stand auf und küsste seinen kahlen Kopf.

»Du findest, ich sollte in die Hölle hinabsteigen, um den Kerl zu schnappen, der Marta Campos das angetan hat, oder?« Wer schweigt, stimmt zu.

Aus eigener Erfahrung wusste ich bereits, dass der Tag nach einer solchen Tragödie genauso schlimm ist wie der Tag der Tragödie selbst. Im Kommissariat herrschte Chaos. Bereits, als ich durch die Tür kam, spürte ich meine Wut auf Carvana, der dort von Mikrophonen umgeben stand und jedem, der ihn fragte, ein Interview gab. Hatte er den Fall nicht so schnell wie möglich zu den Akten legen wollen? Und alles nur, um zu sehen, ob der Tod von Marta Campos nicht doch noch für irgendetwas zu gebrauchen sein konnte. Vor lauter Eitelkeit würde Carvana schon anfangen, ein Interview zu geben, wenn ihm beim Öffnen der Kühlschranktür das Licht entgegenschien.

Ich senkte meinen Kopf und schaffte es, unbemerkt an ihm vorbeizuhuschen. Als Erstes brachte ich Martas Sachen zurück in die Asservatenkammer. Ich hatte viel zu tun. Auf meinem Schreibtisch stapelten sich die Akten laufender Ermittlungen, bürokratischer Papierkram, den es auszufüllen galt. Ich erinnerte mich an die Maxime des brasilianischen öffentlichen Dienstes und beherzigte sie: Warum soll ich heute erledigen, was ich auch morgen erledigen kann?

Nachdem mein prähistorischer Computer endlich einsatzbereit war, sammelte ich alle verfügbaren Informationen, die ich über das Flirtportal, auf dem Marta angemeldet war, finden konnte. Der Gedanke, sich über das Internet in jemanden zu verlieben, war mir schon immer verrückt erschienen – als würde man Lotto spielen und erwarten, man würde den großen Jackpot gewinnen. Auch daran habe ich nie geglaubt.

Jedenfalls war es erstaunlich, wie viele meiner Singlefreundinnen sich auf der Suche nach dem Traumprinzen auf solchen Webseiten anmeldeten und ihre Fotos hineinstellten. Die armen Dinger. Viele von ihnen hatten bereits eingesehen, dass der Traumprinz nur im Märchen vorkam, und alles, was sie erwarten konnten, war ein guter Freund, der sie gelegentlich fickte. Zumindest entsprachen in diesen Fällen ihre Erwartungen an eine solche Beziehung den Tatsachen.

Das Layout der Seite AmorIdeal.com war der pure Ausdruck schlechten Geschmacks: viele bunte Herzchen und schnulzige Musik im Hintergrund. In der Mitte des Bildschirms Fotos von glücklichen Mitgliedern und die verlockende Einladung: »MÖCHTEST DU DEINE GROSSE LIEBE FINDEN? KLICKE HIER«. Marta hatte geklickt und @sexystudent88 getroffen. Ich klickte ebenfalls.

Um mich anzumelden, musste ich zahlreiche Fragen beantworten. So sollten mein Profil und meine Persönlichkeit erfasst werden. Ich musste einen schmackhaften Köder auslegen, auf den @sexystudent88, oder wie auch immer er sich nennen würde, anspringen würde. Es musste das Profil einer intelligenten Frau sein, die es verstand, ihr Leben zu genießen, gleichzeitig aber einsam und emotional zerbrechlich war.

Mein Spitzname lautete: @womaninlove. Mir gefiel er. Die Webseite empfahl mir, meinen wahren Namen anzugeben. *Du möchtest deine Beziehung doch nicht auf Lügen aufbauen, oder?*, stand dort. Ich gab »Vera« ein. Anders, aber ausreichend ähnlich, um mich später nicht in Widersprüche zu verwickeln. Nachname »Tostes«.

Zu Beginn des virtuellen Verhörs wurde ich gebeten, mein Lieblingszitat zu nennen, das neben meinem Foto erscheinen würde. Mich verließ der Mut. Welches Zitat war interessant genug, ohne gleich zu offenkundig zu sein? Vinícis de Moraes? Zu melancholisch. Jorge Luis Borges? Zu intellektuell. Sartre oder Nietzsche? Zu blasiert. Chico Buarque? Zu allgemein. Mir kam eine Idee. Die Kissen von Marta Campos, wer war es noch mal? Amy! *Love is a losing game* ... Oh ja.

Katholisch, spricht Englisch, Nichtraucherin, trinkt, aber nur gelegentlich ... Ich erschuf eine konservative Vera, ganz anders als die Verônica, die ich in Wirklichkeit war. Lebensstil: Oberklasse, aber nicht zu abgehoben. Lieblingsessen: italienische und französische Küche, Hausmannskost. Der perfekte Urlaub: Besichtigung berühmter Bauwerke. Lieblingsbuch? Ich dachte nach und suchte nach den Fotos, die ich vom Bücherregal in Martas Haus gemacht hatte. *Doktor Schiwago, Mrs. Dalloway, Stolz und Vorurteil*. Ganz versunken in die Erschaffung der perfekten, einsamen Frau, fuhr ich erschrocken zusammen, als das Telefon auf meinem Schreibtisch klingelte.

»Hallo?«

Keine Antwort. Ich legte auf und füllte weiter das Profil aus. Als die Frage nach meinen Lieblingsfilmen gestellt wurde, griff ich auf die Fotos zurück. *Die Brücken am Fluss, Zwei Söhne von Francisco, 50 Shades of Grey, Das Leuchten der Stille*. Damit hatte ich alle Möglichkeiten abgedeckt. Lieblingsfernsehsendung: *The Voice Brasil, MasterChef,* Telenovelas, Castingshows. Es fiel mir leicht, mich über diese Sendungen auf den neusten Stand zu bringen, denn ich hatte keine von ihnen bisher gesehen. In den wenigen Stunden, in denen ich mir ein wenig Unterhaltung gönnte, schaute ich Netflix. Marta Campos erschien mir nicht wie jemand, der Netflix schaute. Und meine Vera tat es daher auch nicht.

Mein Telefon klingelte erneut. Ich hob ab – nichts. Stille. Ich wunderte mich. Es war schon selten, dass das Telefon auf meinem Schreibtisch klingelte. Heutzutage rief jeder auf dem Handy an, aber jetzt zwei Anrufe direkt nacheinander? Im Kommissariat gab es genügend Witzbolde, die sich gerne einen Spaß erlaubten. Was für ein Haufen Drecksäcke.

A propos Drecksäcke, in dem Moment kam Carvana zurück in sein Büro, und meine Ruhe war dahin. Der Alte schaffte es nicht einmal, eine Viertelstunde durchzuhalten, ohne mich um etwas zu bitten – von einer Tasse Kaffee bis hin zu Tipps für ein Interview, das er mit einem wichtigen Journalisten haben würde. Als ich sein Büro betrat, lief natürlich der Fernseher. Carvana würde es um nichts auf der Welt versäumen, seine Interviews anzusehen. Aber sich um das Opfer kümmern oder sogar ermitteln? Niemals. Über den Fall sprechen und so tun, als hätte er alles Mögliche gemacht? Jederzeit. Und genau so war es auch diesmal wieder. In den Pausen arbeitete ich weiter daran, die perfekte Vera zu kreieren. Ein Teil des Fragebogens lautete »Standpunkte« – er war ellenlang, und es schien, als würde ich niemals fertig werden. Mal ehrlich, gibt es keinen einfacheren Weg, seine große Liebe zu finden?

Am Ende des Kreuzverhörs folgte eine Persönlichkeitsanalyse. Ausgeglichen, mit einem Hang zur Rationalität. Mäßiges bis hohes Interesse an Neuem. Weiß die Vorzüge zu schätzen, die Routinen mit sich bringen. Mir erschien es überzeugend genug, um den Mistkerl anzulocken.

Was noch fehlte, war ein Foto. Ich versuchte es mit zwei Bildern, auf denen ich von der Seite zu sehen war, damit man mich nicht sofort wiedererkannte. Nur wenige Minuten später: abgelehnt. Auf dem Foto musste ich eindeutig von vorne zu sehen sein. *Scheiße* ... Wenn mich irgendjemand dort erkennen würde, auf einer Partnerbörse, wäre ich die längste Zeit verheiratet gewesen.

Suzana, die Wachhabende der Nachtschicht und größte Klatschtante des Reviers, näherte sich meinem Schreibtisch. Hastig schloss ich alle Fenster, aber sie sah, dass ich etwas zu verbergen hatte. Sie legte mir den Arm um die Schultern und sagte zuckersüß: »Ich habe ein Gespräch für dich entgegengenommen. Eine Frau, sie wirkte nervös. Hat sie sich noch mal bei dir gemeldet?«

Sofort kamen mir die schweigenden Anrufe in den Sinn. Ich verneinte ihre Frage, dankte ihr für die Nachricht und rief Nelson an, den Nerd unserer Abteilung. Ich bat ihn, bei der Telefonzentrale die Nummer des Anrufers zu erfragen und zu prüfen, ob es sich um den gleichen Anrufer handelte.

»Mensch, Verô. Das kannst du doch auch allein ...«

»Ich weiß, Nelson, mein Liebling, aber ich hätte gerne, dass du die Nummer des Anrufers für mich herausfindest. Und wenn du schon dabei bist auch die Adresse.«

»Machst du heute wieder einen auf Boss?«

»Ich verspreche dir, es ist für einen guten Zweck.«

»Du hast gleich alles auf deinem Schreibtisch.«

Während er sich seinem Auftrag widmete, kehrte ich zur Auswahl der Fotos zurück. Ich entschied mich für ein älteres Bild, das mich vor fünf Jahren zeigte, dünner, mit kurzen, blond gefärbten Haaren. Ich musste verrückt sein, mich so ins Netz zu stellen. Zweifellos würde Paulo mich wiedererkennen. Scheiß drauf, wenn mein Mann es eines Tages herausfinden würde, würde er es verstehen. Ich drückte ENTER und begab mich in die digitale Welt des Flirtens.

Nelson erschien eine halbe Stunde später mit einem Zettel in der Hand. Ein gutes Zeichen. Ja, die Anrufe kamen von der gleichen Nummer.

»Hast du noch was?«, fragte ich und setzte dabei meinen ganzen Körper ein.

»Verô, du weißt, dass das Ärger gibt ...« In seinem Gesicht konnte ich sehen, dass er versuchte, sich wichtig zu machen.

»Ach was. Hast du, wonach ich suche?« Ich stand auf und flüsterte ihm ins Ohr: »Du wirst es nicht bereuen.«

Ich war froh, dass ich immer noch diese Wirkung auf ihn hatte. Die Leute sahen in ihm nur den Streber, und niemand konnte sich vorstellen, was er für ein Romantiker war. Ich begleitete ihn zu seinem Schreibtisch und stellte mich dicht hinter ihn. Ich beobachtete, wie er sich durch die verschiedenen Telefonanbieter klickte, mit Tricks, auf die ich selbst nie gekommen wäre. Auf diesem Planeten ist niemand sicher. Die einzige Möglichkeit, sich zu schützen, besteht darin, weder Telefon noch Computer zu besitzen. Wenn man es doch tut, hat man schon verloren.

Hin und wieder unterbrach Nelson seine Suche, schaute zu mir auf und rieb seinen Kopf an meinem Bauch. Ich lächelte und bat ihn weiterzumachen, mein Grinsen verriet ihm aber nicht, womit er weitermachen sollte. Es dauerte nicht lange, und da war's: Das Telefon lief auf den Namen Cláudio Antunes Brandão. Nelson sagte, er brauche noch etwas mehr Zeit, um die Adresse zu finden. Ich nutzte die Gelegenheit, zurück an meinen Schreibtisch zu gehen und die Nummer anzurufen.

Eine Frau nahm meinen Anruf entgegen: »Hallo?«

»Hallo. Mein Name ist Verônica Torres, ich bin von der Polizei. Wie heißen Sie?«

»Janete.«

»Okay, Janete. Sie haben mich angerufen ...«

Sie ließ einen Seufzer los und unterbrach mich.

»Ich glaube, mein Mann wird mich töten.« Ihre Stimme war fest und eigenartig ruhig.

»Und warum sollte er das tun?«
»Er tötet gern Frauen.«
»Hat er schon andere Frauen getötet?«
»Ja, viele.«
»Ein Frauenmörder?«
»Es tut mir leid, ich muss jetzt auflegen.«
Und die Verbindung brach ab.

6

Seit Stunden sitzt Janete im Wohnzimmer in ihrem Sessel. Sie hat jegliches Zeitgefühl verloren. Es ist, als existiere die Welt nur in ihrem Kopf.

Sie beobachtet die Dämmerung vor dem Fenster. Dunkle Wolken am Himmel, bald wird es kräftig regnen. Es macht ihr Angst. Das Prasseln des Regens auf dem Dach erinnert sie an die Kiste, an die Dunkelheit. Außerdem weiß Janete, dass schon bald die Nacht anbricht und Brandão nach Hause kommen wird, voller Energie, wie so oft.

Sie fühlt sich wie gelähmt, alles, was sie spürt, sind ihre Hände, als könne sie die Uhr anhalten, wenn sie sich so wenig wie möglich bewegt. Es fällt ihr schwer zu atmen. Sie zählt bis fünf, atmet tief ein, zählt wieder bis fünf, atmet aus, versucht, sich zu beruhigen. In den Tiefen ihrer Erinnerungen sucht sie danach, wie alles begann.

Als sie Brandão kennenlernte, war sie verrückt nach ihm. Sie hatte noch nie einen Orgasmus erlebt, bevor sie ihn traf. Sie hatte ein paar Freunde, die sich bemüht hatten, aber bei ihm konnte sie einfach keinen klaren Gedanken fassen. Sie verfiel ihm, und als sie wieder klar denken konnte, war sie ihm bereits ausgeliefert. Sie sehnte sich nach jedem neuen Treffen, ihre Phantasie nahm ihre Gedanken in Beschlag und, als würde er versuchen, sie in den Wahnsinn zu treiben, ließ er sie zappeln und um noch mehr betteln. Ihre Beziehung wurde immer leidenschaftlicher, und nach und nach brachte er, wie er es nannte, »kleine Spielzeuge« mit, um für ein bisschen Abwechslung zu sorgen. Er führte sie in die Welt der Lust ein, ließ sie die wahre Bedeutung des Wortes Sünde erkennen.

Janete war für alles offen, nur ihren Mann durfte sie nicht verlieren. Sie passte sich an, ließ sich auf jedes neue Spiel ein, fand immer eine neue Ausrede für seine ausgefallenen Vorlieben. Sie akzeptierte ihr eigenes Verlangen, kapitulierte schließlich. Sie konnte mit niemandem darüber reden, alle würden denken, sie sei verdorben. Vielleicht war sie das ja auch. Außerhalb des Bettes hasste sie Brandão aus tiefster Seele, aber schon bei der ersten Berührung vergaß sie alles um sich herum. Er war das Paradies und die Hölle zugleich, das wusste sie. Niemals würde ihr die Lust vergehen. Und, was das Schlimmste war, er wusste, welche Macht er über sie hatte.

Wie in einer Spirale des Wahnsinns nahm der Sex immer neue Ausmaße an, zu denen Janete nicht bereit war, die sie aber auch nicht aufhalten konnte. Nach so langer Zeit wusste sie: Sie ist die Komplizin eines Killers, eine passive Verbündete des Bösen, das immer schneller zu ihr zurückkehrte. Sie lebt von Schrecken zu Schrecken, ist nicht in der Lage, sich dem zu entziehen. Sie schämt sich, kommt um vor Schuldgefühlen, plant jedes Wort, das sie als Nächstes sagen wird und ... akzeptiert sein Verhalten. Sie gehorcht. Sie weint, verzweifelt. Aber sie gehorcht, sie darf ihn nicht verlieren, sie kann nicht einfach weglaufen und ihn zurücklassen, er würde bis ans Ende der Welt nach ihr suchen. Sie kann ihn nicht verraten. Es ist eine Mischung aus Angst und Leidenschaft. Am meisten fürchtet sie um sich selbst. Mein Gott, wenn er mit ihr eines Tages das

Gleiche anstellt, von dem sie überzeugt ist, dass er es mit den anderen macht ...

Er war zu weit gegangen. Ihr Vater hatte es immer gesagt, man erträgt es, bis man es nicht mehr ertragen kann! Aber sie wird nicht dumm sein, nein, sie ist es leid, etwas Falsches zu tun. Sie hat bereits einen sehr hohen Preis bezahlt. Nachdem sie schon oft daran gedacht hat, sich umzubringen, war die Geschichte dieser Marta Campos wie der Tropfen, der das Fass zum Überlaufen bringt. Wird sie auch so enden? Nein. Wenn sie schon nicht ihrem Leben ein Ende setzen kann, dann wird sie das Leben von Brandão vernichten.

Natürlich wird sie das nicht allein schaffen. Sie hat einen Plan. Janete gefiel die Art dieser Polizistin Verônica. In dem Interview hörte sie sich an wie eine Frau, die andere Frauen mit allem verteidigt, was sie hat, ein geschundenes Mädchen, aber mit Mut. Würde sie es schaffen, einen Pakt mit ihr zu schließen, wie sie es aus Filmen kennt? Würde es ihr gelingen, eine Kronzeugenregelung zu bekommen, wie man es aus den Nachrichten kennt? Oder gibt es eine solche Regelung nur bei Korruption? Würde man ihr glauben und ihre Anschuldigungen geheim halten, oder würde Brandão alles herausfinden, noch bevor irgendetwas geschah?

Sie hat diese Verônica schon zweimal angerufen, aber jedes Mal hat sie keinen Ton herausbekommen, nur ein stummer Schrei, der nicht enden wollte. In Janetes Kopf schrien die Verteidigung und die Anklage gemeinsam: Nein, ich habe noch nie ein totes Mädchen gesehen. Nein, ich habe sie auch nie wieder lebendig gesehen. Nein, ich wusste nicht, was er mit ihnen gemacht hat. Nein, ich habe ihnen kein Haar gekrümmt. Ja, ich habe jede Nacht um Vergebung gebetet und für die Seelen der armen Mädchen gebetet. Ja, es tat ihr leid. Ja, sie fühlte sich wie ein Feigling. Nein, sie würde nicht bei der

Polizei anrufen, niemand würde ihr glauben, und noch viel mehr Menschen würden leiden müssen. Ja, sie wollte sich ein Herz fassen und der Sache ein Ende setzen. Nein, ihre Angst war größer als alles andere. Nein, sie hatte es nicht verdient, so weiterzuleben, sie musste es melden, selbst wenn sie verhaftet werden würde. Verhaftet? Stundenlang schlugen Ihre Gedanken auf sie ein, wie ein Metronom auf einem Klavier. Tick, tack, tick, tack ... ja, nein, ja, nein ...

Plötzlich klingelt das Telefon. Sie erschrickt so sehr, dass sie zum Hörer rennt und abhebt. Beinahe lautlos sagt sie: »Hallo?« Es ist kaum zu hören. Am anderen Ende ertönt eine weibliche Stimme.

»Hallo, ich bin Verônica Torres von der Polizei. Wie heißen Sie?«

»Janete.«

»Okay, Janete. Sie haben mich angerufen ...«

Sie seufzt und überlegt, was sie sagen soll. Es ist so schwierig, die richtigen Worte zu finden. Aber sie darf jetzt nicht aufgeben.

»Ich glaube, mein Mann wird mich töten.«

»Und warum sollte er das tun?«

»Er tötet gern Frauen.«

Wie der Klang des Schicksals hört sie vor dem Haus die Hupe des Autos. Janete streckt ihren Hals und schaut aus dem Fenster, um sich zu vergewissern: Er ist es! Sie hört das kleine Eisentor am Eingang ins Schloss fallen und seine Schritte.

»Hat er schon andere Frauen getötet?«

»Ja, viele.«

»Ein Frauenmörder?«

»Es tut mir leid, ich muss jetzt auflegen.«

Sie macht sich beinahe in die Hose. Wenn Brandão von diesem Anruf erfährt, hat sie keine Chance. Sie stellt das Telefon zurück auf die Basis, setzt ein Lächeln auf und geht zur Tür, um ihn zu begrüßen. Sie streicht sich über ihr Kleid und versucht, das laute Schlagen ihres eigenen Herzens zu unterdrücken, nicht zu atmen. Was hatte sie dieser Polizistin nur gesagt? Jetzt gibt es kein Zurück mehr.

Sie küsst das kalte Gesicht ihres Mannes und geht in die Küche, sie versucht, normal zu gehen, vielleicht hatte er es ja schon vergessen, sie würde das Essen auf den Tisch stellen, und vielleicht sehen sie noch ein wenig fern ...

»Was ist los, mein Vögelchen? Bist du noch nicht fertig? Wir verpassen noch den Bus«, hört Janete, die ihm den Rücken zuwandte.

»Können wir das nicht auf morgen verschieben? Es sieht so aus, als würde es gleich regnen. Und Busse kommen doch jeden Tag ...«

»Red keinen Unsinn. Halt einfach den Mund und zieh dich um!«

Schaudernd tut sie, was er ihr sagt. *Komm schon Janete, gehen wir*, sagt sie zu sich selbst. *Jetzt darfst du nicht schwächeln. Verhalte dich wie immer, damit er nichts merkt. Halte noch ein bisschen durch ...*

Sie steigen ins Auto, wie immer. Durch die Windschutzscheibe sieht sie die Blitze, die den Himmel zerteilen, und hört das Grollen des Donners. Wie ein Vorbote des Untergangs. Sie schließt die Augen, legt die Hände zusammen. Sie möchte beten, aber sie betet nicht. Kein Heiliger würde ihr verzeihen, was sie in diesen Nächten getan hat.

Als sie am Busbahnhof Tietê ankommen, gießt es in Strömen. Der Ort scheint eine Welt für sich zu sein: große Menschenmassen, ein riesiges Durcheinander, der eklige Geruch von Urin, weinende Kinder, Warteschlangen vor den Bussen, Angestellte, die Koffer in die offenen Klappen stopfen, andere, die die zahllosen Koffer der Ankommenden aus den Bussen holen. Sie fragt sich immer, warum die Leute keinen größeren Koffer kaufen, statt mit zehn Taschen zu verreisen. Vielleicht wird sie es eines Tages verstehen.

Durch die Menge bahnt sie sich ihren Weg, den sie schon seit langem auswendig kennt. Eine Lektion, die sie beim ersten Mal gelernt hat, vor langer Zeit, und die sie nie vergessen wird. Kurz darauf sieht sie den Bus. Mit geschultem Blick findet sie genau die Art Mädchen, die Brandão gefällt: brünett, schlichte Kleidung, ein riesiger Koffer in der Hand. Sie wartet ein paar Minuten, um sicherzugehen, dass sie allein reist oder niemand auf sie wartet. Sie nähert sich dem mageren Mädchen, aber plötzlich taucht eine Frau auf und nimmt das Mädchen in den Arm. Verdammt. Das darf nicht wahr sein ...

Janete spürt ihre Unruhe. Normalerweise ist das nicht so schwer. Irgendjemand steigt immer aus dem Bus. Diese Mädchen aus dem Norden und Nordosten, die auf der Suche nach Arbeit in die große Stadt fahren. Sie möchte sich gar nicht vorstellen, wie Brandão reagieren wird, wenn sie kein Mädchen findet. Endlich steigt ein weiteres Mädchen aus dem Bus. In ihren Augen erkennt sie Furcht und Respekt, und ihr ist sofort klar, dass sie allein ist, überwältigt von der Größe São Paulos. Janete wartet, bis sie sich nähert, und tritt mit einem Lächeln auf sie zu: »Hallo, wie heißt du? Ich bin Glória ...«

Das Mädchen erwidert ihr Lächeln, ein wenig zaghaft, nervös. Nach einem kurzen Zögern gibt sie ihre Zurückhaltung auf: »Deusamar, aber alle nennen mich Deusa.«

»Hallo, Deusa. Hast du schon einen Job? Ich suche jemanden, der mir im Haushalt hilft, ein Dienstmädchen. Mir wurde gesagt, dass ich hier am Busbahnhof ein zuverlässiges Mädchen finden würde.«

Deusa kann ihr eigenes Glück kaum fassen. Bei dem strömenden Regen hatte sie Angst, überhaupt die Pension zu erreichen, die ihr empfohlen worden war. Noch nie in ihrem Leben hat sie so viele Menschen an einem Ort gesehen, sie hatte keine Ahnung, mit welchem Geld sie sich in der nächsten Woche etwas zu essen kaufen könnte und jetzt ... ein Stellenangebot! Die Götter meinten es zu gut mit ihr! Sie versucht, ihre Aufregung in den Griff zu bekommen, erinnert sich an die Worte des Priesters, der sie vor den Gefahren São Paulos gewarnt hat und was ihr alles zustoßen könnte. Sie betrachtet die Frau von oben bis unten, sie wirkt so sympathisch ... Dunkelhaarig, dünn, sie sieht aus wie ein Zahnstocher, spricht leise und hat ein schönes Lächeln, ganz zu schweigen von ihren strahlenden Augen. Deusa schluckt unruhig und fragt: »Was muss ich alles machen? Ich kann nicht besonders gut kochen, aber beim Putzen bin ich unschlagbar.«

»Deusa, wir befinden uns in der gleichen Situation. Ich kenne dich nicht, aber wenn man einer Person in die Augen schaut, sieht man, ob diese Person ein gutes Herz hat«, sagt Janete. Sie hat den Text auswendig gelernt, er funktioniert jedes Mal. »Ich mochte dich schon, als du aus dem Bus gestiegen bist, um deinen Koffer zu holen. Du hast eine entschlossene Art an dir, eine bestimmte Haltung, weißt du? Ich habe so viele andere Mädchen hier gesehen, und doch habe ich mich für dich entschieden ...«

»Ich bin einverstanden«, antwortet Deusa, entschlossen. »Gehen wir?«

»Gerne.«

Janete geht voraus, gefolgt von Deusa, sie trägt einige der Taschen, um ihr zu helfen. Gemeinsam laufen sie an einer überfüllten Bushaltestelle vorbei, an der die Menschen unter den Regenschirmen darauf warten, endlich nach Hause zu kommen, und nähern sich der abgeschiedenen Stelle, an der

der schwarze Corsa geparkt ist. Janete spricht über das Gehalt, erklärt ihr, dass sie keine luxuriöse Villa erwarten darf, dass sie verheiratet ist, aber keine Kinder hat. Die übliche Unterhaltung, und dann stellt sie ihr ihren Mann vor, der auf dem Fahrersitz wartet und eine Uniform der Militärpolizei trägt. Janete spürt, wie sich Deusa beim Anblick der Autorität entspannt und gleichzeitig die Schuldgefühle in ihr wachsen, aber sie wagt es nicht, den Verlauf dieser Tragödie zu verändern.

Brandão lächelt das Mädchen an, wie er immer lächelt, wenn er Janetes Auswahl gutheißt, dann streckt er seine Hand aus, um Deusa zu begrüßen.

»Steig schon mal ein, meine Liebe«, sagt er, als er mit Deusa zum Kofferraum geht, um ihr Gepäck zu verstauen.

Janete setzt sich schnell auf den Beifahrersitz und öffnet das Handschuhfach. Sie weiß, was jetzt passiert. Sie setzt sich ihre Schlafmaske auf und verdeckt ihre Augen. Sie legt die Hände auf die Ohren und versucht, jedes Geräusch zu vertreiben, aber der Regen trommelt unaufhörlich auf das Autodach, wie ein Feuerwerk in ihrem Kopf.

In der Dunkelheit hört sie, wie sich das Mädchen über den Kofferraum beugt und sich für das unglaubliche Angebot bedankt, dann hört sie das Geräusch eines Schlags, ein kurzes Stöhnen und das Schließen des Kofferraums. Zurück bleibt die furchterregende Stille, die nur vom anhaltenden Regen unterbrochen wird. Janete möchte weinen, aber sie weint nicht. Auch sie trägt Schuld.

7

Im gleichen Augenblick, als Janete auflegte, kam Nelson mit einem kleinen Stück Papier zwischen den Lippen zu meinem Schreibtisch und setzte sich. Mir war nicht nach einem seiner Scherze. Energisch griff ich nach dem Zettel und sah die darauf notierte Adresse, ein Haus im Viertel Parque do Carmo im Osten der Stadt.

»Was ziehst du denn für ein Gesicht, Verô?«, fragte Nelson. Mein Blick verriet ihm, dass er keine Antwort von mir erwarten konnte.

Ich schaltete den Computer aus und hinterließ eine Nachricht für Carvana, dass ich zu einem dringenden Termin musste. Alles, was ich benötigte, warf ich in meine Handtasche, auch eine Pistole.

Reglos stand Nelson vor mir, als wartete er auf etwas: »Bekomme ich noch nicht einmal ein Dankeschön von dir?«

»Du bist ein Genie.«

»Ein heißes Genie?«

»Genau, du bist ein heißes Genie«, antwortete ich, um seinem Ego zu schmeicheln, und gab ihm einen Kuss auf die Wange.

Das Gebäude, in dem das Polizeipräsidium von São Paulo untergebracht war, hatte zwanzig Stockwerke und mehr als tausend Mitarbeiter. Es dauerte ewig, bis der Aufzug kam, und nicht selten kam es vor, dass er nicht einmal anhielt. So lange konnte ich nicht warten und lief daher eilig die Treppen hinunter. Als ich mich ins Auto setzte, regnete es wie aus Kübeln. So ist São Paulo: bekannt für seinen Nieselregel, aber wenn es einmal richtig zu regnen beginnt, sieht man besser zu, dass man Land gewinnt. Alles verschwindet hinter einem grauen Schleier, der Verkehr kommt zum Erliegen, an jeder roten Ampel schickt man Stoßgebete zum Himmel. Zu allem Überfluss kannte ich mich im Osten der Stadt überhaupt nicht aus. Normalerweise führte mich mein Navi überallhin, verlieh mir das Gefühl, übermächtig zu sein, doch bei diesem Wetter stieß auch der kleine Wunderkasten an seine Grenzen. Der kleine Pfeil verschwand, an seiner Stelle blinkte ein »Kein Netz«-Zeichen auf.

Ich fuhr weiter auf der Schnellstraße in Richtung Osten und hoffte, dass bald wieder Normalität einkehren würde. Ich bog auf die Avenida Aricanduva, und die Liste mit den lokalen Überschwemmungen, die der Sprecher im Radio vorlas, wurde von Minute zu Minute länger. In solchen Momenten verdammte ich meine Heimatstadt. Meine Gedanken rasten. Warum hat Janete mir diesen Köder ausgeworfen? *Ich glaube, mein Mann wird mich töten* ... Glaubte sie das wirklich? Wie hatte sie dann dabei so ruhig bleiben können? Und mir dann noch sagen, dass er schon andere Frauen getötet hatte ... Wie hatte sie das herausgefunden? *Sei immer misstrauisch, Verô,* hatte mein Vater stets gesagt. Glaube niemals der ersten Aussage des weinenden Opfers, wenn es auf das Revier kommt und sagt, dass es gerade überfallen worden ist. Es kann auch nur der Versuch sein, die Versicherung zu täuschen.

Aber aus irgendeinem Grund glaubte ich Janete. Natürlich konnte ich nicht ausschließen, dass es sich bei ihr einfach nur um eine Verrückte handelte oder um jemanden, der sich einen Spaß mit der Polizei erlaubte. Doch sie konnte auch die Frau sein, die endlich ihren Mut aufbrachte, ihren grausamen Ehemann zur Strecke zu bringen. Und genau das war der Grund, warum ich versuchte, so schnell wie möglich zu ihr zu kommen. Mir gefiel nicht, wie unser Gespräch geendet hatte. Und der Stau machte es nicht besser.

An einer roten Ampel beobachtete ich die Leute, die von einer Markise zur nächsten rannten, ein alter Mann im Auto neben mir sang lauthals ein Lied mit, das ich nicht identifizieren konnte. In den Wohnhäusern brannten die Lichter, in ihnen die Menschen mit ihren funktionierenden und gescheiterten Beziehungen, und ich saß hier wie eine privilegierte Beobachterin. Als Kind hatte ich es geliebt, mit meinem Vater am Fenster zu sitzen und die Nachbarhäuser und ihre Bewohner zu beobachten. Schamlos beobachteten wir das Leben der anderen, Männer und Frauen, die von der Arbeit kamen, Schatten, die vorbeiflogen, alte Frauen, die von einem Sender zum nächsten schalteten. Mir war nicht wichtig, was wir sahen, es genügte mir, diese unbekannten Menschen für einige Sekunden zu beobachten, um mir ihre Lebensgeschichten, ihre Ängste und Träume auszumalen. Ich kannte ihre intimsten Geheimnisse, ihre Seelen. Im Zuhause eines Menschen spiegelt sich sein Geist wider. Wie würde das Haus eines Serienmörders aussehen?

Wenn Janete die Wahrheit sagte, würde ich schon bald eine Antwort auf diese Frage bekommen. Ich mochte in polizeilichen Ermittlungen unerfahren sein – in meiner Position als Assistentin war ich schon mit meiner Rolle verwachsen –, aber ich war überzeugt davon, dass alles in dieser Welt eine Frage des Einsatzes ist. Mein Wunsch, den Fall Marta Campos zu lösen, diesen Dreckssack zu schnappen, der so viele Frauen verarscht hatte, war so groß, dass ich, ohne darüber nachzudenken, all meinen Mut zusammengenommen hatte, und wie von allein waren zwei Fälle auf meinem Schreibtisch gelandet.

Ich kehrte in die Realität zurück, als mein Navi empfahl, durch die Favela Gleba do Pêssego zu fahren. Kein Ort, den man freiwillig betrat – auch nicht als Polizistin oder vielleicht erst recht nicht als Polizistin. Ich ignorierte den Vorschlag und fuhr weiter, der kleine Pfeil setzte sich wieder in Bewegung und berechnete eine neue Route. Ich habe mich so oft in engen Straßen festgefahren, ohne Asphalt, ohne Rinnstein, ohne Licht und Gott weiß was noch alles. Das Viertel Parque do Campo war ein reines Wohnviertel mit der Atmosphäre eines Friedhofes, eingepfercht in kastenförmige Strukturen, als wären die Bewohner Hamster in einem Versuchslabor.

Je weiter ich fuhr, desto tiefer gelangte ich in eine Gegend mit großen, heruntergekommen Häusern aus den 1970er und 1980er Jahren. Ich betrachtete die wenigen erleuchteten Fenster. In einem Haus sah ich zwei Frauen streiten und einen Mann, der sich ein Fußballspiel ansah. Eines dieser Häuser war das Haus eines Serienmörders. Allerdings würde man diesem Haus nicht von außen ansehen können, was sich hinter seinen Mauern verbarg.

Zwei Straßenecken von der Adresse auf meinem kleinen Zettel entfernt parkte ich mein Auto. Ich zog meine Armreifen herunter und legte sie auf den Beifahrersitz. Auch wenn sie meine Glücksbringer waren, ihr Geklimper würde mich zu schnell verraten. Nur mit meiner Pistole und einem Regenschirm bewaffnet stieg ich aus. In der Luft lag ein Geruch, in dem sich Müll und Schlamm vermischten. Die Feuchtigkeit von São Paulo kann tief in die Knochen der Menschen eindringen. Ich kniff die Augen zusammen und versuchte, etwas zu erkennen, doch es war unmöglich. Der sintflutartige Regen allein reichte schon, mir die Sicht zu nehmen, aber an diesem Ort gab es darüber hinaus nicht einmal Straßenlaternen. Ich ging langsam weiter, machte einen Bogen um die Pfützen und achtete darauf, nicht mit meinen Absätzen im Schlamm stecken zu bleiben. Das hätte mir gerade noch gefehlt. Ich balancierte mich voran und musste beinahe bis ganz an den Gartenzaun herantreten, um das richtige Haus zu finden.

Es war alt, wie alle Häuser in diesem Viertel, beige, die Farbe blätterte von der Fassade, ein einziges Fenster blickte auf den Vorgarten hinaus. Ich ging um das Grundstück herum und sah zwei weitere Fenster auf der rechten Seite, beide waren dunkel. Anscheinend war niemand zu Hause. Ich spitzte die Ohren und lauschte in die Dunkelheit hinein, ob ich irgendetwas aus dem Haus hören konnte. Ich konnte nicht einmal bis zum hinteren Ende des Gartens sehen. Da ich mich nicht überrumpeln lassen wollte, nahm ich meine Waffe aus der Tasche und entsicherte sie.

Für einen Augenblick hatte ich das Gefühl, beobachtet zu werden. Hatte ich hinter dem Vorhang des Fensters zum Vorgarten einen Schatten gesehen? Ich zuckte zusammen, entspannte mich aber kurz darauf wieder. Meine Nerven mussten mir einen Streich gespielt haben. Der Zaun war niedrig, und im Hof gab es keine Hinweise auf einen Hund. Ich zog mein lehmverschmiertes Hosenbein aus dem Schlamm und kletterte über den Zaun. Meinen Regenschirm ließ ich dort zurück und lief zur Haustür. Mit der Waffe in der Hand sah ich mich nach allen Richtungen um und ließ meinen Blick über die Umgebung wandern.

Das erste Fenster war von Fensterläden verschlossen. Geduckt lief ich hinüber und versuchte, einen Winkel zu finden, der mich etwas erkennen ließ. Nichts. Ich lief um das Haus herum, die Tür war ebenfalls verschlossen. Entlang der Wand zogen sich perfekt aufeinander abgestimmte Blumenbeete. Ich trat meine Schuhe auf der Fußmatte ab, um keine Spuren auf dem Boden zu hinterlassen. Als ich das letzte Fenster erreichte, hatte ich Glück: Die Fensterläden waren nur angelehnt, nicht geschlossen.

Ich schaute durch die Fensterscheibe und erblickte einen Teil des Wohnzimmers, der allerdings stockfinster war. Die Pistole in einer Hand, holte ich mit der anderen mein Handy hervor. Ich schaltete die Taschenlampe ein und ließ den Lichtstrahl durch das Zimmer gleiten: ein altes Sofa mit Blumenmuster, Beistelltische mit Lampen, ein Bücherregal mit einem kleinen Fernseher ... Niemand war da. Mir schoss die Vorstellung durch den Sinn, dass plötzlich ein Gesicht im Fenster erscheinen oder mich der Frauenmörder von hinten überwältigen könnte, beruhigte mich aber mit dem Gedanken, dass so etwas nur in amerikanischen Horrorfilmen vorkam. Im wahren Leben würde so etwas nicht passieren. Oder doch?

Neben dem Sofa sah ich einen kleinen Lichtpunkt, aber von meiner Position war es unmöglich zu erkennen, was es war. Vielleicht die Lampe eines Anrufbeantworters. Oder irgendein anderes Gerät. Am mir gegenüberliegenden Fenster stand eine Siebentageskerze, einsam, heruntergebrannt, vor dem Bild einer Heiligen. Ich richtete meinen Lichtstrahl auf den Altar: einige erloschene Kerzen, auf einem Sockel eine aufgeschlagene Bibel und in der Mitte von allem eine Heilige mit einer leuchtenden Krone. In dem Licht des Handys war es nicht schwer, sie zu erkennen, mit ihrem blassen, an die Zimmerwand geworfenen Schatten. Es war Nossa Senhora da Cabeça, die Heilige Mutter Gottes vom Haupte, mit dem Jesuskind auf dem einen und einem abgeschlagenen Kopf im anderen Arm.

Seit meiner Jugend hatte ich nicht mehr von ihr gehört. Ein

Schulfreund, dessen Vater bei einem Unfall einen Arm verloren hatte, hatte sie mir gezeigt. Mir lief ein Schauer über den Rücken. Es war eine ungewöhnliche Darstellung, denn die Mutter Gottes vom Haupte saß auf einem Thron aus Knochen. Ich versuchte, mich zu konzentrieren, konnte meine Gedanken aber nicht im Zaum halten. Ich musste in das Haus gelangen.

Vor meinem geistigen Auge spielte ich alle Filme ab, die ich bisher gesehen hatte, in denen Türen aufgebrochen wurden, ohne Spuren zu hinterlassen. Mir fiel der Trick mit der Kreditkarte wieder ein. Ich nahm mein Polizeiabzeichen vom Hals, bog es in meinen Händen und prüfte, wie weit ich es biegen konnte. Die Verandatür hatte neben einem Riegel auch ein Bodenschloss. Ich hockte mich hin, steckte meine Marke in den Schlitz zwischen den beiden Türflügeln und schob sie langsam nach oben, bis ich den Riegel des Schlosses zu fassen bekam. Ich begann, ihn zu drehen, vorsichtig, um ihn nicht zu verlieren, und schob ihn, bis das Schloss auf die andere Seite fiel. In aller Stille feierte ich meinen Erfolg. Die Tür war nicht mehr verankert, jetzt musste ich nur noch den Riegel umlegen.

Ich schob meine Marke zwischen den Türblättern hin und her, versuchte jeden möglichen Winkel und drückte meinen Körper mit aller Kraft gegen die Tür. Nach wenigen Sekunden hörte ich das magische Klicken. Ich war begeistert, wie die Neugier das Gehirn dazu bringen kann, sein im Laufe des Lebens erworbenes Wissen anzuwenden. Ich konnte Türen aufbrechen, wer hätte das gedacht!

Vorsichtig setzte ich einen Fuß vor den anderen, ohne das Licht einzuschalten. Die Einrichtung des Hauses war bis ins kleinste Detail aufeinander abgestimmt, Kissen mit zotteligen Fransen, ein Blumengesteck in der Mitte des Esstisches, üppige Pflanzen, perfekt gepflegt. Nichts Modernes – und alles in einem tadellosen Zustand. Der Duft von Lavendel erfüllte den Raum. Auf dem Tisch eine silberne Teekanne und ein kleines Zuckerdöschen. Läufer auf dem Teppich. Kitschig, aber für das Profil, das ich erstellen wollte, nicht hilfreich. Es war kein einziger Bilderrahmen zu sehen.

Ich schaute mir den Altar genauer an. Auf dem Boden stand ein kleines Kniebrett, das ich zuvor nicht hatte sehen können. Die einzige Heiligenfigur war eben jene Mutter Gottes vom Haupte. Warum betete diese Familie gerade diese Heilige an? Ich berührte den Thron aus Knochen, er war aus Porzellan. Die Bibel war auf einer Seite der Psalmen aufgeschlagen, Psalm 91 war rot unterstrichen: »*Wer im Schutz des Höchsten wohnt und ruht im Schatten des Allmächtigen, der sagt zum Herrn: ›Du bist für mich Zuflucht und Burg, mein Gott, dem ich vertraue. Er rettet dich aus der Schlinge des Jägers und aus allem Verderben. Er beschirmt dich mit seinen Flügeln, unter seinen Schwingen findest du Zuflucht, Schild und Schutz ist dir seine Treue. Du brauchst dich vor dem Schrecken der Nacht nicht zu fürchten, noch vor dem Pfeil, der am Tag dahinfliegt, nicht vor der Pest, die im Finstern schleicht, vor der Seuche, die wütet am Mittag. Fallen auch Tausend zu deiner Seite, dir zur Rechten zehnmal Tausend, so wird es doch dich nicht treffen.‹*« Mist, ich konnte hier nicht alles lesen. Später würde ich mir die Textstelle in Ruhe zu Gemüte führen.

Mit beiden Händen hob ich die Figur der Heiligen von ihrem Thron, um die Inschrift auf dem Sockel näher zu betrachten, und entdeckte einen kleinen Spalt. Die Heilige war hohl, und in ihrem Innern befand sich ein Stück Papier. Ich zog mein Taschenmesser aus der Hose und löste die Klemme. Vorsichtig zog ich daran, um den Lack nicht zu zerkratzen. Es war eine Arbeit, die Ruhe und Zeit verlangte –, zwei Dinge, die ich in einem dunklen Raum eines unbekannten Hauses nicht hatte, während draußen der Regen unaufhörlich niederprasselte und mich Blitze und Donner immer wieder bis ins Mark erschreckten. Wenn jetzt jemand käme, würde ich ihn nicht hören. Ich müsste mich in aller Eile verstecken, und nur Gott wusste, was dann passieren würde.

Schließlich gelang es mir, den kleinen Zettel hervorzuziehen. Es war ein in der Mitte gefaltetes, sehr altes Foto. Schwarz-weiß und anscheinend in einem Dorf im Hinterland aufgenommen. Im Hintergrund sah man mehrere Bäume und einige Hütten aus Palmwedeln. Auf dem Foto posierte ein Indiomädchen, mit langen schwarzen Haaren und schönen dunklen Augen, dem der linke Arm fehlte. Auf der Rückseite stand geschrieben: »Manuara, Stamm der Kapinor – 1955«. Was hatte das zu bedeuten? Ich fotografierte beide Seiten und steckte das Foto zurück in die Figur.

Dann stellte ich die Heilige wieder an ihren Platz und öffnete die Schublade des Altars. Darin fand ich lediglich auf laminierte Zettel geschriebene Gebete. Ich hatte schon immer ein Faible für Spiritualität und für Mystisches, aber jetzt musste ich schnell handeln. Bei meinem Rundgang durch die Zimmer bestätigte sich mein Eindruck, dass das Haus im Innern viel gepflegter war als von außen. Nachdem ich einen Blick ins Badezimmer und in ein weiteres, fast leeres Zimmer geworfen hatte, betrat ich das Schlafzimmer und öffnete die Schubladen der Nachttische.

Der rechte Nachttisch gehörte eindeutig der Frau: eine Lampe mit einem Spitzenschirm, eine Karaffe mit Wasser und einem passenden Glas, ein Bilderrahmen mit einem weiteren Foto. Es zeigte ein lächelndes Brautpaar, das in keinster Weise vermuten ließ, dass hier etwas nicht stimmte. In der Ecke ein riesiger Berg aus Kreuzworträtselheften, die alle bereits gelöst waren. In der Schublade fand ich lediglich ein paar Papiere, ein kleines Notizheft mit Eintragungen über die Kosten des Haushalts, ein paar Schlüssel und ganz hinten einige Familienfotos. An der Kleidung und den Frisuren ließ sich erkennen, dass die Fotos in den 1990er Jahren gemacht worden sein mussten. Ich drehte eines der Fotos um und sah mich bestätigt: »Jales, 1997«. Auf fast allen dieser Fotos umarmten sich vier lächelnde Frauen, von denen eine älter war als die anderen drei: zweifellos eine Mutter mit ihren drei Töchtern. Welche von ihnen war Janete? Ich machte mir im Geiste weitere Notizen – ihre Familiengeschichte könnte ihre Aussage bestätigen oder zum Einstürzen bringen.

Der Nachttisch des Mannes war verschlossen, natürlich. Aber das konnte mich nicht aufhalten – inzwischen war ich ja beinahe Expertin darin, mit meiner Dienstmarke Schlösser zu knacken. In der Schublade fand ich Munition für eine .40er und eine .380er, ein Prepaid-Handy, zahlreiche Playboyhefte und einige, sagen wir mal, richtige Pornohefte. In einem violetten Umschlag kleine Notizzettel mit handgeschriebenen Nachrichten. »*Ich habe dir Canjiquinha gekocht, den süßen Brei, den du so gerne isst, mein Liebling. Janete.*« Oder »*Liebling, du fehlst mir so sehr, wenn du so lange arbeitest und erst spät von der Arbeit nach Hause kommst. Ich vermisse deine Küsse, deinen Geruch, deine Umarmung. Janete.*« Es waren kleine Botschaften, ohne Datum, aber alle mit sehr viel Leidenschaft. Das passte nicht zu einer Frau, die glaubte, ihr Mann sei ein Serienmörder, der sie jeden Moment umbringen könne.

Im selben Umschlag fand ich neben den Nachrichten ein weiteres altes, bereits vergilbtes Foto einer wunderschönen Frau. Ich wusste sofort, dass es Janete sein musste: brünett, helle Augen, dunkles Haar. Weiter hinten in der Schublade ein Haufen Damenslips und Tangas, einige rosa, andere mit kleinen Herzen und Blümchen. Die Höschen wirkten billig, waren verwaschen, verfärbt, und der Geruch, den sie verströmten, war intensiv. Sie rochen benutzt und waren lange Zeit nicht gewaschen worden. Welche Phantasien hatte dieser Typ? Janete sagte, ihr Mann habe bereits Frauen getötet, aber sie hatte nichts davon erzählt, ob sie selbst misshandelt wurde.

Auch wenn sich das alles mit meiner Vorstellung eines Frauenmörders deckte, so waren es keine Beweise. Es war zu früh, um die Geschichte jemandem anzuvertrauen. Vielleicht hatte sie übertrieben, um ihren Mann loszuwerden. Der Kerl konnte einfach ein Freak sein, was zweifelsohne gefährlich, aber kein Verbrechen war. Mir selbst gefiel es, Paulo die Augen zu verbinden, ihm Handschellen anzulegen und allerlei Dinge einzusetzen, die ich im Sexshop in der Nähe unseres Hauses gekauft hatte. Nach mehreren Ehejahren und als Mutter von zwei Kindern musste man kreativ sein, wenn man sich im Bett nicht mit der Routine abfinden wollte.

Ich schaute in den Kleiderschrank, ohne etwas Auffälliges zu finden. Dann legte ich mich auf das Bett und beugte mich über die Bettkante, um darunter zu schauen. Ich tastete mich mit den Fingern voran, bis sie etwas berührten, einen versteckten Karton. Ich zog ihn hervor, öffnete ihn und erwartete einen Schatz, meine Lösung des Falls. Im Karton fand ich Vibratoren in verschiedenen Größen, Seidentücher, eine Peitsche, abgebrannte Kerzen und einen seltsamen Karton, auf dem »Schock-Therapie-Set, mit vier waschbaren Klemmen und Elektroschockwellen« geschrieben stand. Je mehr ich fand, umso mulmiger wurde mir. Ich legte alles wieder an seinen Platz zurück und strich das Laken auf dem Bett glatt. Es wäre besser, wenn niemand bemerken würde, dass ich mich hier umgeschaut hatte.

Ich ging in die Küche. Auch dort war alles makellos, ein Mixer, ein Wasserspender unter einem gehäkelten Überzug,

Brotkorb, Tonkrug. In meinem Kopf entstand ein Profil von Janete: Nach den Familienfotos, dem Schrein, dem Duft von Lavendel und all den Gegenständen im Haus war sie zweifellos eine einsame Hausfrau, die aus dem Landesinneren kam. Sie hatte ihre Familie verlassen, war den ganzen Tag allein zu Hause und wartete darauf, dass ihr Mann von der Arbeit kam. Das erklärte die Nachrichten und die Kreuzworträtsel, sie musste sich die Zeit vertreiben.

Im Wirtschaftsraum stieß ich auf ein weiteres Puzzleteil und erschrak. Am Wassertank hingen zwei gestärkte und gebügelte Uniformen der Militärpolizei. Ihr Mann war Polizist! Natürlich hatte ich schon gehört, dass hier in diesem Viertel eine Menge Militärpolizisten wohnten, aber auf den Gedanken war ich bisher noch nicht gekommen. Das war eine Erklärung für die Munition und die Handschellen, nicht aber für die getragenen Slips in seiner Schublade.

In diesem Moment war ich mir sicher, dass Carvana mich umbringen würde, wenn er von meinem Ausflug erfahren würde. Sowohl bei der Zivilpolizei als auch bei der Militärpolizei gab es genug Leute, mit denen man sich besser nicht anlegte. Ich musste zusehen, dass ich hier verschwand, ich hatte mein Glück schon lange genug auf die Probe gestellt. Ein letztes Mal schaute ich mich im Haus um, um mich zu vergewissern, nichts übersehen zu haben, verriegelte dann die Tür, durch die ich gekommen war, und trat durch die Haustür ins Freie. Es regnete immer noch in Strömen. Ich griff nach dem auf den Rasen gewehten Regenschirm und sprang über den Zaun. Ohne mich umzusehen, lief ich zu meinem Auto. Als ich eine Berührung an meinem Rücken spürte, fiel ich beinahe in Ohnmacht.

»Suchen Sie jemanden?«

Eine alte Frau mit knochigen Fingern, in einen Schal gewickelt und mit einem Regenschirm in der Hand. Sie sah aus wie eine Bulldogge, und ich erkannte sofort, dass sie eine dieser Klatschweiber war, die alles und wirklich alles taten, um ein bisschen herumzuschnüffeln. Sogar bei einem solchen Wetter vor die Haustür zu treten. Ich schaute sie entwaffnend an: »Das tue ich. Ich habe geklopft, aber anscheinend ist niemand zu Hause.«

»Ich habe gesehen, wie sie mit dem Auto weggefahren sind«, antwortete die Alte stolz. »Wen suchen Sie denn?«

»Meine Cousine Luiza, aus Minas Gerais. Kennen Sie sie?«

Die alte Frau runzelte die Stirn und schaute mich von oben bis unten an.

»Hier wohnt keine Luiza«, sagte sie widerwillig. »Die junge Frau, die dort wohnt, heißt Janete. Was wollen Sie um diese Uhrzeit von ihr?«

»Nichts, Senhora. Ich sagte doch, ich suche meine Cousine Luiza.«

Die Alte würde noch weiterbohren, es war also besser, so schnell wie möglich zu verschwinden. Ich drehte mich um und ging. Ich stieg ins Auto, warf meine Tasche und den Regenschirm in den Fußraum des Beifahrersitzes, streifte meine Armreifen über und fuhr los. Der Verkehr war immer noch die Hölle, und es dauerte zwei Stunden, bis ich endlich zu Hause ankam, komplett durchnässt und schlammverschmiert. Obwohl ich am Ende war, trieb mich meine Neugier an. Jeder Fall war wie eine Matrioschka: Hat man einen Durchbruch erzielt, steht man auch schon vor dem nächsten Rätsel. Nachdem ich das Haus von Janete durchsucht hatte, war es jetzt an der Zeit, mich um Marta zu kümmern, mich an den Computer zu setzen und meine Nachrichten auf AmorIdeal.com zu lesen.

Ich öffnete die Haustür, und Tränen der Rührung traten mir in die Augen. Der Tisch war für zwei Personen gedeckt, die Kerzen brannten, in den Gläsern funkelte der Wein. Mein Gott, Paulo hatte wieder einen seiner romantischen Abende. Alles, was ich jetzt noch tun musste, war, genug Energie für ein romantisches Abendessen aufzubringen.

»Hallo Schatz«, sagte er und kam mit der Weinflasche in der Hand auf mich zu.

Ich lächelte ihn an. »Hallo, Liebling ...«

Er küsste meinen Nacken, meinen Hals. Ich genoss es, entzog mich dann aber seinen Berührungen.

»Warte, warte. Ich bin total schmutzig und verschwitzt.«

»Ich liebe dich, wenn du so verschwitzt bist, Liebes, das weißt du doch ... Dann riechst du einfach nur nach dir selbst.«

Verzweifelt sah ich meinen Mann auf mich zukommen, voller Begierde. Ich hatte keine Chance, ihm zu entkommen, ohne dass er misstrauisch würde. Noch schlimmer war, dass es dann unweigerlich wieder in einem heftigen Streit geendet hätte.

»Ach, Schatz, ich liebe dich auch«, reichte ich ihm die Friedenspfeife. »Lass mich nur schnell unter die Dusche springen und mir etwas Besonderes für dich anziehen.«

Zähneknirschend akzeptierte er mein Angebot. Ich ging ins Badezimmer, stellte die Dusche an und stellte mich, ohne mich auszuziehen, unter den Wasserstrahl. Es war der reinste Genuss, das Wasser zu spüren, wie es über meinen Körper rann. Um in Stimmung zu kommen, brauchte ich immer eine Aufwärmphase. Ich wartete, bis ich mich in der richtigen Stimmung wähnte, zog ein Kleid an, in dem ich mich selbst unwiderstehlich fand, und ging mit triefenden Haaren zurück ins Wohnzimmer.

Paulo hatte die Flasche Cabernet Sauvignon bereits allein ausgetrunken. Ich öffnete eine zweite, setzte mich an den Tisch und steuerte unsere Unterhaltung während des Essens, füllte sein Glas immer wieder mit Wein und mischte meinen Wein mit Wasser, ohne dass er es mitbekam. Als wir ins Bett gingen, brachten wir es schnell hinter uns, ohne Vorspiel, er war viel zu scharf auf mich und viel zu betrunken. Er kam, ohne dass ich viel dafür hatte tun müssen, und rollte zur Seite, wo er auf der Stelle einschlief. Mein Tiger würde die ganze Nacht schnarchen und mich in Ruhe lassen. Ich stand auf, um meinen Laptop zu holen.

Als ich mich auf der Seite anmeldete, leuchteten sechsundneunzig Antworten auf. Ich war überwältigt. Sechsundneunzig! Diese Typen sind wie die Geier, wusste ich es doch! Ich konnte nichts dagegen tun, ich genoss die Aufmerksamkeit, konzentrierte mich aber schnell wieder und klickte durch die Nachrichten. Die Pseudonyme reichten vom Offensichtlichen zum Surrealen: Achilles, John, Heiratemichnochheute, Strandboy1, Interessanter Mann, Viavencedor, Tony Burnet. Wie zu erwarten keine Nachricht von @sexystudent88 oder Pietro. Wahrscheinlich wechselte er jedes Mal seinen Benutzernamen und die Zugangsdaten.

Ich fing an, diejenigen zu löschen, die nichts mit dem von mir gesuchten Profil zu tun hatten. Männer über vierzig wurden sofort gelöscht. @sexystudent88 war jünger. Aus den Nachrichten, die er Marta geschrieben hatte, schloss ich, dass er gebildet sein musste, wahrscheinlich hat er studiert. Er verwendete Begriffe, die jemand aus São Paulo nur selten sagte. Kam er am Ende gar nicht von hier? Oder war er einfach aus dem Süden oder Norden nach São Paulo gezogen? Carvana würde sagen: *Bleib auf dem Boden, Verô. Mach es nicht zu kompliziert!*

Die Spalte mit den Dingen, die ich mochte, half mir, meine Auswahl weiter einzugrenzen. @sexystudent88 war zweifellos jemand, dem »Kontakt mit der Familie«, »Pünktlichkeit«,

»strenge Erziehung« und »Treue« wichtig waren – ein interessantes Profil mit genügend Flexibilität, um unsichere Frauen anzuziehen. Marta Campos hat sich von einem Gentleman hereinlegen lassen. Ich löschte alle mit traditionellen und weniger attraktiven Berufen wie Buchhalter und Soldaten.

Ich verringerte die Zahl meiner Optionen von sechsundneunzig auf vierundfünfzig, was immer noch zu viele waren. Unter ihnen gab es alles: Geschäftsmänner, Ärzte, ein Philosoph, Zahnärzte, Anwälte, ein Historiker. Natürlich garantierte mir nichts, dass @sexystudent88 einer von ihnen war. Ich brauchte mehr Auswahlkriterien, um den richtigen Mann anzulocken. Dazu musste ich mehr über das Leben von Marta Campos erfahren.

Als die Morgendämmerung anbrach, sah ich mir auf meinem Handy die Fotos an, die ich in ihrem Haus gemacht hatte. Wieder und wieder schaute ich mir die Bilder an, vergrößerte mehrere Details. Ich blätterte durch ihr Notizheft, voller nutzloser Einträge. Einige Termine hatte sie unterstrichen: Arztbesuche, Termine im Fitnessstudio oder im Schönheitssalon. Kein Hinweis auf ein Treffen mit ihrem Peiniger. Auf der letzten Seite des Notizheftes fand ich eine Karte von einem Unternehmen mit dem Namen Quartilles und einem Foto von Marta.

Nach einer kurzen Suche fand ich heraus, dass Quartilles ein internationales Bauunternehmen mit Sitz in der Avenida Paulista war. Martas Arbeitsplatz und der perfekte Ort, um mehr über sie herauszufinden. Ich beschloss, dem Unternehmen am nächsten Tag einen Besuch abzustatten. Ihre Pinnwand mit den Ergebnissen ihrer privaten Ermittlungen erschien mir ebenfalls wie eine Fundgrube mit vielen nützlichen Informationen, aber es würde mich Stunden kosten, alles eingehend zu studieren. Auch wenn mich die Aufregung wachhielt, spürte ich den Widerstand meines Körpers, der um Schlaf bettelte. Vielleicht morgen.

All die Antworten auf der Webseite hatten mir immerhin eines bestätigt: Ich war @sexystudent88 auf den Fersen. Ich konnte das Arschloch beinahe schon riechen. Neben meinem Mann, der unter der Decke verkrochen lag, schloss ich die Augen und genoss die Vorstellung, was ich mit dem Kerl machen würde, wenn ich ihn fand. Würde ich ihn der Presse übergeben? Würde ich ihn an die Polizei ausliefern? Auf keinen Fall. Ich fasste einen Beschluss: Ich würde ihm den Schwanz abschneiden.

8

Janete sitzt auf dem Beifahrersitz und hat keine Ahnung, wohin die Fahrt sie führt. Mit verbundenen Augen fühlt es sich für sie an, als würden sie schon seit Stunden durch die Gegend fahren. Brandão spricht nicht mit ihr, er fährt nur, während er immer und immer wieder diese unerträgliche Musik spielt. Es klingt wie ein Lied der Indios, die Stimmen der Stammesfrauen, die in einem nervösen Rhythmus, begleitet vom Klang von Rasseln und klagenden Rufen, mit ihren Füßen auf den Boden stampfen. Janete bekommt Gänsehaut.

Nach so vielen Malen hat sie sich daran gewöhnt, nicht mehr zu fragen – wohin bringst du mich? Was ist das für eine Musik? Was ist mit dem Mädchen im Kofferraum? Sie weiß, dass es sinnlos ist. Zitternd und hilflos spürt sie, dass sie die asphaltierte Straße verlassen haben. An verregneten Tagen wie heute kommen sie jetzt nur noch im zweiten oder dritten Gang voran. Sie fahren ein Stückchen weiter und halten an. Noch ein Stückchen, wieder anhalten. Vom ewigen Anfahren und Abbremsen breitet sich Übelkeit in ihrem Magen aus. Sie schluckt trocken und versucht, sich auf irgendein Geräusch zu konzentrieren, einen Geruch zu erkennen, der ihr hilft herauszufinden, wohin sie fahren.

Plötzlich reißt es sie nach rechts. Das Auto wird durchgerüttelt. Der Regen lässt nach, und Janete ist sich sicher, dass sie den Großraum São Paulo immer weiter hinter sich lassen. Sie hört den Klang von Kies und nimmt einen vertrauten Geruch wahr. Sie hat gelernt, wie sich die Düfte hier draußen im Einklang mit den Jahreszeiten ändern. Manchmal riecht sie Zitronengras, manchmal Jasmin. Der Gesang der Zikaden ist besonders im Frühling und im Sommer ohrenbetäubend. Aber all das stört sie weniger als diese verdammte Musik, die ununterbrochen aus den Boxen schallt.

Der Wagen wird langsamer. Es fühlt sich an, als führen sie über ein Viehgitter, kurz darauf halten sie an. Brandão steigt aus, und Janete hört das Knarren eines Schlagbaums. Sie bleibt mit verbundenen Augen auf ihrem Sitz, faltet ihre Hände im Schoß, atmet schwer. Die Bewegung des Autos bestätigt ihren Verdacht: Sie fahren ein paar Meter weiter und erneut steigt ihr Mann aus dem Fahrzeug. Schließt er den Schlagbaum? Oder macht er etwas anderes? Sie weiß nicht, was er tut, aber jedes Mal dauert es mehrere Minuten, bis er zu ihr zurückkommt.

Die Stille der Nacht lässt die Geräusche der Natur erklingen, sanft und angenehm, aber schon bald hört sie ein Poltern aus dem Kofferraum. Deusa erlangt wohl allmählich wieder das Bewusstsein, erkennt, dass sie dort gefangen ist, keucht in Panik auf, während sie gegen das Blech schlägt, die Abdeckung zerkratzt und an die Rückbank tritt. Janete hat das Bedürfnis zu handeln, zu sehen, wo sie sich befindet, Deusa aus diesem Albtraum zu befreien.

Sie nimmt all ihren Mut zusammen und führt ihre zitternden Hände langsam zu ihrem Gesicht. Sie berührt ihr Kinn, ihren Nacken, ihr Haar und beginnt zu weinen. So weit ist sie noch nie gegangen. Ihre Finger berühren das Gummiband der Schlafmaske, der Zeigefinger zieht den Stoff einige Zentimeter nach oben, sie erblickt einen Lichtpunkt auf dem Armaturenbrett.

Ihre Hände streifen das Gesicht und wischen die Tränen ab, die ihr über die Wange gelaufen sind. Vorsichtig hebt sie die Augenbinde etwas weiter an und schaut sich um. Sie glaubt nicht, was sie sieht. Um sie herum ist es stockfinster, verlassen, es gibt keine Laternenmasten, keine Häuser, nichts. Alles, was sie erahnen kann, sind Büsche und Schatten von Bäumen. Das Auto steht auf einer Lichtung. Aber wo ist Brandão? Wohin hat er sie gebracht? Sie will aus dem Auto steigen und nachsehen, aber sie ist jetzt schon viel zu weit gegangen. Sie hat Todesangst, dass er sie so findet. Sie kehrt zurück in die Dunkelheit, legt ihre Hände in den Schoß. Geduldig wartet sie. Fünf Minuten, vierzig Minuten, sie weiß es nicht. Das ist Teil der Folter.

Endlich hört sie seine Schritte auf dem nassen Gras. Sie spannt ihren Körper an und hofft inständig, dass er sie nicht von weitem beobachtet hat. Brandão öffnet die Beifahrertür, schaltet das Radio aus, packt sie am Arm und führt sie in die Dunkelheit hinaus. Sie riecht die nasse Erde, auf ihrem Weg durch das unwegsame Gelände bleiben ihre Schuhe immer wieder im Lehm stecken. Dann führt er sie eine Wendeltreppe hinunter. Janete setzt behutsam einen Fuß vor den anderen, ihre Hände auf seinen Schultern ruhend, sie tastet sich langsam vorwärts, unter der Maske kann sie nicht sehen, wohin sie tritt. Sie berührt den Handlauf und spürt das kalte und nasse Metall. Jahrelang dachte sie, der Ort, an den er sie führt, befände sich im Keller eines Hauses. Jetzt weiß sie, dass es ein Bunker sein muss. Ein Bunker mitten in der Einöde!

Sie riecht den mit Äther vermischten Schimmel, als wäre sie in einem alten Krankenhaus. Janete zögert, geht dann widerwillig weiter, von ihrem Mann am Arm geführt. Brandão zwingt sie, sich auf einen großen, weichen, drehbaren Stuhl zu setzen und die Augenbinde abzunehmen.

Sie gehorcht ihm. Alles, was sie sehen kann, ist der rote Samt auf den Armlehnen und die feuchte Wand wenige Meter vor ihr. An der Decke verläuft eine Stahlschiene, sie erkennt nicht, wo sie anfängt oder endet. An diesem Ort scheint sie sich inmitten des Geschehens zu befinden, als wäre sie der Mittelpunkt, doch das ist nur ein Gefühl – sie hat keine Ahnung, wie groß der Raum hinter ihr ist, sie denkt nicht einmal daran, über ihre Schulter zu blicken.

»Die Kiste«, sagt er und zeigt auf den Gegenstand, der nur wenige Zentimeter vor ihr auf dem Boden steht.

Janete zittert am ganzen Körper. Allein bei dem Anblick packt sie die nackte Angst. In diesem Moment erträgt sie es nicht mehr, sie hat ihre Grenze erreicht. Ein saurer Geschmack steigt ihr in der Kehle empor. Ihre Augen brennen. *Alles, aber bitte nicht die Kiste*, denkt sie. Sie versucht, Zeit zu gewinnen, tut so, als würde sie ihn nicht hören, ihren Blick auf die raue Wand aus muffigen Ziegelsteinen gerichtet studiert sie die Zeichnungen, die Moos und Unkraut dort hinterlassen haben.

»Die Kiste, mein Vögelchen«, wiederholt er ruhig, aber mit Nachdruck.

Wenn Brandão die Stimme senkt, steigt die Gefahr. Kraftlos geht sie in die Hocke, streckt ihre Hände aus und greift nach der Kiste. Wie leicht sie ist. Sie ist groß, schlicht, aus dünnem Holz und bietet gerade so viel Platz, dass ihr Kopf hineinpasst. An den Seiten sind ein paar kleine Löcher, genau auf der Höhe ihrer Ohren. Janete weiß, warum: Brandão will, dass sie dem Ritual zuhört.

Resigniert beginnt sie, das Folterwerkzeug anzulegen. Sie öffnet die Kiste, setzt sie sich auf den Kopf, taucht ein in die absolute Dunkelheit und schließt den Verschluss an ihrem

Hals. Sie drückt die Metallspange zu, die die Kiste auf ihren Schultern hält, als verschlucke sie ihren Kopf.

Klick.

Brandão prüft den Sitz der Kiste, rüttelt an ihr. Er dreht den Stuhl um hundertachtzig Grad, so, dass sie mit dem Rücken zur Wand sitzt und auf das ausgerichtet ist, was dort passieren mag. Janete weiß nie, was unmittelbar vor ihren Augen geschieht, sie kann es sich nur vorstellen. Ohne etwas zu sehen, nur die beängstigenden Geräusche hörend, wird ihre Vorstellungskraft angefacht, hinterlässt Narben in ihrer Erinnerung wie ein Feuer auf der Haut eines Kindes. Manchmal glaubt sie, dass sie Glück hat, nicht mitansehen zu müssen, was Brandão mit den Mädchen vom Busbahnhof macht. Dann wiederum ... welche Ohnmacht, bei Gott, welche Ohnmacht!

Der Geruch von feuchtem Holz steigt ihr in die Nase. Er ist ekelerregend, aber schon bald wird er von etwas anderem überlagert: dem Geruch nach etwas Brennendem. Sie hört, wie mehrere Streichhölzer entzündet werden, und kommt zu dem Schluss, dass Brandão den Bunker mit Kerzen erleuchtet. Hat er hier etwa einen Altar aufgebaut? Oder gibt es an diesem Ort kein elektrisches Licht?

Sie atmet tief ein und versucht, die verschiedenen Gerüche voneinander zu unterscheiden. Sie hat bereits die Polizei verständigt und mit der Polizistin Verônica telefoniert. Sie ist dabei, ihr Leben auf den Kopf zu stellen, und muss dabei sehr aufmerksam sein, andernfalls wird sie diesen Ort niemals wiederfinden. Sie braucht mehr Anhaltspunkte. Sie atmet tiefer: Kerosin, jetzt ist sie sicher. Petroleumlampen? Fackeln?

Im Bunker wird es immer heißer. So ist es jedes Mal. Um sie herum steigt eine Hitze auf, als würde sie in der Hölle brennen. Außerdem durchdringt der Geruch von Kaffee den Raum. Am Anfang konnte sie kaum glauben, was sie roch:

Brandão unterbrach sein Vorhaben tatsächlich, um Kaffee zu kochen. Sie hört das Plätschern des Kaffees, wenn er ihn in einen anderen Behälter füllt – eine Thermoskanne? Ohne ein Wort zu ihr zu sagen, steigt er die Metalltreppe hinauf, während er wieder seine furchtbare Melodie pfeift. Während sie seinen Schritten lauscht, dreht sie die Kiste ein wenig, damit sie bequemer sitzt. Es ist schwierig, das Ding drückt ihr im Nacken, aber Janete hat gelernt, in welchen Positionen es sich besser ertragen lässt. Durch die seitlichen Löcher in der Kiste fallen einzelne Lichtstrahlen hinein, ohne dass sie das Innere der Kiste erhellen würden. Sie sind so dünn wie Nadeln. Sie kann auch nicht durch die Löcher schauen – sie hat es bereits versucht, es bringt nichts. Und so bleibt ihr nichts anderes übrig, als still dazusitzen, bis Brandão wieder zurückkommt.

Sie hört seine Schritte auf der Treppe, diesmal langsam und schwer, zweifellos, weil er Deusa in seinen Armen trägt. Oder bildet sie es sich nur ein? Vielleicht läuft sie auch vor ihm, den Lauf der Pistole in ihrem Rücken. Nein, dann würde Janete die Schritte von zwei Personen hören ... Es sei denn, die junge Frau ist barfuß. Sie lauscht angespannt und verflucht sich dafür. Ihre Neugierde besiegt ihre Angst. Wenn sie aufmerksam hinhört, entdeckt sie immer wieder ein neues Detail, und sie weiß, dass alles nützlich sein wird, wenn sie das nächste Mal mit der Polizei redet.

Schlaf, meine Kleine, es lohnt sich nicht aufzuwachen, pfeift Brandão. Unter dem Schlaflied hört sie Deusa gedämpft stöhnen. Hat er sie betäubt? Oder geknebelt?

Schon bald beginnt der Albtraum: Deusa schreit ununterbrochen, lange, qualvolle Schreie, vermischt mit dem Quietschen von Ketten, die über die Zahnräder rasseln. Der Klang von Metall auf Metall hallt in ihrer Kiste wider. Es ist ohrenbetäubend. Ein Zug, zwei Züge, drei Züge. Sie kann beinahe sehen, wie das Mädchen an den Ketten in die Höhe gezogen wird. Hängt sie mit dem Kopf nach oben oder nach unten?

Das Knarzen der Ketten ist nach kaum einer Minute wieder vorbei. Dann kommt die Feuerpause. Brandão entfernt sich, steigt die Treppe hinauf, lässt die Falltür ins Schloss knallen. Sie weiß nicht, ob er sie dort einschließt, aber sie weiß, dass er den Kaffee mitgenommen hat – gemeinsam mit ihm verschwindet auch der Duft danach. Deusa wimmert weiter, ruft nach Hilfe, will eine Erklärung oder wenigstens Hoffnung. Sie muss sehr gut gefesselt sein, das Metall der Ketten quietscht, wenn sie sich bewegt, wie ein grausames Orchester.

Janete könnte den Verschluss öffnen, sich aus der Dunkelheit befreien und umschauen. Brandão ist nicht da, und jedes Mal, wenn er mit dem Kaffee den Bunker verlässt, vergeht eine Ewigkeit, bis er wieder zurückkommt. Sie ist nicht an den Stuhl gefesselt, sie kann tun, was sie will, aber sie tut nichts. Sie denkt an ihre Familie, an ihre verstorbene Mutter, ihre Schwestern, ihren alten Wunsch, eigene Kinder zu haben. Diesen Traum hat sie schon vor langer Zeit aufgegeben. Sie nimmt die Antibabypille mit derselben Hingabe, mit der sie jeden Tag ihre Psalmen betet. Sie stellt sich vor, Mutter und gleichzeitig Ziel von Brandãos Zorn zu sein, aufgehängt und gefoltert. Sie würde es nicht ertragen. Sie schafft es ja nicht einmal, Deusa, die nicht aufhört zu schreien, ein paar beruhigende Worte zuzuflüstern.

In Brandãos Augen sind Frauen wertlos. Er spricht nie mit ihnen, muss ihnen nicht in die Augen sehen, wenn sie voller Hoffnung aus dem Bus steigen, um ein neues Leben zu beginnen. Er muss sich nicht die Fragmente ihrer Geschichten anhören, während sie zum Auto gehen, und nicht die Fotos ihrer Kinder ansehen – oft sind es noch Babys –, die sie Janete auf dem Smartphone zeigen, ängstlich darauf bedacht zu erklären, dass sie nach São Paulo gekommen sind, um Geld für sie zu verdienen. Janete könnte es nicht ertragen, in Deusas Augen zu blicken. Für sie ist sie ein Mensch. Für Brandão ist sie nichts anderes als Müll.

Sie bleibt reglos sitzen, die Arme angespannt auf den Lehnen. Tausend Ideen im Kopf, nur fehlt ihr der Mut. Die Angst lähmt sie. Diese Rechtfertigung gefällt ihr: Angst. Jeder würde das verstehen. So viele Male hat sie schon dafür gebetet, dass Brandão schnell zurückkehrt, um seinem Treiben ein schnelles Ende zu bereiten. Dann wiederum betet sie dafür, dass er ihr mehr Zeit lässt, als würde er wie durch ein Wunder seinen Plan ändern. Doch nicht einmal wurde ihr Gebet erhört.

Im Inneren der Kiste wird es immer heißer und heißer, Schweiß dringt ihr durch jede Pore, und sie verliert das Zeitgefühl. Das Atmen fällt ihr von Minute zu Minute schwerer, der Kragen ihrer Bluse ist bereits schweißgetränkt. Die Klaustrophobie lässt in ihr die Vorstellung entstehen, dass auch der Bunker eine Kiste ist. Die Kiste in einer Kiste.

Sie wird von Brandão geweckt, der inzwischen zurückgekehrt ist und, so hört es sich an, mit einer Plane beschäftigt ist. Sie hat ihn nicht einmal kommen hören. Das Geräusch von Metall auf Metall. Eine Schere? Schärft er ein Skalpell? Oder Messer? Dumpfe Schläge. Auf jeden einzelnen folgt ein Schrei von Deusa. Janete weiß, dass sie die ganze Nacht damit verbringen wird, die Schreie des armen Mädchens zu hören und sich ihren Schmerz auszumalen.

Sie ist weniger als zwei Meter entfernt von allem, was dort geschieht, und versucht, sich auf die Geräusche jenseits der Schreie zu konzentrieren. Womit verursacht er ihr solch unsagbare Schmerzen? Vor ihrem inneren Auge sieht sie Zangen und Pinzetten. Aber es ist der Klang eines Hammers, Nägel, die durch Fleisch dringen. Die Schläge sind immer wieder unterbrochen, aber sie hören nicht auf. Scheibchenweise schnappt Janete auf, wie Deusa um ihr Leben fleht: »Um Himmels willen, tun Sie mir das nicht an!«

»Bitte, nicht schon wieder!«

»Aufhören, bitte, aufhören!«

Man hört das Knallen von Lederpeitschen, Ketten, die aneinanderreiben. Manchmal lacht Brandão auf, und Janete weiß, dass er sie auslacht, wie sie so erbärmlich in ihrer Kiste sitzt. Erneut ein metallisches Schnarren, erneute Schreie. Nachdem er seine Werkzeuge benutzt hat, wirft er sie achtlos auf den Boden.

»Schlaf, meine Kleine«, hört sie ihn zu Deusa sagen, und Janete stellt sich vor, wie er liebevoll ihr feuchtes Gesicht in die Hände nimmt. »Schlaf jetzt, ich werde dir zeigen, wie sich wahres Vergnügen anfühlt.«

Wieder hört man das Geräusch der Ketten, wie sie über die Zahnräder rasseln, Weinen, ersticktes Schluchzen. Das Knistern der grausamen Annäherung von zwei blanken elektrischen Drähten. Janete erschaudert am ganzen Körper bei dem Gedanken an die Stromstöße, die durch den zarten Körper fahren. Es hat lange gedauert, bis sie sich an das Elektroschockset gewöhnt hatte, das Brandão gerne im Bett benutzt. Immerhin war es dafür gedacht, Vergnügen zu bereiten.

Ab und zu hört sie, wie Klettverschlüsse und Lederriemen geschlossen werden, und Deusa keuchen: »Das ist zu eng!« Haben sie Sex? Die plötzliche Stille lässt den Schluss zu, dass das Mädchen ohnmächtig geworden ist. Als sie aufwacht, ist sie bald schon wieder ruhig, wahrscheinlich trägt sie eine Ledermaske, wie Janete sie aus den Pornoheften kennt, die ihr Mann sammelt. Manchmal hört sie ein Geräusch, als würde Deusa ersticken, und erinnert sich an den Knebel, den sie wie einen Ball im Mund getragen hat. Brandão atmet immer schwerer und schwerer. Sie kennt diesen unzüchtigen Rhythmus, den Klang der Stöße, die Schläge auf der nackten Haut.

In der Kiste spürt Janete die Eifersucht. Sie kann nicht mehr richtig atmen. Sie schwitzt, aber kann sich den Schweiß nicht abwischen. Sie ist kurz davor, das Bewusstsein zu verlieren. Plötzlich verändert sich der Klang von Deusas Stöhnen. Janete hasst diesen Moment, aber er kommt immer. Wie kann jemand so schnell von Panik und Horror zum Vergnügen übergehen? Die ersten Male hat sie noch gezweifelt, dachte, es sei nur Einbildung. Inzwischen weiß sie es besser: Sie stöhnt vor Lust. Deusa leidet, zittert, aber sie genießt es. Ist das möglich? Eindeutig nutzt Brandão seine Fähigkeiten im Bett, um sein Ziel zu erreichen. Sie weiß, dass er dazu in der Lage ist. Sie ist eine Gefangene seines Mundes, seiner Hände und seiner Zauberei.

Janete hat keine Ahnung, wie lange es dauert, aber sie hört weiter zu. Sie schämt sich, doch gleichzeitig spürt sie ihre Erregung. In der Dunkelheit der Kiste stellt sie sich das Treiben vor, beinahe kann sie spüren, wie er sie leckt, aber jetzt macht er es nur für Deusa. Sie rebelliert gegen sich selbst, mit ihren Fingernägeln reißt sie die Haut ihrer Handflächen auf, versucht, um jeden Preis zu verhindern, dass ihr Körper an dieser Orgie teilnimmt. Aber sie kann nichts dagegen tun.

Schließlich wird Deusa von einem schmerzhaften Orgasmus überrollt. Wie ein wildes Tier brüllt Brandão und greift nach den Ketten. Janete hört schrilles Pfeifen, wie das Rauschen einer Achterbahn. Die Stimme von Deusa dreht sich immer schneller in ihrem Kopf. Je mehr sie an Geschwindigkeit zunimmt, desto lauter, desto heiserer lacht Brandão. Janete wird so schwindelig, dass sie für einen Moment ohnmächtig wird. Die Geräusche vermischen sich in ihrem Kopf, die

Schreie hallen wider, und sie kann nicht mehr unterscheiden, was real und was ein Fragment ihrer Erinnerung ist.

Dann kommt die Stille. Eine unbehagliche, beinahe schmerzhafte Stille nach so viel Lärm. Sie ist sich sicher, dass er sie genau in diesem Moment tötet. Warum wäre Deusa sonst so still? Oder hat er sie nur betäubt? Janete hört das Rascheln von Plastik und dann einen stummen Ton, der sie daran erinnert, wie ihr Vater die Hühnchen für das sonntägliche Mittagessen abgestochen hat. In gewisser Weise ist sie erleichtert. Das bedeutet, dass das Ritual zu Ende geht.

Brandão steigt wieder die Treppe hinauf – langsam, mit schweren Schritten. Sie stellt sich vor, wie er den toten Körper von Deusa nach oben trägt. Dann ist Janete allein, nicht fähig, sich zu bewegen. Es ist, als würde ein Nebel auf sie niedersinken und ihre Sinne betäuben. Sie ist vollkommen erschöpft.

Wenige Minuten später kehrt ihr Mann zurück, und sie bemerkt, wie er seine Hände auf die Lehne legt. Er nähert sich ihr, dreht den Stuhl wieder an die Wand und befiehlt Janete, die Kiste abzunehmen. Sie gehorcht ihm, öffnet den Verschluss. *Klick.* Sie kann nicht glauben, dass sie es wieder geschafft hat. Sie dachte, sie würde sterben. Sie will es nicht, aber sie beginnt zu weinen. Brandão schiebt seine Hand in ihr Höschen und stellt fest, dass sie erregt ist, sie ist feucht.

»Du bist nicht viel anders als ich«, sagt er. »Heilige des harten Schwanzes.«

Janete wird von Scham übermannt. Sie weiß selbst nicht, wie es sein kann, dass sie so erregt wird, es geschieht einfach, was soll sie tun? Die Dunkelheit in der Kiste unterstützt es nur. Sie steht vor Brandão und spürt das Verlangen, sich umzudrehen und den Ort zu untersuchen, nachzuschauen, ob sie Blut auf dem Boden findet, wo die Werkzeuge und die Ketten sind, ob Deusa noch da ist, tot oder lebendig. Seine Polizeiunform ist immer noch tadellos, sie hat nicht einen einzigen Flecken. Wie schafft er all das, ohne sich schmutzig zu machen?

»Setz die Binde auf«, befiehlt er ihr.

»Wo ist das Mädchen? Du hast sie umgebracht, oder?«

»Nein.«

Sie versucht, in seinen Augen nach der Wahrheit zu lesen, aber es gelingt ihr nicht, irgendetwas zu sehen. Tränen laufen ihr über die Wangen. Brandão streckt seine Zunge heraus und leckt eine nach der anderen ab. Er mag es, ihre Tränen zu schmecken.

»Das geht vorbei, mein Vögelchen. Wir ficken, und dir wird verziehen.«

Es fühlt sich an, als sauge er ihr mit seinen Worten alle Lebensenergie aus dem Körper. Gedemütigt legt Janete die Augenbinde an und ihren Arm um Brandãos Schulter. Er führt sie, und gemeinsam gehen sie zum Auto zurück. Ihr mentales Unvermögen vereint sich mit dem Unvermögen, nicht zu sehen, wohin sie geht. Sie ekelt sich vor sich selbst, vor Brandão, vor dem Leben. Sie atmet die reine Luft der Lichtung, aber es hilft nichts. Bevor sie ins Auto steigt, übergibt sie sich. Drei große Schübe, die tief aus ihren Eingeweiden kommen. Sie sitzt regungslos auf dem Beifahrersitz und wartet, aber mehr kommt nicht. Sie ist leer.

Ihr Mann startet den Motor. Nach kurzer Zeit sind sie wieder zu Hause – die Rückfahrt erscheint ihr immer viel kürzer. Auf dem Sofa nimmt sie die Augenbinde ab und lässt ihren Blick durch das Zimmer wandern, in dem sie sich sicher fühlt. Es ist ihr Nest. Er nähert sich, küsst ihren Hals, während er seinen Gürtel öffnet, und führt sie ins Schlafzimmer. Janete versucht, ihm auszuweichen, die Eindrücke sind noch zu frisch, dann gibt sie nach in einer Mischung aus Angst, Erstaunen, Unterwürfigkeit und Verlangen.

Brandão leckt ihren Körper, saugt ihr Schaudern auf, streichelt sie an den richtigen Stellen, flüstert ihr ins Ohr und knabbert dort, wo sie es am liebsten hat. Im Bett verschwindet das Monster, und es kommt ihr wunderbarer Mann zum Vorschein.

Sie vergisst alles. Sie vergisst die Kiste, den Schrecken, die Schreie, den Horror.

In diesen Momenten liebt sie ihn.

9

Der Morgen hielt mich ordentlich auf Trab. Zum Glück war ich an diesem Morgen wie beflügelt aufgewacht: Schnell setzte ich einen Kaffee auf und machte meine Familie für den Tag fertig. Ich fühlte mich wie eine dieser Frauen in den Kochshows. Seitdem ich beschlossen hatte, diesen Frauen zu helfen, hatte ich mich selbst in eine andere Frau verwandelt. Ich schickte Carvana eine Nachricht, dass Rafa mit Fieber aufgewacht sei und ich daher erst am späten Nachmittag aufs Kommissariat kommen könne. Ich konnte die Spannung nicht mehr ertragen und musste unbedingt die Informationen der Pinnwand untersuchen, die ich im Haus von Marta Campos gefunden hatte.

Ich sammelte alle Papiere zusammen, setzte mich an den Esstisch und öffnete noch im Pyjama meine Notizen. Endlich erfüllte Stille das Haus. Ich kam mir vor wie eine Königin in ihrem eigenen Reich. Die Zettel sortierte ich nach Themen auf einzelne Stapel: Visitenkarten, Quittungen und Belege, Fotos, Rechnungen von Apotheken und Bäckereien, offene Rechnungen, Fahrkarten und Notizen ohne erkennbare Bedeutung.

Ich begann mit den Fotos. Es waren ohnehin nur zwei. Auf dem einen war eine glückliche Marta gemeinsam mit zwei anderen Frauen zu sehen, im Schatten einer Kokospalme an irgendeinem Strand. Ein Foto mit Freundinnen, keine Anmerkung auf der Rückseite. Auf dem anderen sah ich Marta mit einem attraktiven jungen Mann mit jugendlichen Gesichtszügen, makelloser Kleidung und einem gut gestutzten Bart – die Art Mann, die auch im zunehmenden Alter immer noch jung aussah, während die Frau neben ihm immer älter wurde. Er stand neben einer jüngeren, fülligeren Marta, die in einem antiken Sessel saß, und sah sie stolz an, beide Händchen haltend, verliebt. Sie trug einen Verlobungsring an ihrem Finger und strahlte glücklich in die Kamera. Ich griff nach einem Bleistift (ich liebe es, mit Bleistift zu schreiben) und notierte meine Gedanken in dem Notizbuch: Freund? Ehemann? Ist er gestorben? Hat er sich umgebracht? Ich musste wissen, welche Fragen ich zu stellen hatte, wenn ich an ihrem Arbeitsplatz erscheinen würde. Wie eine Journalistin bereitete ich mich auf meinen Interviewpartner vor.

Der Stapel mit den Visitenkarten sah nicht so aus, als würde er mir viele Erkenntnisse bringen. Mehrere Karten von Restaurants: Gato Gordo, Coco Babu, Le Vin, Trattoria do Sargento, einige japanische Restaurants, Paris 6 Bistrô, Varandas Gourmet, Pizzerien und Lieferdienste. Ich konnte darin kein besonderes Muster erkennen, weder bei den Adressen noch bei der Art der Gerichte. Vielleicht hatte sie eine Vorliebe für die französische Küche? Jedenfalls nichts, was mir weiterhalf.

Daneben weitere Visitenkarten – vom Zahnarzt mit einer Notiz für den nächsten Termin auf der Rückseite über einen Immobilienverwalter bis hin zu einem Reisebüro. War einer von ihnen der, den ich suchte? Ich notierte mir sämtliche Namen und ging zum nächsten Stapel über: ein Auszug aus dem Internet mit ihren Eintragungen im Verkehrsregister. Keine Bußgelder in der letzten Zeit, allerdings drei Punkte in der Verkehrssünderkartei, was mich zu einer Reihe weiterer Fragen führte: Wo war Martas Auto? Sie war mit dem Taxi zum Polizeirevier gefahren. Anscheinend hatte sie überprüft, ob jemand mit ihrem Auto einen Strafzettel bekommen hatte. Hatte sie es jemandem geliehen? Oder war es gestohlen worden?

Immer wieder musste ich meine Sitzposition ändern. Ich war rastlos, spürte die Enttäuschung in mir. Der Weg, der mir zuvor noch so leicht erschienen war, erwies sich als unwegsamer als gedacht. Wenn ich ehrlich bin, hatte ich mir mehr von ihrer Pinnwand erhofft. Ich wusste, dass sich dort die Dokumente befunden hatten, mit denen Marta innerhalb weniger Tage die wahre Identität von @sexystudent88 herauszufinden versucht hatte. Ihre Logik zu verstehen, sofern es überhaupt eine gab, war meine größte Herausforderung. In wenigen Augenblicken war diese Pinnwand zu einem belanglosen Gegenstand des Hauses geworden, ein Ort, an den man alles heftet, nur um es aus den Augen zu bekommen, im Zweifelsfall aber schnell zur Hand zu haben. Ich selbst war eine Meisterin darin, nutzlose Zettel aufzubewahren, weil ich immer wieder dachte, dass ich sie eines Tages für irgendetwas brauchen könnte.

Der nächste Stapel machte mir wieder mehr Hoffnung – eine Sammlung verschiedener Nachrichten und Informationen über den unter der Bezeichnung »Gute Nacht, Aschenputtel« bekannt gewordenen Fall sowie eine Zusammenfassung der Auswirkungen von GHB – der »Vergewaltigungsdroge« –, von Ketamin, den K.-o.-Tropfen »Burundanga« und Rohypnol auf Menschen: fünf Stunden vollkommene Amnesie, wenn man sie mit Alkohol mischt. Es gab nur wenige Statistiken darüber, denn kaum eine Frau wagte es, Anzeige zu erstatten, nachdem sie Opfer dieser Drogen geworden war. Wenn Marta diese Auswirkungen bei sich festgestellt hatte, war @sexystudent88 kein Anfänger, der lediglich seinen Charme einzusetzen wusste. Und er musste Zugang zu diesen Drogen haben.

Zuletzt gab es eine Zeichnung, der vorsichtige Versuch eines Porträts. Es sprangen keine besonderen Merkmale ins Auge, obwohl es recht gut gezeichnet war. Es ähnelte sogar ein wenig dem Typ auf dem Foto, obwohl es mit Sicherheit nicht dieselbe Person war. Dieses Porträt konnte nur das von @sexystudent88 sein.

In meinem Kopf entstand ein neues Bild. Ein Bild, auf das ich zurückgreifen konnte, wenn ich Martas Arbeitskollegen befragte. Ich blickte auf die Uhr, räumte hastig alles zusammen, zog mich an und machte mich auf den Weg zur Firma Quartilles. Entschuldige, Carvana, aber du hättest in deinen »guten Zeiten« dasselbe getan.

Ich bog auf die Avenida Paulista und suchte gleichzeitig nach der Hausummer und einem bezahlbaren Parkplatz, was in diesem Viertel beinahe aussichtslos war. Im Eingangsbereich des Gebäudes, vor dem Schalter mit der Rezeption, stand eine lange Schlange. Ich hob meinen Polizeiausweis in die Luft, ging an der Schlange vorbei und forderte die drei Rezeptionistinnen auf, kein Wort über meine Anwesenheit zu verraten. Privileg der Polizei. Überraschung war immer die beste Waffe. Ich stieg in den mit Anzugträgern voll besetzten Aufzug und fuhr in den fünften Stock hinauf.

Bereits im Flur kam eine gut gekleidete Sekretärin auf mich zu und fragte: »Guten Morgen. Mit wem haben Sie einen Termin?«

Ich zeigte ihr meine Dienstmarke.

»Mein Name ist Verônica Torres. Ich ermittle wegen des Todes von Marta Campos, die hier gearbeitet hat. Sie haben es wahrscheinlich in den Nachrichten gesehen ...«

In ihren Augen leuchtete es unmittelbar auf, und sie lächelte mich an, als wäre ich nicht wegen eines so tragischen Grunds hier.

»Natürlich habe ich es gesehen. Das ist so traurig. Es hat mich so mitgenommen. Die Arme ... Sich so das Leben zu nehmen! Wir haben sie ermutigt, zur Polizei zu gehen, wahrscheinlich hätten wir das nicht tun sollen. Sie konnte die Last nicht mehr tragen.«

Die junge Frau streckte ihren Körper, und ich konnte ihr Namensschild lesen.

»Kennen Sie jemanden, der mit weiterhelfen kann, Juliana? Ich muss ein wenig mehr über Marta erfahren ...«

Es war offensichtlich, dass sie mir helfen wollte. Ihre langweilige Routine hatte sich plötzlich in eine spannende Episode einer Krimiserie entwickelt.

Sie blickte sich um, bevor sie mir zuflüsterte: »Am besten unterhalten Sie sich mit Regina. Die beiden haben sich einen Schreibtisch geteilt. Ich werde sie anrufen.«

Während ich wartete, betrachtete ich die Dekoration am Eingang der Firma. Elegant, aber langweilig. Eine Pflanze hier, eine Blumenvase dort, die üblichen unpersönlichen Bilder an den Wänden. Nach wenigen Minuten erschien Regina und bat mich herein.

Der Raum war riesig und wurde lediglich durch weiße Stellwände in kleinere Bereiche unterteilt. Wenn man an einem solchen Ort arbeitete, konnte man nicht viele Geheimnisse für sich behalten, hier gab es keine Privatsphäre, keine Türen, die man schließen konnte. Ich setzte mich an eine dieser Arbeitsinseln, wie sie sie nannten, genau auf den Stuhl, auf dem wenige Tage zuvor noch Marta gesessen hatte.

Regina zog ihren Stuhl für sich herum und setzte sich zu mir: »Sie sind von der Polizei?«

Sie schaute mir direkt ins Gesicht. Sie war schlank, brünett, mit glatten Haaren, die von einem Gummiband zusammengehalten wurden. Ihre Augen waren müde, ihre Stimme so heiser wie die von jemanden, der sein ganzes Leben lang geraucht hat.

»Mein Name ist Verônica Torres. Ich bin verantwortlich für die Untersuchungen des Todes von Marta. Wie lange kennen Sie beide sich schon?«

»Etwa sieben Jahre. In diesem Unternehmen gibt es nur wenige Wechsel, wir sind beinahe wie eine große Familie, obwohl Marta sehr schüchtern ist, wissen Sie? Ich meine ... Ich sollte wohl sagen, dass sie sehr schüchtern *war*. Mir fällt es immer noch schwer, in der Vergangenheit von ihr zu sprechen«, sagte sie leise, und ihre Augen füllten sich mit Tränen. Sie sahen echt aus. »Wir waren keine richtigen Freundinnen, aber ich mochte sie, wissen Sie?«

»Ich verstehe, meine Liebe«, antwortete ich und versuchte, verständnisvoll zu klingen.

Plötzlich stand sie auf. »Ich hole mir ein Glas Wasser und einen Kaffee. Möchten Sie auch etwas?«

»Ein Wasser, bitte.«

Ich nutzte die Gelegenheit, Martas Schreibtisch zu untersuchen. Keine Fotos, nichts Persönliches an der Trennwand, nur ein moderner Computer und einige Papphren für die Entwürfe der Architekten. Wie konnte jemand seinen Beruf so gut von seinem Privatleben trennen? Bei mir kollidierten die beiden Welten andauernd.

Regina kam zurück, setzte sich auf ihren Schreibtischstuhl und nippte an ihrem dampfenden Kaffee.

»Was genau wollen Sie wissen?«

»Erzählen Sie mir von Marta. Was immer Ihnen einfällt, Sie müssen nichts beschönigen. Erzählen Sie einfach, auch wenn es Ihnen irrelevant erscheint.«

»In Ordnung. Auch wenn ich glaube, dass ich nicht viel weiß ...«

Ich gab ihr einen kleinen Anstoß: »Hatte Marta Familie, einen Freund?«

»Sie war sehr einsam ... Einzelkind, sie ist bei ihrer Großtante auf dem Land groß geworden, wissen Sie. Die ist allerdings schon vor langer Zeit gestorben.« Regina seufzte. »Dann kam sie nach São Paulo und hat hier Architektur studiert. Auf einer Betriebsfeier hat sie ihren Verlobten kennengelernt.«

»Ihren Verlobten? Ist er das?«

Ich zeigte ihr das Foto, das ich an Martas Pinnwand gefunden hatte.

»Genau, das ist er. João Paulo. Ich habe ihn drei- oder viermal getroffen. Die beiden waren sechs Jahre zusammen. Sie war so glücklich, sie haben zusammengewohnt und wollten heiraten. Eines Tages hat er ihr dann die Wahrheit gestanden. Alle hatten es gewusst, aber niemand hat etwas gesagt. Sie muss es auch gewusst haben, etwas anderes kann ich mir gar nicht vorstellen. Er war vom anderen Ufer.«

»Er war schwul?«

»Stockschwul. Er wollte lediglich eine Scheinehe eingehen, denn er hatte wahnsinnige Angst vor seiner Mutter, einer Angehörigen der High Society. Sie wollte unbedingt einen maskulinen Sohn haben, einen ›richtigen‹ Mann eben. Aber seine Kinder kann man sich nicht aussuchen, nicht wahr? Diese Familien mit ihren großen Namen scheinen immer noch im vorletzten Jahrhundert festzuhängen. Der Arme hat Marta alles gestanden, sie war am Boden zerstört. Sie sagte, dass sie so was nie von ihm erwartet hätte, wissen Sie? Sie müssen das verstehen. Das war ein Problem, für das es keine Lösung gab, damit kam Marta überhaupt nicht zurecht. Nach der Trennung wurde sie sogar etwas depressiv.«

»Wie lange ist das her?«

Regina drehte ihre Tasse in den Händen, während sie nachdachte.

»So ungefähr acht Monate.«

»Und was war dann?«

»Dann war es vorbei. Marta hat sich komplett verändert. Sie stand wieder auf, hat sich in die Hände gespuckt und einmal kräftig geschüttelt. Sie war ziemlich unerfahren, wenn sie wissen, was ich meine? Während ihres Studiums hatte sie nur einen Freund. Sie war treu, ergeben, wollte unbedingt heiraten. Dann verlobte sie sich mit genau dem einen, der ihr nicht geben konnte, was sie wollte. Sie war übergewichtig, wissen Sie?«

»Übergewichtig? Als sie auf das Polizeirevier kam, war sie ganz schön dünn.«

»Eine falsche Dünne, Senhora Torres. Nachdem sie den Kerl hinter sich gelassen hat, hat sie beschlossen, die verlorene Zeit aufzuholen und ihr Dasein als Single zu genießen, wissen Sie. Sie hätte nur zwanzig Kilo abnehmen müssen, um wieder in Form zu kommen, aber das schaffte sie nicht. Sie hat sich einfach den Magen verkleinern lassen, wissen Sie. Sie hat ihren Kleidungsstil geändert, wurde lässiger, lockerer.«

Menschen, die am Ende jedes Satzes »wissen Sie« sagen, regen mich auf. Ich versuchte, mich weiter zu konzentrieren.

»Wie sah ihr Neuanfang aus? Hat sie sich mit vielen Männern getroffen? Ist sie viel ausgegangen?«

»Nein, nicht besonders, nur dass sie ihren Vorsatz, das Leben mehr zu genießen, auch in die Tat umsetzen wollte, wissen Sie? Die Singles hier im Büro haben ihr tausend Tipps gegeben. Sie hat sich sogar ein paar Apps heruntergeladen, um neue Leute kennenzulernen, wissen Sie? ... Wir haben ihr gezeigt, wie das Leben da draußen funktioniert. Auf Tinder hatte sie keinen Erfolg, aber sofort beim ersten Dating-Portal, bei dem sie sich angemeldet hat, tauchte Pietro auf.«

»Wissen Sie, welches Portal das war?«

»Ja, sie hat mir ein paar der Nachrichten gezeigt. Die Seite heißt AmorIdeal.com. Ich halte eigentlich nichts davon, jemanden über das Internet kennenzulernen, aber ich muss zugeben, dass das nach ihrem Absturz die glücklichste Zeit für Marta war. Es war erstaunlich, wie strahlend, wie schön sie plötzlich war. Sie hat sich neue Kleider gekauft, verschiedene Dessous, sie schwebte auf Wolke sieben, wissen Sie? Sie haben sich monatelang geschrieben.«

»Und haben sie sich während dieser Zeit häufig getroffen?«

»Nicht ein einziges Mal. Sie sagte, er wohne in einer anderen Stadt. Alles lief nur online. Und so ging es immer weiter ...«

»Inwiefern ging es immer weiter? Wissen Sie, ob er Sie um Geld gebeten hat?«

Regina nahm auf ihrem Stuhl eine abwehrende Haltung ein.

»Das ist jetzt aber ziemlich persönlich, nicht?«

»Bitte, verraten Sie es mir. Es ist sehr wichtig.«

»Ab und zu hat er sie um Geld gebeten, ja. Aber niemals so, als wäre es nur ein Vorwand gewesen, wissen Sie? Ich meine, er war niemand, der reiche Frauen ausnimmt. Soweit ich weiß, hat Pietro studiert, er war jünger als sie, einer Architektin mit abgeschlossenem Studium, mit einer festen Anstellung und einem guten Gehalt. Er hat Philosophie studiert und hatte hin und wieder ein paar Probleme. Irgendwas mit seiner Familie. Er hat Marta nie um große Summen gebeten. Nichts, weswegen sie Verdacht geschöpft hätte.«

»Also hat sie ihm Geld gegeben, ohne dass die beiden sich überhaupt einmal persönlich getroffen hatten?«

Regina starrte mich immer noch an, als hätte sie erst jetzt bemerkt, wie absurd sich das anhörte.

»Ja, ein paarmal hat sie das gemacht«, sagte sie. »Ich weiß nicht, wie ich es Ihnen erklären soll. Ich fühle mich mitverantwortlich, nichts gemerkt zu haben. Aber Marta war so glücklich ... Sie haben sich stundenlang Nachrichten hin- und hergeschickt. Es schien, als würden sie sich schon jahrelang kennen, sie hörten die gleiche Musik, mochten die gleichen Filme und Bücher, als wären sie Seelenverwandte.«

Solche Betrüger recherchieren alles über ihre Opfer, meistens ältere Frauen, die gerade ein einschneidendes Erlebnis hinter sich haben wie eine Trennung oder der plötzliche Tod ihres Mannes. Dann erscheinen sie auf der Bühne, lammfromm, spezialisiert darauf, die Scherben einer zerbrechlichen Person zusammenzukitten. Sie führen gleichzeitig Gespräche mit mehreren Frauen in verschiedenen Stadien der Eroberung, um keine Zeit zu verlieren. Am Ende des Tages zerschlagen sie die Scherben erneut und nehmen ihren Opfern das bisschen Würde, das ihnen noch geblieben ist.

Ich setzte mein Gespräch mit Regina fort, ohne sie unter Druck zu setzen. Sie würde sich zweifellos verschließen, wenn sie sich für Martas Unglück verantwortlich fühlen würde.

»Regina, wann hat sie angefangen, Pietro zu misstrauen?«

»Sie misstraute ihm nicht, das war das Schlimmste. Sie hat niemandem misstraut. Bis er eines Tages schrieb, dass er in der Stadt sei, und ihr vorschlug, sich mit ihm zu treffen. Marta hat vor Freude beinahe den Verstand verloren. Sie hat sich so intensiv auf dieses Treffen vorbereitet, war den ganzen Tag beim Friseur, beim Wachsen, bei der Maniküre. Sie war so wunderschön ...«

Regina bremste sich, sie wollte nicht zu viel erzählen. Ich versuchte um jeden Preis, eine Verbindung zu ihr aufzubauen, damit sie weiterredete.

»Ich half ihr, die Dessous auszuwählen, ihre Kleidung, und

sogar ich muss zugeben, sie sah wirklich scharf aus«, fuhr sie fort. »Warum sollte sie nicht endlich einmal Glück in der Liebe haben? Aber dann ging alles schief ...«

»Inwiefern?«

»So schief wie es nur gehen konnte. Es führte sie direkt in die Hölle. Am Montag nach ihrem Date erschien Marta nicht zur Arbeit. Ich dachte, sie hätte sich einen Tag freigenommen, weil ihr Date so gut gelaufen sei, aber als sie dann am Dienstag wieder zur Arbeit kam ... Die Arme, sie kam hier angekrochen, dass man sie kaum erkennen konnte. Ihre Augen waren zugeschwollen, sie war in sich zusammengefallen, weinte ununterbrochen. Zunächst wollte sie nicht darüber sprechen, aber jeder, der sie kannte, wollte wissen, wie ihr Treffen verlaufen war. In einem so großen Büro wie diesem verfolgt man das Leben der anderen, wissen Sie?«

»Ich weiß«, antwortete ich. Wenn sie noch einmal »wissen Sie« sagte, würde ich ihr eine scheuern. »Und was ist passiert?«

»Sie ist nach Strich und Faden verarscht worden: Sie hat sich mit diesem Kerl zum Abendessen getroffen, danach sind sie zu ihr nach Hause gegangen. Er erzählte, er wohne in einem Hotel, und ab einem bestimmten Punkt konnte sie sich an nichts mehr erinnern. Am nächsten Tag ist sie in ihrem Bett aufgewacht und alles war weg. Laptop, Geld, Schmuck ...«

»Das Auto?«

»Ja, das Auto auch.«

Mittlerweile war es mehr als wahrscheinlich, dass dieses Arschloch ihr Auto schon an irgendeinen Händler weiterverkauft hatte. Möglicherweise hatte Marta Carvana gar nichts davon erzählt, sonst hätte er gar keine andere Wahl gehabt, als eine Anzeige aufnehmen zu müssen. Zweifellos hatte sie ihm ihre Geschichte nur zur Hälfte erzählt, beschämt, ängstlich, dass er sie für dumm halten würde.

»Er hat alles mitgenommen. Es war schrecklich ...«, fügte Regina hinzu. »Nur ihr Handy hat er dagelassen.«

Pietro war schlau. Er wusste wahrscheinlich, dass es sich nicht lohnte, ein Handy mitgehen zu lassen. Es wäre zu leicht zu orten. Ich sagte nichts und wartete, bis Regina das Gespräch wiederaufnahm.

»In den nächsten Tagen litt sie sehr. Sie hat immer wieder versucht, ihn zu erreichen. Sie schickte ihm E-Mails, Nachrichten über Facebook, aber er hatte alles gelöscht. Er ist vollkommen von der Bildfläche verschwunden«, sagte sie. »Es war ihr so peinlich, auf einen solchen Typen hereingefallen zu sein, dass wir hier im Büro alles in Bewegung gesetzt haben, damit sie zur Polizei geht. Inzwischen weiß ich nicht mehr, ob das die richtige Idee von uns war ...«

»Natürlich war es das! Das hätte sie sofort tun sollen!«

»Marta wollte das auf gar keinen Fall. Sie war so verängstigt, dass sie nicht einmal ihre Autoversicherung angerufen hat. Sie dachte, sie könnte auf eigene Faust ermitteln, sammelte alle Informationen, die sie bekommen konnte. Dann, nach ungefähr fünf Tagen, erschienen diese Pusteln an ihrem Mund ... Da hatte sie den Punkt erreicht, an dem sie nicht mehr tiefer sinken konnte. Diese eitrigen Blasen platzten immer wieder auf.«

»Wissen Sie, was für eine Krankheit sie hatte? Am Mund und an der Scheide?«

»An der Scheide? Ich wusste nur von ihrem Mund ... Ich weiß nicht, was es war, aber es war ziemlich hässlich. Marta wartete auf ein Testergebnis, aber ich glaube, sie hatte es noch nicht bekommen, oder?«

»Keine Ahnung«, log ich. »Glauben Sie, dass sie es von ihm hatte?«

»Natürlich hatte sie das. Von wem sonst außer von Pietro? Marta hat sich doch mit niemand anderem getroffen.«

»Regina, erinnern Sie sich, an welchem Tag sie sich mit Pietro getroffen hat?«

»Das war der Freitag vor dem Feiertag am 7. September. Wie lange ist das jetzt her, zehn Tage?«

»Und wo haben sie sich getroffen?«

»Ich habe keine Ahnung. Soweit ich mich erinnere, sagte Marta, dass Pietro sie überraschen wolle, sie an einen besonderen Ort ausführen wolle, wissen Sie? Nach allem wäre es zu demütigend gewesen, sie auch noch zu fragen, wo sie sich getroffen haben, finden Sie nicht? Was hätte das denn gebracht?«

»Vielleicht hat das Restaurant Überwachungskameras, und wir könnten das Filmmaterial von diesem Abend bekommen. Bilder von dem Kerl, der Marta hereingelegt hat.«

Regina wurde blass.

»Oh, mein Gott, ich hätte sie fragen sollen! Wollen Sie, dass ich hier mit ein paar Leuten spreche? Vielleicht weiß es ja jemand von den anderen. Wie dumm von mir ...«

»Machen Sie sich keine Sorgen«, antwortete ich und hatte das Gefühl, dass unser Gespräch seinem Ende entgegenging. Ich stand auf. »Wir machen es so, ich lasse Ihnen meine Handynummer da, und wenn Sie etwas herausfinden, dann rufen Sie mich an, okay?«

»In Ordnung«, sagte sie, nahm den Zettel und faltete ihn sorgfältig zusammen.

Ich verabschiedete mich, fuhr mit dem Fahrstuhl zurück ins Erdgeschoss und trat auf die chaotische Avenida Paulista hinaus. Der kurze Spaziergang zu meinem Parkplatz würde mir guttun und beim Nachdenken helfen.

Ich tauchte in das Meer von Menschen ein, eine weitere unter Millionen, unsichtbar.

Unter dem Eindruck dessen, was ich soeben erfahren hatte, stieg ich ins Auto. Bevor ich den Motor startete, ging ich meine Notizen durch. War die Magenoperation ein weiteres Opferprofil dieses Typen? Ohne Zeit zu verschwenden, rief ich Prata an, einen Arzt der Gerichtsmedizin, mit dem ich vor ein paar Jahren eine kurze Affäre hatte. Da wir beide verheiratet waren, Kinder hatten und der Sex mit »durchschnittlich« noch wohlwollend beschrieben war, beließen wir es dabei und wurden Freunde. Prata war ein unglaublich guter Arzt. Er war aufmerksam, hilfsbereit und hatte immer Dienst. Ich bat ihn, mir Martas Autopsiebericht zu schicken und, wenn möglich, ihren Körper noch einmal auf Hinweise für eine Magenoperation und weitere Dinge zu untersuchen, die mir nützlich sein konnten. Er versprach mir zu sehen, was er tun könne, und sich wieder bei mir zu melden.

In Rekordzeit erreichte ich das Kommissariat, wenn man bedachte, dass es schon Nachmittag war und der Feierabendverkehr langsam einsetzte. Ich erwartete, dass Carvana mich mit Fragen löchern würde, aber als ich das Büro betrat, war er nicht da. Der Alte machte nach dem Mittagessen immer wieder einen Spaziergang – ich war mir sicher, dass er irgendwo eine Geliebte hatte. Gewöhnlich kehrte er dann mit einem Gesicht, dem man schon von weitem das Schuldbewusstsein ansah, an seinen Schreibtisch zurück.

Ohne Rücksicht auf meine Diät bereitete ich ein schnelles spätes Mittagessen zu: Obst und Wackelpudding. Ich setzte mich an meinen Schreibtisch, ging den Tag durch und nahm mir die dringendsten Akten vor. Carvana kam erst am späten Nachmittag ins Büro zurück. Er roch nach billigem Motel und erkundigte sich nach Rafa.

»Immer noch nicht besser«, log ich.

Nachdem ich meine Anwesenheit gezeigt hatte, fuhr ich, so

früh ich konnte, nach Hause. Weder Paulo noch die Kinder waren schon da. Was für ein Glück! Angesichts meiner Entdeckungen musste ich dringend ein paar Änderungen am Profil von Vera Tostes vornehmen. Als Beruf gab ich »erfolgreiche Psychologin« an. Das sollte ausreichen, um die Aufmerksamkeit derer zu wecken, die auf finanzielle Sicherheit und eine gute Unterhaltung aus waren. Bei meiner Beschreibung löschte ich »schlank« und ersetzte es mit »kräftig, aber ich habe es im Griff« und einem kleinen Smiley.

Dann beschloss ich, dass es an der Zeit war, auf die Nachrichten zu antworten. Ich entwarf eine Musterantwort, die ich an die vierundfünfzig Männer verschickte, die nach meiner ersten Sondierung noch übrig geblieben waren:

Hallo, wie geht's dir? Vielen Dank für deine Nachricht. Du hast mich gebeten, ein bisschen von mir zu erzählen ... Also. Mein Name ist Vera:-) Ich habe mich vor fünf Monaten scheiden lassen, eine harte Zeit, aber ich habe es überstanden. Ich habe keine Kinder, keinen Hund, nicht einmal einen Papagei;-) Ich arbeite als Psychologin und wohne im Jardins-Viertel. Ich bin Single, unkompliziert, aufgeschlossen und manchmal ziemlich einsam. Gemeinsam mit einem netten Mann möchte ich ein neues Leben beginnen. Vielleicht bist du ja der Richtige?:-) Erzähl mir mehr von dir und deinem Leben. Ich bin neugierig. Küsschen!

Zu meiner Überraschung musste ich dafür bezahlen, eine Antwort absenden zu können – jetzt verstand ich, wie die Betreiber dieser Seite ihr Geld verdienten. Sie befeuerten die Gier der Männer und Frauen, einander näherzukommen, und kassierten bei jedem Kontaktversuch ab. Ich gab meine Kreditkartendaten an und bezahlte. Es war zum Glück nicht teuer, und ich war gerne dazu bereit, etwas aus der eigenen Tasche zu bezahlen, um der Gerechtigkeit Genüge zu tun. Ich war mir sicher, dass mir die Kontakte wichtige Erkenntnisse liefern würden. Außerdem würde ich den Schreibstil von @sexystudent88 vergleichen können. Jetzt blieb mir nichts anderes übrig, als auf den nächsten Schritt meines Feindes zu warten.

Es war schon dunkel, als mich Prata zurückrief. Er entschuldigte sich für die späte Antwort, erzählte mir, dass er mit einem anderen Fall beschäftigt gewesen war und daher erst jetzt die Zeit gefunden hatte, nach dem zu schauen, worum ich ihn gebeten hatte. In einer so großen und in Gewalt versinkenden Stadt wie São Paulo blieb einem Arzt in der Gerichtsmedizin kaum Zeit zum Verschnaufen.

»Kein Problem, Pratinha. Verrate mir, was du herausgefunden hast.«

»Leider so gut wie nichts. Der Bericht des zuständigen Gerichtsmediziners enthält alle offensichtlichen Fakten: Sie ist an den Folgen des Sturzes gestorben, der Pilz wurde in Mund und Vagina gefunden. Und ja, der Bericht enthält Angaben zu einer Operation, die zu einem solchen Vorgang passen. Das ist alles.«

»Hattest du Zeit, einen Blick auf die Leiche zu werfen?«

»Ich habe es versucht, aber sie wurde bereits abgeholt.«

Ich war überrascht.

»Sie wurde abgeholt? Von wem?«

»Von ihrer Familie natürlich.«

»Familie? Bist du sicher?«

»Bin ich. Ich habe das Formular vor mir liegen. Lass mich mal sehen ... Sie wurde gestern von ihrem Bruder abgeholt, Roberto Campos.«

»Marta hatte keine Geschwister, Prata.«

Ich hörte sein nervöses Lächeln durch den Hörer.

»Natürlich hatte sie Geschwister, Verô. Er hat das Formular unterschrieben. Ich scanne es dir ein und schicke es dir, okay?«

Ich dankte ihm und legte auf. Mir gingen die wildesten Gedanken durch den Kopf. Ein Bruder, von dem niemand etwas wusste. Hatte sie sich mit ihrer Familie zerstritten und deswegen niemandem von ihr erzählt? Oder hatte sie ganz andere Gründe? Aber wer sonst hätte Martas Leiche verschwinden lassen sollen? Es war leicht, ein Formular zu fälschen, in diesem Land wurde ohnehin nie etwas überprüft.

Ich wollte mich nicht mit dem Gedanken befassen, dass @sexystudent88 selbst sie mitgenommen haben könnte. Aufgegeilt an ihrem toten Körper ... Allein bei dem Gedanken drehte sich mir der Magen um.

Ich hatte große Lust, wieder zum Haus von Janete zu fahren, aber es war bereits spät. Bald würden Paulo und die Kinder nach Hause kommen, und ich musste die Rolle der aufmerksamen Mutter und Ehefrau einnehmen.

Als sie kamen, schenkte ich ihnen meine ganze Aufmerksamkeit. Ich schob ein paar Pizzas in den Ofen, und während wir aßen, erzählte Lila von ihrem Tag in der Schule und beim Ballett.

Ich schlief einen unruhigen Schlaf und träumte von Marta und Janete. Martas Geschichte hatte mich tief berührt, ich würde alles dafür geben, diesen Hurensohn @sexystudent88 in die Finger zu bekommen. Aber zunächst waren die Lebenden wichtiger als die Toten. Janete brauchte mich.

Kurz vor Sonnenaufgang stand ich auf und schlich mich aus

dem Zimmer. Ich hinterließ Paulo eine Nachricht mit einem Herzchen und machte mich auf den Weg. Bis in den Osten der Stadt war es weit, und ich konnte es mir nicht erlauben, zwei Tage in Folge zu spät zum Dienst zu erscheinen.

Ich parkte vor dem Haus und beobachtete durch die Fenster, was hinter ihnen vor sich ging. Das Auto der Familie Brandão – ein schwarzer Corsa – stand in der Einfahrt. Es dauerte nicht lange, bis er in der Uniform der Militärpolizei aus dem Haus kam: ein großer und kräftiger Mann mit kurzen Haaren, dunkler Haut und einem festen und ernsten Blick.

Nachdem das Auto um die nächste Ecke verschwunden war, verlor ich keine Zeit, sprang, ohne zu klingeln, über den Zaun und klopfte an die Haustür. Nur wenige Sekunden später öffnete Janete die Tür.

»Hast du etwas vergessen, Liebling?«, fragte sie, stockte aber, als sie sah, dass es nicht ihr Mann war, der vor der Tür stand. Janete war eine sehr schöne Frau, mit langen Haaren und grünen Augen. Sofort erkannte ich die Frau vom Foto auf Brandãos Nachttisch, nur dass sie jetzt in echt vor mir stand. Ihre Gesichtszüge spannten sich an, als sie mich sah.

»Wer sind Sie?«

»Ich bin Verônica Torres, Kriminalkommissarin.«

Sie versuchte, die Tür zuzuschlagen, aber es gelang mir noch rechtzeitig, einen Fuß dazwischenzustellen.

»Lassen Sie das, Janete«, sagte ich und schaute ihr dabei in die Augen. »Ich bin hier, um Ihre Geschichte zu hören.«

10

Janete zog ihre Hände von der Tür zurück und ließ die Arme neben ihren Körper sinken. Sie seufzte, drehte sich um und ging kapitulierend zum Sofa, wo sie sich mit vor der Brust verschränkten Armen hinsetzte.

Ich schloss die Tür und ging langsam auf sie zu. Im Wohnzimmer schaute ich mich um und setzte mich schweigend neben sie. Nur wenige Zentimeter trennten uns voneinander. Ich gab ihr die Zeit, die sie benötigte. Statt mich anzusehen, schaute Janete in diesem Moment auf sich selbst.

Nach einigen Minuten, in denen keiner von uns etwas sagte, beschloss ich, den ersten Schritt zu machen. Ich sprach leise, wog jedes Wort ab, bevor ich etwas sagte.

»Ich bin für Sie da, Janete. Ich bin auf Ihrer Seite«, begann ich. »Sie haben mich angerufen und einen furchtbaren Verdacht gegenüber Ihrem Mann geäußert. Sie haben jedoch aufgelegt, bevor Sie mir alles sagen konnten. Ich konnte nicht einmal fragen, wer Sie sind, ich wusste nicht, ob Sie in Gefahr waren. Deshalb bin ich jetzt hier, ich musste mir selbst ein Bild machen. Ich habe mir große Sorgen um Sie gemacht. Wenn das, was Sie mir am Telefon erzählt haben, wahr ist … Sie brauchen meine Hilfe, um lebend aus dieser Situation herauszukommen.«

»Vielen Dank, dass Sie sich Sorgen um mich machen, Dona Verônica, aber ich brauche wirklich keine Hilfe«, sagte sie mit einer überraschenden Entschlossenheit. »Es gibt nichts, worüber wir uns unterhalten müssten. Ich habe aus einem Impuls, einer Laune heraus angerufen, ich weiß selbst nicht, was ich mir dabei gedacht habe! Ich war so verzweifelt, aber das ist schon wieder vorbei ... Vergessen wir das Ganze, tun wir einfach so, als wäre es nie geschehen, okay?«

Sie stand auf, richtete die bereits perfekt liegende Tischdecke auf dem Wohnzimmertisch und zeigte mir mit ihrem Blick, dass sie wollte, dass ich ging. Ich ignorierte sie und blieb auf dem Sofa sitzen.

»Wir beide wissen, dass das nicht stimmt, Janete. Ich verstehe die Frauen, ich habe schon viele gesehen, die in der gleichen Situation waren wie Sie. Frauen, die gesagt haben, wir sollten das einfach alles vergessen, dass alles in Ordnung sei. Ich weiß, dass das nicht die Wahrheit ist.«

Sie setzte sich wieder aufs Sofa, diesmal mit einem größeren Abstand, allerdings schenkte sie mir jetzt ihre ganze Aufmerksamkeit.

»Ich verstehe Sie«, fuhr ich fort. »Sie schämen sich zu sehr, als dass Sie es mir sagen würden. Sie zweifeln und vertrauen niemandem. Manchmal sieht es so aus, als wäre es am besten, einfach alles zu ignorieren, als würde es dann schon einfach vorbeigehen. Glauben Sie mir, Sie können es nicht einfach auf sich beruhen lassen. Wenn Ihr Mann tatsächlich tut, was Sie sagen, dann sind Sie in großer Gefahr. Ich weiß, wie schwer es Ihnen gefallen sein muss, mich anzurufen und mir all das zu sagen. Ich weiß, dass ich Ihre letzte Hoffnung bin, und verstehe, in welcher Lage Sie sich befinden. Ich werde Sie nicht enttäuschen. Atmen Sie tief durch, Janete. Sie werden sich besser fühlen, wenn Sie mir alles erzählt haben.«

Janete hatte ihre Augen weit aufgerissen, ihr Blick wanderte verloren durch den Raum. In diesem Moment urteilte sie über mich, darüber, ob sie ihre Geheimnisse einer wildfremden Frau anvertrauen sollte, die plötzlich vor ihrer Tür gestanden hatte.

Nach einigen Sekunden traf sie eine Entscheidung: »Ich habe Ihnen wirklich nichts zu sagen, Dona Verônica.«

Ihr Blick ging zu Boden. Verdammt, ich war dabei, sie zu verlieren! Meine Selbstsicherheit hatte einen Dämpfer erlitten, aber so schnell würde ich nicht aufgeben. Mir gelang es, die Fassung wiederzugewinnen.

»Janete, hören Sie mir zu … Ich weiß, wie schwer es ist. Ich fange an, okay? Sie sind eine liebevolle Frau, seit einigen Jahren verheiratet. Zu Beginn Ihrer Ehe war Ihr Mann charmant, bis Sie vollkommen von ihm abhängig waren. Sie hatten niemanden mehr, an den Sie sich noch hätten wenden können. Dann haben Sie es herausgefunden, nicht wahr? Sie haben alles herausgefunden und entschieden, mir zu erzählen, dass er Frauen tötet. Etwas, was Sie sich niemals hätten vorstellen können. Sie sind verzweifelt, und es macht Ihnen Angst … Er ist doch Polizist, wer würde Ihnen denn schon glauben?«

Janete zog sich weiter zurück, blinzelte: »Woher wissen Sie, dass er Polizist ist?«

»Ich habe eben gesehen, wie er in Uniform das Haus verlassen hat, bevor ich an Ihre Tür geklopft habe. Aus Erfahrung weiß ich, dass es viele Fälle wie Ihren gibt. Allein die Tatsache, dass er bei der Polizei ist, erhöht die Chancen, dass er die Taten, die Sie ihm vorwerfen, begangen hat, ohne Angst haben zu müssen, jemals entdeckt zu werden.«

»Sie sind auch eine Polizistin, Dona Verônica. Das macht Sie auch zu einer Verdächtigen, nicht wahr?«

Janete klang jetzt trotziger, streitlustiger. Das bedeutete, dass wir Fortschritte machten. Sie ließ mich erkennen, wie clever sie war, und versuchte, mich in die Enge zu treiben. Gut, sehr gut ... Durch ihre Provokation hatte sie sich allerdings aus ihrer Deckung begeben, ohne es zu merken. Es war an der Zeit, ihr zu zeigen, was ich wusste, und mir Respekt zu verschaffen.

»Das stimmt, Janete, das macht mich auch zu einer Verdächtigen. Wenn man außer Acht lässt, dass Frauen nur selten als Serientäter in Erscheinung treten. Dieser Bereich wird fast ausschließlich von Männern dominiert. Polizisten haben einen sehr eigenwilligen Charakter, der es ihnen erlaubt, einen Beruf auszuüben, für den nicht jeder geeignet ist. Sie sind mutig, stark, haben mehr Adrenalin in ihren Adern als andere, begeben sich jeden Tag in Gefahr. Ich bin überzeugt, dass Ihr Mann sehr einfühlsam sein kann, wenn er Sie für sich gewinnen möchte, aber kalt wie ein Eisblock, wenn Sie streiten. Habe ich recht?«

Janete schaute mich fasziniert an, unsicher, ob sie antworten sollte. Immerhin schien sie diese Möglichkeit in Erwägung zu ziehen. Ein weiterer Schritt nach vorn. Sie senkte den Blick, griff nach dem Saum ihrer Schürze und zog die Rüschen glatt. Ich blickte mich um und sah, was ich bereits in der Nacht gesehen hatte. Das Wort, das mir in den Sinn kam, war »makellos«. Die Möbel, die Deko und die vielen Deckchen, alles so sauber und ordentlich, wie mein Wohnzimmer niemals aussehen würde. Ich seufzte ebenfalls, von Neid ergriffen. Paulo hatte Geduld mit mir, aber er wünschte, dass ich eine bessere Hausfrau wäre. Er würde es lieben, wenn ich so wäre wie Janete. Ich konzentrierte mich wieder auf sie. In einem Gespräch wie diesem war schweigen genauso wichtig wie reden – alles war nur eine Frage des Timings.

»Janete, als Sie mich angerufen haben, sagten Sie, dass Ihr

Mann ein Frauenmörder sei. Sind Sie sich sicher? Ich verspreche Ihnen, alles, was Sie mir sagen, bleibt unter uns. Tun wir so, als wäre ich heute nicht im Dienst, okay? Sie müssen mich nicht siezen. Ich bin deine Freundin, Verônica. Ich bin auf deiner Seite«, sagte ich und lächelte sie an, um eine Verbindung zwischen uns aufzubauen. »Du kannst mir alles erzählen, vielleicht müssen wir gar nichts unternehmen, nicht einmal eine Anzeige aufnehmen. Es ist allein deine Entscheidung. Ich werde dich nicht unter Druck setzen, aber ich garantiere dir, dass es guttun wird, darüber zu reden.«

Sie bewegte ihren Kopf wie jemand, der im Geiste eine Pro- und Contra-Liste erstellt. Ich fuhr fort und beschrieb das Profil eines klassischen männlichen Mörders, blieb dabei aber sehr vage. Mit jeder Eigenschaft, die ich nannte, nahm ihr Widerstand ab und blieb ihr Blick an mir haften. Als ich begann, das Profil der Ehefrauen zu beschreiben, die herausgefunden hatten, dass ihre Männer Mörder waren, wurde sie noch interessierter.

Ich genoss es. Ich konnte hier selber das tun, was ich bei so vielen meiner Kollegen im Verhörraum auf dem Revier beobachtet hatte. Die Taktik ähnelte jener von Wahrsagerinnen, die die Signale ihrer Kunden deuten, um herauszufinden, ob sie auf dem richtigen Weg sind. Man macht eine Andeutung, wartet die Reaktion des Gegenübers ab und entscheidet sich dann für den nächsten Schritt. Die andere Person entscheidet selbst darüber, wie das Gespräch verläuft, ohne es zu merken.

Ich habe absichtlich nur vage Begriffe verwendet, die Janete bekannt vorkommen mussten: »misshandelte Frauen«, »Unterwerfung und Isolation«, »Verlustangst«. Punkt für mich.

Ich kam in Fahrt: »Frauen wie du sind stark, aber sehr einsam. Ihre Männer sorgen dafür, dass sie sich von allem fernhalten – der Verwandtschaft, dem Beruf, ihren Freunden. So haben sie die volle Kontrolle und geraten nicht in Gefahr. Einsamkeit und Leere bestimmen alles. Janete, glaubst du wirklich, dass das Beste in deinem Leben ist, stundenlang fernzusehen und Kreuzworträtsel zu lösen?«

»Woher wissen Sie, dass ich Kreuzworträtsel mache? Davon habe ich Ihnen gar nichts gesagt. Oder wollen Sie mir weismachen, dass das alle Frauen tun?«

»Ganz ruhig, Janete, ganz ruhig. Das war nur ein Beispiel«, log ich und versuchte, meinen Fehler auszubügeln. Ich und meine große Klappe! Ich könnte es mir nicht verzeihen, wenn ich Janete jetzt verlieren würde ...

»Sie versuchen, mich reinzulegen.«

»Ganz bestimmt nicht. Glaube mir, es war nur ein Beispiel. Es gibt nicht viel, was man tun kann, wenn man den ganzen Tag zu Hause sitzt. Ich hätte auch stricken oder häkeln sagen können, aber dafür bist du zu jung.«

Sie zuckte mit den Achseln, ein kurzes »Schon okay«. Glauben Sie mir, das funktioniert immer: Welche Frau hört nicht gern, dass sie jung sei. Auch Janete lächelte, aber dann begannen ihre Lippen zu zittern und Tränen liefen ihr lautlos über die Wangen. Ihre Tränen waren das Zeichen für mich, sie zu berühren, eine noch größere Intimität aufzubauen. Ich griff vorsichtig nach ihren Händen und ermutigte sie fortzufahren. Sie neigte den Kopf, und ich nahm sie verständnisvoll in den Arm.

Mit meinen Fingern glitt ich durch ihr langes Haar und sagte: »Nur Mut, Liebes. Nur Mut.«

Mit ihrer Schürze trocknete sich Janete ihr Gesicht ab.

»Wenn ich ehrlich bin, habe ich noch nie gesehen, dass er jemanden tötet. Er verbindet mir die Augen, ich kann nur hören, wie es passiert.«

»Er verbindet dir die Augen? Mit einem Tuch?«

»Mit einer Maske. So eine, wie man sie im Flugzeug bekommt. Schon im Auto. Und dann steckt er mich in eine Kiste.«
»In eine Kiste? Er steckt dich in einen Sarg?«
»Nein, nein ... Ich stecke nur mit dem Kopf in der Kiste.«
»Und das macht er im Auto?«
»Nein, Dona Verônica. Das macht er erst, wenn wir da sind.«
»Wo, dort? Janete, ruhig, ganz langsam.« Es war das erste Mal, dass sie ihre Tragödie in Worte fasste. Es war auch das erste Mal, dass mir jemand eine solche Sache anvertraute. »Du bist bei ihm, wenn er tötet?«

Das war die falsche Frage. Sie schluckte, als verspürte sie einen stechenden Schmerz. Sie zitterte am ganzen Körper.

»Sie verstehen mich nicht, sehen Sie? Ich bin keine Mörderin! Er zwingt mich dazu, er zwingt mich, diese Dinge zu tun«, schrie sie.

Mein Herz schlug mir bis zum Hals. *Beruhige dich, Verô, beruhige dich*, sagte ich zu mir selbst. Ich nahm sie wieder in den Arm, machte eines dieser Geräusche, mit denen man Kinder beruhigt – schhhh, schhhh –, und wog ihren Körper vor und zurück, wie ein Baby. Ich weiß nicht, wie lange wir so dort saßen, bis sie sich schließlich beruhigte.

Ich ließ sie los und griff nach ihren Händen: »Das hast du gut gemacht. Du hast mir das Schlimmste bereits gesagt, ich verurteile dich nicht ... Erzähl mir alles von Anfang an. Ich weiß, dass du niemanden umgebracht hast. Ich glaube dir, ich sehe deine Verzweiflung. Sag mir, was du weißt, und lass nichts aus, bitte.«

Es war, als wäre ein Damm gebrochen. Sobald der erste Widerstand überwunden war, kam unausweichlich die Flut. Janete erzählte mir alles: von der Musik der Indios im Auto, vom Bunker, den Geräuschen, dem Geruch, der Kiste, den Schreien der Opfer. Es war furchtbar, aber ich beherrschte mich, wie es mir nie zuvor gelungen war. Als Polizistin durfte ich mich nicht von einer Erzählung wie dieser erschrecken lassen, so grausam sie auch sein mochte.

Ein Teil dieses Puzzles passte aber noch nicht. Ich musste sie fragen: »Ich verstehe noch nicht, woher diese Mädchen kommen ... Wo findet er sie?«

Janete machte eine Pause, und ich spürte, dass dies eine der zentralen Fragen war. Sie runzelte die Stirn, knabberte an der Haut ihrer perfekt manikürten Nägel. Wie bei einer alten Standuhr pendelten ihre Gedanken hin und her: Soll ich die Wahrheit sagen oder nicht?

»Ich bin es ...«, sagte sie schließlich. »Ich spreche sie am Busbahnhof an.«

Ich war erschüttert, hielt aber dennoch meine Fragen zurück. Ich wusste, dass sie mein Schweigen zum Weiterreden bringen würde. Was auch geschah.

Janete erzählte mir, wie sie die Mädchen am Busbahnhof ansprach. Der Drecksack hielt sich vornehm im Hintergrund und benutzte sie, um an sein nächstes Opfer zu kommen, ohne dass er sich zeigen musste. Ich stellte ihr immer wieder Fragen, machte Anmerkungen, aber Janete sagte mir wirklich die Wahrheit, sie wusste nicht, in welche Richtung sie mit dem Auto fuhren oder wo sich der Bunker befand. Sie wusste auch nicht, was genau Brandão mit den Mädchen machte.

»Ich verstehe das nicht. Du hast mir gesagt, dass er Frauen tötet. Was tut er denn nun – lässt er sie frei oder bringt er sie um?«

»Brandão sagt, dass er die Mädchen betäubt und an der Straße absetzt. Am nächsten Tag können sie sich nicht mehr daran erinnern, was passiert ist. Kann das wahr sein? Ich glaube, das ist unmöglich, denn er tut ihnen sehr weh. Ich höre ja ihre Schreie.«

»Und du bist dir sicher, dass keines der Mädchen Anzeige erstattet hat?«

»Er sagt, dass er ihnen weh tut, ohne Spuren zu hinterlassen, so wie er es bei der Polizei gelernt hat. Sie haben nichts in der Hand, um zu beweisen, was passiert ist. Er trägt die Uniform der Militärpolizei, wenn wir zum Bunker fahren. Die Mädchen haben vielleicht Angst davor, zur Polizei zu gehen.«

Mir fiel es schwer, ihr zu glauben. Wenn die Mädchen so schwer misshandelt worden waren, wie Janete es mitbekommen hatte, hätten zweifellos einige von ihnen Anzeige erstattet, selbst wenn Brandão die Kutte des Papstes getragen hätte. Während mir Janete alles erzählte, konnte ich es nicht vermeiden, eine Verbindung zwischen ihr und Marta herzustellen: der Einsatz von Drogen, die eine Amnesie verursachten.

Ich versicherte ihr, dass die Mädchen noch am Leben sein könnten, dass sie mir aber dabei helfen musste, weitere Beweise zu sammeln. Nur gemeinsam könnten wir etwas erreichen. Sie beruhigte sich, aber dann machte ich fast wieder alles zunichte, indem ich sagte, dass ich mit meinem Chef über ihren Fall sprechen müsste, damit er uns bei den Ermittlungen helfen könnte.

»Bei allem, was mir heilig ist, ich möchte mit niemandem darüber reden«, flehte sie. »Glauben Sie, dass mir ein Mann glauben würde? Noch dazu einer, von dem Brandão sagt, dass er die Militärpolizei hasst? Das bringt doch nichts!«

»Schau, Janete, ich habe nicht die Befugnisse, das allein zu lösen. Aber ich kenne Carvana bereits mein ganzes Leben. Einen Fall wie diesen kann er nicht unter den Teppich kehren.«

Die Worte kamen wie von allein aus meinem Mund, aber ich fühlte mich bei weitem nicht so zuversichtlich, wie es sich für sie anhörte. In der letzten Zeit hatte Carvana alles getan, um mir aus dem Weg zu gehen. Aber ich musste es versuchen, bei einem so furchtbaren Fall musste ich die Strukturen der Polizei hinter mir haben.

»Janete, warum bist du nicht schon früher zur Polizei gegangen?«

»Ich hatte Angst ... Angst, dass mir niemand glauben würde, Angst davor, ins Gefängnis zu kommen, Angst davor, was die Leute sagen würden. Ich hatte Angst, dass er auch mich umbringen würde.«

»Wie lange geht das schon so? Wie viele Frauen hast du am Busbahnhof angesprochen?«

Sie sah mich erschrocken an, als würde sie meine Frage daran erinnern, dass auch ich von der Polizei war. Ich wartete ab, während sie im Geiste die Gesichter zusammenzählte, mit den Fingern rechnete. Je mehr Finger sie hob, desto schwerer fiel es mir zu atmen.

»Es sind in der letzten Zeit immer mehr geworden. In den ersten Jahren war es nur einmal im Jahr, mittlerweile ist es fast einmal im Monat. Es ist außer Kontrolle geraten. Ich weiß nicht, seit wann Brandão das schon macht, aber ich weiß von elf Mädchen.«

»Bist du sicher, dass es elf waren?«

»Ja, ich ... ich erinnere mich an jede von ihnen. Manchmal erscheinen mir ihre Gesichter, wenn ich koche oder fernsehe. Dann fällt es mir schwer, nicht in Tränen auszubrechen«, sagte sie und fasste wieder Mut. »Verônica, helfen Sie mir! Ich möchte nicht als Mittäterin angeklagt werden. Er zwingt mich dazu, ich schwöre es ...«

Ich versuchte, sie zu beruhigen. Das würde nicht einfach werden. Janete war es, die die Mädchen auswählte, sie wurde selbst nie gefesselt, lief aber auch nicht davon oder versuchte, eines der Mädchen zu retten ... Gefiel ihr dieses Ritual etwa?

Ich verstand, dass sie sich als unschuldig betrachtete, als Opfer ihres Mannes, aber wenn der Fall größere Kreise ziehen würde, würde es schwierig werden, ihr Verhalten zu erklären. Wahrheit und Gerechtigkeit gingen nie Hand in Hand. Insbesondere in Brasilien.

»Wer sind diese Mädchen? Wie sehen sie aus? Woher kommen sie?«

»Sie sind immer brünett, mit langen Haaren und dünn. So mag er sie. Sie kommen mit dem Bus aus dem Norden.«

Ich zog mein Notizblock aus der Tasche und gab ihn ihr.

»Kannst du mir ihre Namen aufschreiben?«

Janete nahm mir den Block aus der Hand und notierte hastig und in unsauberer Schrift ihre Namen: Deusa, Benigna, Tainara, Nilce, Jerusa, Divina, Creúza, Vanessa, Miranda, Penha, Darcília. Ich war beeindruckt, dass sie sich an alle Namen erinnerte. Mir fielen die Höschen in Brandãos Nachttisch wieder ein. Es waren intime Trophäen, die er ihnen entwendete. Ich nahm den Block wieder an mich, schrieb das Wort »Höschen?« hinzu und warf der Mutter Gottes vom Haupte, vor der eine neue Kerze flackerte, einen kurzen Blick zu. Unweigerlich stellte ich mir vor, was diese Heilige schon alles angesehen haben musste.

»Janete, bevor ich gehe, habe ich noch eine letzte Frage. Schlägt er dich?«

»Früher hat er mich nie angerührt. Neulich hat er mir dann ins Gesicht geschlagen. Er erniedrigt mich oft, aber geschlagen hatte er mich bis dahin noch nie.«

»Männer wie er greifen immer öfter zu häuslicher Gewalt. Du musst mir sagen, wenn er dich wieder schlägt, dann können wir dich hier rausholen und an einen sicheren Ort bringen. Hast du Familie oder Freunde, bei denen du unterkommen kannst, wenn das nötig sein sollte?«

»Ja, aber ich habe sie seit vielen Jahren nicht mehr gesehen. Brandão mag meine Schwestern nicht, und ich möchte nicht in die peinliche Situation kommen, dass ich zu ihnen zurückgehen muss. Sie haben mich immer wieder vor ihm gewarnt. Glauben Sie, er wird mich töten?«

»Ehrlich gesagt, ich weiß es nicht. Aber wir sollten vorsichtig sein, okay? Ich schreibe dir meine Telefonnummer auf. Du bist nicht mehr allein, ich bin jederzeit für dich da. Ruf mich an, wenn du reden möchtest. Wir können versuchen, dass du in ein Zeugenschutzprogramm aufgenommen wirst. Wir dürfen nicht riskieren, dass ich ausgerechnet dann bei dir anrufe, wenn er zu Hause ist. Weißt du, wann in diesem Monat seine Schichten sind?«

Sie stand auf, öffnete eine Schublade des Wohnzimmerschranks und zog den Dienstplan ihres Mannes hervor. Mit meinem Handy machte ich ein Foto und verabschiedete mich dann von ihr.

Mir kam ein erschreckender Gedanke in den Sinn: Das könnte das letzte Mal gewesen sein, dass ich Janete lebend gesehen habe.

11

Stunden später verließ ich mit brummendem Schädel Carvanas Büro. Ich brauchte dringend eine Aspirin. Zwei, um ehrlich zu sein. Ich ging zurück an meinen Schreibtisch, nahm zwei Tabletten aus meiner Schublade und schluckte sie herunter. Der Idiot hatte alles, was ich heute herausgefunden hatte, ins Lächerliche gezogen, obwohl ich ihm bei jedem einzelnen Punkt nachweisen konnte, dass der Ehemann alle klassischen Symptome eines Serienmörders aufwies und die Frau dem Prototyp der misshandelten Ehefrau entsprach.

»Das bringt doch nichts, Verô, sie muss hierherkommen und formell Anzeige erstatten«, hatte er nur gesagt, während er an seinem ekligen Schnurrbart knabberte. Eine unerträgliche Eigenschaft. »Du hast ein Händchen dafür, ins Wespennest zu stechen, oder? Soll ich mich etwa mit einem Beamten der Militärpolizei anlegen? Wenn du im Archiv der Militärpolizei rumschnüffelst, fällt das am Ende auf mich zurück! Und noch was: Diese Geschichte vom Serienkiller – das kommt doch nur in amerikanischen Filmen vor. Wenn sie keine Anzeige erstattet, hat sich der Fall erledigt!«

Ich kochte innerlich, so wütend war ich. Ich brauchte diesen Drecksack nicht, um mit meinen Ermittlungen voranzukommen. Ich nahm ein leeres Blatt Papier, faltete es in der

Mitte und begann, mein Vorhaben in die Tat umzusetzen. Zwei Fälle, zwei Spalten. Marta und Janete. Ich ließ die kleinen Zahnräder ihre Arbeit machen und listete die wichtigsten Erkenntnisse der beiden Fälle auf. Das meiste würde ich nicht ohne die Hilfe von Nelson lösen können. Mit einem schwarzen Stift malte ich einen Kreis um jeden Punkt, bei dem ich seine Hilfe benötigte.

Marta Campos
- (A) den Nutzer der E-Mail sexystudent88@gmail.com herausfinden
- (B) Gibt es Roberto Campos, Martas Bruder? Formular der Gerichtsmedizin an Nelson weiterleiten, damit er es überprüft.
- (C) Opfer mit ähnlichen Geschichten suchen: Polizeibericht »Gute Nacht, Aschenputtel« + Webseite Amorideal.com + Magenverkleinerung (?)

Janete Brandão
- D) Informationen über den Stamm der Kapinoru (Foto im Sockel der Heiligen)
- E) Informationen über die Mutter Gottes zum Haupte
- (F) Personalakte von Cláudio Antunes Brandão Abmahnungen? Ehrungen?
- (G) überprüfen, welche Waffen auf seinen Namen registriert sind
  (Ist die Waffe mit dem Kaliber .380 eine »kalte« Waffe?)
- (H) Ähnliche Opfer suchen: Verschwunden? Vergewaltigt? Ermordet?
  + Brünette Mädchen aus dem Norden
  + Janetes Liste der Vornamen, um die Suche eingrenzen zu können

1) Bei Flávia fragen, wem das Haus gehört, in dem Janete/Brandão in Parque do Carmo wohnen

Ich begann mit den Punkten, um die ich mich allein kümmern konnte. Ich öffnete die Tabelle mit der Statistik zur Aufklärung von Mordfällen, um die Carvana mich gebeten hatte. Jeder, der an meinem Schreibtisch vorbeilief, würde eine vorbildliche Mitarbeiterin sehen, die pflichtbewusst ihre Aufgaben erledigte. Auf meinem Handy suchte ich dann nach »STAMM KAPINORU«, und mir wurden mehrere Links angezeigt. Ich klickte direkt auf den ersten: »Bündnis gegen indigenen Kindermord«.

Das Video war etwas mehr als drei Minuten lang, aber es war so schockierend, dass ich es nie wieder vergessen würde. Im Film sah man einen alten Indio, der zwei Kinder lebendig begrub, während der gesamte Stamm im Kreis um das Loch herumstand und ihn anfeuerte. Eines der beiden Kinder war ein Junge, der an Füßen und Händen behindert war. Die Indios zerrten ihn zum Grab, ohne dass er sich wehrte oder weinte. Der alte Indio begann, die Erde zurück in das Loch zu schaufeln. Erst als nur noch der Kopf des Jungen aus der Erde schaute, bettelte er um Gnade, aber seine Stimme wurde durch das Trampeln der Indios übertönt, die um das Grab tanzten. Seine Schreie und das Stampfen waren so laut, dass ich die Lautstärke meines Handys herunterdrehen musste.

Kurz darauf wurde ein kleines blindes Mädchen auf das Grab des Jungen gelegt. Die anderen Indios des Stammes standen unruhig um sie herum, aber der Henker folgte seiner Prozedur, ohne zu blinzeln, als erledigte er eine reine Formalität. Er warf das Mädchen in das Loch und griff wieder nach seiner Schaufel. Es war grausam mitanzusehen, wie die Erde in ihren Mund eindrang und ihre weißen Augen bedeckte. Man konnte dabei zusehen, wie ihre Atmung langsamer wurde und ihr Körper sich immer weniger bewegte. Im Hintergrund hörte ich ihr leises Weinen, das nicht aufhörte.

Zu meiner Erleichterung erschien im letzten Augenblick ein Junge im Bild, er befreite das Mädchen und rannte mit ihm davon. Dann wurde der Aufruf des Bündnisses eingeblendet, das von Indios selbst ins Leben gerufen worden war, aber ich war nicht mehr in der Lage, mich darauf zu konzentrieren. Ich konnte nur noch an das Foto denken, das ich in der Heiligenfigur gefunden hatte: ein Indiomädchen ohne Arm. Wer war sie? War sie auch auf diese bestialische Weise getötet worden? Ich hatte schon von Stämmen gehört, die Kinder mit einer Behinderung töteten, bisher aber nicht wirklich dran geglaubt. Jetzt, da ich gesehen hatte, dass es so etwas tatsächlich gab, schnürte es mir die Kehle zu.

Ich begann sofort, mehr über die Mutter Gottes zum Haupte herausfinden. Es war, als stiege man aus der Hölle direkt in den Himmel hinauf. Sie war die Schutzpatronin des Kopfes, des Gehirns, der Intelligenz, der Weisheit und der Gerechtigkeit. Ihr erstes Wunder hatte sie bei einem Soldaten vollbracht, einem Schafhirten, der im Krieg einen Arm verloren hatte. Ihm erschien die Heilige, und als Beweis für ihre Wahrhaftigkeit wuchs ihm ein neuer Arm. Am Ort der Erscheinung soll eine Kirche für sie errichtet worden sein. Ein weiteres Wunder vollbrachte sie, als sie einem zu Unrecht Verurteilten, dem der Tod durch Enthauptung drohte, in letzter Sekunde das Leben rettete. Deshalb lagen ihr auf den Bildern Köpfe zu Füßen. Wer von ihnen war es, der diese Heilige anbetete, Brandão oder Janete? Dies herauszufinden würde mir dabei helfen zu verstehen, wer das Indiomädchen auf dem Foto war.

Ich schloss die Seite und rief meine Schwägerin Flávia an. Sie arbeitete im Grundbuchamt von São Paulo. Als ich nur ihre Mailbox erreichte, hinterließ ich eine Nachricht, in der ich sie bat herauszufinden, wem das Grundstück gehörte, auf dem das Haus von Janete stand.

Der nächste Schritt war es, Nelson um Hilfe zu bitten, aber da Carvana zum »Mittagessen« gegangen war, nutzte ich die Gelegenheit und öffnete seine E-Mails. Der Alte war so schlecht im Umgang mit der Technik, dass er mich jeden Tag seine Mails ausdrucken und sie sich auf den Schreibtisch legen ließ. Unglaublich, wie Personen, die nie gelernt hatten, mit der neuen Technik umzugehen, sich dieser Welt verschlossen und von anderen abhängig machten. Ich gab vor, er zu sein, und schrieb eine Mail an einige befreundete Kommissare, in der ich sie bat, alle Berichte zu den Punkten C) und H) auf meiner Liste an seine Assistentin Verônica weiterzuleiten.

Voller Zuversicht verließ ich das Büro. Auch wenn ich versuchte, es weiter aufzuschieben –, es war an der Zeit, mit Nelson zu sprechen. In einer Sache hatte Carvana nämlich recht: Mir hatte es schon immer gefallen, in Wespennestern herumzustochern. Was geschehen war, war geschehen, aber jetzt brauchte ich ihn, ob ich wollte oder nicht. Verstohlen blickte ich zu ihm rüber, lokalisierte mein Ziel in unserem Großraumbüro. Ich wühlte in meiner Handtasche, griff nach meinem Make-up und meinem Handy, wartete, bis er mir den Rücken zudrehte und verschwand auf der Toilette. Dort begegnete ich Suzana, die sofort wieder einen Spruch für mich parat hatte.

»Oh, hallo, Verô? Du machst dich hier ja ganz schön rar ...«

»Was ist, Suzana, kontrollierst du mich etwa?« Mein Ton klang rauer, als ich es beabsichtigt hatte.

»Bist du mit dem falschen Fuß aufgestanden? Ich hatte mich nur gefragt, wo du warst. Ich habe dich den ganzen Morgen nicht gesehen.«

»Und weswegen wolltest du mich sehen? Hast du noch eine Nachricht für mich?«

»Schon gut, Verô. Auf diesen Ton habe ich gerade echt keine Lust.«

Suzana verließ die Toilette, besser so. Ich würde mindestens noch fünf Minuten allein hier drinnen benötigen. Ich deckte meine Augenringe ab, zog einen braunen Lidstrich und trug zuletzt ein wenig Puder und etwas Rouge auf, um meinem Gesicht etwas Farbe zu verleihen und die Müdigkeit zu überdecken. Irgendetwas fehlte. Ich wühlte im Chaos meiner Kosmetiktasche, bis ich fand, wonach ich gesucht hatte. Wimperntusche. Zuletzt trug ich einen dezent rötlichen Lippenstift auf. Perfekt, ein Make-up, das so aussah, als würde ich kein Make-up tragen.

Ich warf meinen Kopf nach vorn, schüttelte meine Haare, glättete sie mir etwas mit meinen Fingern und schaute mich ein letztes Mal im Spiegel an. Ich sortierte meine Armreifen und warf mir selbst einen Kuss zu, das Glück war auf meiner Seite. Und wer wartete unmittelbar vor der Badezimmertür auf mich? Nelson. Er schaute mich überrascht an, ich legte meinen Kopf zur Seite, wie eine Einladung in alte Zeiten. Man sagt, einen Fehler zu machen sei menschlich, den gleichen Fehler aber noch einmal zu machen sei dumm. Na gut, dann war ich eben dumm. Immerhin hatte ich einen guten Grund.

»Mein lieber Nelson, tust du mir einen Gefallen?«, fragte ich und legte meine Hand auf das kleine Amulett, das an seiner Brust glänzte. »Es ist sehr wichtig …«

»Nur, wenn wir uns zum Feierabend ein bisschen an die alten Zeiten erinnern.«

In seinen Augen sah ich die Vorfreude glänzen. Ich blinzelte ihn an, täuschte ein Zögern vor: »Vorher musst du mir aber zeigen, wie gut du recherchieren kannst, während ich darüber nachdenke. Ich möchte, dass du die Personalakte eines Mannes für mich auftreibst: Cláudio Antunes Brandão, Militärpolizei. Ich will alles über ihn erfahren.«

Gemeinsam gingen wir zu seinem Schreibtisch. Nelson setzte sich mit mehr Elan, als ich jemals zuvor bei ihm gesehen hatte, an den Computer, und in weniger als einer Minute hatte er alle Informationen gefunden, die ich benötigte. Janetes Ehemann war Hauptmann beim 8. Bataillon der Militärpolizei in Tatuapé im Osten der Stadt. Das passte. Keine Eintragung ins Vorstrafenregister. Ein ganz normaler Polizist, fast schon unsichtbar.

»Gibt es noch unser kleines Hotel?«, fragte ich mit einem besonders naiven Schmollmund. Nelson grinste: »Du gehst vor. Ein Zimmer mit ungerader Nummer, nicht vergessen.«

»Ich weiß. Du und deine Eigenarten ...«

Das Motel *Love Story* war ehrlich, alt, weit genug entfernt, dass uns niemand sehen konnte, und nah genug, dass uns der Straßenverkehr nicht unnötig Zeit kostete. Ich ging direkt unter die Dusche und wartete auf Nelson. Heute brauchte ich noch nicht einmal meine Aufwärmphase. Er war nicht besonders gut bestückt, aber er konnte u-n-g-l-a-u-b-l-i-c-h-e Dinge tun. Ich musste nur aufpassen, nicht die Kontrolle zu verlieren. Eine Affäre war das Letzte, was ich gerade gebrauchen konnte.

Ich wickelte mich in ein Handtuch ein, zappte durch die Fernsehsender, bis ich einen Porno fand, ordnete die Kissen und tat so, als wäre ich eingeschlafen, als ich Nelson auf dem Flur hörte. Mit geschlossenen Augen vernahm ich, wie er die Dusche aufdrehte, und wartete, nutzte die Zeit, um mich endlich zu entspannen. Nelson kam wenige Minuten später aus der Dusche und direkt zu mir ins Bett. Zärtlich weckte er mich mit einem Kuss in den Nacken, nachdem er meine Haare zur

Seite gestrichen hatte. Ich drehte mich zu ihm um und zog ihn leidenschaftlich an seinem Amulett an mich heran. Zu meinem Glück hatte er es nicht im Geringsten eilig. Er küsste jede Stelle meines Körpers, als müsse er die Erinnerung wieder aufwecken, und mit jedem Kuss bettelte ich um mehr. Ich versuchte, seine Sinnlichkeit zu genießen, so lange ich konnte, bis ich ihn ohne Vorwarnung auf den Rücken drehte und mich auf ihn setzte: »Jetzt bin ich dran. Du hast genug gespielt.«

Als wir erschöpft in die Kissen fielen, sah ich, wie viel Zeit vergangen war und dass ich mich beeilen musste, nach Hause zu kommen. Während ich mich fertig machte, übergab ich Nelson meine Liste und erklärte ihm Punkt für Punkt, was ich von ihm brauchte, ohne dabei zu sehr ins Detail zu gehen. Er beteuerte, dass er mich nie vergessen hätte, aber ich hörte ihm kaum zu. Das hatte mir noch gefehlt, dass er Sex mit Liebe verwechselte.

Im Flur begann mein Handy zu klingeln. Ich erwartete, dass es Paulo war, und legte mir bereits eine Notlüge zurecht. Doch es war Janete. Ich zögerte, wägte meine nächsten Schritte ab. Ich brachte es nicht übers Herz, ihren Anruf nicht anzunehmen, damit hätte ich jedes Vertrauen verspielt. Ich klemmte mein Telefon zwischen Ohr und Schulter, während ich mir mit den Fingern durchs Haar strich.

»Janete, meine Liebe«, sagte ich mit einer Begeisterung, die meine Sorge überdecken sollte.

Dann kam die unausweichliche, hoffnungsvolle Frage, die ich nicht hören wollte: »Haben Sie mit dem Polizeichef gesprochen? Glaubt er mir?«

12

»*Alles klar, wir müssen uns treffen.*« Verônicas Worte, bevor sie auflegte, hallen in Janetes Kopf wider, und ein Gefühl der Erleichterung überkommt sie. Diese Polizistin schien Dinge vorhersehen zu können, sie drang in ihren Kopf, ihr Herz und ihre Vergangenheit ein. Sie möchte sich lieber nicht vorstellen, wie es sein wird, wenn die ganze Welt weiß, was Brandão getan hat, wenn er endlich hinter Gittern ist.

Natürlich bringt es nichts, in Hektik zu verfallen, aber sie ist so gespannt zu erfahren, was der Polizeichef zu ihrer Geschichte gesagt hat. Sie hat mit Verônica vereinbart, dass sie sich in zwei Tagen, wenn Brandão wieder Dienst hat, in »Tinas Imbiss« treffen, ganz in der Nähe der Kneipe der Motorradgang. Sie schaut aus dem Fenster, das Sonnenlicht schwindet, und sie blickt auf die Uhr. Er wird bald nach Hause kommen. Sie spürt, wie die Unruhe von ihr Besitz ergreift, beschließt aber, die schlechten Gedanken auszublenden und einen schönen Abend zu haben. Das ist das Beste, was sie in dieser Zeit tun kann, wenn die Welt vor Spannung stillsteht und das nächste Kapitel ihres Lebens noch nicht aufgeschlagen wurde. Es tut ihr gut, Raum für sich zu haben, atmen zu können, sich wieder normal zu fühlen. *Die Vergangenheit vergiss, die Gegenwart lebe und die Zukunft wird Gott uns zeigen,* denkt sie.

Sie möchte die Zeit genießen, die ihr noch mit Brandão bleibt. Sie möchte ihn heute erfreuen, wie sie es schon lange nicht mehr getan hat. Sie wird ihn vermissen. Sie muss gute Momente sammeln, um die anstehenden schweren Zeiten zu überstehen. Sie steht auf, geht in die Küche und bereitet das Lieblingsessen ihres Mannes zu: Thunfischpastete mit Mayonnaise und Schalotten. Sie legt das Toastbrot in einen mit besticktem Stoff überzogenen Brotkorb.

Dann deckt sie den Esstisch, pflückt im Garten eine Blume, legt eine Flasche Weißwein ins Eisfach und nimmt zwei Gläser aus dem Schrank. Sie geht einen Schritt zurück und blickt auf das Ergebnis: Perfekt! Erneut blickt sie auf die Uhr; ihr Timing stimmt. Sie reißt einen rosafarbenen Zettel vom Block und schreibt mit runden Buchstaben: *»Schatz, ich mache mich für dich hübsch.«* Sie klebt den Zettel an die Haustür, bevor sie voller Vorfreude unter die Dusche steigt.

Sie liebt es, wenn das Wasser über ihren Körper fließt. Normalerweise ist dies für sie der perfekte Zeitpunkt, um abzuschalten, loszulassen, aber heute will es ihr nicht gelingen. Als sie von den Verbrechen ihres Mannes erzählte, wurde ihr klar, wie unheimlich ihre Situation ist. Früher, als sie noch ihren gewohnten Alltag gelebt hat, dachte sie nicht, wie grausam es klingen würde, das Geschehene in Worte zu fassen.

Janete hatte der Polizistin das erzählt, was sie ihr erzählen wollte, aber dann hat sie die Kontrolle darüber verloren, was sie ihr eigentlich nicht erzählen wollte. Sie hatte Verônica zu sehr vertraut, sie war zu weit gegangen, als sie ihr die Liste mit den Namen der Mädchen gegeben und ihr beschrieben hat, wie sie sie am Busbahnhof ansprach. Wenn die Polizei diese Mädchen lebend finden würde, wäre sie die Erste, die sie wiedererkennen würden. Sie wollte nicht ins Gefängnis gehen – wäre dies ihre Zukunft, sie würde es nicht ertragen.

Sie fühlt sich nicht wie eine Komplizin, sie ist doch nur eine Zeugin.

Als sie von den Schreien erzählte, die sie jedes Mal hörte, wenn die Mädchen gefoltert wurden, erkannte sie in Verônicas Gesichtsausdruck, dass sie einen Fehler gemacht hatte. Die Polizistin hatte noch versucht, ihre Erschütterung zu überspielen, aber ihr Gesicht war ganz weiß geworden. Während sie sich einseift, trifft Janete eine Entscheidung. Von nun an wird sie sagen, dass er sie immer an den Stuhl fesselt, wenn sie den Bunker erreichen. Sie ist nicht geflohen, sie hat nichts unternommen, weil sie nicht konnte. Eine Notlüge, um das Gewicht ihrer Tatenlosigkeit zu mindern. So wäre es viel sicherer für sie, falls es zu einem Gerichtsverfahren kommt.

Sie lässt die Spülung in ihren Haaren einwirken, und auf ihren Lippen zeigt sich ein verschmitztes Lächeln. Die Nacht verheißt Gutes. Eine Oase inmitten des ganzen Chaos. Keine Diskussion über ihre Beziehung, ganz zu schweigen vom »nächsten Mal«. Wenn sie Brandão wenigstens ablenken könnte, wie sie es so viele Jahre getan hat. Wenn es ihm gutgeht, könnte er wieder zu dem Menschen werden, der er früher war, er könnte den Bunker hinter sich lassen. Sie weiß, dass er dazu in der Lage ist.

Janete hört, wie ihr Mann vor dem Haus parkt, gefolgt vom metallischen Knarren des Gartentörchens. Sie kämmt sich eilig ihr Haar, prüft, dass sie die Spülung komplett rausgewaschen hat. Lange Haare machen Arbeit, aber sie fühlt sich schön und elegant, wenn ihr die Haare über die Schultern und den Rücken fallen. Auf der Straße wird sie beneidet, sie spürt die Blicke, wenn sie mit nur einem Knoten ihre Haare hochbindet und ihren Hals entblößt. Es kommt nicht selten vor, dass die Männer ihr hinterherpfeifen, sie mag es, auch wenn es nicht immer subtil oder galant ist. Wenn sie aber gemeinsam mit Brandão unterwegs ist, pfeift ihr niemand hinterher, natürlich nicht. Ihr Mann wirkt allein aufgrund seiner Statur und seines immer mürrischen Gesichts einschüchternd auf andere. Und das, ja, das bereitet ihr Lust.

Sie beschließt, noch ein wenig zu warten. Brandão mag es, wenn sie unter der Dusche miteinander spielen. Ihr gefällt die Idee eines Aperitifs im Bademantel, wenn sie beide entspannt sind und sich von ihrem Tag erzählen. Inzwischen hat er ihre Nachricht gelesen, hat gesehen, dass sie den Tisch vorbereitet hat, er müsste schon auf dem Weg zu ihr sein. Warum braucht er nur so lange?

»Liebling, wo bist du?«

Die Tür wird mit so großer Wucht aufgeschlagen, dass sie beinahe die Wand zertrümmert. Janete verschluckt sich am Wasser und rutscht aus, schlägt mit dem Kopf an die Armatur. Aus ihrer Stirn fließt Blut. Brandãos Gesicht ist rot und wutverzerrt, seine Augen sind schmal. Er reißt den Toilettendeckel heraus, wirft ihn auf den Boden, zerfetzt den rosafarbenen Zettel mit ihrer Nachricht und spült die Schnipsel in der Toilette herunter.

»Was hast du getan, mein kleines Vögelchen?«, seine Stimme ist kalt.

Janete wird unsicher, möchte sich nicht verraten. Ihr Kopf tut weh. Bevor es ihr gelingt, etwas zu sagen, zerrt er sie nass und nackt, wie sie ist, aus der Dusche. Sie hört viele Schimpfwörter, kann sie aber nicht richtig verstehen.

Brandão wedelt mit seinem Zeigefinger vor ihren Augen, spuckt ihr ins Gesicht: »Schnüffelst du in meinen Sachen rum? Ich mach dich fertig, ich rupf dich in kleine Stücke!«

»Liebling, du tust mir weh«, ist alles, was Janete sagen kann.

Sie hält ihre eigenen Haare fest, aber der Schmerz breitet sich in ihrem ganzen Körper aus, wenn er daran zieht. Die rauen Dielenbretter reißen ihr die Haut auf. Ihre Hände tanzen verzweifelt zwischen ihren Haaren, Schultern und Beinen, ohne zu wissen, was sie zuerst schützen sollen. Bei jedem Versuch, sich zu verteidigen, reißen ihr die Fingernägel ein. Plötzlich fliegt sie durch die Luft, wird wie eine Puppe aufs Bett geschleudert.

»Um Himmels willen, was habe ich getan?« Sie weint. Als einzige Antwort prasseln die Schläge auf sie ein. Ihre Gedanken schwirren wild umher auf der Suche nach einer Erklärung, aber es gibt nur eine: Er muss Verônica gesehen haben, wie sie das Haus betreten und wieder verlassen hat. Sie wird sterben.

»Dachtest du, ich würde es nicht bemerken, dass du meine Schubladen durchsucht hast, du Miststück?«, schreit er. »Hast du auch die Schlüpfer angezogen? Du bist so dumm, dass du vergessen hast, sie wieder abzuschließen!«

Von welcher Schublade spricht er? Janete spürt einen Schlag in den Magen, der ihr für ein paar Sekunden den Atem nimmt. Sie fällt beinahe in Ohnmacht, erlangt aber sofort das Bewusstsein wieder, als er sie mit solcher Kraft am Arm an den Frisiertisch zieht, dass der Stuhl fast unter ihr zusammenbricht.

»Mach dich schön für mich, du Schlampe«, befiehlt er ihr. »Mach dich hübsch, damit ich dich vor der ganzen Welt ficken kann.«

Verwirrt gehorcht sie ihm. Sie ist sich sicher, dass Brandão verrückt geworden ist. Mit langsamen Bewegungen trägt sie die Grundierung auf und beginnt, die Rötungen im Gesicht und an den Armen zu überdecken. Die Tränen behindern sie dabei. Mit dem Handrücken wischt sie sie sich aus dem Gesicht, unfähig, Flecken zu vermeiden.

»Liebling, ich habe nichts gemacht ...«

Er will ihr nicht zuhören. Er stößt Janete auf die Mitte des

Bettes, zwingt sie, ihre Beine zu öffnen. Dann holt er die Sexspielzeuge aus der Schublade und wirft sie neben den zitternden Körper seiner Frau. Mit der Handykamera macht er Fotos, während er die Objekte in verschiedenen Größen in jede Öffnung ihres Körpers stößt. Schnaufend kommentiert er seine Handlung: »Genau so, Vögelchen, sehr gut. *Klick.* Jetzt dreh dich um. *Klick.* Öffne dich, weiter, ich befehle es dir. *Klick.* Du musst dich nicht schämen, du bist so schön. *Klick.* Jetzt auf alle viere, Vögelchen. *Klick.* Es tut weh, aber es fühlt sich gut an. Gehorche mir. *Klick.* Ich weiß, dass es dir gefällt.«

Klick, klick, klick. Janete verliert den Überblick, wie viele Posen es sind. Wenn Brandão sie jetzt tötet, spielt es auch keine Rolle mehr. Plötzlich hält er inne, legt sein Handy auf den Nachttisch und sagt mit süßer Stimme: »Komm, Vögelchen, setz dich hierher und rühr dich nicht vom Fleck.«

Kraftlos setzt sie sich wieder an den Frisiertisch und betrachtet ihr geschundenes Gesicht im Spiegel. Sie denkt an nichts, erkennt nicht einmal die Frau, die ihr aus dem Spiegel entgegenblickt. Aus den Augenwinkeln sieht sie, wie Brandão das Badezimmer betritt und verlässt. Als er sich ihr nähert, schreit sie vor Schrecken auf. Sie versucht zu fliehen, aber er lacht sie nur aus und versperrt ihr den Weg. In seinen Händen glänzt die metallene Schere.

Mit nur einem Arm hält er sie fest, zwingt sie, sich auf den Boden zu knien, und schneidet ihr mit einem dämonischen Grinsen die Haare ab. Janete weint erschöpft, ein letzter Versuch, den Schaden zu begrenzen, aber es gibt nichts, was sie noch tun kann. Die langen Haare fallen auf den Badezimmerboden, und mit jeder Strähne schwindet ihre Widerstandskraft.

In gleichem Maße, wie ihre Kräfte schwinden, nimmt ihre Wut immer weiter zu und hat nur ein Ziel: Verônica. Zweifellos war sie es, die seine Schublade durchwühlt hat. Sie hat gelogen, als sie sagte, dass sie nie zuvor das Haus betreten hatte ... Woher hätte sie sonst von den Kreuzworträtseln wissen können? Und woher wusste sie, dass Brandão Polizist ist?

Und Janete sollte der Polizei vertrauen? Nie wieder! Ihre Wut frisst alles in ihr auf, sie trocknet sogar ihre Tränen. Wenn ich jetzt eine Waffe hätte, würde sie diese verlogene Polizistin umbringen.

Brandão hilft Janete beim Aufstehen. Sie blickt in den Spiegel und spürt, wie sich ihre Eingeweide zusammenziehen. Es ist vorbei, sie ist nackt. Das schöne Haar ist einem unförmigen, unregelmäßigen und schrecklichen Jungenhaarschnitt gewichen.

Mit dem Gefühl, dass sich ihre Flügel über einem dunklen Abgrund ausbreiten, fällt sie in Ohnmacht.

13

Sehnsüchtig wartete ich auf mein Treffen mit Janete. In unserem Telefongespräch hatte ich nur Andeutungen gemacht, hatte vermieden, auf ihre Fragen einzugehen, aber ich konnte nicht länger vor ihr geheim halten, dass der alte Sack sich geweigert hatte, ihr zu helfen. Ich wusste, dass mich ein schwieriges Gespräch erwartete.

Ich war schon eine halbe Stunde früher im Imbiss. Ich bestellte mir ein Käsesandwich und einen frisch gepressten Saft und setzte mich an den hintersten Tisch. Während ich auf Janete wartete, bestellte ich ein zweites Sandwich. Das würde zumindest meinen Magen beruhigen.

Ich schaute zum tausendsten Mal auf meine Uhr, mit jeder Minute wurde meine Sorge größer. Mittlerweile saß ich schon über fünfzig Minuten hier. Hatte Janete es sich anders überlegt? Nein, natürlich nicht, sie war vollkommen am Ende gewesen. Wenn sie sich verspäten würde, dann nur, weil etwas wirklich Schlimmes passiert war. Ich beobachtete die anderen Gäste und trank meinen Saft. Es kamen und gingen alle möglichen Menschen, nur von Janete fehlte jede Spur.

Ich bat um die Rechnung und beschloss, zu ihr nach Hause zu fahren. Während ich darauf wartete, dass der Kellner mit dem Kartenlesegerät kam, trat eine vollkommen verwahrloste Gestalt in den Imbiss. Brünett, kurzgeschorene Haare, Sonnenbrille und ein langärmliges T-Shirt – dabei waren es heute mehr als dreißig Grad. Die Gestalt kam auf mich zu, und plötzlich erkannte ich etwas Vertrautes an ihrem Gang. Oh mein Gott, es war Janete! Farblos und leblos, beinahe wie ein Zombie, setzte sie sich auf den Stuhl mir gegenüber, noch bevor ich mein Erstaunen vor ihr verbergen konnte.

»Ich bin nur gekommen, um Ihnen zu sagen, dass es vorbei ist«, zischte sie mit leiser Stimme. »Ich habe Sie nie getroffen, ich kenne Sie nicht, und ich möchte, dass Sie aus meinem Leben verschwinden.«

Dann stand sie vom Tisch auf und ging nur deswegen nicht davon, weil ich sie am Arm festhielt.

»Warte, erzähl mir, was passiert ist«, bat ich sie, während ich verzweifelt in meiner mentalen Akte der verprügelten Frauen blätterte. »Vertrau mir.«

»Ihnen vertrauen? Was Sie mir angetan haben ... das war Hochverrat ... Ich möchte, dass Sie in der Hölle schmoren!«

Die unkontrollierte Wut in ihrer Stimme raubte mir meine Zuversicht. Janete entglitt mir.

»Was ist nur passiert? Du siehst schrecklich aus, Janete«, sagte ich zu ihr, ohne jeglichen Versuch, die Situation zu beschönigen. Sie hatte so viel Aufrichtigkeit nicht erwartet und sah mich an. »Er hat dir das angetan, nicht wahr? Er hat dich geschlagen, du hast alles abbekommen? Versteckst du unter deiner Kleidung, was er mit dir gemacht hat? Erzähl mir, was passiert ist.«

»Sie sind passiert, Verônica! Sie sind an allem schuld! Mein Leben war in Ordnung, bis Sie es betraten und mir das bisschen Frieden genommen haben, was ich noch hatte ...«

Ich kniff die Augen zusammen, misstrauisch.

»Dein Leben war in Ordnung?«, blaffte ich sie an. Sie plusterte sich auf, bereitete sich auf einen neuen Angriff vor, aber ich sprach beruhigend auf sie ein: »Wie kann ich denn Schuld haben, Janete? Ich will dir helfen, dich aus den Fängen dieses Mannes zu befreien!«

»Sie haben mich angelogen! Sie sind in mein Haus eingebrochen, haben meine Sachen durchwühlt, und nicht nur, dass Sie all dies hinter meinem Rücken getan haben, Sie haben seine Schublade nicht wieder abgeschlossen! Ich hatte keine Chance, ich habe bekommen, was ich verdient habe. Ich habe es nicht einmal abgestritten. Wir beide wissen, dass ich keine andere Wahl hatte. Da er selbst es nicht war, war ich es, verstehen Sie? Und da ich es auch nicht war, waren Sie es. *Sie!* Sie Miststück!«

Janete wandte sich ab. Ihr Körper bebte, und unter ihrer Sonnenbrille flossen die Tränen hervor. Mit einem Sprung stand ich auf und drückte sie fest an mich. Die Übertragung von Wut war ein Klassiker, genauso wie die betrogene Ehefrau statt ihres Mannes seine Geliebte aus dem Weg räumen will. Ich musste sie dazu bringen, das einzusehen, aber Janete wandte ihren Körper und versuchte, sich von mir zu lösen. Ich schloss sie noch fester in die Arme.

»Du musst versuchen, mich zu verstehen. Ich musste mehr über die Situation herausfinden. Ich mache mir Sorgen um dich, das Risiko, das du jeden Tag eingehst, ist zu hoch. Je weiter du dich von der Welt und deiner Familie zurückziehst, desto mehr Kontrolle hat er über dich. Er wird dich immer weiter schlagen. Niemand, absolut niemand, verdient es, körperlicher oder seelischer Gewalt ausgesetzt zu sein. Hörst du, Janete, *du* bist das Opfer!«

»Er hat gebeichtet. Er wollte das nicht tun. Jetzt geht es uns gut ...«

»Hör auf, dir etwas vorzumachen! Er schlägt dich, er entschuldigt sich, es vergeht eine gewisse Zeit, ohne dass etwas passiert, und dann schlägt er wieder zu, fester als zuvor. Das ist ein Teufelskreis. Und zu allem Überfluss gibst du dir auch noch die Schuld.«

Sie stieß mich von sich, fuhr sich mit den Händen durch die Haare und starrte mich an. Sie war innerlich zerrissen, kurz davor, den Verstand zu verlieren. Jetzt war sie nicht mehr wütend, nur noch verletzt, wie ein im Stich gelassenes Kind.

»Es wird aufhören, er wird aufhören. Sie hätten mir das niemals antun dürfen.«

»Ich habe nichts getan, *er* war das. Das weißt du ... Du bist zu klug, um das nicht zu erkennen.«

»Der Polizeichef hat mir nicht geglaubt, oder? Er hat sich nicht einmal die Mühe gemacht hierherzukommen.«

»Natürlich glaubt er dir, Janete! Er hat sofort seine Unterstützung zugesagt, als ich ihm von dir erzählt habe. Wir haben ein ganzes Team, das an deinem Fall arbeitet. Er ist nur nicht gekommen, damit wir hier in Ruhe über alles reden können.«

Sie senkte ihren Blick, dann studierte sie mich mit ungläubigen Augen. Man konnte den riesigen Bluterguss sehen, den sie hinter den Gläsern ihrer Sonnenbrille zu verbergen versuchte. Ich fühlte mich wie eine Lügnerin, aber ich hatte keine andere Wahl gehabt. Hätte ich ihr die Wahrheit gesagt, würde ich sie und den Fall verlieren.

»Also ... Bist du bereit für den nächsten Schritt?«, fragte ich, täuschte eine Energie vor, die meinen Körper schon vor langer Zeit verlassen hatte.

»Sind Sie taub? Ich mache nicht mehr mit. Wenn man mich fragt, werde ich beim Leben meiner Mutter schwören, dass ich Sie noch nie zuvor gesehen habe, und meine Pflichten als gute Ehefrau erfüllen. Ich habe das Vertrauen meines Mannes missbraucht und verdiene es, bestraft zu werden. Diesen Fehler werde ich nicht noch einmal machen.«

Wollte sie die Konfrontation? Na gut, dann musste ich wohl auch meine Geschütze auffahren: »Es tut mir leid, aber das kannst du nicht mehr. Ich habe meinen Chef schon über deinen Fall informiert, dein Anruf auf dem Revier wurde in den Protokollen festgehalten, und ich habe die von dir handgeschriebene Liste mit den Namen der Opfer. Du hast den ersten, den schwierigsten Schritt bereits getan, aber wenn du jetzt kneifst, Janete, dann machst du dich mitschuldig. Du kommst ins Gefängnis.«

Ich sah, wie sie ihre Schultern hängen ließ, ihr Körper schrumpfte über dem Tisch zusammen.

»Das können Sie nicht mit mir machen, Sie Miststück! Sie haben mich betrogen! Er wird mich umbringen, noch einmal überstehe ich das nicht! Ich kann nicht mehr ... Am liebsten würde ich Sie umbringen!«

»Und warum tust du es dann nicht?«

»Ich bin doch keine Mörderin!«

»Nicht?«, fragte ich mit einem süffisanten Lächeln. Sie hatte den Köder geschluckt. »Du bist eine starke Frau, Janete, du schaffst das. Wir schützen dich vor Strafverfolgung, und du kommst im Zeugenschutzprogramm unter. Du kannst ein ganz neues Leben anfangen, deine eigene neue Geschichte schreiben. Hör mir gut zu: Wir brauchen handfeste Beweise, mehr Informationen, wir müssen herausfinden, wo dieser Ort ist. Wir müssen verstehen, wie dein Mann denkt und was er plant.«

Ich zog mein Handy aus meiner Handtasche und zeigte ihr das Bild des indianischen Mädchens ohne Arm.

»Wer ist das?«

Sie starrte mich neugierig an.

»Ich habe keine Ahnung! Ich habe dieses Mädchen noch nie gesehen. Warum?«

»Das Foto war im Sockel der Heiligenfigur in deinem Wohnzimmer versteckt.«

»Brandão erlaubt es mir nicht, die Figur zu berühren. Ich darf sie nicht einmal sauber machen.«

»Bist du sicher, dass du das Mädchen nicht kennst?«, fragte ich noch einmal, aber Janete schien die Wahrheit zu sagen. Sie beteuerte, dass sie nur von den Mädchen wusste, die sie am Busbahnhof angesprochen hatte und deren Schreie sie später hörte. »Versuch, mehr über diesen Ort herauszufinden, zu dem er dich bringt. Jede Information kann für unsere Ermittlungen entscheidend sein.«

Indem ich im Plural sprach, vermittelte ich ihr das Gefühl, dass wir zusammengehörten, dass ich ihre Verbündete war, aber in ihren Augen sah ich immer noch Zweifel.

»Ich möchte einfach nur nach Hause und so lange schlafen, bis ich mich an nichts mehr erinnere. Ich ertrage es nicht mehr. Wenn Sie mich jetzt verhaften wollen, nur zu. Ich habe schon gesagt, dass ich nicht mehr mitmache, Verônica. Das ist mein letztes Wort.«

Es fehlte nicht viel, dass Janete mit der Wirklichkeit abschloss und wenn sie dies tatsächliche täte, würde ich sie nicht wieder zurückholen können. Sie war die entscheidende Zeugin im bedeutendsten Fall meines Lebens. In diesem Moment verstand ich, dass alles nur noch schwieriger würde, wenn ich sie mit Gewalt zu etwas zwingen würde, wozu sie noch nicht bereit war.

»Nimm dir die Zeit, die du brauchst. Du bist wie ein Strauß, der seinen Kopf in den Sand steckt. Am liebsten würdest du alles um dich herum vergessen. Denk über das nach, was ich dir gesagt habe, und wach auf, Janete! Du hast gesagt, dass er mit seinem Kaffee den Bunker verlässt und dich dort allein zurücklässt ... Nutze die Zeit! Nimm wenigstens die Kiste ab. Schau dich um! Versuche, dir einige Details zu merken, die wir gegen ihn verwenden können! Du schaffst das!«

»Auf Wiedersehen, Verônica.«

Enttäuscht blieb ich am Tisch zurück, als Janete aufstand und zur Tür ging. Ich konnte ihr nicht in die Augen sehen. Ich konnte ihr nur dabei zuschauen, wie sie mich verließ, während ich darüber nachdachte, wie ich sie auf ihre weitere Rolle vorbereiten konnte. Im Grunde hatte ich nur zwei Möglichkeiten: Entweder fiel meine Ansprache auf fruchtbaren Boden, und sie würde an meiner Seite weiterkämpfen, um den Fall zu lösen. Oder alles würde in sich zusammenbrechen, und ich hatte gerade eine neue Gegnerin gewonnen, die jederzeit gegenüber ihrem Mann und Serienmörder den Mund öffnen und mich ihm auf dem Silbertablett servieren könnte.

Verbündete oder Feindin – Janete, was von beidem bist du?

In den kommenden Wochen verfolgte ich aufmerksam Brandãos Dienstplan. In einer perfekten Welt hätte Carvana seine Arbeit ordentlich gemacht und ein Team zusammengestellt, um das Haus im Stadtviertel Parque do Carmo zu überwachen und auf die nächste Entführung zu warten. In der Realität war ich allein. Ich rief Janete zu den Zeiten an, an denen ihr Mann Dienst hatte, aber sie reagierte nicht auf meine Anrufe.

An den Abenden, an denen Brandão nicht arbeitete, spürte ich das Verlangen, mich ins Auto zu setzen, vor dem Haus zu parken und zu beobachten, ob etwas Unerwartetes passierte. Jedes Mal wurde ich jedoch von meinen Pflichten als Ehefrau und Mutter ausgebremst. Paulo verbrachte ebenfalls viel Zeit im Büro, er war immer weniger zu Hause und jammerte mir die Ohren voll, dass ich mehr Zeit mit den Kindern verbringen müsste. Rafaels Leistungen in der Schule ließen mehr und mehr zu wünschen übrig, alles, was ihn interessierte, war Schwimmen. Er war jetzt elf, lebte nur für sein Training und hatte keine Freunde. Er ging zweimal am Tag schwimmen, trainierte seine Muskeln, kämpfte, um schneller zu werden, er war wie besessen. In der Schule tat er nur das Nötigste, um das Jahr zu überstehen und nicht sitzenzubleiben.

Im Laufe der Zeit veränderte sich unsere häusliche Aufgabenverteilung. Paulo blühte in seiner neuen Rolle als Trainer auf. Er fuhr mit Rafa zu jedem Wettkampf, schimpfte mit mir, wenn ich die Einkäufe vergaß oder nicht die richtigen Lebensmittel für seinen Athleten einkaufte. Mit Lila war es nicht einfacher: Mit ihren neun Jahren, wog sie mehr, als sie hätte wiegen sollen. Ein strikter Ernährungsplan für den Sohn, eine strenge Diät für die Tochter. Am Ende diente all dies Paulo als Vorwand, mit mir darüber zu diskutieren, was für eine Mutter ich war und was für eine Mutter ich sein sollte. Bis ich eines Morgens keine Lust mehr hatte, über dieses Thema zu diskutieren, und ihn anbrüllte: »Wenn du so großen Wert auf einen ausgewogenen Speiseplan legst, dann kümmere du dich doch ums Essen!«

Ich schloss mich in meinem Zimmer ein, nahm meinen Laptop und ging auf AmorIdeal.com. Mir war momentan jede Ausrede recht, um ein paar Stunden allein zu sein. Meine Unterhaltungen mit meinen Verehrern hatten sich zu einer Sucht entwickelt. Alles, um die Identität des als Prinzen verkleideten Froschs herauszufinden, von dem Marta Campos sich hatte täuschen lassen.

Meine Chats kamen mal schneller, mal schleppender voran.

Einige der Männer hatten sofort auf meine erste Nachricht reagiert, und wir schrieben uns regelmäßig hin und her. Andere schienen wenig oder gar kein Interesse an der reichen, geschiedenen Psychiaterin zu haben, die ich vorgab zu sein. Zumindest konnte ich nach jeder neuen Nachricht den Kreis der Verdächtigen verkleinern und meine Suche intensivieren.

Ich schloss all jene aus, deren Nachrichten zu viele Fehler enthielten, und behielt diejenigen, die mich in ihren Nachrichten mit »meine Schöne« oder »meine Prinzessin« ansprachen. Ich versuchte, die Männer herauszufordern, damit sie mir ein virtuelles Lächeln schenkten. Jeder verwendete stets das gleiche. Bei Pietro war es =). Daher konnte ich sofort alle ausschließen, die :) und :-) schrieben.

Außerdem versuchte ich, anhand der Fotos eine Auswahl zu treffen: Der Typ *Babyface* war ein guter Ansatz, sowohl Martas Verlobter als auch das von ihr gezeichnete Porträt deuteten in diese Richtung. Barträger und Muskelprotze schieden aus. Nach mehreren Tagen, in denen ich meine Auswahl immer weiter eingrenzte, gelang es mir, die Zahl der Verdächtigen von vierundfünfzig auf zweiundzwanzig zu reduzieren, was mir neue Kraft verlieh.

Nachdem ich in den letzten Tagen immer wieder mein Foto auf der Datingseite angesehen hatte, ein Foto von vor fünf Jahren, wünschte ich mir, ich könnte wieder diese Frau sein. Wenn man kurz vor den Vierzigern steht, sehnt man sich nach der Jugend, ob man es sich eingesteht oder nicht.

Ich vereinbarte für den nächsten Tag einen Termin mit Rodrigão, meinem Friseur.

Als ich aus dem Salon kam, fühlte ich mich wie neugeboren, kraftvoll, mit hochgesteckten Haaren. Sein Spitzname war nicht umsonst Rodrigão, der große Rodrigo, denn er war ein

Zauberer der Farben. Ich fühlte mich so gut, dass ich mich entschied, mich Lilas Diät anzuschließen und selbst von ein paar Kilos runterzukommen –, ich würde viel Willensstärke benötigen, um mit gegrilltem Hähnchen und Süßkartoffeln glücklich zu werden. Doch letztlich tat ich es für einen guten Zweck: Wenn ich @sexystudent88 treffen würde, würde er mich nicht erkennen, selbst wenn er mein Fernsehinterview im Fall Marta Campos gesehen hatte.

In zwei Wochen wäre ich eine Verônica mit einem schlankeren Gesicht, mit einer anderen Haarfarbe und drei Kilo leichter. In der Avenida 25 de Março kaufte ich eine rote rechteckige Brille und schloss ein Jahresabo im Fitnessstudio ab. Ich versprach, dieses Mal regelmäßig zum Training zu kommen.

Während ich mich immer besser fühlte, nahmen meine Sorgen um Janete weiter zu. Es war dumm von mir gewesen, die Schublade offen zurückzulassen, es war mir damals nicht einmal aufgefallen. Ich hätte erkennen müssen, dass Brandão so organisiert vorging, dass er jeden Fehler und jeden Ausrutscher bemerken würde. Da ich vorerst nicht mehr auf ihre Unterstützung zählen konnte, war ich es, die keine Spuren hinterlassen durfte. Ich musste alles minutiös planen, im Verborgenen ermitteln und durfte kein Risiko eingehen. Früher oder später würde Janete mich anrufen, davon war ich überzeugt. Der Dreckskerl würde sie wieder schlagen, und diesmal hatte sie niemanden, dem sie die Schuld geben konnte.

All die Informationen, die ich gefunden hatte, brachten mich nicht weiter. Meine Schwägerin rief mich an, um mir zu sagen, dass das Haus in Parque do Carmo auf den Namen Cláudio Antunes Brandão eingetragen war, die einzige Immobilie auf diesen Namen. Der Ort, an dem sich der Bunker befand, war nach wie vor ein Rätsel. Zu meiner Enttäuschung enthielt auch seine Personalakte keinen einzigen Anhaltspunkt, keine Abmahnung, keine Verwarnungen, aber auch keine Ehrungen – ein unbeschriebenes Blatt. Ich stieß lediglich auf ein einziges Detail: Es gab keine Eintragungen über eine Waffe, zu der die .380-Munition passte, die ich in seiner Schublade gefunden hatte. Aber auch das hatte nicht viel zu bedeuten: Eine nichtregistrierte Waffe zu besitzen ist bei der Polizei nichts Außergewöhnliches, wenn man im Dschungel der Großstadt überleben will.

Im Laufe des Tages erhielt ich mehrere Antworten auf meine E-Mails mit der Bitte um Informationen zu ähnlichen Taten. Ich verglich die Namen mit Janetes Liste und stellte fest, dass kein einziger zu den vergewaltigten oder ermordeten Frauen passte. Fünf der Namen stimmten allerdings mit bei der Polizei als vermisst gemeldeten Personen überein: Creúza, Darcília, Divina, Miranda und Nilce. Fast alle von ihnen hatten ihre Kinder bei ihren Großeltern im Norden zurückgelassen, waren nach São Paulo gekommen, um dort zu arbeiten und ihren Familien Geld zu schicken, und hatten sich nie wieder gemeldet.

Es bestand noch die Möglichkeit, dass diese Frauen einfach aus ihren früheren Leben geflohen und im Sumpf der Großstadt versunken waren, aber ihre Namen waren zu ungewöhnlich, als dass ich an einen Zufall glauben konnte. Ich hatte keine Zweifel: Brandão hatte diese Frauen gefoltert und getötet. Und dann hat er ihre Leichen verschwinden lassen.

Ich wusste, dass ich Nelson früher oder später die Wahrheit über die Fälle sagen musste, an denen ich parallel arbeitete. Ich wusste, dass es dann kein Zurück mehr geben würde, aber ohne ihn käme ich ebenfalls keinen Schritt weiter.

Ausführlich schilderte ich ihm alles bis ins kleinste Detail, und er hörte aufmerksam zu, ohne dieses typisch männliche Bedürfnis, seine Überlegenheit als Mann zur Schau zu stellen. Er versprach, gegenüber Carvana kein Wort zu verraten, und beteuerte noch einmal, dass er alles tun würde, um mir zu helfen.

Leider brachten mich auch seine Informationen im Fall Marta Campos in den folgenden Tagen nicht weiter. Der E-Mail-Account von @sexystudent88 war gelöscht worden, und es war unmöglich, die Daten wiederherzustellen. Zudem deutete alles darauf hin, dass es diesen Bruder nicht gab und das Formular, mit dem Martas Leiche aus der Gerichtsmedizin abgeholt worden war, eine Fälschung war. Zu diesem Zeitpunkt war mir bereits klar, dass ich nichts von dem verwenden konnte, was Pietro Marta über sich erzählt hatte: seine Herkunft, seine Lebensgeschichte, seine Hobbys. Eine Lüge jagte die nächste.

Ich gab die Hoffnung nicht auf, weitere Rückmeldungen zu ähnlichen Taten zu bekommen, aber es ergaben sich keine neuen Ansätze. Weder die anderen Reviere noch Nelson konnten ähnliche Anzeigen aus den vergangenen zwei Jahren finden. Die Frauen, die sich von einem Traumprinzen hereinlegen ließen, den sie im Internet kennengelernt hatten, waren äußerst zerbrechlich. Wenn sie überhaupt Anzeige erstatteten, gaben sie keine Informationen preis, die ihrem Ruf schaden würden, und sie vermieden es zuzugeben, dass sie betrogen worden waren, weil sie sich emotional auf so ein Arschloch eingelassen hatten. Sie schämten sich.

Auf der Webseite AmorIdeal.com war ich noch immer auf der Suche nach dem richtigen Verdächtigen. Immer und immer wieder sah ich mir Profile an, las meine Chats mit verschiedenen Männern, aber ich fand nichts, was mich weiterbrachte. Zu allem Überfluss konnte ich mir nicht einmal sicher sein, dass @sexystudent88 unter meinen zweiundzwanzig Verdächtigen war. Wenn ich in dieser Geschwindigkeit weitermachte, würde ich den Kerl erwischen, wenn er schon längst am Krückstock ging.

An einem Freitag kam mir plötzlich ein entscheidender Gedanke. Paulo hatte schon die ganze Woche darauf bestanden, dass wir einen Moment für uns beide brauchten. Wir reservierten einen Tisch in einem Restaurant in der Nähe, dessen Nudelgerichte himmlisch waren, und ließen die Kinder bei Paulos Mutter. Da ich mich immer noch an meine Diät hielt, blieb ein Großteil meiner Portion übrig, und ich bat den Kellner, die Reste einzupacken.

In diesem Augenblick überkam mich ein Geistesblitz: die Essensreste in Martas Kühlschrank! Wenn Marta nach ihrer Begegnung mit Pietro, deprimiert wie sie war, nicht mehr aus dem Bett gekommen war, muss ihre letzte Verabredung zum Abendessen mit @sexystudent88 gewesen sein. Sie hat sich den Magen verkleinern lassen, sie hatte nicht viel essen können. Die Reste in ihrem Kühlschrank würden mir verraten, wo sie sich getroffen hatten.

Vollkommen aufgekratzt kam ich nach Hause. Ich konnte es nicht erwarten zu überprüfen, ob ich recht hatte. Ich öffnete den Ordner mit den Fotos, fand den Namen auf der Packung im Kühlschrank und verglich ihn mit den Karten auf der Pinnwand – und da war er: Trattoria do Sargento. Beflügelt von meiner Entdeckung ließ ich mich sogar dazu hinreißen, mit Paulo zu schlafen. Er war begeistert von seiner »neuen Frau«, in die ich mich verwandelt hatte, schlank, blond, sexy.

Am nächsten Tag suchte ich zur Mittagszeit die Trattoria do Sargento in der Rua Pamplona auf. Es war ein typisches italienisches Restaurant, familiär, mit einer Fassade in den Farben

Grün, Weiß und Rot. Schon beim ersten Satz hörte ich, dass der Kellner nicht aus Italien kam. Er war ein Portugiese wie aus dem Bilderbuch: schnurrbärtig und schlecht gelaunt. São Paulo ist ein Schmelztiegel der unterschiedlichsten Kulturen.

»Was wollen Sie wissen?«, fragte er mich.

Ich schenkte ihm mein herzlichstes Lächeln, da ich bereits ahnte, dass ich mir an ihm die Zähne ausbeißen würde. Ich griff nach meiner Dienstmarke und hielt sie hoch.

»Verônica Torres, Mordkommission São Paulo«, antwortete ich, ohne ihm viel Zeit zum Nachdenken zu geben. »Ich muss die Aufnahmen der Überwachungskameras Ihres Restaurants sehen, um einen Verdächtigen ausfindig zu machen, der hier am 12. September gegessen hat. Ist das möglich?«

»Wir haben keine Kameras, Senhora. Und selbst wenn es so wäre ... Haben Sie einen Durchsuchungsbeschluss? Das Letzte, was ich jetzt noch gebrauchen kann, ist, wenn mir die Polizei das Geschäft versaut.«

Ich versuchte es erneut: »Ich bin nicht hier, um Ärger zu machen, Senhor ...«, erwiderte ich und streckte meine Hand aus.

»João Baptist, angenehm«, antwortete er, wobei ihm sein gelbes Gebiss förmlich aus dem Mund sprang. Ich fühlte mich in einer Nikotinwolke gefangen. »Entschuldigen Sie meinen rauen Ton, aber ich kann Ihnen wirklich nicht weiterhelfen, Senhora.«

Ich bat ihn noch, mir eine Liste der Kunden zusammenzustellen, die an diesem Tag mit Kreditkarte bezahlt hatten, aber er tat nicht einmal mehr so, als würde er mir zuhören. Ich griff zu einer kleinen Notlüge: Ich sagte ihm, dass ich für eine Freundin ermittelte, die vermutete, dass sie von ihrem Mann betrogen wurde. Doch damit machte ich es nur noch schlimmer.

»Liebe Frau, ich werde mich doch nicht in den Streit zwischen ihrer Freundin und ihrem Mann einmischen. Stehlen Sie mir nicht noch mehr meiner Zeit. Wenn die Polizei schon ermittelt, um Männer zu überführen, die ihre Frauen betrügen, wird hier bald niemand mehr zum Mittagessen kommen. Sie sind schon die Zweite, die mich bittet, die Bilder der Überwachungskamera sehen zu dürfen, und ich werde meine Kunden nicht irgendeinem Gerede aussetzen. Kommen Sie mit einem Gerichtsbeschluss wieder, oder vergessen Sie es.«

Zweifellos muss es sich bei der anderen Frau um Marta selbst gehandelt haben. Endlich eine heiße Spur!

»Kann ich mich wenigstens setzen und etwas zu essen bestellen? Mein Weg hierher soll nicht umsonst gewesen sein.«

»Natürlich können Sie das, Senhora. Aber für Polizisten gibt es hier nichts umsonst. Sie können gerne bleiben, aber Sie bezahlen die Rechnung.«

Ich atmete tief durch, um diesen Typen nicht hier und jetzt zur Schnecke zu machen. Ich setzte mich an einen abgeschiedenen Tisch und bestellte eine Cola mit Eis und Zitrone. Das Restaurant war gut gefüllt. Die italienische Dekoration und die in den Regalen liegenden Weinflaschen vervollständigten das Bild der Trattoria. An den Wänden hingen Fotos von Prominenten, die anscheinend schon einmal hier gegessen hatten. Ich schaute mich um und hielt Ausschau, ob ich irgendjemand Berühmtes sah. Natürlich nicht! Auf den roten Stühlen saßen ganz normale Gäste. Ich beobachtete die Kellner, sie arbeiteten routiniert, aber aufmerksam. Während ich *Spaghetti alla Fiorentina* aß, rief ich den Kellner zu mir und lobte ihn für das gute Essen. Ich lächelte ihn an und zeigte ihm ein Foto von Marta.

»Kennen Sie dieses Mädchen?«

Er erkannte sie sofort wieder.

»Natürlich, ich habe sie bedient. Es ist aber schon eine ganze Weile her. Ich weiß nicht mehr genau, wann das war oder mit wem sie hier war, aber ich glaube, sie war in Begleitung ...«

Der Tag brachte also doch noch was Gutes. Ich zog die Zeichnung von Pietro aus meiner Tasche und hielt sie ihm hin.

»Ja, genau das war er! Er kommt immer mal wieder hierher, immer in Begleitung. Er sieht jünger aus, als er ist. Hat der Typ was verbrochen? Wird nach ihm gefahndet? Es werden so viele Geschäftsleute verhaftet, viele davon sind unsere Gäste, aber ich möchte keinen Ärger bekommen.«

»Ich garantiere Ihnen, dass Sie keinen Ärger bekommen werden. Ich muss nur wissen, ob er am 12. September bei Ihnen war. Können Sie mir eine Liste der Kunden erstellen, die an diesem Tag mit Kreditkarte bezahlt haben? Es ist für einen guten Zweck ...«

Der Kellner schaute mich an und zog eine Grimasse. Ich musste eine noch bessere Notlüge erfinden und ergänzte verschwörerisch: »Denken Sie an Ihre Schwester, Ihre Mutter ... Er könnte bei ihnen sein! Niemand muss etwas davon erfahren. Es bleibt unter uns, ich schwöre es«, ich küsste meinen Zeige- und Mittelfinger. Ich war die reine Unschuld, und er gab sofort nach.

»Schon gut, schon gut. Ich sage Ihnen was: João macht zwischen fünf und sechs Uhr Feierabend. Länger bleibt er nie. Kommen Sie dann wieder, ich lasse mir etwas einfallen.«

Ich kam zum vereinbarten Zeitpunkt zurück. Während er bediente, deutete er mit dem Kopf auf den Monitor, der auf dem Tresen stand und dessen Bildschirm man auch aus dem Gastraum einsehen konnte. Ich setzte mich auf einen Hocker an der Bar und sah schon die Liste mit den Zahlungen vom 12. September vor mir. Zu meinem Glück hatten an diesem

Abend nur wenige Gäste bar bezahlt. Ich notierte mir die Namen derer, die mit Kreditkarte bezahlt hatten, auch das waren nicht viele. Ich verabschiedete mich und verließ die Trattoria, den Block in der Hand.

Der nächste Schritt war einfach: Ich verglich die Namen von der Liste mit den Namen der Männer, mit denen ich mich über die Webseite unterhalten hatte. Ich musste gar nicht erst lange suchen und landete einen Treffer: Cássio Ramos auf der Karte, Cássio Ramirez auf AmorIdeal.com. Kein gewöhnlicher Name. Cássio Ramirez benutzte den Nicknamen @liebesdroge, hatte sich als gut aussehender Pharmazeut vorgestellt und eine angenehme Art zu schreiben. Genau das Muster, nach dem ich gesucht hatte. Ich schickte ihm auf der Seite eine Nachricht und legte meinen Köder aus. Ich schrieb ihm, dass ich etwas Platz in meinem Kalender schaffen konnte, und schlug ihm ein Treffen für den nächsten Abend vor, am Sonntag.

Später erwähnte ich gegenüber Paulo beiläufig, dass ich mich am nächsten Abend vielleicht mit dem Team von Fernão Dias treffen würde.

»So kurzfristig?«

»Ich weiß, dass es kurzfristig ist. Ich weiß aber leider auch noch nicht mehr. Wenn es nicht passt, Liebling, dann gehe ich natürlich nicht hin«, antwortete ich mit kalkuliertem Unmut.

»Was soll das denn, Schatz, natürlich gehst du. Dann nutze ich die Zeit und gehe mal wieder mit ein paar Kollegen nach der Arbeit noch ein Bier trinken.«

So ist das Leben, wenn man Freiheit will, muss man sie auch geben. Ich kehrte an meinen Laptop zurück, in der Hoffnung, bereits eine Antwort erhalten zu haben. Ich schaute auf den Bildschirm, Cássio Ramirez hatte mir bereits eine Reihe von Emojis geschickt und vorgeschlagen, dass wir uns im Spot treffen sollten.

»Wunderbar, ich liebe das Restaurant!«, schrieb ich zurück. Wir machten die genaue Uhrzeit aus. Es war bereits mitten in der Nacht, und ich hatte nicht eine Minute geschlafen. Ich öffnete eine Weinflasche, um mich zu entspannen, und stieß mit mir selbst an: »Habe ich dich, du Wichser!«

14

Draußen singen die Zikaden. Janete sitzt mit verbundenen Augen im Auto. Jéssyca liegt schreiend im Kofferraum. Als Janete sie am Busbahnhof ansprach, war das Mädchen ganz aufgeregt gewesen und hatte ihr voller Begeisterung gesagt: »Ich bin Jéssyca. Mit y.«

Jetzt schreit sie nur noch, tritt in der Dunkelheit um sich, gedämpft durch den lauten Gesang der Indios. Janete friert, und gleichzeitig rinnt ihr der Schweiß über die Stirn. Diesmal ist alles schiefgegangen. Ihr Kopf brummt, sie hört das laute Tick-Tack des Pendels in ihrem Kopf. Wie soll sie sich zwischen Elend und etwas noch Schlimmerem entscheiden? Jéssyca schreit im Takt der Musik, ihre gedämpften, schrillen Schreie machen Janete wütend. Warum kann sie nicht endlich den Mund halten? Sie muss nachdenken.

In den letzten Tagen hat sie viel nachgedacht. Sie ist zu dem Schluss gekommen, dass sie Verônica nicht vertrauen kann, ihre Intuition sagt ihr, dass sie sie niemals wiedersehen darf, aber ihre Intelligenz mahnt sie zur Vorsicht. So oder so, in einer Sache hat die Polizistin recht: Janete macht bei allem mit, aber weiß im Grunde gar nichts. Wie kann man nur so dumm sein?

In Gedanken geht sie noch mal die Informationen durch,

die sie während der Fahrt gesammelt hat, voller Aufregung, bald nach Hause zurückzukehren und alles aufzuschreiben. Für einige wenige Minuten fühlt sie sich stark. Sie ist sich sicher, dass sie keine Mautstelle passiert haben. Das dürfte einige Straßen ausschließen. Sie hat gezählt, wie oft sie nach links und nach rechts abgebogen sind, nachdem sie die Hauptstraße verlassen und auf den Feldweg gefahren sind. Und dann die Hügel, die sie hinauffuhren, dort ist Brandão langsamer geworden. Sie hat sich alles gemerkt. Die Lichtung liegt in den Bergen, mitten im Nirgendwo.

Unterwegs glaubte sie, sie hätte das Geräusch einer Explosion gehört. Waren sie in der Nähe eines Steinbruchs? Sie konnte auch das Läuten von Kirchenglocken und das Muhen von Kühen hören, das würde ihr aber nicht weiterhelfen. Und die Brüllaffen. Es ist unmöglich, sie nicht zu hören, mit ihren markanten Stimmen, ihren Schreien, die so typisch sind für die ländliche Umgebung von São Paulo. Wo leben so nah an der Stadt Affen? Das könnte für die Polizei wichtig sein, um den Ort zu finden, denkt sie, verwirft den Gedanken aber sofort wieder. Sie hat bereits ihre Haare verloren, sie möchte nicht auch noch ihren Kopf verlieren.

Sie hört Brandãos Schritte und atmet tief durch.

»Komm, Vögelchen«, sagt er und beugt sich über sie, um die Musik auszuschalten. Janete stöhnt vor Schmerz, als er nach ihrem rechten Arm greift, um ihr beim Aussteigen zu helfen. Sie fühlt sich nackt, entblößt mit ihrem von violetten und grünen Flecken übersäten Körper. Brandão erkennt seinen Fehler, greift nach ihrem Handgelenk und führt sie mit mehr Feingefühl als üblich über den feuchten Boden. Es ist beinahe liebevoll, wie er sich um ihre Blessuren sorgt. Janetes Herz wird von verschiedenen Gefühlen erfüllt. Nach den Schlägen war er der fürsorglichste Ehemann, hat sich um jede ihrer Verletzungen gekümmert, als wäre sie das Opfer eines anderen geworden, nicht seines. Sie wird nie verstehen, was in Brandãos Kopf vor sich geht.

Mit einer Hand auf seiner Schulter und einer Hand am kalten Geländer steigt Janete die enge Treppe hinunter. Sie setzt sich die Kiste auf und zieht den Verschluss an ihrem Hals fest. *Klick.* Sie schließt die Augen. Der Geruch von Kerosin und Kaffee erfüllt den Raum. Sie fragt sich, was Verônica sagen würde, wenn sie all dies sähe, wie sie dort sitzt mit dieser lächerlichen Kiste auf dem Kopf. Ein Strauß ... Wie recht sie hatte! Sie kann nicht aufhören, an ihre Worte zu denken. Sie ist der einsamste Mensch der Welt. In der stickigen Kiste zählt sie die Sekunden.

Brandão steigt die Treppe wieder hinauf, um Jéssyca zu holen. *Jéssyca, Jéssyca*, der Name des Mädchens hallt in ihrem Kopf wider. Grüne Augen, am Sonntag mit dem letzten Bus aus Altamira gekommen, voller Träume, kaum Gepäck ... Warte, was macht er mit den Koffern? Wo war das Gepäck der Mädchen geblieben? Ist das der Beweis, dass er sie tatsächlich freilässt? Vielleicht ist er gar kein Mörder. Es kann alles nur Theater sein, ein Schauspiel, die wahre Folter besteht darin, sie glauben zu lassen, es sei wirklich passiert. Das würde die Zeit erklären, die er sie allein im Bunker zurücklässt, um die Mädchen zu holen, nachdem er Kaffee gekocht hat. Es wäre verrückt, aber es wäre kein Verbrechen.

Wenn er verhaftet werden würde, würde Brandão von einem Psychiater behandelt werden. Vielleicht würde er ihn sogar heilen. Verônica hatte ihr versprochen, dass kein Wort über sie in den Akten zu finden sein würde, der Polizeichef war auf ihrer Seite, er stellte sogar ein ganzes Team zusammen. Alle wollten ihr helfen, sie würde in Sicherheit sein. Eine vage Hoffnung durchdringt ihre Gedanken, aber sie währt nicht lange. Jéssycas Schreie erfüllen den Raum, als hätte er das Mädchen von seinem Knebel befreit.

»Hilfe, mein Gott, Hilfe! Lassen Sie mich los, Sie sind ja wahnsinnig, ich werde Sie anzeigen, ich gehe zur Polizei!«

Brandão lacht, und für einen kurzen Augenblick wirkt tatsächlich alles wie ein Schauspiel.

»Ich *bin* die Polizei«, sagt er, kurz bevor Jéssycas Schmerzensschreie ihren Wutanfall unterbrechen.

»Nein, um Himmels willen, hören Sie auf! Nehmen Sie das von meinem Kopf!«

Sie hört das Schluchzen, das Rasseln der Ketten, das Quietschen der sich drehenden Zahnräder, Jéssycas Schreie, die im Schmerz ersticken. Es kann keine Lüge sein. Janete hält den Atem an und rührt sich nicht. Sie muss mindestens so lange ruhig sitzen bleiben, bis sie hört, dass Brandão die Treppe hinaufsteigt und die Luke schließt. Sie weiß nicht, wie lange es dauert, aber sie hört, dass Jéssyca mit ihr redet. Hat er sie freigelassen? Hat Brandão vergessen, sie zu knebeln?

»Dona Glória, holen Sie mich hier raus, befreien Sie mich! Der Typ ist ja wahnsinnig! Ich habe einen Sohn, eine Mutter, sie warten auf mich. Tun Sie mir das nicht an, ich werde kein Wort zur Polizei sagen, ich verspreche es Ihnen. Niemand wird etwas erfahren ... Ich werde keinem etwas sagen ...«

Janete auf ihrem Stuhl denkt ebenfalls daran, der Polizei kein weiteres Wort zu sagen. Dennoch nimmt sie ihre Hände nach oben und öffnet den metallenen Verschluss. *Klick*. Jetzt oder nie. Sie muss sehen, was an diesem Ort vor sich geht. Nicht, um es Verônica zu erzählen, sondern für ihr eigenes Seelenheil. Sie muss es einfach sehen.

Sie hebt die Kiste an, nur einen kleinen Spalt, aber sie kann nichts erkennen. Ihr Blick ist verschwommen, ihre Augen gewöhnen sich nur langsam an das trübe Licht. Alles erscheint in Zeitlupe vor ihr abzulaufen, mit jeder Sekunde taucht ein neues Detail in ihrem Blickfeld auf. Sie ist gelähmt vor Angst und Faszination. Es ist, als würde sie nach langer Zeit mit dem Kopf unter Wasser wieder atmen können. Sie legt die Kiste auf den Boden und dreht vorsichtig ihren Stuhl.

Der Bunker ist viel größer, als sie ihn sich vorgestellt hat. An der Decke verlaufen Schienen, die fast die gesamte Fläche einnehmen. Direkt vor ihr erhellen mehrere Kerzen den Raum. Es ist so makaber, dass es ihr beinahe schön erscheint. An einer der Wände sieht sie eine imposante Sammlung verschiedener Werkzeuge, nach ihrer Größe geordnet. Zangen, Sägen, alte Mayonnaisegläser voller Nägel, Fesseln, Peitschen, Gürtel, Masken, verschiedene Kabel, Drähte, Vibratoren, Scheren, Skalpelle, Seile, unterschiedliche Messer, Fotos und Zeichnungen der gefesselten Mädchen.

Sie braucht einen Augenblick, um sich die vielen Bilder anzusehen, die eher wie die Zeichnungen eines Ingenieurs aussehen, mit präzisen Strichen, detaillierten Abmessungen und Folterutensilien. Bei vielem von dem, was sie sieht, kann sie sich nicht einmal vorstellen, was man damit macht –, sie sträubt sich, darüber nachzudenken. Ihr Herz schlägt wild, als wolle es ihre Kehle hinaufsteigen. Sie dreht sich ein Stückchen weiter, wissend, dass sie sich dem Unvorstellbarem entgegenwendet: An Ketten gefesselt schwebt Jéssyca wie ein Vogel mit ausgebreiteten Flügeln am anderen dunklen Ende des Raumes in der Luft.

Ihre Haut wird durch kleine Angelhaken gespannt, die in ihrem Körper stecken, aus allen Öffnungen quillt Blut und tropft auf den mit einer weißen Plane bedeckten Boden. Die Tropfen sammeln sich zu Pfützen, wie ein großes rotes Gemälde. Janete will aufstehen, das Mädchen beruhigen, aber kein Muskel in ihrem Körper gehorcht ihr. Sie leidet unter dem erschreckenden Gefühl der Hilflosigkeit. Sie weiß nicht, wo sie anfangen soll. Ihr ganzer Körper zittert, die Realität erschüttert sie durch und durch.

Sie zählt bis fünf, atmet tief ein. Sie zählt bis fünf, atmet aus. Sie weicht Jéssycas Blicken aus, nicht fähig, sie zu erwidern, und geht zur Wand mit den Werkzeugen. Behutsam nimmt sie drei der Zeichnungen herunter, darauf bedacht, dass es Brandão nicht sofort ins Auge fällt, dass sie fehlen. Sie faltet sie vorsichtig zusammen und schiebt sie in ihren Hosenbund. Später werden sie als Beweise dienen müssen. Panik steigt in ihr auf, sie muss hier raus. Sie macht einen ersten Schritt auf die Treppe zu. Noch einen. Und noch einen. Zunächst hat sie Angst zu stürzen, aber als sie die Augen aufmacht, steht sie bereits auf der ersten Stufe und greift nach dem Geländer.

Mit aller Kraft stemmt sie sich gegen die schwere Luke, und schließlich gelingt es ihr, sie nach außen aufzuschlagen. Sie verlässt den Bunker, füllt ihre Lunge mit frischer Luft, schaut sich um, ob Brandão nicht in der Nähe auf sie wartet. Wenn alles wie immer ist, wird es noch lange dauern, bis er zurückkommt. Sie läuft geduckt zum Auto, öffnet vorsichtig die Tür und versteckt die Zeichnungen unter der Fußmatte des Beifahrersitzes. Leise schließt sie die Autotür. Was jetzt?

Eine Grabesstille lässt den dunklen Himmel noch schwärzer erscheinen. Es ist kaum ein Stern zu sehen. Sie weicht zurück. Wahrscheinlich wäre es am besten, in den Bunker zurückzukehren. Sie hat schon zu viel gesehen. Gerade ist sie im Begriff, durch die Luke zu steigen, als sie in der Ferne einen schwachen Lichtschein bemerkt. Vorsichtig schließt sie die schwere Tür, die Jéssycas Schreie ersticken lässt. Sie geht weiter, keucht, versucht, nicht nachzudenken. Als sie sich dem Lichtschein nähert, erkennt sie ein kleines Haus, versteckt zwischen den Bäumen.

Vorsichtig nähert sie sich dem Gebäude, erreicht eine Terrasse, die chaotisch aussieht. Überall verteilt liegen Zeitungen, Vogelfedern, Papier und Transportkisten, in einigen von ihnen sitzen Vögel. Die Kisten sehen beinahe so aus wie ihre. In einer anderen Ecke stapeln sich handgemachte Hängematten, ein hölzerner Webstuhl mit einer zur Hälfte fertig gewebten bunten Hängematte mit unvollendeten geometrischen Mustern. Janete sieht ein Fenster und schleicht sich heran, hält sich an der Fensterbank fest und schaut hindurch.

Instinktiv schlägt sie die Hand vor den Mund, um keinen Laut von sich zu geben. In dem Raum vor ihr steht eine alte nackte Frau. Sie trägt Ketten um den Hals, ihre Brüste hängen herunter, das weiße Haar ist bis zur Taille geflochten. Sie steht vor Brandão, der auf einem einfachen Hocker sitzt, auch er ist nackt. Seine Uniform hängt sorgfältig gefaltet über der Lehne eines Stuhls. Die Frau steht neben ihm, hält in ihrer rechten Hand einen Stock, den sie als Pinsel benutzt. Teile seines Körpers sind bereits mit einem blauschwarzen Pflanzensaft bemalt. Jetzt zeichnet die alte Frau rote Kreise auf seine Schultern und seinen linken Arm, die von geraden Linien durchzogen sind. Kreis, Strich, Kreis, Strich, Kreis, Strich. Brandãos Gesicht ist ebenfalls rot angemalt, sein rasierter Kopf leuchtet unter den Lampions, die an der Decke baumeln.

Janete ist so überrascht, dass sie vergisst zu gehen. Sie beobachtet ihren Mann zusammen mit dieser mysteriösen alten Frau, die im Kreis um ihn herumläuft, während sie ein Lied singt, beinahe flüsternd, rhythmisch. Janete kann es kaum hören, aber es erinnert sie an diese grausame Musik, die Brandão im Auto hört. Als die alte Frau seine linke Körperhälfte fertig bemalt hat, wendet sie sich um, um ihr Werk zu vollenden. In diesem Augenblick sieht Janete es. Der alten Frau fehlt der linke Arm, an ihrer Schulter trägt sie nur einen abscheulichen, wie verdorrt erscheinenden Stumpf. Geschockt wendet Janete sich ab, spürt den Impuls, einfach nur fortzulaufen.

Sie dreht sich noch einmal um, unwiderstehlich angezogen von der Szenerie, dem Gemälde auf dem nackten Körper ihres Mannes, der armlosen Indianerin ... In ihrer Verzweiflung stolpert sie über eine der gestapelten Kisten. Sie rappelt sich wieder auf, dann begegnen sich ihre Blicke durch die Fensterscheibe. Sie und die Indianerin. Schnell legt sie ihren Zeigefinger auf die Lippen, bettelt um verschwörerisches Schweigen, aber es nützt nichts. Als die alte Frau sie erblickt, wirft sie den Pinsel von sich und beginnt, am ganzen Körper zu zittern. Sie stößt einen lauten Schrei aus, eine Mischung aus Rührung und Schrecken.

»Beruhige dich, Oma«, sagt Brandão, und im nächsten Augenblick erblickt er Janete.

Er springt auf, rennt aus dem Haus und erreicht sie in drei Schritten. Er greift nach ihrem Arm und zieht sie hinter sich her ins Haus, wirft sie auf den Boden. Ohne Pause prasseln die Schläge und Tritte auf sie ein. In unkontrolliertem Hass prügelt Brandão sie windelweich. Janete hört, wie er schreit, aber im Hagel seiner Schläge kann sie nicht verstehen, was er ruft. So viele Schläge hat sie noch nie einstecken müssen. Sie zieht sich wie ein Baby zusammen und ist kurz davor, das Bewusstsein zu verlieren.

Bevor die willkommene Dunkelheit sie umhüllt, glaubt sie, die Alte heiser und panisch schreien zu hören: »Sie ist es, das Vögelchen! Ich glaube es nicht ... Sie ist es!«

15

Ein langer Arbeitstag, zu viel Papierkram, von dem Carvana erwartete, dass ich ihn abarbeitete. Wieder mal kam ich zu spät nach Hause. Meine Mutter sagte immer zu mir, ich sei wie das Kaninchen aus »Alice im Wunderland« – *Oh seht! Oh seht! Ich komme viel zu spät* ... Paulo saß mit den Kindern beim Abendessen, es gab Pizza, und ich hatte mir noch nicht überlegt, was ich zu meinem Date anziehen wollte.

Ich drehte den Hahn der Dusche auf. Während das Wasser langsam warm wurde, fuhr ich mit den Fingern und meiner üblichen Unentschlossenheit über die Kleiderbügel im Schrank. Bei meinem ersten romantischen Abendessen mit @liebesdroge, meinem Hauptverdächtigen im Fall Marta Campos, musste ich wie eine Göttin aussehen. Diese Typen wechseln ihre E-Mail-Adresse, ihren Namen, ihren Spitznamen, um sich zu schützen, aber sie ändern nicht ihre Persönlichkeit.

Ich entschied mich für ein schlichtes schwarzes Kleid, immer eine gute Lösung. Ich betrachtete mich im Spiegel: zu traditionell, unkreativ, ein Outfit für eine unsichere Frau. Ich hängte es zurück in den Schrank. Vielleicht eine schwarze Hose und eine weiße Bluse? Ich beschloss, unter der Dusche darüber nachzudenken. Ich duschte mich schnell, band die

Haare zu einem Dutt zusammen, um ihnen mehr Volumen zu verleihen, wenn ich sie über die Schultern fallen ließ.

Als ich wieder vor dem Kleiderschrank stand, entschied ich mich schließlich für ein Kleid mit einem dezenten Muster, das meine Kurven perfekt zur Geltung brachte. Wenn jemand so gern aß wie ich, durfte er sich hinterher auch nicht beschweren. Ich lächelte mein Spiegelbild an, korrigierte mein Make-up an den Stellen, an denen es im Laufe des Tages gelitten hatte. Besonders viel Mühe gab ich mir bei den Augen – schon wieder viel zu tiefe Ringe –, und am Schluss trug ich glänzenden Lipgloss auf. Ich öffnete den Dutt, schüttelte den Kopf und prüfte das Ergebnis. Perfekt. Ich nahm eine Kette, meine unvermeidlichen Armreifen, zog meinen Ehering ab und suchte nach einer kleineren Handtasche, denn es gab keinen Grund, mein halbes Leben mit mir herumzutragen.

Ich brauchte heute nur Portemonnaie, Handy und Pistole. Sollte sich das Treffen als Fehler erweisen, würde ich mich wenigstens verteidigen können. Ich warnte meinen Mann, dass es spät werden könnte, und zog die Tür hinter mir zu. Auf geht's, Verô. Heute gibt's abgeschnittenen Schwanz zum Abendessen.

Wie durch ein Wunder war ich noch vor ihm im Restaurant und entschied mich für einen Tisch, an dem ich so sitzen konnte, dass ich die Tür im Blick hatte. Das war die erste Lektion auf der Polizeischule: Drehe niemals jemandem den Rücken zu. Paulo hatte sich mittlerweile daran gewöhnt.

Das Spot, ein angesagtes Szenerestaurant in São Paulo, war beeindruckend, mit großen Fenstern vom Fußboden bis unter die Decke, die den Blick auf einen schönen Platz mit einem beleuchteten Brunnen freigaben. Eine gute Wahl, um jemanden zu beeindrucken, aber ganz anders als die Trattoria. Ich musste nicht lange warten, bis Cássio kam. Er begrüßte mich mit zwei Küsschen auf die Wange, Küsschen rechts, Küsschen links, ein Zeichen dafür, dass er nicht aus São Paulo stammte. Er trug Jeans und ein gut sitzendes, elegantes Jackett. Er öffnete einen der Knöpfe und setzte sich zu mir.

»Du bist also Vera!«, sagte er und verschlang mich förmlich mit den Augen. »In echt noch schöner.«

»Wow, so wie du das sagst, werde ich ja ganz verlegen«, antwortete ich schüchtern. Ich legte mir die Serviette auf den Schoß, und er fragte, ob ich auch einen Wein trinken wollte.

»Weiß oder rot, Vera?«

»Lieber einen Weißwein, der ist leichter.«

»Bringen Sie uns einen Pinot Grigio?«, fragte er den Kellner. »Und bitte gut gekühlt.«

Er lächelte mich an. Ein selbstbewusster Mann, der wusste, wie man eine Frau dazu brachte, alles für ihn zu tun. Zweifellos war er an solche Dates gewöhnt. Mit seiner sympathischen Art nahm er die Frauen sofort für sich ein. Als Vorspeise empfahl er mir ein Lachs-Ceviche und danach Nudeln mit Garnelen und Pilzen, was hervorragend zum Wein passe. Er schlug vor, dass wir unsere Gerichte teilten. Ich hasste es, mein Essen zu teilen oder wenn jemand von meinem Teller probieren wollte, aber ich stimmte zu. Ich hoffte nur, dass er zu der altmodischen Sorte Mann zählte, die nachher die Rechnung bezahlten. Wenn wir die Rechnung teilten, müsste ich auf die »Portokasse« im Kommissariat zurückgreifen – es wäre einfacher gewesen, Carvana zu erklären, wofür ich das Geld brauchte, als Paulo.

Der Kellner brachte den Wein, und wir stießen an. Während

wir das Brot und die Pasteten auf dem Tisch probierten, plauderten wir angeregt. Schließlich kam ich auf den Punkt.

»Also, Cássio, bist du schon lange Single? Warst du mal verheiratet?«

»Ich bin schon ewig Single, eigentlich lebe ich nur für meinen Beruf, Vera. Deswegen ist es auch so schwierig, eine lange Beziehung zu haben, aber ich träume dennoch davon, eine Partnerin zu finden und eine Familie zu gründen.«

»So geht es mir auch, das ist mein großer Traum.«

Das Spot war rappelvoll. Solange ich niemanden sah, den ich kannte, war alles gut. Würde mich hier jemand erkennen, konnte ich das zu Hause nur schwer erklären.

Es dauerte nicht lange, bis das Essen serviert wurde. Mein Magen knurrte, ich hatte nicht einmal etwas zu Mittag gegessen, aber meine Rolle hatte Vorrang. Ich nahm mein Handy aus der Handtasche und fragte beiläufig: »Das Essen sieht wunderbar aus! Macht es dir etwas aus, wenn ich meinen Teller fotografiere? Ich poste es nachher auch auf Facebook.«

Ich fand, es war eine moderne Unart, wenn Leute ihr Essen fotografierten, aber jetzt konnte es nützlich sein. Ich wusste, dass er mir meine Bitte nicht abschlagen würde. Ich tat so, als würde ich die Kamera auf meinen Teller richten und – *Klick* – machte ein Foto: Cássio Ramirez war auf dem direkten Weg in meine Akten.

»Was genau machst du beruflich?«, fragte ich ihn dann und hielt mein Handy weiter in der Hand.

»Ich ziehe gerade um«, antwortete er. »Schickst du mir eine Freundschaftsanfrage bei Facebook? Dann können wir das Foto teilen? Ich finde dich sehr sympathisch, vielleicht sehen wir uns ja wieder. Ich bin froh, dass ich dich gefunden habe.«

Der Typ war wirklich gut. Er hatte mich kurz aus dem Konzept gebracht, und ich fühlte mich sofort besser.

»Ich finde, es ist noch zu früh, dich hinzuzufügen, Cássio. Schauen wir mal, ob ich wirklich so toll bin, wie du gerade glaubst.«

Ich zwinkerte ihm zu und hielt ihm meine Gabel für einen ersten Bissen hin. Die Pasta war phantastisch, wir saßen einige Minuten schweigend da und aßen, ein Zeichen, dass es schmeckte.

Als mein Hunger gestillt war, nahm ich den Faden wieder auf: »Du sagtest, du ziehst gerade um? Warum? Suchst du einen neuen Job?«

»Nein, ich habe an einem Postdoc-Austausch teilgenommen und war eine Zeit lang in Kanada. Ich bin Pharmakologe, und eine Ausbildung im Ausland ist gerade in diesem Bereich hoch angesehen. Ich war ein Jahr dort und bin gerade erst wieder nach Brasilien zurückgekommen, starte hier jetzt quasi neu ...«

Mein Herz gefror: »Ein Jahr im Ausland?«

»Ich bin letzten Monat zurückgekommen«, antwortete er und öffnete auf seinem Smartphone seine Facebook-Seite, um mir Fotos zu zeigen. »Hier, das ist Winnipeg, die Stadt, in der ich gewohnt habe. Da fanden damals die Panamerikanischen Spiele statt. Eine schöne Stadt, total organisiert, aber nichts ist besser, als nach Hause zurückzukehren, nicht wahr?«

Ich nahm sein Handy und kontrollierte das Datum des Fotos. Scheiße. Cássio war tatsächlich in Kanada gewesen, als sich Marta mit @sexystudent88 getroffen hatte. Ich gab ihm das Telefon zurück und spürte das ohnmächtige Gefühl, dass ich wieder bei null anfangen musste. Kurz angebunden beendete ich unser Date. Unter anderen Umständen hätte ich mir einen anderen Verlauf des Abends mit Cássio sehr gut vorstellen können. Er tat mir regelrecht leid, der arme Kerl, er war wirklich verrückt nach mir. Als die Rechnung kam, teilten wir den Betrag, und ohne dass ich ihm auch nur einen kleinen Abschiedskuss gönnte, machte ich mich auf den Heimweg. Schließlich war ich eine professionelle Ermittlerin.

Ich fühlte mich wie einer jener unglücklichen Akrobaten im chinesischen Zirkus, die gleichzeitig mit ihren vielen Tellern jonglierten, während sie immer wieder von der einen zur anderen Seite rannten. Der Unterschied war, dass im Zirkus meistens keiner der Teller auf den Boden fiel, während meine in tausend Scherben zersprangen.

Am nächsten Morgen war ich schon früh im Kommissariat, entmutigter denn je.

»Guten Morgen, Verônica«, sagte jemand.

Ich antwortete wie im Autopiloten. Und so vergingen auch die folgenden Stunden: Mechanisch erledigte ich meine Aufgaben, nahm Anrufe entgegen, erledigte neue Aufgaben, kochte Kaffee, wieder neue Aufgaben, guten Morgen, noch mal neue Aufgaben. Dann, irgendwann später, sah ich zwei Hosenbeine vor mir stehen. Ich schaute auf und erblickte Nelson, der mich auf eine unbekannte Weise anlächelte.

»Ich akzeptiere nur gute Nachrichten«, äffte ich Carvana nach.

»Gute Nachrichten für dich? Denn für das neue Opfer von unserem @sexystudent88 sind es ganz bestimmt keine guten Nachrichten.«

Ich war froh über die Idee, Nelson auf meine Seite zu ziehen. Er war zuverlässig und schlau. Und er wusste, wie er mich gewinnen konnte.

»Ein neues Opfer?«

»Tânia Carvalho. Sie hat letzte Woche Anzeige erstattet.

Dem Bericht zufolge ist es das gleiche Muster wie bei Marta Campos. Ich glaube, wir haben unseren Mann.«

»Ernsthaft? Du hast mir den Tag gerettet!« Ich war so aufgeregt, dass ich ihn umarmte. Sofort bedauerte ich meine Geste: Ich konnte zwar die Ermittlungen aufgrund neuer Hinweise fortführen, aber ich hatte kein Recht, mich darüber zu freuen.

»Hast du ihre Adresse? Wo wohnt sie?«

»Sie liegt im Krankenhaus São Luiz. Die Arme hat es so sehr mitgenommen, wie der Typ sie ausgenutzt hat, dass sie sich vor ein Auto geworfen hat. Sie wäre beinahe draufgegangen.«

»Danke, mein Super-Nelson.«

Ich nahm die Handtasche, warf alles Nötige hinein und machte mich auf den Weg zum Krankenhaus. Ich durfte keine Zeit verlieren. An der Anmeldung legte ich meinen Dienstausweis auf den Tresen und ging dann zum Zimmer 327. Ich klopfte an die Tür, umgeben von einer beängstigenden Stille. Niemand antwortete, und so trat ich ein.

Eine etwa sechzigjährige Blondine mit Bluse und Perlenkette kam auf mich zu, gab mir wortlos zu verstehen, dass ich das Zimmer verlassen sollte, und folgte mir. Im Gehen warf ich einen Blick auf das Bett und sah die junge Frau, bewegungslos, an den Armen und Beinen eingegipst, mit Fäden zusammengehalten wie eine verrenkte Marionette.

»Ich bin Rose. Sind Sie eine Freundin meiner Tochter?«, fragte die Frau, als wir im Gang standen. »Meine kleine Tânia ist gerade eingeschlafen. Sie wissen ja ... Die Schmerzen ... Und Sie sind ...?«

»Mein Name ist Verônica Torres. Ich bin von der Polizei.«

Sofort veränderte sich ihre Körperhaltung. Sie zog die Augenbrauen zusammen und packte meinen Arm:

»Verschwinden Sie! Meine Tochter wird nicht noch einmal mit Ihnen reden. Sie wollte es unbedingt, aber ich habe ihr da schon gesagt, dass es sinnlos sein würde. Und das war es! Eine Woche! Eine Woche ist es her, dass wir Anzeige erstattet haben!«

»Beruhigen Sie sich, Dona Rose. Ich bin von einer anderen Abteilung ...«

»Ich bin ruhig, Senhora, ruhiger geht es gar nicht. Ich will nur nicht, dass irgendjemand meine Tochter belästigt oder ihre Aussage in den Schmutz zieht. Reicht es denn nicht, was sie schon alles hat durchmachen müssen? Wenn es ohnehin zu nichts führt, sollten Sie zusehen, dass Sie hier verschwinden.«

Ich versuchte mit allen Kräften, die Mutter der armen jungen Frau zu überzeugen, dass sie mit mir reden sollte. Gleichzeitig versuchte ich, die Aufmerksamkeit von Tânia im Krankenzimmer zu gewinnen. Erfolgreich. Es dauerte nicht lange, und sie rief nach ihrer Mutter. Rose ging schnell ins Zimmer, ich nutzte die Gelegenheit und folgte ihr.

»Mama, wer ist das? Was geht hier vor sich?«, fragte sie, als sie mich sah.

»Mach dir keine Sorgen, mein Schatz, die Frau geht gleich wieder. Sie hat sich in der Zimmernummer geirrt, nicht wahr?«, sagte sie. In ihrer Stimme lagen Wut und Abneigung. Sie wirkte wie eine Löwin, die ihr Junges beschützen wollte.

Ich ließ mich von ihrem furchteinflößenden Gehabe nicht einschüchtern, lächelte Tânia an und sagte: »Mein Name ist Verônica Torres, ich komme von der Polizei São Paulo. Ich möchte, dass Sie wissen, dass Sie nicht allein sind. Es gibt noch andere Opfer von diesem Typen.«

Tânia schaute mich einige Sekunden lang an, während sie die Nachricht verdaute. Dann senkte sie den Blick und begann zu schluchzen, ihr Weinen erschien wie eine Erlösung. Ihre Mutter setzte sich zu ihr aufs Bett und wischte ihr unermüdlich die Tränen aus dem Gesicht. Auf dem Nachttisch stand eine leere Schachtel Taschentücher. Ich verstand: Frauen, die diesen Typen auf den Leim gingen, fühlten sich so dumm, wenn sie die Wahrheit erkannten, dass sie neugierig wurden, wenn sie erfuhren, dass sie nicht die Einzigen waren. Indem sie verstanden, warum die anderen Opfer sich hatten hinters Licht führen lassen, würden sie vielleicht auch sich selbst vergeben können.

»Was meinen Sie damit, ich bin nicht die Einzige? Wie viele Frauen gibt es denn?«

»Viele. Und wenn Sie mir jetzt helfen, können wir gemeinsam verhindern, dass er noch mehr Frauen verletzt. Ich weiß, wie Sie sich fühlen, aber ich brauche ein paar Informationen, um zu bestätigen, dass es sich um die gleiche Person handelt.«

»Ich war so dumm. Ich habe dem, was ich bereits gesagt habe, nichts hinzufügen. Ich schäme mich so. Ich möchte einfach vergessen, dass William existiert, ich möchte nichts mehr mit ihm zu tun haben. Wahrscheinlich lachen hinter meinem Rücken alle über mich.«

Sie brach erneut in Tränen aus, und ich wusste, dass ich ihr die Zeit geben musste, die sie brauchte.

»Mama, putzt du mir die Nase? Ich kann nicht einmal in Würde weinen, selbst das hat er mir genommen!« Tânias Stimme wurde immer schriller, während Rose ungeschickt versuchte, das Taschentuch zu halten, damit sich ihre Tochter die Nase putzen konnte.

Ich zog die Zeichnung von Martas Pinnwand aus meiner Tasche und hielt sie ihr direkt vors Gesicht.

»Ist das William?«

»Das ist er! Das ist er!« Ihr Oberkörper wurde in einer Mischung aus Schmerz und Hass erschüttert. Genau das wollte ich erreichen: Sie sollte die Wut spüren. »Aber seine Frisur ist anders.«

Rose beugte sich vor, um das Bild ansehen zu können, ohne gleichzeitig ihre Tochter aus den Augen zu verlieren.

»Schatz, bist du sicher, dass du das noch einmal durchmachen möchtest? Sieh nur, was dieses Tier mit dir angestellt hat ...«

Tânia sah erst ihre Mutter, dann mich an. Leise bat sie ihre Mutter, das Bett höherzustellen.

»Es ist das Beste, jetzt alles zu erzählen. Fragen Sie, was sie wissen möchten, Verônica.«

»Wie haben Sie William kennengelernt?«

»Bitte lachen Sie mich nicht aus. Auf die dümmste Art und Weise, über das Internet.«

Ich zog meinen Block hervor und begann, mir Notizen zu machen. Mich überkam das Gefühl eines Déjà-vu: AmorIdeal.com; die gleiche Geschichte, die gleichen Worte. Der gleiche Spitzname? Diesmal nannte er sich @IchbindeinewahreLiebe. Was für ein Mistkerl. Ich würde sein schlimmster Albtraum werden.

»Wo haben Sie sich getroffen? Hat er bezahlt? Oder Sie?«

»Ich glaube, wir haben in der Cantina do Piero zu Abend gegessen, in Jardins. Mir war am nächsten Morgen so schwindelig, dass ich mich kaum daran erinnerte. Ich müsste auf meiner Kartenabrechnung nachschauen. Ich werde es tun, sobald ich mich wieder rühren kann.«

Eine weitere Eigenschaft, die ich mir notierte: die Art der Restaurants. Das Spot hatte es gar nicht sein können, es war zu exklusiv, zu teuer, zu hip. Meine Zielperson mochte italienisches Essen oder traditionelle Restaurants in São Paulo – vielleicht wusste er, dass es dort keine Überwachungskameras gab. Tânia erzählte mir eine Menge nutzloses Zeug, zu sehr war sie von ihren Emotionen getrieben. Ich filterte alles heraus, was mir wichtig erschien. Der Stift flitzte über den Block.

»Er hat alles gestohlen, meine Konten geplündert und sogar mein Auto mitgenommen!«

»Hat er auch Ihr Handy mitgenommen, Tânia?«

Sie hielt einen Moment inne und dachte nach:

»Nein, das Handy nicht, nein. Er hat unsere Unterhaltungen gelöscht, aber nein, er hat es nicht mitgenommen. Seltsam, nicht wahr?! Es ist das neueste iPhone.«

Der Kerl wusste, was er tat. Er wusste, dass wir das Handy anhand der IMEI im Handumdrehen wiederfinden würden. Selbst wenn er die SIM-Karte austauschte, die IMEI war an das Gerät gekoppelt.

Nur um sicher zu gehen, zeigte ich ihr das Foto von Cássio: Nein, Cássio war wirklich nicht William. Ich dankte ihr und verließ das Zimmer, während ich in meinem Rücken die grimmigen Blicke ihrer Mutter spürte.

Ich kam erst spät am Abend von der Arbeit nach Hause. Ein Gedanke ging mir nicht mehr aus dem Kopf: Hat dieser Typ wirklich eine so perfide Betrugsmasche entwickelt, dass seine gedemütigten Opfer tatsächlich versuchten, sich das Leben zu nehmen? Marta hatte sich umgebracht, Tânia beinahe auch. Wie viele andere hatten es ebenfalls getan?

Ich bat meinen Super-Nelson um Hilfe und ließ ihn eine Übersicht aller Vorfälle erstellen, bei denen Frauen in den vergangenen Monaten versucht hatten, sich das Leben zu nehmen. Während er auf die Suche ging, nutzte ich die Gelegenheit, mich den Dingen zu widmen, die auf meinem Schreibtisch liegen geblieben waren, und für etwas Ordnung zu sorgen. Zwei Stunden später kam er mit den Ergebnissen: fünf potenziell interessante Selbstmorde, verteilt über die ganze Stadt.

Sofort rief ich Prata an.

»Mein Freund, bist du im Institut?«

»Wie immer. Meine Frau sagt schon, ich wohne hier, Verô. Sie ist davon überzeugt, dass ich die Toten lieber mag als sie.«

»Daran habe ich keinen Zweifel.«

Ich hasste seine Frau. Sie war eifersüchtig auf mich, aber auf eine so dumme Art und Weise, die mich einfach nur wütend machte.

»Komm bitte zu Sache«, sagte er. »Ich bin gerade dabei, ein paar Gutachten zu schreiben. Ich bin ohnehin schon viel zu spät dran, mein Boss sitzt mir im Nacken. Ich habe nicht viel Zeit.«

»Es geht auch ganz schnell, Prata.«

Ich gab ihm die Namen der Frauen, und er schaute im System nach, was er zu ihnen finden konnte – von den Autopsieberichten bis hin zu den Formularen, mit denen ihre Körper abgeholt worden waren. Ich wusste, dass Martas Leiche von ihrem angeblichen Bruder abgeholt worden war, von dem ich wiederum wusste, dass es ihn nicht gab. Und ich wusste, dass @sexystudent88 nekrophil war. Vielleicht hatte dieselbe Person auch die anderen Frauenleichen abgeholt. Jemand aus der Gerichtsmedizin? Es musste ein Zusammenhang zwischen den Fällen bestehen.

Ich bat Prata, mir die Akten zu schicken, und schwor bei allem, was mir heilig war, sie niemandem zu zeigen. Bereits zwei Minuten später hatte ich seine E-Mail im Posteingang. Ich öffnete den Anhang und verschaffte mir einen Überblick. Auf den ersten Blick nichts Außergewöhnliches. Die Berichte waren von verschiedenen Ärzten ausgestellt worden, an verschiedenen Tagen und zu verschiedenen Zeiten. Die Körper der toten Frauen wurden von verschiedenen Familienmitgliedern abgeholt, alle mit unterschiedlichen Namen, die aber sehr wahrscheinlich falsch waren. Eine weitere Sackgasse.

Beim Lesen der Berichte spürte ich die Qualen, die die Frauen erlitten hatten. Ich verdrängte meinen eigenen Schmerz und las sie noch einmal. Und noch einmal. Dann, endlich. Da war es. Ich zitterte am ganzen Körper, als ich das Formular heraussuchte, mit dem der tote Körper von Marta Campos aus der Gerichtsmedizin abgeholt worden war: Bei allen Frauen war es dasselbe Bestattungsinstitut gewesen! Das Bestattungsinstitut Paz Eterna, ewiger Frieden, in Embu das Artes, einer kleinen Stadt am Rande von São Paulo.

Dorthin hatte der Psychopath die Leichen gebracht.

16

Janete hört die Stimme, noch bevor sie ihre Augen öffnet. Sie kommt von weit her, es klingt wie der sich wiederholende Refrain eines Liedes: »Verzeih mir, Vögelchen, verzeih mir ...«

Nach und nach erwachen ihre Sinne. Sie spürt ein feuchtes, warmes Reiben auf ihrer Haut, atmet langsam ein und aus, lässt den Duft von Arnika in ihre Nasenlöcher strömen. Wo ist sie? Sie versucht, ihre Augen zu öffnen, aber es schmerzt zu sehr. Ihre geschwollenen Lider pochen. Er hat sie wieder und wieder ins Gesicht getreten, alles schmerzt und brennt. Selbst ihre Zähne fühlen sich an, als säßen sie locker. Nur mit Mühe kann sie ihre Augen einen Spalt weit öffnen, und grelles Licht schlägt ihr entgegen. Sie gibt auf, etwas erkennen zu wollen. Es spielt keine Rolle mehr, wo sie ist. Brandão wird mit ihr machen, wonach ihm der Sinn steht.

Sie kann den Geruch nach Vogelfedern in den Kisten auf der Terrasse wahrnehmen, glaubt, das Atmen der alten, einarmigen Frau zu hören, beinahe kann sie spüren, wie der Stock mit Farbe über ihre Haut fährt, als würde die seltsame Indianerin sie auch bemalen. Ihre Knochen schmerzen, in ihrem Kopf dreht sich alles. Die Finsternis hüllt sie wieder ein und nimmt ihr das Bewusstsein. Sie hat aufgehört zu zählen, wie oft sie schon ohnmächtig geworden ist.

Als sie wieder zu sich kommt, nimmt sie erneut alles wie durch einen Nebel wahr. Während er ihre Wunden versorgt, bittet Brandão sie unermüdlich um Vergebung. Ohne dass sie sich dagegen wehren kann, genießt Janete die Berührungen seiner schwieligen Hände, die über ihre Arme, Beine und ihren Bauch fahren. Der Arnikaextrakt dringt tief in ihre Poren ein, aber die grausamen, frischen Erinnerungen verdrängen das Gefühl der Erleichterung, das das Medikament ihrem Körper zu verschaffen versucht. Janete braucht Antworten.

»Nicht reden, Vögelchen ... Dein Mund ist zu stark geschwollen«, sagt Brandão. »Alles wird wieder gut. Alles wird wieder gut.«

Vorsichtig fährt er mit einem Tuch über ihr Gesicht. Dann tunkt er es in einen Behälter und legt es auf die Augen seiner Frau. Nach einigen Minuten greift sie nach dem Tuch, zieht es sich vom Gesicht und spuckt zwischen ihren geschwollenen Lippen die Worte aus: »Sieh, was du mit mir gemacht hast ...«

»Psst, Vögelchen«, sagt er nur und legt das nasse Tuch zurück auf ihr Gesicht. Dann reibt er ihre Augen mit einer streng riechenden Salbe ein. »Diesmal bist du zu weit gegangen. Ich musste dich bestrafen! Warum hast du mir nicht gehorcht?«

»Eines Tages wirst du mich töten.«

»Ich werde niemals mein kleines Vögelchen töten«, antwortet er beleidigt. »Du warst sehr ungehorsam. Du musst dich an die Regeln halten!«

Bestrafen und lieben, bestrafen und lieben, sie erträgt es nicht mehr, sie glaubt ihm nicht mehr. Ihr Kopf schreit, dass es genug ist. Aber sie weiß auch, dass sie schlau sein und sich merken muss, was sie gesehen hat. Sie lässt Brandão so lange gewähren, bis sie es schafft, blinzelnd die Augen zu öffnen. Als sie sich an das gedämpfte Licht gewöhnt hat, stellt sie fest: Sie ist zu Hause, in ihrem Bett. Ihr Mann sitzt auf der Bettkante, leicht über sie gebeugt, in seinem Gesicht ein Ausdruck des Bedauerns. In seiner Hand hält er einen durchsichtigen Behälter mit einer trüben gelblichen Flüssigkeit. Auf dem Boden des Behälters liegt eine gewundene Schlange, tot. Janete versteckt sich unter ihrer Bettdecke.

»Mach dir keine Sorgen«, sagt er. »Das ist das Schmalz einer weißen Boa mit Andiroba, Copaíba und verschiedenen Kräutern. Nur die Indios kennen dieses Rezept. Es hilft dir, wieder gesund zu werden und dich zu entspannen, es wird dir guttun.«

Er tunkt das Tuch erneut in den Behälter und streicht damit zärtlich über ihre Haut.

»Die weiße Boa ist schlau, Vögelchen. Sie jagt nicht. Sie greift nur diejenigen an, die versuchen, sie zu jagen.«

Janete spürt die Drohung in seinen Worten, aber anstatt sich zurückzuhalten, wird sie von einer unbeschreiblichen Wut erfasst, die ihr neue Kraft verleiht, bereit, alles niederzuwalzen, was sich ihr in den Weg stellt. Sie hat nichts mehr zu verlieren.

»Diese alte Frau hat dir das Schmalz gegeben, nicht wahr?«

Brandão reagiert unmittelbar auf ihre Worte, spannt seinen Körper an und weicht ihrem Blick aus.

»Ich weiß nicht, von wem du sprichst, Vögelchen.«

»Die Indianerin, in diesem Haus … Du weißt, wen ich meine.«

Er sieht aus wie ein unartiges Kind, das man auf frischer Tat ertappt hat. Er fährt sich mit der Hand über seinen kahlen Kopf, über seine Augen und seufzt: »Meine Großmutter, Vögelchen. Sie hätte dich nicht sehen dürfen.«

»Du hast mir immer gesagt, dass du keine Familie hast, dass du allein bist.«

»Du hast meiner Großmutter einen riesigen Schrecken eingejagt …«

»*Ich* habe *ihr* einen Schrecken eingejagt? Brandão, sie hat nur einen Arm. Und sie war nackt!«

»Sprich nicht so!«

Er nimmt sie in den Arm, legt ihren Kopf in seinen Schoß, als wäre sie ein kleines Baby.

»Ich werde dir nicht mehr weh tun, Vögelchen«, sagt er mit gesenktem Kopf. »Aber ich bitte dich, sprich nicht so von ihr.«

»Warum hast du deine Großmutter all die Jahre vor mir geheim gehalten? Woher kennt sie mich überhaupt?«

»Sie kennt dich nicht.«

»Die Art, wie sie mich angesehen hat, wie sie auf mich gezeigt hat ...«

»Sie kennt dich nicht!« Brandãos Stimme nimmt einen scharfen Ton der Entrüstung ein.

»Wie hat sie ihren Arm verloren?«

»Sie ...« Er macht eine Pause. »Sie wurde so geboren«, antwortet er, Minuten später. Janete ist sich sicher, dass er noch nie mit jemandem darüber gesprochen hat. »Meine Großmutter möchte nicht, dass sie jemand sieht. Sie war es, die mich großgezogen hat. Wir haben Vögel gezüchtet, mit denen wir ein bisschen Geld verdient haben, immerhin fehlte es uns an nichts. Sie war immer sehr streng. Deshalb bin ich das, was ich heute bin: ein ehrlicher und gerechter Mann.«

Brandão hält Janete im Arm, wiegt sie vor und zurück. Die Umarmung beruhigt sie, aber immer wieder tauchen vor ihrem geistigen Auge die Bilder des an den Haken unter die Decke gezogenen Mädchens auf, wie ein Blitzlichtgewitter, immer schneller, immer mehr. Die Erinnerungen lassen sie ihre Finger verkrampfen, sie kratzt die Haut in ihren Handflächen auf.

»Und Jéssyca?«, fragt sie furchtlos. »Du hast sie getötet, nicht wahr?«

Schweigend schaut er sie an. Er beugt sich zu ihrem Ohr vor und flüstert: »Ich habe den Käfig geöffnet und sie freigelassen. Ich würde niemals einen kleinen Vogel töten, mein Vögelchen ...«

»Liebling, lass mich gehen, ich möchte zurück zu meiner Familie«, bettelt sie mit dünner Stimme. »Dein Geheimnis ist bei mir sicher ...«

Er steht so abrupt vom Bett auf, dass Janete zurück auf die Matratze fällt. Erschrocken zieht sie sich die Bettdecke über den Kopf.

»Niemals! Ich kann dich nicht verlieren, du bist die einzige Person, die mich versteht, die mich liebt, ohne mich zu verurteilen! Ich werde dir nicht mehr weh tun, ich verspreche es! So wahr ich hier stehe!«

Brandão beugt sich über sie, zieht die Bettdecke zurück und küsst ihr Gesicht, dann jede geschundene Stelle ihres Körpers. Zunächst empfindet Janete nichts als Wut, aber als sie seine Lippen auf ihrer Haut spürt, wird sie von Zuneigung und Verlangen ergriffen. Mit jedem Zentimeter, den seine Lippen ihren Körper erkunden, steigt in ihr die Lust, breitet sie sich überall aus. Tränen laufen ihr über die Wangen, ein Gefühl der Ohnmacht überwältigt sie.

Mit geschlossenen Augen hört sie vor dem Haus eine Hupe. Brandão schaut durch einen Spalt zwischen den zugezogenen Vorhängen hindurch und verlässt mit schnellen Schritten das Zimmer. Durch das Fenster fallen die ersten Sonnenstrahlen des Morgens ins Schlafzimmer. Es fällt ihr schwer aufzustehen, sie hält sich an den Möbeln fest und erreicht schließlich das Fenster. Neugierig schaut sie hinaus. Sie zieht die Vorhänge auf, öffnet das Fenster ein Stück und spitzt die Ohren. Vor dem Haus steht ein Auto der Militärpolizei, darin zwei uniformierte Beamte.

Janete kann nur Teile ihrer Unterhaltung verstehen. Oberst Dante, Brandãos Vorgesetzter, möchte mit ihm über eine Abfrage der Datenbanken der Militärpolizei sprechen, die von einem Rechner der Zivilpolizei aus durchgeführt wurde. Dort wurde nach dem Namen Cláudio Antunes Brandão gesucht. Janete zittert am ganzen Körper. Sie weiß, dass es Verônica war. So schnell sie kann, legt sie sich wieder ins Bett und wartet. Bald hört sie ihren Mann zurück ins Schlafzimmer kommen.

»Ich muss weg«, sagt er nur, während er seine makellose Uniform anzieht, die er aus dem Schrank hervorgeholt hat. »Ich fahre mit dem Streifenwagen. Du musst nicht einkaufen, ich bringe etwas zu essen mit, wenn ich wiederkomme. Du gehorchst mir doch, oder?«

»Sieh mich an! Wo sollte ich so hingehen?«

Brandão lässt den Blick über sie wandern. Er ist bereits im Arbeitsmodus, streng, kompromisslos. Er dreht sich um und geht, schlägt die Tür hinter sich zu. Janete senkt den Kopf und versinkt zwischen den fleckigen Laken des Bettes. Die Schlange ist immer noch da, unbeweglich, beängstigend. Wie konnte eine Frau wie sie nur in eine solche Situation geraten? Die Frage geht ihr nicht mehr aus dem Kopf. Ihre Anspannung löst sich und, endlich, kann sie durchatmen. Es hält jedoch nicht lange an. Die Ereignisse lassen sie nicht los, und schon bald geht sie gedanklich jeden Schritt der letzten Nacht durch. Ihre Erinnerung scheint sie immer wieder zu täuschen, Zweifel überkommen sie. Aber dann fallen ihr die Zeichnungen wieder ein.

Sie steht auf, vergisst die blauen Flecken, mit denen ihr Körper übersät ist, und vermeidet den Bick in den Spiegel. Sie zieht ihren Morgenmantel über und geht langsam zum Auto, das in der Garage neben dem Haus steht. Lautlos öffnet sie die Beifahrertür, geht unter Schmerzen in die Hocke, um die Fußmatte vor dem Beifahrersitz anzuheben. Und dort findet sie die drei grauenhaften Zeichnungen der gefolterten Frauen, die ihr beweisen, dass sie all das tatsächlich erlebt hat.

Zurück im Schlafzimmer zögert sie keine Sekunde über ihren nächsten Schritt.

»Helfen Sie mir, Verônica, es tut mir leid«, sagt sie am Telefon. »Ich muss dafür sorgen, dass mein Mann ins Gefängnis kommt.«

17

Ich war bereits auf dem Weg zur Autobahn Régis Bittencourt, um dem Bestattungsinstitut Paz Eterna in Embu das Artes einen Besuch abzustatten, als mein Telefon klingelte. Janete. Ihre Stimme war so schwach, dass ich kaum verstehen konnte, was sie sagte. Sobald ich die Gelegenheit bekam, wendete ich und fuhr zu ihr. Wieder mussten die Toten warten.

So traurig es auch war, dass Janete das grässliche Treiben ihres Mannes am eigenen Leib erfahren musste, so feierte ein anderer Teil von mir – anscheinend der morbidere – den Triumph, sagen zu können: »Ich habe dich ja gewarnt.«

Das Haus lag im Dunkeln, die Vorhänge waren zugezogen, ein Hauch von Trauer und Tod lag in der Luft. Janete konnte kaum laufen, und ich versuchte, mich unter Kontrolle zu halten, als ich ihr entstelltes Gesicht sah, ihre geschwollenen Augen, ihren blutverkrusteten Mund, ihre eingerissenen Lippen. Sie sah erbärmlich aus. Ich folgte ihr ins Schlafzimmer und sah den Bluterguss in ihrem Nacken. Ich erwartete, dass wir über Reue, Gewissensbisse und Schuldgefühle sprechen würden. Aber Janete kam direkt auf den Punkt, als würde sie ein gerade unterbrochenes Gespräch wiederaufnehmen.

»Ich habe die Kiste abgenommen, Verônica ... Ich habe den Bunker verlassen.«

»Das ist ja großartig«, rief ich und spürte trotz ihres Zustands Begeisterung.

»Es gibt dort ein kleines Haus. Brandão hat mich durch das Fenster entdeckt. Er hat ununterbrochen auf mich eingeschlagen. Aber er war nicht allein. Dort war eine seltsame alte Frau, die ihn wie einen Indio angemalt hat.«

Sie sprach schnell, und nichts von dem, was sie sagte, ergab einen Sinn.

»Was? Das musst du mir erklären.«

»Sie hätten es sehen müssen. Er saß wie ein kleiner Junge vor ihr, während die alte Frau seinen Körper mit schwarzer und roter Farbe bemalte. Im hinteren Teil des Hauses waren Kisten gestapelt, solche wie die, die er mir auf den Kopf gesetzt hat.«

»Erzähl mir mehr von diesem Haus, Janete!«

»Es ist ein ganzes Stück vom Bunker entfernt. Ich musste über fünf Minuten gehen, um es zu erreichen. Ein altes, kleines Haus, mitten im Nirgendwo. Ich weiß nicht, wo es ist. Nachdem er mich zusammengeschlagen hat, wurde ich ohnmächtig und bin erst hier wieder aufgewacht.«

»Und die alte Frau?«

»Er hat mir gesagt, sie sei seine Großmutter. Sie hat ihn großgezogen, und anscheinend hat sie ihn immer in diese Kisten gesperrt, um ihn zu bestrafen und ihm beizubringen, was ehrlich und gerecht ist. Genau das hat er zu mir gesagt: *ehrlich und gerecht.* Können Sie das glauben? Glaubt Brandão, dass er mich erziehen kann, indem er meinen Kopf in diese verdammte Kiste steckt?«

»Glaubst du, das indianische Mädchen auf dem Foto, das ich dir gezeigt habe, ist sie?«

»Ich bin mir sicher, dass sie es ist. Das Foto ist schon alt, aber auch dieser Frau fehlte ein Arm.«

Ihre Antwort traf mich unvorbereitet. Ich erzählte Janete, was ich über den Stamm der Kapinoru herausgefunden hatte, dessen Name ich auf der Rückseite des Fotos gefunden hatte. In ihrem Stamm war es Tradition, Neugeborene oder Kinder zu töten, die durch Ehebruch gezeugt wurden. Sie töteten Kinder von alleinstehenden Müttern, Kinder mit zu vielen Muttermalen und körperlichen oder geistigen Behinderungen. Die Kinder wurden lebendig begraben, erhängt oder vergiftet. Sie glaubten, dass diese Kinder einen Fluch über das Dorf legen oder anderes Unheil bringen würden.

»Es ist doch seltsam, dass sie zu diesem Stamm gehörte und es geschafft hat, ohne ihren Arm zu überleben«, sagte ich.

»Das ist doch Mord, oder? Müssten sie nicht verhaftet werden?«

»Die brasilianische Verfassung gewährt der Kultur der Indios einen besonderen Schutz, das gefällt natürlich nicht jedem. In der Vorstellung der Angehörigen dieses Stammes ist die Tötung einer Person mit Behinderung ein Akt der Liebe und der Verzweiflung, nicht der Grausamkeit. Die Eltern entscheiden über das Schicksal des Kindes. Es ist schwierig, das zu erklären. Entscheidend ist, wie sie entkommen konnte. Damals wusste noch niemand, was dort passierte, es gab noch keine Organisationen, die sich gegen diese Praxis einsetzten.«

»Ist das der Grund, warum Brandão heute tötet?«

»Wir dürfen keine Zeit damit verschwenden zu ergründen, was im Kopf deines Mannes vor sich geht. Freud wird uns nicht helfen, uns einen Plan zurechtzulegen, Janete. Aber wenn wir mehr über seine Großmutter herausfinden, finden wir vielleicht einen Schwachpunkt, an dem wir ansetzen können, um weitere Beweise gegen ihn zu sammeln.«

»Ich verstehe immer noch nicht, wie sie entkommen

konnte. Gibt es vielleicht noch andere Verwandte, die ich nicht kenne?«

»Ich kann mir nicht vorstellen, dass sie als Mädchen ohne Arm von einem Verwandten gerettet wurde. Wohin hätten sie mit ihr flüchten sollen? Vielleicht wurde sie als Kind einem weißen Mann gegeben ... oder jemandem von der Behörde für indigene Angelegenheiten. Ich weiß es nicht!«

Janete stimmte mir zu, wog die Möglichkeiten ab. Ich verstand ihre Angst: Der Mann, mit dem sie ihr Bett teilte, offenbarte ihr mehr und mehr seine grausamen Geheimnisse. Plötzlich hörten wir das Geräusch eines Autos.

»Wann kommt er zurück?«, fragte ich und ging ans Fenster, um nachzusehen. Falscher Alarm.

»Keine Ahnung. Zwei Kollegen der Militärpolizei sind hier aufgetaucht und haben ihn mitgenommen.«

Ich setzte mich wieder

»Weißt du, was sie von ihm wollten?«

»Anscheinend hat jemand von der Zivilpolizei in der Datenbank nach ihm gesucht. Waren Sie das?«

Scheiße, sie haben Nelsons Suche entdeckt, dachte ich. Ich war schnell genug, um ihre Frage zu übergehen und selbst eine Frage zu stellen:

»Kamen sie mit dem Auto?«

»Ja, hatte ich das nicht gesagt?«

Meine Nervosität brachte mich aus dem Konzept. Wenn dieser Verrückte von meinen Ermittlungen erfahren würde, wäre es für ihn ein Leichtes, mich zur Strecke zu bringen.

»Ich muss Ihnen noch etwas zeigen«, sagte sie dann und unterbrach mein Schweigen.

Sie stand auf und hielt sich an meinem Arm fest. Während sie lief, konnte ich durch den dünnen Stoff ihres Morgenmantels weitere Flecken sehen, die sich wie Tätowierungen über ihren gesamten Körper erstreckten. Ich hätte Janete ins Krankenhaus bringen sollen, aber das wäre das Ende meiner Ermittlungen gewesen. Ohne weitere Beweise würde man Brandão allenfalls wegen häuslicher Gewalt anzeigen können. Wenn überhaupt würde er zu einer kurzen Haftstrafe verurteilt werden und sie bei der nächsten Gelegenheit umbringen. Wenn er Janete auf diesem Grundstück verscharrte, von dem niemand wusste, wo es sich befand, würde sie für immer verschwinden. Das war nicht das Ende, das ich mir für diese Geschichte vorstellte.

Sie nahm einige Kreuzworträtselhefte und begann, sie durchzublättern. Schließlich nahm sie aus einem der Hefte drei gefaltete Blätter heraus und legte sie mir in den Schoß.

»Schauen Sie ...«

Es waren Zeichnungen von sexuellen Folterinstrumenten, präzise wie die Entwürfe eines Ingenieurs. Entwürfe des Schmerzes und der Erniedrigung. Sie zeigten nackte Frauen mit großen Brüsten, geknebelt und an Haken aufgehängt, die ihnen unter die Haut gestochen waren, mit Lederriemen gefesselt und an Ketten, die über Zahnriemen verliefen, unter die Decke gezogen. Wenn das, was ich dort sah, real war, wollte ich mir gar nicht vorstellen, welche Qualen diese Frauen in den Fängen von Brandão erleiden mussten.

Ein Detail berührte mich am meisten: Auf allen Zeichnungen schauten die Frauen den Beobachter mit einem flehenden, leidvollen Blick direkt an. Es war unglaublich, mit welcher Präzision er seine Opfer auf Papier gebannt hatte.

»Die hast du im Bunker gefunden?«

»Ja. Jetzt kann ich mir vorstellen, was es ist, das ich höre ...«

Ich war sprachlos, musste schlucken, hypnotisiert von den grotesken Bildern. Neben den Zeichnungen gab es an den Rändern unverständliche Notizen, Symbole und Zahlenfolgen, die wie zufällig aussahen. Ich versuchte vergeblich zu verstehen, was ich dort sah. Vielleicht konnte Nelson mehr damit anfangen.

»Darf ich die mitnehmen?«

»Ja. Es waren noch mehr davon an der Wand, Verônica. Ich habe so viele mitgenommen, wie ich konnte. Das sind Beweise gegen ihn, nicht wahr?«

Ich wollte lieber ehrlich sein: »Nicht ganz. Es wird schwierig werden zu beweisen, dass die Zeichnungen von ihm sind, und noch schwieriger, dass er diese Absurditäten tatsächlich in die Tat umgesetzt hat. Wenn wir einen Zusammenhang zwischen den Zeichnungen und den begangenen Straftaten nachweisen können, dann ja. Aber eine Folterszene zu zeichnen, darüber zu schreiben oder sie sich vorzustellen ist noch kein Verbrechen.«

Wenn das ein Verbrechen wäre, säße ich bereits im Gefängnis, ergänzte ich in Gedanken. Wie viele Politiker, Nachbarn und Exfreunde hatte ich schon umbringen wollen?

»Mein Gott, wird dieser Albtraum denn nie aufhören?«

»Brandão verkürzt den Zeitraum zwischen seinen Opfern«, sagte ich und bereitete damit meinen nächsten Schritt vor. »Wir werden ihm eine Falle stellen, wenn er dich das nächste Mal in den Bunker bringt. Ich möchte einen Peilsender an deinem Auto anbringen. Du bekommst ein kleines Mikrophon.«

»Einen Peilsender? Ein Mikrophon? Auf keinen Fall! Wenn mein Mann auch nur irgendwas an mir findet, bringt er mich um! Vor allem jetzt ... Wie können Sie mir garantieren, dass mir nichts passiert?«

»Der Polizeichef wird dich als Zeugin befragen, er wird dich schützen«, versprach ich ihr, in der Hoffnung, dass der Alte mir zuhören würde, wenn ich ihm die Zeichnungen zeigte. Es würde nicht einfach werden, ihn zu überzeugen, aber die

Aussicht, zum Abschluss seiner Karriere einen Serienmörder zu fassen, war das entscheidende Argument. »Gemeinsam schaffen wir das.«

»Gemeinsam?«

»Ich habe dir bereits gesagt, dass ich nicht alleine ermittle. Das gesamte Team steht hinter uns. Es ist ganz einfach, Janete. Du schickst mir eine Nachricht, wenn Brandão das nächste Mädchen foltern und töten will. Wir folgen euch vom Busbahnhof bis zu seinem Versteck, werden ihn auf frischer Tat ertappen und nehmen ihn fest. Wenn ihr am Bunker ankommt, befreist du die Frau und läufst mit ihr davon. Du musst dich nicht einmal umschauen. Ich verspreche dir, dass ich da sein werde.«

»Und die Sache mit dem Peilsender? Brandão könnte das Auto kontrollieren. Schon beim letzten Mal war er so seltsam. Stellen Sie sich nur vor, wie er jetzt reagieren wird. Ich möchte es mir gar nicht ausmalen.«

Ich versuchte, schnell zu denken. Ich durfte Janetes guten Willen, mir zu helfen, nicht aufs Spiel setzen. Ich erinnerte mich an den Wichser, der den Frauen alles nahm, aber ihre Handys zurückließ, und mir fiel die IMEI wieder ein.

»Dein Handy wird uns ans Ziel führen, wie ein Peilsender. Gib es mir!«

»Ich habe kein Handy, Dona Verônica«, in ihrer Stimme hörte ich Scham.

»Hat Brandão eins? Welchen Anbieter hat er?«

»Er ist bei Vivo, aber ich weiß nicht, welche Nummer er momentan hat. Er sagt, dass er aus Sicherheitsgründen immer wieder seine Nummer wechselt.«

»Kein Problem«, erwiderte ich, ohne auf Einzelheiten über die IMEI einzugehen. »Du wartest, bis er ins Badezimmer geht, und nimmst sein Handy ...«

»Aber ich kenne seine PIN nicht.«

»Dann warte, bis er schläft und leg seinen Daumen auf den Sensor. Du weißt wahrscheinlich, wann er tief und fest schläft, oder?«

»Das weiß ich ...«, sie klang nicht sehr zuversichtlich.

»Gib einfach im Ziffernfeld des Telefons den Code *#06# ein, notiere die Nummer, die auf dem Bildschirm erscheint, und gib sie mir, wenn wir uns das nächste Mal sehen. Den Rest überlässt du mir, ich kann die Nummer zurückverfolgen.« Zur Sicherheit notierte ich ihr den Code.

»Ist es wirklich so einfach, jemanden zu überwachen?«

»Nein, Janete. Eigentlich bräuchte ich einen richterlichen Beschluss, aber wir können kein Risiko eingehen. Wir machen es auf meine Art. Dann landet Brandão dort, wo er hingehört. Im Gefängnis!«

»Ich habe Angst. Ich möchte keine Abhörgeräte bei mir haben, Dona Verônica. Es ist zu riskant.«

»Du hast zu viele alte Filme gesehen. Heutzutage sieht man die Geräte gar nicht mehr. Ich besorge dir Ohrringe mit eingebautem Mikrophon, wie in einem James-Bond-Film. Modernste Technik und leicht zu bekommen. Er wird keinen Verdacht schöpfen.«

Janete lächelte vorsichtig und nickte. Aber sie zögerte immer noch: »Sind Sie sicher, dass es funktionieren wird, Dona Verônica?«

»Wenn du alles so machst, wie ich es dir gesagt habe, dann werden wir dich bald für immer aus dieser Hölle befreit haben«, antwortete ich und schaute sie an. Die Flecken und Beulen würden so schnell nicht verschwinden. »Ruh dich aus, du musst mich nicht zur Tür bringen. Ich melde mich, sobald ich die Wanzen besorgt habe. Ich warte auf deinen Anruf, okay?«

An der Schlafzimmertür drehte ich mich um, um mich noch einmal zu verabschieden: »Kommst du klar?«

Janete nickte erneut, und ich ließ sie allein. Es war an der Zeit, mit Carvana zu reden. Mit diesen Beweisen konnte er gar nicht anders, als mir zuzuhören. Gleichzeitig hatte ich das Gefühl, dass dieser Fall mir allein gehörte, und mir gefiel die Idee nicht, den Erfolg mit jemandem teilen zu müssen.

Das war meine große Chance, aus dem Schatten zu treten.

18

Ich stieg ins Auto und versuchte, mir einen Überblick zu verschaffen. Mein Notizbuch war genauso wie meine Arbeitsweise: unorganisiert, ein wildes Durcheinander und verwirrend. Der Versuch, dabei nichts aus den Augen zu verlieren, war eine große Herausforderung für jemanden mit dem Ziel, einen Serienmörder hinter Schloss und Riegel zu bringen. Ich musste mir dringend ein neues Notizbuch kaufen.

Mein Weg führte mich an keinem Schreibwarenladen vorbei, und so blieb mir nichts anderes übrig, als die Liste in meinem Kopf zu erstellen. Im Fall Marta Campos hatte ein Besuch im Bestattungsinstitut Paz Eterna in Embu das Artes oberste Priorität. Schon bei dem Gedanken, die ganze Stadt durchqueren zu müssen, verlor ich die Lust loszufahren.

Zudem war es an der Zeit, mich mal wieder im Kommissariat blicken zu lassen. Der Leiter der Justizaufsichtsbehörde hatte von Carvana einen Bericht über die Raubüberfälle in der Innenstadt der vergangenen Jahre angefordert, und natürlich hatte er diese Anfrage direkt an mich weitergeleitet – so etwas blieb immer an der dummen Sekretärin hängen. Der Alte achtete genau auf die Zeiten, zu denen ich kam und ging. So oft, wie ich zu spät zur Arbeit kam, schien er langsam Verdacht zu schöpfen, aber noch reichte es nicht aus, um mich abzumahnen. Zum Glück erzielte ich Fortschritte bei meinen Ermittlungen. Ich rief ihn mit dem größten vorgespielten Schuldbewusstsein an und log, dass Rafael mit Fieber aufgewacht sei.

»Schon wieder?«

»Schon wieder.«

Wenn man gegenüber seinem Chef und seinen Kollegen lügen musste, waren die einfachsten Lügen immer noch die besten. Der Alte erinnerte mich an den Bericht, und ich antwortete, dass ich nur mit Rafael zum Arzt fahren und dann ohne Umwege ins Büro kommen würde. Er schnaubte, kaufte mir meine Antwort aber ab. Was hätte er schon tun können. Ich schaltete das Telefon aus und nahm den schnellsten Weg nach Embu das Artes, den mir mein Navi vorgab. Wenn ich Glück hätte, würde mich hin und zurück nicht mehr als eine Stunde Stau erwarten.

Auf der Avenida Aricanduva sah ich plötzlich einen Streifenwagen der Militärpolizei im Rückspiegel, und mir gefror das Blut in den Adern. Folgte Brandão mir? Zu meinem Glück fehlte nur noch, paranoid zu werden. Seine diabolischen Zeichnungen gingen mir nicht aus dem Kopf. Ich wechselte ein paarmal die Spur und wurde langsamer. Schließlich überholte mich der Streifenwagen und fuhr davon, das schlechte Gefühl aber blieb. Ich schaltete das Radio ein und versuchte, auf andere Gedanken zu kommen. Zeca Baleiro mit *Samba do Approach*, Chico César mit seinem *Estado de Poesia*.

Ich kam zur Mittagszeit in Embu an und fand die Adresse auf Anhieb. Es war ganz anders, als ich es mir vorgestellt hatte. Die Straße war belebt, und es gab zahlreiche Geschäfte. An der von mir eingegebenen Adresse fand ich eine Bäckerei und eine Reifenhandlung, aber kein Bestattungsinstitut. Ich gab die Daten erneut ins Navi ein, alles stimmte, aber den Ort, den ich suchte, gab es nicht. Nachdem ich die Straße zum dritten Mal entlanggefahren war, entschied ich, mein Glück in der Reifenhandlung zu suchen. Mit einem unschuldigen Gesicht blickte ich den jungen Mann durchs Seitenfenster an und bat ihn, meine Reifen zu überprüfen, irgendetwas stimme nicht mit ihnen.

Ich stieg aus, schaute mich um und lobte ihn: »Ein schönes Geschäft. Arbeiten Sie schon lange hier?«

»Ich habe den Laden von meinem Vater übernommen«, antwortete er, ölverschmiert. Er ging in die Hocke und verband eines seiner Geräte mit vielen Kabeln mit meinem Vorderreifen. »Sie müssen unbesorgt sein, Senhora, ich schaue, dass Sie wieder sicher unterwegs sein können.«

»Vielen Dank ... Wie heißen Sie?«

»José Luiz, aber hier nennen mich alle Zé Borracha«, antwortete er und streckte zur Begrüßung seine Faust aus, damit ich mir die Hände nicht schmutzig machte.

»Freut mich, Zé. Ich bin Vera. Haben Sie das Problem gefunden?«

»Anscheinend ist einer der Vorderreifen ein wenig undicht. Ich versiegele ihn mit Silikon. Sind zwanzig Real in Ordnung?«

Das war in Ordnung. Dieser kleine Trick hätte auch schnell richtig teuer werden können. Aber erst brauchte ich noch ein paar Antworten ...

»Sagen Sie, Zé, macht es Ihnen nichts aus, neben einem Bestattungsinstitut zu arbeiten?«

»Neben einem Bestattungsinstitut? Was meinen Sie, Senhora?«, fragte er und reparierte, was nie kaputt gewesen war.

»Was wollen Sie damit sagen, Zé? Deswegen bin ich doch hier, ich suche einen Sarg für einen Freund. Wissen Sie nicht, wo es sich befindet?«

Zé Borracha drehte sich um und rief nach hinten: »Hey,

Papa, sag mal, hast du schon einmal etwas von einem Bestattungsinstitut hier in der Straße gehört?«

Dort saß ein alter Mann auf einem Hocker, genauso unbeweglich wie die rostigen Werkzeuge an der Wand. Er stand auf und kam mit schleppenden Schritten auf mich zu.

»Hier gibt es kein Bestattungsinstitut, Senhora, und ich habe dieses Geschäft schon seit mehr als vierzig Jahren. Anscheinend hat man Ihnen eine falsche Adresse gegeben.«

Das war es also: Das Bestattungsinstitut gab es nicht. Der Kerl holte die Leichen der Frauen im Auftrag eines erfundenen Unternehmens ab und brachte sie an einen anderen Ort. Tatsächlich überraschte mich das nicht, und es war kein größeres Problem: Auch ein erfundenes Unternehmen musste registriert sein. Es würde nicht allzu schwierig werden, Informationen über Paz Eterna aufzutreiben.

Ich kam erst am späten Nachmittag im Kommissariat an. Carvana strafte mich mit einem Blick ab, sagte aber nichts. Gut so. So musste ich nicht einmal lügen und vortäuschen, dass es Rafa wieder besser ging. Ich hatte keine Lust mehr auf dieses Theater. Ich setzte mich an meinen Schreibtisch und ignorierte die Berge von Dokumenten, die ich ordnen und in eine dieser verdammten Excel-Tabellen hätte einfügen müssen. Stattdessen rief ich sofort die Seite der für Todesfälle zuständigen Abteilung des Standesamts der Stadt São Paulo auf. Um Leichen aus der Rechtsmedizin abholen zu können, müssen alle Bestattungsinstitute dort gemeldet sein. Ich fand die Telefonnummer und gab mich als Assistentin von Polizeichef Wilson Carvana zu erkennen. Wenige Minuten später hatte ich sämtliche Informationen über das Beerdigungsunternehmen Paz Eterna: Gesellschaftsvertrag, Steuerdaten, Betriebsgenehmigung. Und darin fand ich den Namen dieses Hurensohns: Gregório Duarte.

In meinem Kopf machte es klick, als hätte ich das letzte Puzzlestück gelegt, das alle Teile des großen Ganzen zusammenführt. Ich hätte wetten können, dass Sherlock Holmes das gleiche Gefühl verspürte, wenn er der Lösung eines Falles nahekam. Ich hatte mich bei meinem ersten Verehrer geirrt, aber das würde mir dieses Mal nicht wieder passieren.

Mein Ausflug in die Trattoria do Sargento war nicht umsonst gewesen. Ich holte mein Notizbuch wieder hervor und ging die Liste der Gäste durch, die am Abend des 12. September mit Karte bezahlt hatten. Es dauerte nicht lange, und ich fand die Kreditkartennummer von Gregório Duarte. Ich rief Nelson zu mir, gab ihm eine rasche Zusammenfassung der jüngsten Ereignisse im Fall Marta Campos und lauschte dem Klang seines Tippens, während die Seite AmorIdeal.com auf meinem Bildschirm erschien.

Die nächsten Schritte waren einfach. Da man für alle Nachrichten auf dieser Seite zahlen musste, brauchten wir nur den Namen des Benutzers herauszufinden, der die Karte in seinem Profil hinterlegt hatte. Ich freute mich schon auf das Ergebnis und holte mir eine Tasse Kaffee, nur um während des Wartens etwas zu tun. Als ich zurückkam, saß Nelson weit nach hinten gelehnt auf seinem Stuhl und lächelte mich erwartungsvoll an.

»Ich habe ihn. Sein Benutzername ist @principedevotado.« Ich musste aufpassen, nicht zu lachen: ergebener Prinz.

Ich zog einen zweiten Stuhl heran und setzte mich neben Nelson. Unsere Arme berührten sich, und ich konnte spüren, wie sich seine Härchen aufrichteten. Männer sind wie Tiere – man wirft ihnen ein bisschen Futter vor die Füße, und schon denken sie nur noch an Sex. Ich meldete mich auf der Seite an und fand schnell das Profil, das ich suchte: Auf dem Foto sah ich einen hübschen Mann, zweifellos ein Babyface. Er sah aus wie fünfundzwanzig, hätte aber auch schon vierzig Jahre alt sein können. Sein Gesicht erinnerte mich an die Zeichnung von Marta Campos – er musste es sein. Ich klickte in das Feld, um eine Nachricht einzugeben. In diesem Moment fühlte es sich so an, als würde ich mein wahres Ich in den Schrank hängen und das Kostüm einer bedürftigen Frau, ohne Selbstvertrauen und verzweifelt auf der Suche nach einer Beziehung, anziehen.

> Hallo @principedevotado. Ich habe dein Profil gesehen und bin auf dich aufmerksam geworden. Ich glaube, wir passen ganz gut zusammen, aber ich rede nicht gern mit Menschen, deren Namen ich nicht kenne. Was ist, wenn du in Wahrheit ein Prinz bist, der sich in einen Frosch verwandelt? Antworte mir, wenn du dich traust, dich der Hausforderung einer wahren Beziehung zu stellen.

Ich hatte den Köder ausgeworfen. Wenn ich richtig lag, war er egozentrisch und dominant genug, um sich der Herausforderung zu stellen. Ich schloss das Fenster und wandte mich der Excel-Tabelle mit den Raubüberfällen in São Paulo zu. Es ist die Hölle, sich mit Aufgaben zu beschäftigen, die für nichts gut waren: Die Informationen würden nur irgendeinem Bürokraten dazu dienen, Interviews zu geben und die Karriereleiter emporzuklettern. Sie würden in keiner Weise dazu beitragen, die Kriminalität in São Paulo einzudämmen. Nach einer halben Stunde erklang das Geräusch, das mir sagte, dass ich eine Nachricht bekommen hatte. Sie war von ihm.

> Ich heiße George. Und du, @womaninlove?

Mein Herz tat vor Freude einen Satz. Ich tippte schnell und sah, dass er ebenfalls online war.

Ich bin Vera. Vera Mortes.

Mortes?

Entschuldige. Tostes! Hahaha, diese Autokorrektur ... ♥♥♥

19

An nächsten Tag verbrachten George bzw. Gregório und ich Stunden miteinander. Ich hatte sogar in aller Eile die Tabelle fertiggestellt und versucht, früher nach Hause zu kommen – Rafas Fieber diente mir als universelle Entschuldigung. Ich sah, dass der Typ mein Profil in- und auswendig kannte, ein Profi. Seine Texte waren makellos, nett und süß. Unser erstes Thema war der Songtext von Amy Winehouse, den ich mir als Profiltext ausgesucht hatte.

»Love is a losing game ... Glaubst du daran, Vera? Du hast dieses Lied ausgewählt – das löst in mir den Gedanken aus, dass dich jemand verletzt, im Stich gelassen hat ...«

Seine Worte würden bei fast einhundert Prozent der Frauen funktionieren. Seine Art zu schreiben verlieh jeder Frau das Gefühl, einzigartig zu sein. Gregório nahm die Rolle des perfekten Gentlemans ein, der gekommen war, alte Wunden zu heilen. In meiner Rolle spielte ich die Frau, die sich gerade getrennt hatte, zerbrechlich, betrogen. Immerhin war es mir gelungen, meinem Exmann eine ganze Menge Geld abzuluchsen, und ich war endlich bereit, mich auf mein neues Leben einzulassen. Ohne zu sehr in Klischees abzudriften, verkaufte ich mich als frei und unabhängig, ohne zu betonen, dass ich wirklich auf der Suche nach der großen Liebe war.

»Ich hoffe, dass eines Tages jemand für mich singen wird: ›Will you still love me tomorrow‹ ... Vielleicht bist du das ja, der für mich singt.:-)«

»Das kommt darauf an, Vera, wenn du Magie in deinem Blick hast ... =)«

Entweder kannte er die Liedtexte von Amy so gut wie ich, oder er hatte die Texte studiert, um mir zu imponieren. Wir spielten bis zum Morgengrauen mit ihren und anderen Liedtexten, ein spannendes Spiel mit einem Repertoire brasilianischer und internationaler Songs. Er beteuerte, dass er auf der Suche nach einer Frau sei, die einzigartig ist, und ich antwortete, dass meine größte Angst sei, erneut verletzt zu werden.

»Du solltest besser damit aufhören, mich mit vielversprechenden Augen anzuschauen und mich am Ende anzulächeln, als würdest du nichts von mir wollen ...«

Ehrlich gesagt, war unsere Unterhaltung so entspannt und angenehm, dass ich Paulo sagte, ich müsse noch dringend eine Aufgabe für Carvana erledigen und mich in mein Arbeitszimmer einschloss. Auf subtile Weise nahm unser Gespräch romantische Züge an, und schließlich ging er zum Angriff über, von Chico Buarque bis Elvis Presley.

»Wise men say only fools rush in, but I can't help falling in love with you.«

Ich musste mich sehr darauf konzentrieren, mich nicht in Widersprüche zu verstricken. Ich wollte mehr Informationen aus Gregório herausbekommen, aber er vermied es geschickt, auf meine Andeutungen und Fragen zu antworten. Ich war ungeduldig, wollte mehr Informationen, aber auch auf mich übte das Spiel eine gewisse Faszination aus.

Nach unserer ersten Nacht schrieben wir uns weniger, als ich es mir gewünscht hätte. Es gab Tage, an denen es lange dauerte, bis er antwortete, manchmal verschwand er plötzlich ganz und tauchte erst Stunden später wieder auf. Er bemühte sich, nicht zu nachlässig oder beschäftigt mit anderen Dingen zu erscheinen. Er entschuldigte sich immer wieder für seine Abwesenheit und erklärte, dass er viel zu tun habe.

Auf meine Frage nach seinem Beruf bekam ich keine Antwort. Er antwortete kryptisch und befeuerte meine Spekulationen. Unregelmäßige Arbeitszeiten mit langen Intervallen: Arbeitete er irgendwo im Schichtdienst? Obwohl ich mich darüber ärgerte, dass er bestimmte, wann wir Zeit miteinander verbrachten, gefiel mir unsere Unterhaltung. Wenn ich nicht gewusst hätte, wer er war, wäre ich ihm schon längst in die Falle gegangen. Manchmal fehlte er mir richtig, ich wartete sehnsüchtig auf seine nächste Nachricht, den nächsten Songtext, das nächste Lied. Es würde nicht mehr lange dauern, und mein @principedevotado würde mich als seine »Prinzessin« bezeichnen.

Eines Abends wagte ich den nächsten Schritt und zitierte den Anfang eines Liebeslieds von Roberto Carlos: »Ich schlage dir vor, dass wir ...«

Es half nichts, er ging nicht darauf ein. Ich zögerte, ihn nach einem Treffen zu fragen, vorher wollte ich mehr über ihn erfahren. Zwei Wochen später begann Gregório, mir von seinem Geschäftspartner zu erzählen, der ihn betrogen und seinen Namen in Verruf gebracht hatte. Er beklagte sich, wie erniedrigend es war, ein ehrlicher Mensch zu sein, gegen den zahlreiche Anzeigen erstattet worden waren, nur um seinem Ruf zu schaden. Er behauptete, Unternehmer zu sein, aber die Zeiten, zu denen er online war, passten nicht zu einem Geschäftsmann. Ich wusste, dass er mich bald um Geld bitten würde. Und das tat er.

Es war nicht viel, aber ich schickte es ihm, um ihm das Gefühl zu geben, ich würde ihm glauben. Ich wiederum begann damit, ihn immer mehr zu bedrängen, dass wir uns endlich persönlich kennenlernen sollten. Er wich aus, beteuerte, dass er nur wenig Zeit hatte und außerdem verwirrt war, weil er mehr Gefühle für mich entwickelte, als er sich eingestehen wollte (wie raffiniert!), und schob unser Treffen immer weiter hinaus.

Meine Nachforschungen im Fall Janete sorgten leider auch nicht dafür, dass ich mich besser fühlte. Immerhin war es mir gelungen, ein Paar Ohrringe mit einem Mikrophon und einem kleinen Sender aufzutreiben, die ich von einem Informanten im Shoppingcenter Pajé kaufte. Wenn man sich in einer entsprechenden Entfernung zu ihnen befand, übertrugen sie Geräusche in Echtzeit.

Eines Morgens besuchte ich Janete und beteuerte, dass sie das Richtige tat. Sie war anders, entschlossener. Sie gab mir einen Zettel mit der IMEI von Brandãos Handy.

»Ich habe die Nummer gestern Abend herausgefunden«, sagte sie mir mit einem rachsüchtigen Lächeln.

Die Erwartung, dass die entscheidende Nacht kommen würde, nahm von Tag zu Tag zu. Ich gab die Nummer an Nelson weiter, der sofort alle notwendigen Maßnahmen ergriff, damit wir Brandão auf Tritt und Schritt überwachen konnten. Leider war im Leben dieses Polizisten alles reine Routine: von zu Hause zur Arbeit, von der Arbeit nach Hause. Keine Überstunden, keine Umwege.

Es war ein Mittwochabend, als Janete mich anrief. Sie flüsterte: »Es ist so weit, heute wird es passieren! Er ist auf dem Weg nach Hause!«

Ich war gerade dabei, Nudeln für das Abendessen zu kochen, während ich mit meinem nekrophilen Verehrer weiter Nachrichten auf AmorIdeal.com austauschte. Ich ging sofort ins Schlafzimmer. Meine Beine zitterten, dazu der Nervenkitzel, der mich von innen aufzufressen schien. Ich zog mir ein bequemes Outfit an, es würde eine lange Nacht werden. Schwarze Leggings, schwarzes T-Shirt und meine üblichen Stiefeletten. Automatisch streifte ich meine Armreifen über, nahm sie aber sofort wieder ab: Sie waren zu laut. Ich versteckte meine Haare unter einer Mütze und steckte mir eine kleine (aber starke) Taschenlampe ein. Dann schaute ich in den Spiegel: Nichts, mit dem ich Aufmerksamkeit erregen würde.

Ich überprüfte meine Waffe, die Munition, alles war in Ordnung. Meine Pistole war gut geölt. Ich steckte sie mir in den Hosenbund, die Taschenlampe in meinen BH – wenn ich sie brauchte, würde ich keine Zeit haben, lange in meiner Tasche nach ihr zu suchen. Darin würde ich sie ohnehin nicht finden. Ich griff nach den Autoschlüsseln, ging in die Küche und schaltete den Herd aus, den ich zuvor angelassen hatte. Die Nudeln waren jetzt eh verkocht. In Gedanken zündete ich eine Kerze für meinen Schutzengel an und schaute auf die Uhr. Es ging los.

Ich warf mir meine Handtasche über die Schulter und ging zur Tür. Im gleichen Augenblick trat Paulo ein, der gerade von der Arbeit nach Hause kam.

»Wohin willst du?« Sein Ton war schroff, mit einem feindseligen Ausdruck in den Augen. »Sag schon, Verô!«

»Ist das deine neue Art, mich zu begrüßen, wenn du nach Hause kommst? Willst du mich jetzt rund um die Uhr überwachen?«

Ich ging auf die Tür zu, denn ich hatte weder Geduld noch Zeit für eine Diskussion. Ich griff nach dem Türknauf, aber die Tür war verschlossen. Ich schaute Paulo an, der den Haustürschlüssel in der Hand hielt und mich herausfordernd ansah.

»Lass mich durch, verdammt, ich habe es eilig. Es ist dienstlich.«

»Wann hörst du endlich damit auf, mich anzulügen?«

»Ich lüge nicht, mein Schatz!« Ich versuchte, besonders unschuldig zu klingen, und hoffte, dass ich damit durchkommen würde. »Ich muss jetzt wirklich los. Carvana hat mich angerufen und ...«

»Stopp, stopp, stopp! Hör auf mit diesen Ausreden, Verô. Ich habe keine Lust mehr, mich von dir an der Nase herumführen zu lassen!«

Er schleuderte seine Aktentasche auf den Küchentisch und zog einige Papiere heraus, die er mir vor die Füße warf. Ich griff nach ihnen und konnte nicht glauben, was ich sah. Es waren Fotos von mir und Cássio bei unserem Abendessen im Spot.

»Es ist nicht das, was du denkst, Schatz«, sagte ich, merkte aber sofort, wie schlimm sich dieser Satz anhörte.

Die Spannung war so groß, dass man sie mit einem Messer hätte zerschneiden können. Paulo wurde rot, griff erneut in seine Tasche. Er nahm ein weiteres Papier heraus und wedelte damit in der Luft.

»Als ob das noch nicht genug wäre, kam heute die Kreditkartenabrechnung! Mehrere Abbuchungen von einer Seite mit dem Namen AmorIdeal.com. Triffst du dich jetzt mit Typen aus dem Internet, Verô? Für wie bescheuert hältst du mich eigentlich?«

»Ich werde dir nachher alles erklären, ich verspreche es. Aber jetzt gib mir den Schlüssel!«

»Ein Scheiß werde ich dir geben! Du kannst dich nicht jedes Mal aus dem Staub machen, und ich werde dir nicht noch Zeit geben, damit du dir deine Antworten zurechtlegen kannst. Ich will wissen, wer dieser Typ ist, ich will wissen, wie lange das schon geht, Verô ... Verdammt, Verô, ich habe dich geliebt!«

Jede Erklärung klang zu hölzern, als dass sie hätte glaubwürdig klingen können. Ich beobachtete den Zeiger der Uhr. Mit jeder Sekunde, die verging, verlor ich wertvolle Zeit, um noch rechtzeitig bei Janete zu sein. Mein Plan ging den Bach runter. Scheiße. Warum musste das ausgerechnet jetzt passieren? Verzweifelt fing ich an, ihn anzuschreien.

»Ich stecke mitten in einer Ermittlung. Eine Frau ist in Lebensgefahr und wird sterben, wenn ich nicht jetzt sofort zu ihr fahre!«

»Du bist nur eine Assistentin, Verô! Eine einfache Sekretärin! Du musst dir schon eine bessere Erklärung für deine Affären ausdenken. Irgendjemand hier muss die Familie zusammenhalten, und wie es aussieht, bist du das nicht!«

Mein Blut kochte vor Wut. Musste er ausgerechnet jetzt einen Eifersuchtsanfall bekommen? Ich durfte nicht zulassen, dass ich es seinetwegen nicht schaffte, Janete zu retten. Ich stand vor ihm, tat so, als hätte ich aufgegeben. Blickte ihm in die Augen, von Angesicht zu Angesicht. Nahm die Hände nach oben und machte langsam einen Schritt auf ihn zu, als wollte ich zu einer Erklärung ansetzen. Als Paulo die Bewegung wahrnahm, war es bereits zu spät. Ich rammte ihm mein Knie mit aller Kraft zwischen die Beine, und er krümmte sich vor Schmerzen. Gott war sehr weise, die Schwachstelle der Männer an einen so leicht zu erreichenden Ort zu platzieren. Während Paulo brüllte, griff ich in seine Tasche und zog den Schlüssel heraus.

»Tut mir leid, Schatz«, obwohl ich wusste, dass es ohnehin sinnlos war. Es würde mich eine ganze Menge kosten, diesen Schaden wieder zu reparieren, aber ansonsten würde Brandão erneut ein junges Mädchen töten. Janete war in Gefahr, und ich durfte nicht noch mehr Zeit verlieren.

Ich stieg ins Auto in der Hoffnung, schnell genug zu sein,

um sie noch am Busbahnhof zu erwischen. Ich rief Nelson an, schaltete die Freisprechfunktion ein und bat ihn, die IMEI zu orten und mir so schnell wie möglich ihren Standort mitzuteilen. Ich steckte den USB-Stick, mit dem ich mich mit Janetes Ohrringen verbinden konnte, ins Autoradio. Aber ich hörte nichts, nur Rauschen. Ich war noch zu weit von ihnen entfernt. *Scheiße, scheiße, scheiße.* Hier waren gerade einmal 50 km/h erlaubt. Mit der Geschwindigkeit würde ich es niemals rechtzeitig schaffen. Ich trat aufs Gaspedal. Endlich meldete sich Nelson.

»Alles gut, Verô. Das Signal bewegt sich nicht. Sie sind immer noch am Busbahnhof.«

»Nelson, ich muss so schnell wie möglich zu ihnen. Scheiß auf die Strafzettel. Kümmerst du dich später darum?«

»Natürlich, 007, wird gemacht.«

Nur ihm gelang es, mir in einem solchen Moment ein Lächeln ins Gesicht zu zaubern. Ich wünschte, Nelson wäre bei mir im Auto gewesen, aber jemand musste am Computer bleiben und das Handysignal überwachen. Ich schnitt mehrere Fahrzeuge, fuhr bei Rot über die Ampeln und wurde beinahe unentwegt von anderen Fahrern angehupt. Endlich erreichte ich den Busbahnhof. Der Platz davor war so belebt, als wäre es mitten am Tag. Menschen, die von der U-Bahn kamen oder dorthingingen, eine lange Schlange am Taxistand. In all diesem Trubel den schwarzen Corsa von Brandão zu finden, würde schwieriger werden, als ich erwartet hatte. Ich reihte mich in die Schlange mit den anderen Autos ein und hielt nach rechts und links Ausschau. Nichts.

»Warum bekomme ich kein Signal von Janete?«, fragte ich Nelson, als wäre er an allem schuld. »Glaubst du, sie hat die Ohrringe zu Hause gelassen?«

»In der Stadt ist der Empfang manchmal schlecht. Jetzt, sie

fahren los. Sie sind schon an der Ausfahrt, Verô, sieh zu, dass du hinterherkommst!«

»Welche Ausfahrt meinst du? Ich stehe vorm Parkplatz, und die Schranke ist geschlossen.«

»Nimm die zweite Straße rechts. Dann rechts und direkt wieder rechts. Am Ende der Straße siehst du den Aufzug zur U-Bahn. Siehst du ihn? Fahr nach links und pass auf, da überqueren immer wieder Leute die Straße, ohne auf die Ampel zu achten.«

Ich folgte seinen Anweisungen und hoffte, bald zu dem Auto aufzuschließen. Ich durfte Janete nicht noch einmal enttäuschen, das wäre das Ende für meinen Fall. Die Straßen waren dunkel, Menschen mit Koffern und Kindern an den Händen überquerten die Straßen, es war ein nicht enden wollendes Chaos. Auch die Straßenlaternen halfen nicht, Licht in dieses Durcheinander zu bringen. Plötzlich spürte ich einen Funken Hoffnung. Zwischen dem Rauschen hörte ich den klaren Klang eines Lachens. Dann Stille und eine merkwürdige Musik im Hintergrund. Ich spitzte die Ohren. Das musste die Musik der Indios sein, von der Janete gesprochen hatte. Ich war *in* ihrem Auto!

»Ich höre sie, Nelson. Ich kann sie hören!«

»Sehr gut, Verô. Du bist direkt hinter ihnen. Jetzt nach links auf die Avenida Ataliba Leonel. Siehst du die U-Bahn-Haltestelle Carandiru? Achte auf die Abzweigung, die Ataliba Leonel geht nach rechts. Halte dich links zur Avenida Nova, in Richtung Tucuruvi.«

»Verdammt, Nelson. Wo bin ich hier? Ich kenne dieses Scheißviertel nicht!«

»Sie sind in der Vila Albertina. Du bist fünf Minuten hinter ihnen.«

Fünf Minuten ... Genau die Zeit, die Paulo mich aufgehalten hat. Im gleichen Moment sah ich auf dem Display, dass er versuchte, mich anzurufen. Ich drückte seinen Anruf weg und sprach weiter mit Nelson. Ein weiterer Anruf des gehörnten Ehemanns. Ich ignorierte jeden seiner Versuche, mich zu erreichen.

»Drück auf die Tube, Verô.«

Ich tat, was er mir sagte, und betete, dass meine Reifen die Fahrt überstanden. Zu allem Überfluss waren auf der Straße immer wieder Schwellen, um die Geschwindigkeit zu regulieren. Jedes Mal, wenn ich über eine dieser Schwellen fuhr, wurde das gesamte Auto durchgerüttelt. Ich fuhr weiter geradeaus, bis ich die Avenida Maria Amália Lopes de Azevedo kreuzte, und dann weiter in Richtung Nova Cantareira. Plötzlich erfüllte Stille das Auto.

»Ich habe das Signal verloren, Nelson! Wo sind sie?«

»Ich weiß es nicht, Verô«, in seiner Stimme schwang Enttäuschung mit. »Ich habe das Handysignal in den Bergen von Cantareira verloren. Der Empfang dort ist wirklich scheiße ...«

»Was willst du mir damit sagen? Wir brauchen sein Handysignal, um ihn orten zu können, oder?«

»Ich brauche eine Triangulation der Signale, um das IMEI-Signal aufspüren zu können. Das ist zu kompliziert, um es dir jetzt zu erklären. Fahr weiter geradeaus, bis es links bergauf geht. Dort beginnen die Berge.«

»Ich bin hier am Arsch der Welt!«

»Verô, bleib ruhig und ...«

Nelson verstummte. Auch *mein* Handyempfang war weg. Der Anruf brach ab, und ich versuchte wieder und wieder erfolglos, ihn anzurufen. Kein Signal. Je weiter ich den Berg hinauffuhr, umso einsamer und dunkler wurde es. Hin und wieder tauchte im Dunkel eine heruntergekommene, schlecht beleuchtete Kneipe auf. Dazu abgeriegelte Grundstücke mit

Häusern, die eine atemberaubende Aussicht haben mussten. Ich fuhr an einer kleinen Favela vorbei, und plötzlich hatte ich wieder Empfang.

»Irgendetwas Neues?«

»Nichts, Verô. Kein Signal. Und die Wanze?«

Ich steckte den USB-Stick immer wieder ins Radio, als würde ich damit irgendetwas erreichen. Doch zu meiner großen Überraschung funktionierte es. Die Geräusche, die nun den Innenraum meines Autos einnahmen, klangen wie Donnergrollen. Ich hörte ein Schleifen, Schreie im Hintergrund. Ich trat aufs Gaspedal und musste die Lautstärke herunterdrehen, um weiterfahren zu können. Es war grausam zuzuhören, ohne etwas tun zu können. Ich musste sie finden.

»Ich habe sie, Nelson!«

Wieder brach die Verbindung ab. Ich musste sie allein finden, mit Hilfe von Janetes Ohrringen, die das Grauen übertrugen. Es war, als spielten wir Blinde Kuh mitten im Nirgendwo. Für die Übertragung war die Entfernung entscheidend. Sie mussten also irgendwo innerhalb eines Radius von wenigen Kilometern sein. Solange ich sie hören konnte, wusste ich, dass ich auf dem richtigen Weg war. Die Schreie der unbekannten jungen Frau hallten in meinem Kopf wider und spornten mich an, noch schneller zu fahren. Ich bog nach links in eine kleine Straße und verlor die Verbindung. Ich fuhr rückwärts, und sofort hörte ich sie wieder. Auf der Suche nach dem richtigen Weg probierte ich immer wieder andere Straßen aus, aber es gab zu viele Abzweigungen und Kurven. Ich fuhr mehrere Minuten umher, verlor das Signal, fand es wieder und fuhr weiter.

In einer lang gezogenen Kurve unter einem Baum hatte ich den besten Empfang. Ich stellte mein Auto ab, schaltete mein Handy in den Flugmodus und die Aufnahmefunktion ein. Es konnte nicht schaden, alles aufzuzeichnen. Ich sah mich um: Kein einziger Lichtschein war zu sehen. Ich griff nach meiner Pistole und stieg aus. Dabei versank ich so tief in den aufgeweichten Boden, dass mir der Matsch in die Stiefeletten drang. Ich versuchte, es, so gut es ging, zu ignorieren und kniff die Augen zusammen, aber auch so konnte ich nur wenige Meter weit schauen. Die Kälte der Nacht drang in meine Knochen. Langsam ging ich auf die Bäume zu, die ich zuvor im Schein meiner Scheinwerfer gesehen hatte. Jetzt sah ich nichts mehr, gar nichts.

Erschöpft setzte ich mich wieder auf den Fahrersitz. Mich im Kreis zu drehen und zu versuchen, dabei Janete zu finden, war ein reines Selbstmordkommando. Alles, was ich tun konnte, war, zu warten und zu hoffen. Ich schloss die Augen und versuchte, ruhig zu bleiben, aber mein stilles Gebet wurde von den unmenschlichen Schreien und dem Flehen erstickt, das über das Radio ins Innere meines Autos drang. Jetzt verstand ich, welche Panik Janete in der Kiste haben musste.

Mutter Gottes vom Haupte, bete für uns ...

20

Tick, tack, tick, tack ... ja, nein, ja, nein ...
Während der gesamten Fahrt fragt sich Janete, ob sie mutig genug sein wird. Die letzten Minuten vergehen, ihre Augen sind verbunden, und sie fühlt sich wie in einem schlechten Film. Geräusche und Bilder vermischen sich, aber sie ist ruhig: Sie vertraut der Polizei, spürt das gute Gefühl, dass sie ihren Auftrag bald erfüllt haben wird.
Wie hieß sie noch mal? Paloma. Das Lächeln des Mädchens, seine Augen, die Aussichten auf einen Job, die Hoffnung, der dumpfe Schlag, das Kratzen ihrer Maske. Rechts, links, die Musik der Indios ...
Am Busbahnhof ist ihr nichts Verdächtiges aufgefallen. Sie hat Verônica nicht gesehen, aber sie wusste, dass sie mit ihrem Team dort auf sie wartete und sie beobachtete. Sie müssen Brandãos Wagen in sicherem Abstand gefolgt sein. Es ist alles unter Kontrolle, wiederholt sie wieder und wieder für sich selbst. Sie verdrängt die Geräusche, die sie unterwegs hört, verdrängt das Klopfen, als Paloma beginnt, gegen die Abdeckung des Kofferraums zu schlagen. Diesmal wird alles anders enden. Neben sich hört sie das Atmen ihres Mannes. Schatz ... Schon bald würde er im Gefängnis sein, und sie wäre endlich frei.

Als Erstes wird sie sich in den sozialen Netzwerken anmelden. Sie möchte ihre Freunde von früher wiedersehen, wissen, wie es ihren Schwestern geht, neue Orte und neue Menschen kennenlernen. Das wird ihr dabei helfen, ihren Käfig weit hinter sich zu lassen.

Danach wird sie shoppen gehen und sich selbst ein Kleid kaufen. Sie wird ins Kino gehen – es ist Jahre her, dass sie das letzte Mal dort war – oder ins Theater, wo sie noch nie war. Sie wird nach Rio de Janeiro fahren, sich einen Job suchen, spät ins Bett gehen und auf voller Lautstärke brasilianische Schnulzen hören. Dabei wird sie im Wohnzimmer ihres neuen Hauses tanzen, das sie sich kaufen wird, nachdem sie etwas Geld gespart hat. Sie wird Brandão nicht verlassen, sondern ihn jede Woche im Gefängnis besuchen und ihm seinen Lieblingseintopf bringen, den sie mit so viel Hingabe für ihn kochen wird. Auf wen könnte sich ihr Mann denn sonst noch verlassen? Los, los, los, los. Ihr Kopf hört nicht auf zu träumen.

»Vögelchen, du bist heute so seltsam«, er lacht ein kehliges Lachen. »Wirst du dich auch benehmen?«

Er fährt mit der Hand über ihr Haar und überprüft das Gummiband hinter ihrem Kopf. Er öffnet die Tür, und alles ist wie immer. Die Schritte, der Geruch von Jasmin, die Schreie der Brüllaffen, die sie an das Trommeln im Wald einer Kindergeschichte erinnern. Aber hier ist nichts lustig. Hier herrscht Terror. Endlich, der Kies, die Luke, der Bunker, die Kiste.

Sie ist eine Idiotin, dass sie sich immer noch Sorgen um Brandão macht. Sie beschließt, ihn niemals im Gefängnis zu besuchen, das hat er nicht verdient. Auch wenn sie ihn liebt, wenn er ihr so großes Vergnügen bereitet, er hat es nicht verdient. Es endet hier und heute. Schlussstrich.

Sie hört das Klicken eines Feuerzeugs. Der Gestank von Kerosin, der Duft von Kaffee. Zusammenhangloses Flüstern.

Plötzlich erfüllt das Geräusch der Ketten den Raum, Palomas verzweifelte Schreie, als er sie unter die Decke zieht. Warum hört sie nicht auf zu schreien, jetzt müsste es doch eigentlich so weit sein.

Tick, tack, tick, tack ... ja, nein, ja, nein ...

Brandão steigt die Treppenstufen hinauf, öffnet und schließt die Luke mit einem dumpfen Schlag, pfeift diese fürchterliche Melodie und nimmt den Duft des heißen Kaffees mit sich. Der Zeitpunkt ist gekommen. Paloma braucht sie. Verônica braucht sie. Sie braucht sich selbst. Sie fasst ihren Mut zusammen und – *klick* – öffnet das Schloss der Kiste. Sie zwingt sich, ihre Augen zu öffnen, blinzelt einige Male, um ihre Sinne zu schärfen. Die Zeit läuft ihr davon.

Wenige Meter vor sich schwebt Paloma in der Luft, die Haken haben ihre Haut durchbohrt, genauso wie bei Jéssyca. Ketten und Schlösser umschlingen ihren braunen, nackten, zitternden Körper. Das System der Zahnräder erscheint ihr auf den ersten Blick so komplex, dass Janete keine Ahnung hat, wie sie sie befreien soll. An der Wand entdeckt sie mehrere Haken und die Kette, an der er Paloma in die Luft gezogen hat. Unwillkürlich muss sie an ihre Wäscheleine denken. Jede Kette kann einzeln bedient werden.

In ihrer Verzweiflung nimmt sie aufs Geratewohl eine vom Haken, lässt die Kette über das Zahnrad rollen, schafft es aber nur, den Körper des Mädchens um 45 Grad zu drehen. Paloma schreit vor Schmerz auf und verliert das Bewusstsein. Einige der Haken zerreißen ihre Haut, andere spannen sie so straff, dass es aussieht, als würden auch sie jeden Augenblick tiefe Wunden in ihre zarte Haut reißen. Janete überlegt, ob sie eine andere Kette vom Haken nehmen soll, aber sie fürchtet sich davor, das Mädchen noch schlimmer zu verletzen. Vielleicht sollte sie einfach auf die Polizei warten. Auf dem Boden ist so viel Blut, sie sieht so viel rohes Fleisch, sie weiß nicht, wie sie damit umgehen soll.

Dann erwacht Paloma aus ihrer Ohnmacht, ihr Blick wandert über ihren eigenen Körper, verschwitzt, verwundet, blutverschmiert, Blut läuft ihren Rücken hinunter und tropft auf den Boden. Sie schreit wieder laut los.

»Schschsch, ruhig«, sagt Janete, wie erwacht aus einem Albtraum. »Ich hole dich hier raus.«

Sie untersucht weiterhin die Ketten, die Schlösser, die rostigen Glieder. Jedes Mal, wenn sie eine der Ketten berührt, bewegen sich die Haken in Palomas Haut. Es ist unmöglich, sie schnell zu befreien. Janete blickt sich um und entdeckt einen Metalltisch in einer Ecke an der Wand. Mit großer Mühe schafft sie es, ihn zu bewegen –, der Tisch ist schwer, die Füße schleifen über den Boden und verursachen ein furchteinflößendes Geräusch, aber Janete gelingt es, ihn bis zu Paloma zu ziehen. Sie wischt sich ihre Stirn ab und macht weiter.

»Ich hole dich hier raus«, wiederholt sie, mehr für sich selbst.

Verzweifelt geht sie zu den Haken zurück, an denen die Ketten befestigt sind. Sie greift nach ihnen und löst nacheinander die Ketten, die sich wie in einem Dominoeffekt bewegen. Janete versucht, den Körper des Mädchens vor dem freien Fall zu schützen, doch es gelingt ihr lediglich, den Sturz zu mildern. Immerhin hat der Tisch die Wucht des Aufpralls verringert.

Sie signalisiert Paloma, dass sie auf dem Bauch liegen bleiben soll. Der schwierigere Teil kommt erst noch.

»Bitte, nicht bewegen. Ich muss die Haken aus deinem Rücken befreien. Warte.«

Paloma lächelt nicht, aber in ihren Augen schimmert die Hoffnung. Mit zitternden Händen löst Janete einen Haken nach dem anderen, die von den Schulterblättern bis hin zu den Knöcheln in Palomas Körper stecken. Die Widerhaken an den Enden verursachen beim Herausziehen schlimmere Verletzungen der Haut und des Fleisches als beim Einstechen. Gut, noch einer. Paloma windet sich vor Schmerz, beißt sich auf die Lippen, aber sie schreit nicht. Adrenalin ist ein wahres Betäubungsmittel.

Das nackte Fleisch unter jedem Haken hypnotisiert Janete. An einigen Stellen kann sie wegen des vielen Bluts die Spitze der Haken nicht mehr sehen, das blutverschmierte Metall rutscht ihr aus den Fingern, verschwindet im leuchtenden Rot, als würde es in einen tiefen Brunnen fallen. Sie greift nach einem Tuch, um die rote Flüssigkeit abzuwischen und besser sehen zu können. Für diese Operation braucht man Vorsicht und Zeit, aber sie hat weder das eine noch das andere. Immer wieder blickt sie zur Treppe. Brandão kann jeden Augenblick zurückkommen. Schneller. Schneller. Später wird sie sich um Palomas Wunden am Rücken und an den Beinen kümmern. Janete kann gut mit Nadel und Faden umgehen. Ihre Hände lernen schnell, in welchem Winkel es weniger schmerzhaft ist. Und endlich kann sie den letzten Haken aus der Haut des Mädchens befreien.

Sie steht auf und betrachtet die Ketten, die Schlösser, mit denen Paloma in ihrer Position gehalten wurde. Sie untersucht die Wand mit den Werkzeugen, zieht ein paar Handschuhe an und sucht eine Zange und eine große Schere, um das arme Ding endgültig zu befreien. Mit beiden Händen greift sie die Zange und zerteilt die Glieder der Ketten. Sie muss so viel Kraft aufwenden, dass sie beinahe zu Boden fällt, immer wieder rutscht die Zange ab. Sie versucht es immer und immer wieder. Die Zange rutscht hin und her, erfüllt den Raum mit einem metallischen Quietschen. Janete keucht, aber sie gibt nicht auf. In ihrem Kopf dreht sich alles, aber sie darf jetzt nicht aufgeben. Wo bleibt Verônica? Sie hat keine Zeit, darüber nachzudenken. Sie zerschneidet die Ketten immer weiter, aber sie sind so dick, sie lassen sich nicht einfach zertrennen. Schließlich schneidet sie die Lederriemen durch und atmet tief durch. Sie hilft Paloma dabei aufzustehen, und endlich können sie hier verschwinden. Sie werden rennen müssen.

»Es tut mir leid, er hat mich gezwungen«, sagt Janete.

Sie zeigt auf den Haufen mit Palomas Kleidung. Paloma versucht, ihre Jeans anzuziehen, aber sie ist zu eng, und ihre Beine schmerzen höllisch. Janete versucht, ihr zu helfen, indem sie den Stoff von ihren Beinen fernhält, damit er die Wunden so wenig wie möglich berührt. Das Blut macht es noch schwieriger. Sie müssen auf die Hose verzichten, Paloma hat nur ihr Höschen und ein T-Shirt an, für mehr haben sie keine Zeit. Gemeinsam steigen sie die Treppe hinauf.

Janete stößt die Luke auf und schaut in die dunkle Nacht. Sie spitzt die Ohren, lauscht hinein in die dunkle Nacht. Nichts zu sehen, nichts zu hören. Die Polizei muss das Gelände inzwischen umstellt haben, sie sind in Sicherheit. In der Ferne sieht sie den Lichtschein des Hauses der alten Indianerin ohne Arm. Zweifellos ist Brandão jetzt bei ihr. Die Entfernung und die Dunkelheit beruhigen Janete. Sie spürt einen Windhauch, der von den Bäumen kommt, atmet die feuchte Luft ein und greift nach Palomas Hand.

»Wir müssen jetzt rennen. Die Polizei ist hier irgendwo.«

Trotz ihrer Verletzungen gelingt es Paloma, mit Janete Schritt zu halten und neben ihr herzulaufen. Seltsam, kein Zeichen von Verônica oder eines anderen Polizisten, kein Fahrzeug, das hinter den Bäumen versteckt ist, kein Schatten, der sich auf der Lichtung bewegt. Sie haben mehr als genug Beweise, um Brandão zu verhaften, oder nicht? Worauf warten sie noch?

Plötzlich erfasst Janete die Gewissheit, dass hier niemand auf sie wartet. Ihre Beine werden schwach, aber sie läuft weiter. Sie möchte nur noch weinen, und schon bald schießen ihr die Tränen in die Augen. Sie schaut sich um. Das kann nicht sein.

»Verônicaaaaa!«

Nichts passiert. Sie entfernen sich immer weiter von der Luke, rennen über eine freie Fläche, versuchen, sich zu ducken, damit ihre Schatten auch aus der Entfernung nicht gesehen werden. Wenn das Auto mit der Polizei auf dem Weg nach oben ist, müssen sie durch den Wald bergab rennen. Sie laufen auf etwas zu, das wie ein Wald aussieht. Paloma wird langsamer und fällt zurück. Sie läuft barfuß, Steine und Geröll reißen ihre Füße auf, und sie hinterlässt eine Blutspur, aber jammert nicht. Sie müssen sich im Wald verstecken.

Durch die Stille bricht das Geräusch eines Schusses. *BUMM!* Janete schaut über ihre Schulter und erkennt Brandãos Silhouette, der ein Gewehr in der Hand hält. *BUMM!* Noch ein Schuss.

»Janeeeeeteeeee! Komm sofort zurück! Ihr werdet in der Hölle schmoren!«

Panisch rennen sie weiter, immer weiter in den dunklen Wald hinein auf der Suche nach einem Lebenszeichen, einer Straße, einem Ausweg. Jetzt ist Janete sicher, dass Verônica sie im Stich gelassen hat, denn hier ist niemand, sie ist allein mit Paloma in der Dunkelheit. Brandão nähert sich in rasantem Tempo. Instinktiv fassen sich die beiden Frauen an den Händen, suchen nach einem Ort, an dem sie sich verstecken können.

»Dona Glória, um Himmels willen«, sagt Paloma. »Sind Sie sicher, dass jemand kommen und uns retten wird?«

»Halt den Mund!«

Janete verliert die Geduld und fühlt nur noch Hass. Sie rennt weiter durch die stockfinstere Nacht, setzt einen Fuß vor den anderen wie ein wildes Tier. Sie greift nach Ästen, schiebt Zweige von sich, lehnt sich an einen Stamm, spürt die feuchte Erde, die toten Blätter. *BUMM!* Noch ein Schuss. Brandãos Schreie kommen immer näher. Sie gelangen an eine Böschung, machen sich so klein sie können und rutschen den Abhang hinunter, bis sie zu einem umgestürzten Baum kommen, dessen riesige Wurzeln aus dem Boden ragen. Ein guter Platz, um sich zu verstecken, bis der Tag anbricht.

Tief in ihrem Herzen hegt Janete die Hoffnung, dass die Polizei ganz in der Nähe auf sie wartet und sie noch rechtzeitig rettet. Verônica würde sie nicht im Stich lassen. Sie sind mit Sicherheit gleich da, sie müssen die Schüsse gehört haben. Hier sind sie sicher im Schutz der dicken Wurzeln. Sie umarmen sich, als wären sie alte Freundinnen. Eine beängstigende Stille legt sich über den Wald, nur das Rauschen der trockenen Äste ist zu hören. Janete legt einen Zeigefinger auf ihre Lippen, Paloma begreift und nickt stumm.

Die Zeit des Wartens ist quälend, sie wissen nicht mehr, wie lange sie schon zwischen den Büschen hocken, den Geräuschen des Waldes lauschen. Sie hören die Zikaden, das Schreien der Affen über ihren Köpfen, das Quaken der Frösche zu ihren Füßen. Es wird immer kälter, und Paloma zittert neben ihr, es ist eine fast unerträgliche Kälte für jemanden wie sie, beinahe nackt und vollkommen durchnässt. Sie klappert mit den Zähnen. Janete reibt mit den Händen Palomas Beine, versucht, sie aufzuwärmen, doch schon bald machen sich ihre eigenen verwundeten Finger bemerkbar, und sie nimmt sie nacheinander in den Mund, um die Schmerzen zu lindern.

Ihre Beine beginnen zu kribbeln, sie bekommen Krämpfe in den Gliedmaßen, verharren aber in ihrer Position. Sie wagen es nicht, sich auch nur einen Zentimeter zu bewegen, bis Paloma es nicht mehr erträgt, sich aus der Hocke erhebt und ihre Arme und Beine streckt. Damit löst sie ein lautes Rascheln von Blättern aus, unterbricht die Bewegung, aber es ist schon zu spät. Sie schaut auf und sieht Brandãos Beine, nur wenige Meter von ihr entfernt in seinen makellosen Polizeistiefeln.

»Kommt raus! Beide, ganz langsam!«

Seine Stimmt ist tief, beinahe belustigt, er ist es gewohnt, Befehle zu erteilen. Paloma hebt ihre Arme, ergibt sich. Janete versucht, sie daran zu hindern aufzustehen, aber Brandão hat sie bereits erblickt. Paloma zittert am ganzen Körper und bettelt um ihr Leben: »Sie war es ...«, sagt sie. »Sie wollte, dass wir davonlaufen.«

Brandão lächelt, sein zynischer Blick lässt beinahe Funken sprühen, er streckt seinen Rücken, sein Finger am Abzug. *BUMM!* Klick. *BUMM!* Paloma wird mit brutaler Gewalt nach hinten geschleudert, die Geschosse teilen sie fast in zwei Hälften. Ihr Blut spritzt überallhin, ergießt sich über Janete, die ungläubig die Augen hebt. Überall an ihr kleben Hautfetzen, Blut und andere Stücke von Palomas Körper, von denen sie gar nicht wissen möchte, was es ist. Sie kriecht davon, so schnell sie kann, ihr Versuch zu entkommen ist erbärmlich. In wenigen Schritten ist Brandão bei ihr, greift nach ihren Haaren und zieht ihren Kopf nach hinten, steckt den Lauf des Gewehrs in ihren Mund. Sie spürt das kalte Metall in ihrer Kehle, versucht, es mit der Zunge gegen die Wange zu drücken.

»Töte mich nicht, Liebling, töte mich nicht«, röchelt sie, schnappt nach Luft. »Sieh nur, was du getan hast.«

»Ich habe gar nichts getan, mein Vögelchen ... Du hast sie umgebracht. Sie wollte fliehen, und du hast sie getötet. Dieses Mal bist du der böse Wolf.«

21

Es gibt Dinge im Leben, die einen auf einen Schlag zu einem anderen Menschen machen. In diesen Nachtstunden, als ich im Auto saß und eine ganze Schachtel Zigaretten rauchte, die ich in den Tiefen meines Handschuhfachs wiedergefunden hatte, während ich den Schreien des Mädchens und ihrer Folter zuhörte, die über die Lautsprecher meines Radios zu mir drangen, wurde ich eine neue Frau. Die alte Verônica, furchtlos, voller Selbstvertrauen, löste sich in Rauch auf und verschwand zusammen mit dem Qualm der Zigaretten durchs Fenster, dem sternenlosen Himmel entgegen.

Ich führte die Zigarette an meine zitternden Lippen und lauschte jedem Schritt von Janete und ihrem Opfer durch den Wald, durch den sie wie wilde Tiere gejagt wurden. Als das Nikotin meine Lungen füllte, fühlte ich mich, als wäre ich in ihrem Körper gefangen, ich spürte ihr Aufbegehren, die Wut und die Resignation, aber ich wusste auch, dass mein Schrecken nicht im Geringsten dem nahekam, was die beiden Frauen erlebten, die in genau diesem Augenblick, nur wenige Kilometer von mir entfernt, ums Überleben kämpften. So nah und doch so fern. Die Schüsse hallten in meinem Kopf wider, sie drangen durch das Radio und durch das Fenster zu mir herein. Es gelang mir nicht auszumachen, aus welcher

Richtung sie kamen. Ich krallte mich am Lenkrad fest, bis das Weiße meiner Knochen unter der Haut hervortrat.

Heute weiß ich, dass ich mich vor mir selbst schützte, indem ich mich in ihre Lage versetzte, indem ich mich nicht mit dem konfrontierte, was ich getan hatte. Janete hatte mir vertraut, hatte sich darauf verlassen, dass ich da sein und endlich dem ein Ende bereiten würde, was dieser sadistische Mörder aus ihrem Leben gemacht hatte. Dass sie Brandão »Liebling« nannte, war für mich das Schlimmste. Gott musste unfassbar grausam gewesen sein, einen solchen Menschen zu erschaffen. Ich wurde beinahe wahnsinnig, als ich mit anhören musste, wie sie durch den Wald geschleift wurde und vor Schmerzen schrie, als Brandão sie an ihren kurzen Haaren über den Boden zog. Irgendwann hörte ich sie nicht mehr. Ihre Ohrringe mussten zu Boden gefallen sein. Oder Janete hatte sie, ergriffen von Wut und Angst, weggeworfen. Es spielte keine Rolle, ich war schuld.

Ich ließ meinen Kopf auf das kalte Logo des Lenkrads sinken, der Klang der Hupe drang durch die Nacht – mein eigener Schrei blieb mir angesichts meiner Ohnmacht im Hals stecken. Hätte ich mich doch nur nicht in diesen Fall eingemischt, hätte ich doch nur nicht versucht, Janete zu überzeugen, das Opfer zu befreien und Anzeige gegen ihren Mann zu erstatten ... Hätte ... Hätte ... Hätte ... Die ganze Welt hatte sich gegen mich verschworen. Nelson hätte mich vor einem möglichen Verlust des IMEI-Signals warnen müssen, mein eigener Mann hätte sich mir nicht in den Weg stellen dürfen. Fünf Minuten! Ich hätte rechtzeitig bei ihr sein können. Paulo, dieser eifersüchtige Sack, er konnte sich gar nicht vorstellen, was er angerichtet hat. Marta Campos und Janete Brandão – zwei völlig verschiedene Fälle, die sich zu vermischen begannen.

Und ich wollte keinen von ihnen aufgeben.

Ich atmete tief durch, versorgte mein Gehirn mit dem nötigen Sauerstoff und versuchte, ruhig zu bleiben. Wenn ich versuchte, die Schuld bei anderen zu suchen, würde das nur dazu führen, dass ich mich nicht von meiner Angst befreien könnte. Ich blickte durch die Windschutzscheibe und schaute in den Himmel, der mir wie ein schwarzes Loch vorkam. In dieser ganzen Geschichte gab es nur einen einzigen Schuldigen: Cláudio Antunes Brandão. Aber Verbrecher wie Brandão hören erst dann auf zu töten, wenn sie selbst tot sind. Das ist das Gesetz des Dschungels. Oder mein eigener, innigster Wunsch. Es würde nichts helfen, Beweise zu sammeln, ein Verfahren zu eröffnen und ihn hinter Gitter zu bringen; er wäre bald wieder auf freiem Fuß. In diesem verflixten Land gab es noch nie eine Garantie dafür, dass am Ende alles gut wird, wenn man sich an die Regeln hält.

Ich stand auf, wusste, wohin ich fahren musste. Zur Musik von Sepultura raste ich durch die Nacht, ohne auf die Blitzer zu achten. Zunächst wollte mich die Frau am Empfang nicht hereinlassen, aber als sie mich sah, übermüdet, schmutzig, fertig, vermied sie es, viele Fragen zu stellen. Endlich erreichte ich den einzigen Ort, an dem ich mich vollkommen sicher fühlte: das Zimmer meines Vaters.

Ich vermied, das Licht einzuschalten, öffnete nur die Vorhänge ein wenig, um den Geruch von Talkum und Urin aus dem Zimmer zu lassen. Ich setzte mich auf die Bettkante, weckte meinen alten Herrn und drehte ihn auf die Seite, um mich an ihn zu schmiegen wie ein Kind, das aus Angst vor den Monstern im Schrank keinen Schlaf fand. Ich weinte, bis ich keine Tränen mehr in mir hatte, ohne ein Wort zu sagen. Ich spielte ihm die Aufnahme auf meinem Handy vor, die Schreie, das Flehen und das Quietschen der Ketten erfüllten das Zimmer. Ich traute mich nicht, ihn anzusehen, aber bei jedem Schuss spürte ich, wie sein knochiger Körper an meinem klebte und erbebte.

Als die Aufnahme zu Ende war, schaltete ich mein Telefon aus, als könne der Aus-Knopf auch meine Erinnerungen löschen. Ich kuschelte mich wieder an meinen Vater und legte seinen schlaffen Arm um mich. Wie sehr wünschte ich mir, dass er mich jetzt mit seinen faltigen Händen streicheln würde.

»Ich habe es vermasselt«, sagte ich schließlich. »Ich hätte Sekretärin bleiben sollen, ganz einfach. Ich bin nicht wie du, ich bin dumm, ich werde meinen Job verlieren, wenn sie von all den illegalen Dingen erfahren, die ich getan habe. Ich werde die Fälle, meine Familie und meine Arbeit verlieren. Paolo wird mir nie verzeihen. Ich bin am Arsch.«

An meinem Rücken spürte ich das asthmatische Atmen meines Vaters. Es war so unendlich traurig, dass das Einzige, das mich trösten konnte, eine menschliche Hülle und die Erinnerung waren. Von dem kraftvollen Mann, der er einmal gewesen war, war nichts mehr übrig. Nur noch Haut, Knochen und Leere. Ich erzählte ihm wieder und wieder von den Ereignissen, blieb in seinem Arm liegen, bis ich vor Erschöpfung einschlief.

Als die ersten Sonnenstrahlen auf mein Gesicht fielen, schreckte ich hoch und wusste nicht, wo ich war. Die Atmosphäre des Zimmers und der intensive Geruch brachten schnell meine Erinnerung zurück, zusammen mit ihr aber auch den Schmerz. Ich erhob mich, schüttelte die letzten Schuldgefühle ab, küsste die spärlichen Haare meines Vaters, legte die Decke über ihn und ging zum Auto. Ich schaltete mein Handy wieder ein und hoffte, dass der Akku noch nicht leer war. Ich hatte noch nicht einmal die Eingangstür erreicht, als Dutzende Nachrichten eintrafen, mindestens fünfzehn davon waren von Paulo.

Als Erstes rief ich Nelson an: »Ich lebe.«

»Verdammt, Verô, willst du mich umbringen? Du bist wahnsinnig, wo bist du?«

Ich konnte es mir nicht erlauben, am Telefon zu weinen. Ich versuchte, mich kurz zu fassen: »Es ist alles schiefgelaufen. Ich habe sie verloren, aber ich konnte sie über die Wanze hören. Ich habe gehört, wie er das Opfer umgebracht hat.«

»Scheiße ... Was ist mit Janete?«

»Sie lebt. Aber ich habe sie enttäuscht, sie wird sich mir nie wieder anvertrauen.«

»Das wird schon wieder, Verô. Komm hierher und erzähl mir alles in Ruhe.«

Seine Stimme war beruhigend und tröstend. Er war der beste Partner, den man sich wünschen konnte. In diesem Augenblick wollte ich nur seine Umarmung und seinen warmen Blick spüren, aber ich konnte meine Familie nicht im Stich lassen.

»Ich habe zu Hause ein ganz schönes Chaos hinterlassen. Ich hatte einen fürchterlichen Streit mit Paulo. Ich werde versuchen zu retten, was noch zu retten ist.«

»Er hat mich angerufen«, sagte Nelson. War da etwa Eifersucht in seiner Stimme?

»Paulo hat dich angerufen?«

»Ja, letzte Nacht. Er hörte sich merkwürdig an, er war verzweifelt und wollte in den Krankenhäusern nach dir suchen. Er hat mich gefragt, ob es stimmte, dass du zusammen mit Carvana in einer Ermittlung steckst. Ich habe ihm natürlich gesagt, dass das stimmt, aber findest du es richtig, deinem Mann nichts zu erzählen?«

»Ich kann mich an nichts erinnern.«

Müde und erschöpft legte ich auf. Ich fühlte mich, als hätte mich eine ganze Horde wilder Tiere überrannt. Trotz meines schmerzenden Körpers arbeitete mein Gehirn auf Hochtouren. Ich stieg ins Auto und wog verschiedene Argumente ab, die ich bei Paulo benutzen konnte. In einer schwierigen Situation war Angriff die beste Verteidigung. Nelson hatte mir bereits den Weg geebnet. Das Einfachste wäre, Paulos Rolle des Anklägers zu übernehmen. Von der Frau, die ihren Mann hintergeht, zum Opfer seiner unbegründeten Eifersucht.

Als ich durch die Haustür trat, nahm er mich voller Gewissensbisse in den Arm: »Du lebst, Gott sei Dank!«

»Lass mich los! Hast du überhaupt eine Ahnung, was ich wegen dir durchmachen musste?« Ich schüttelte ihn von mir ab und entzog mich seiner Umarmung. »Deinetwegen ist letzte Nacht jemand gestorben.«

Er schluckte. Ich ging in Richtung Schlafzimmer, bevor Paulo etwas erwidern konnte. Aber ich wusste, dass er es nicht dabei belassen würde.

»Es tut mir leid, Verô. Ich weiß nicht, was über mich gekommen ist ... Ich habe gesehen, wie alles zerbricht, ich dachte, du hättest einen anderen ...«

»Ich habe dir nie einen Grund gegeben, misstrauisch zu sein. Der Zugriff auf die Website war Teil der Ermittlungen, ich habe dir davon erzählt. Jetzt lass mich in Ruhe. Du hast schon genug Schaden angerichtet.«

»Warte, Liebling. Es tut mir leid. Was hättest du an meiner Stelle getan? Und dann die Fotos, verdammt! Dein Kollege hat mir alles erklärt. Was muss ich tun, damit du mir vergibst?«

»Gib mir Zeit, Paulo. Mehr nicht. Gib mir Zeit! Ich muss das Ganze erst einmal verdauen.«

Ich drehte mich um, knallte die Schlafzimmertür zu und schloss ab. Ich warf mich aufs Bett, zufrieden, das Spiel gedreht und einen Waffenstillstand erreicht zu haben. Ich hatte nicht die Absicht, die Rolle der braven Ehefrau und liebenden Mutter zu spielen. Ich schlief den ganzen Tag.

Erst am späten Abend weckte mich der Hunger. Ich ging in die Küche, mein Körper tat schon etwas weniger weh. Paulo schlief auf dem Sofa und schnarchte. Vorsichtig ging ich ins Schlafzimmer zurück, bedacht darauf, keinen Lärm zu machen, und nahm dann eine heiße Dusche. Ich zog ein altes Sweatshirt an, denn ich hatte nicht vor, das Haus zu verlassen, setzte mich an den Schreibtisch, zog ein Blatt Papier aus der Schublade und begann, einen Brief zu schreiben, den ich Janete geben würde.

Es war die einzige Möglichkeit, sie zu erreichen. Zweifellos würde sie mich nicht sehen wollen, selbst wenn ich der letzte Mensch auf der Erde wäre. Ich musste den richtigen Ton treffen, durfte ihre Geduld nicht strapazieren bei dem Versuch, meine Selbstachtung und ihr Vertrauen in nur wenigen Worten zurückzugewinnen. Ich schrieb, dachte nach, formulierte meine Worte neu. Ich versuchte es mit: »*Bring den Hurensohn um!*« Zu stark. Ich musste etwas anderes versuchen.

Am nächsten Tag fuhr ich auf dem Weg zum Kommissariat an Janetes Haus vorbei und wartete auf Brandão. Nachdem er mit dem Auto davongefahren war, klingelte ich. Nichts passierte. Ich klingelte erneut und bemerkte eine Bewegung hinten den Vorhängen. Wie erwartet, beobachtete mich Janete, wollte aber nicht mit mir sprechen. Ich schob den Umschlag unter der Tür durch und achtete dabei darauf, dass die beschriebene Seite nach oben zeigte.

ICH HABE ALLES MITGEHÖRT.
NICHT ZERREISSEN, BEVOR DU ES GELESEN HAST.

Ich stieg wieder ins Auto und fuhr voller Hoffnung davon. Janete würde nicht widerstehen können, den Umschlag zu öffnen. Darin würde sie meinen Brief finden, der uns wieder zusammenführen würde.

Es musste einfach klappen! Ich habe ihn so oft gelesen, dass ich ihn auswendig kannte.

Auch wenn du mich nicht magst, so bin ich die einzige Person, die dich mag, Janete. Ich bin die Einzige, die nicht glaubt, dass du die Komplizin deines Mannes bist. Ich konnte Brandão nicht aufhalten, aber ich habe alles gehört. ES IST ALLES AUF BAND!

Du bist nicht schuld am Tod des Mädchens. Ich bin deine Zeugin. Ich glaube, dass alle anderen ebenfalls sterben mussten und dass er niemals aufhören wird zu töten. Wenn wir Brandão ins Gefängnis bringen, sind wir verloren, wenn er wieder entlassen wird – und das wird er! Dein Mann wird uns suchen. Wenn du nichts unternimmst, werde ich Anzeige erstatten müssen. Das Schicksal hat uns zusammengeführt. Es gibt nur einen Ausweg. Ich habe die finale Lösung.

22

Ich saß an meinem Schreibtisch, und alles, was ich mir wünschte, war, dass Carvana mich vergessen hatte. Genau in diesen Gedanken hinein drehte er vor der Tür zu seinem Büro um und kam auf mich zu. Eindringlich trommelte er mit seinen Fingern auf den Tisch und stellte die unvermeidliche Frage nach der Excel-Tabelle, die ich ihm schon vor Tagen hätte schicken müssen.

»Fristen, Verô. Es gibt Fristen!«

Seine Fristen waren das Letzte, was mich in diesem Augenblick interessierte, ich hatte andere, wichtigere Verpflichtungen. Der Fall Janete hatte mir eine Atempause verschafft. Auf meinen Brief war keine unmittelbare Reaktion erfolgt, auch meine Anrufe hatte sie nicht erwidert, und so waren mir die Hände gebunden. Währenddessen erzielte ich immerhin beim Peiniger von Marta Campos Fortschritte, wenn auch nur sehr langsam.

Eine Woche, nachdem er mich um Geld gebeten hatte, erfand er immer wieder neue absurde Gründe dafür, mich um mehr zu bitten. Unter dem Vorwand, verliebt zu sein, hatte ich nachgegeben. Eine teure Liebe für die Größe meines Geldbeutels. Wenn er so weitermachen würde, wäre mein Konto bald leer. Es wurde Zeit, dass ich mich mit meinem Don

Juan verabredete, sonst wäre ich schon vor dem ersten Kuss pleite.

Der Tag verflog nur so, während meine Aufmerksamkeit zwischen meinen Bankgeschäften und dem Ausfüllen der Excel-Tabelle mit den Raubüberfällen hin- und herwechselte. Ich brauchte große Mengen Kaffee, um konzentriert zu bleiben und den Schmerz in den Schläfen, den Vorboten einer Migräne, zu unterdrücken. Gegen sechzehn Uhr druckte ich die finale Version der Tabelle aus und klopfte an Carvanas Tür.

»Hier, Doc. Entschuldige, dass es so lange gedauert hat.«

»Endlich!« Der Alte warf einen flüchtigen Blick auf die Seiten und legte sie dann auf seinen Schreibtisch. »Ich mache mir große Sorgen um Rafa. Er scheint ernsthaft krank zu sein.«

»Ja, leider«, sagte ich und ließ seine Predigt über mich ergehen. »Wo wir gerade beim Thema sind, kannst du mir vielleicht fünfhundert Real als Vorschuss für diesen Monat auszahlen? Die Medikamente sind ganz schön teuer. Ich versuche schon, Geld zu sparen, wo ich kann, aber es reicht vorne und hinten nicht.«

Carvana sah mich mit einem ironischen Lächeln an.

»Medikamente für Rafa ... Ich verstehe. Eine Affäre in deinem Alter? Mach keine Dummheiten, Verô! Pass auf, dass du nicht in Schwierigkeiten gerätst.«

»Mach dir keine Sorgen um mich, Doc. Es ist die gleiche Geschichte, die du mit deiner Therapeutin mittwochnachmittags am Laufen hast. Kannst du mir nicht aushelfen, bitte?«

Ich setzte meinen unschuldigsten Blick auf.

»In Ordnung, erinnere mich nachher daran«, sagte er, schaute auf die Uhr und sprang auf. »Ich bin zu spät für mein Meeting. Ich glaube, dass unser Budget endlich aufgestockt wird.«

»Hoffen wir es.«

Er zog sein Jackett über und bat mich, seine senffarbene Krawatte für ihn zu binden. Als er zur Tür ging, drehte er sich noch einmal zu mir um.

»Du hältst hier die Stellung, okay? Ich weiß nicht, ob ich heute noch mal zurückkomme.«

»Verlass dich auf mich.«

Sobald er mit seiner dämlichen Excel-Tabelle in der Hand auf den Korridor hinausgegangen war, spürte ich die Erleichterung. Ich schloss alle Dokumente zu irgendwelchen langweiligen Themen und öffnete die Seite AmorIdeal.com. Ich las noch einmal alle Nachrichten von Gregório / George und machte mir dabei Notizen. Er hatte mir viele Einzelheiten aus seinem Leben verraten, ich war jedoch überzeugt davon, dass das meiste davon gelogen war. Vielleicht verbargen sich ja in seinen Nachrichten Hinweise, anhand derer ich herausfinden konnte, wer er wirklich war.

Diese Hinweise zu finden war die große Herausforderung. Ich versuchte, unvoreingenommen alle Informationen zu analysieren, als würde ich sie zum ersten Mal lesen. Ich erwog sogar, Nelson um Hilfe zu bitten, verwarf den Gedanken aber sofort wieder. Auch wenn er von meinen Ermittlungen wusste, war dies ein Schritt, den ich lieber allein unternahm.

Nachdem ich alle Nachrichten gelesen hatte, öffnete ich die zwölf Fotos, die er in seinem Profil gespeichert hatte. Auch die hatte ich schon Dutzende Male betrachtet und war immer wieder überrascht, wie attraktiv und sinnlich er aussah. Er trug keine Uniform oder ein anderes Abzeichen, das mir weiterhelfen konnte. Die meisten Fotos waren in einem Haus aufgenommen worden, im Hintergrund sah man einen Schrank und ein Bett. Auf zwei Fotos stand er auf einem weiten Platz, in Sportkleidung, den Blick in den Himmel gerichtet. Ich fragte mich, was er dort tat. Ging er wandern? In seiner Haltung lag etwas Merkwürdiges, aber ich kam nicht darauf, was es war –, seine Hände waren nach vorne gerichtet, als würde er eine Flasche oder den Griff eines Regenschirms halten, sein Kopf in den Nacken gelegt, und er schaute in den Himmel, an einem sonnigen Tag mit nur wenigen Wolken. Über ihm flogen ein paar Vögel. Was gab es nur dort zu sehen?

Ich speicherte die Fotos auf meinem Computer und vergrößerte sie. Dabei konzentrierte ich mich insbesondere auf den blauen Himmel. Nach einigen Minuten sah ich es! Die dunklen Punkte auf dem Foto waren keine Vögel, es waren Drohnen. Auf dem Foto konnte man es nicht erkennen, aber jetzt begriff ich, dass er eine Fernsteuerung in der Hand halten musste. Es konnte nichts anderes sein. Das war also sein wahres Hobby.

Ich ließ die Maus über das Bild wandern und versuchte, Hinweise darauf zu finden, wo das Foto aufgenommen worden war. Irgendetwas daran kam mir bekannt vor. Im Internet suchte ich nach Übungsplätzen für Drohnen. Es war kein einfaches oder billiges Hobby. Zu meiner Überraschung war der Einsatz von Drohnen in den meisten Parks, wie im Parque da Independência, Ibirapuera oder Villa Lobos, verboten. Zudem brauchte man eine Lizenz der staatlichen Telekommunikationsbehörde Anatel.

Ich öffnete wieder das Foto und untersuchte die Schatten, den Sonnenstand und alle weiteren Details. Ausgehend vom Licht konnte ich darauf schließen, dass die Fotos am frühen Morgen aufgenommen worden waren. Auf dem Boden befanden sich weiße Striche, wie bei einem Parkplatz. Abschnitt für Abschnitt untersuchte ich das Foto, zoomte hinein und wieder heraus, um neue Perspektiven zu erhalten. Im Hintergrund fiel mir die Silhouette eines riesigen, runden Gebäudes auf, das mir bekannt vorkam. Vor einigen Jahren war dort ein Kollege bei einem Raubüberfall in einer nahe gelegenen Bäckerei in einen Schusswechsel geraten.

Ich suchte im Archiv nach dem Fall, gab die Adresse des Tatorts bei Street View ein und erkannte sofort, dass es sich bei dem Gebäude um die Banco do Brasil handelte. Im gleichen Viertel lag der Supermarkt Carrefour, direkt an der Autobahn Pinheiros. Das musste es sein: der leere Parkplatz des Supermarktes. Dort hatte er seine Drohne steigen gelassen. Früh am Morgen, noch bevor der Supermarkt aufmachte. Ich hatte eine riskante Idee, aber es war meine einzige Chance auf ein schnelles Treffen mit diesem Hurensohn. Wer einmal gegen das Gesetz verstößt, macht es auch ein zweites Mal.

Am Wochenende sagte ich Paulo, dass ich früh aufbrechen würde, um endlich die Einkäufe im Supermarkt zu erledigen. Eine Notlüge mit einem Fünkchen Wahrheit: Ich wollte wirklich die Gelegenheit nutzen, die versäumten Erledigungen nachzuholen. Da er aber ebenfalls in letzter Minute zu einer Sitzung gerufen wurde, hörte er mir gar nicht zu. Um halb sieben Uhr morgens stellte ich meinen Wagen in einer Straße in der Nähe des Supermarkts ab, wo es um diese Uhrzeit noch zahlreiche freie Parkplätze gab. Ich legte meine Hand an die Stirn, um meine Augen vor der Sonne zu schützen, und blickte in den Himmel: keine Flugzeuge, keine Drohnen.

Der Supermarkt öffnete um sieben Uhr und ich machte einen kleinen Spaziergang über den Parkplatz, um mich zu vergewissern, dass dort wirklich niemand »spielte«. Frustriert erledigte ich meine Einkäufe. Mehr denn je hatte ich jetzt das vielbeschworene Glück des Tüchtigen nötig. Wer konnte mir schon sagen, wie viele Wochenenden ich mir dort noch um die Ohren schlagen musste. Geduld schien in diesem Spiel ein wichtiger Faktor zu sein, Beharrlichkeit ein weiterer.

Am Sonntag war ich sogar noch früher zur Stelle, obwohl

der Supermarkt an diesem Tag erst um acht Uhr seine Türen öffnete. Aber diesmal hatte ich Glück: Schon von der Rua Alexandre Dumas aus sah ich eine Gruppe von etwa zwölf Männern mit Fernsteuerungen in den Händen. Wer nicht darauf achtete, hätte die Flugobjekte nicht einmal bemerkt, so klein waren sie an diesem morgendlichen Himmel.

Ich behielt einen sicheren Abstand bei und ließ meinen Blick über den Parkplatz wandern. Ich hatte mich schon oft geirrt, aber heute, in diesem Moment, erfüllte das Gefühl des Triumphs meine Brust. Dort stand er, in Jeans und weißem Hemd. Kein Zweifel, er war es. Gregório, live und in Farbe. Der durchtrainierte Körper, die kurz geschnittenen Haare, seine geschickten Bewegungen.

Sobald der Supermarkt öffnete, ging ich hinein und konnte gerade noch sehen, wie die Männer ihre Ausrüstung zusammenpackten. Gregório betrat die Bäckerei des Supermarktes, um zu frühstücken. Zeit für meinen Angriff. Ich nahm den Spiegel aus meiner Handtasche, zog meinen Lippenstift nach und deckte meine Augenringe ab. Dann stellte ich mich voller Selbstvertrauen neben ihn an den Tresen und gab meine Bestellung auf:

»Ein Kaffee mit viel Milchschaum, ein Pão de Queijo und zwölf Schokoladendonuts zum Mitnehmen.«

Wie erwartet drehte er sich zu mir um und sah mich an. Ich erwiderte seinen Blick und legte mein überraschtestes Gesicht auf: »George? Du bist es doch, oder? Was für ein Zufall!«

Es dauerte eine ganze Weile, bis er mich erkannte: »Warte ... Vera? Vera Tostes?«

»Wie sie leibt und lebt«, antwortete ich und schlug mit der Hand auf seine Brust. Sein Blick fiel indessen auf meine und blieb dort. »Das muss Schicksal sein!«

Sein Unbehagen war offensichtlich, aber ich tat so, als würde ich es nicht bemerken. Ich wartete darauf, dass er den nächsten Schritt unternahm, damit er sich wohler fühlte. Hätte ich ihm jetzt eine verdächtige Frage gestellt, hätte ich ihn verloren.

»Das muss Schicksal sein, keine Frage«, sagte er und versuchte, mit der Situation klarzukommen. »Was machst du hier, so früh an einem Sonntagmorgen?«

Ich stieß einen dramatischen Seufzer aus und dankte der Kellnerin, die den Karton mit meinen Süßigkeiten vor mich stellte.

»Eine unglaubliche Woche, ich hatte so viel zu tun. Heute begleite ich einen Kunden bei einer ganztätigen Veranstaltung zum Thema Unternehmenspsychologie. Ich bin offiziell dafür verantwortlich, die Geschäftsleitung mit Donuts zu versorgen. Und du?«

»Ich habe mich mit ein paar Freunden getroffen«, antwortete er, ausweichend wie immer. »Wohnst du hier in der Nähe?«

»Nein, zum Glück nicht. Ich habe gerne etwas Grün in der Nähe. Und du, wohnst du hier?«

Das war die falsche Frage. Er wich zurück, wenn auch unmerklich. Er schenkte mir ein falsches, aber effizientes Lächeln und sah mich mit kalten Augen an, als versuchte er, meine Gedanken zu lesen.

»Komisch ...«, sagte er trocken. »So wie du hier vor mir stehst, in echt, habe ich das Gefühl, als würde ich dich von irgendwoher kennen. Ich habe dich schon einmal gesehen.«

Mein Herz schlug ruhig, in mir schlugen alle Alarmsignale an: *Vorsicht, Verô, überschätze dich nicht.* Hatte er mich im Fernsehen gesehen?

Ich zog einen Schmollmund, dann lächelte ich ihn an: »Oh, das nervt so. Ich höre total oft, dass jemand glaubt, mich zu kennen. Ich muss ein sehr gewöhnliches Aussehen haben.«

»Nein, überhaupt nicht. Du bist noch schöner als auf deinen Fotos. Ich bin nur so erstaunt vom Wink des Schicksals. Kennst du das Lied von den Engenheiros do Hawaii? *Ich bin nicht aus Zufall hier ...*«

Natürlich kannte ich es. In dem Lied ging es auch darum, dem anderen die Luft zum Atmen zu nehmen. Ich musste vorsichtig sein: Seine männliche Seite konnte einer Eroberung nicht widerstehen, aber seine kriminelle Seite war argwöhnisch und paranoid. Ich machte ein unwissendes Gesicht.

»Oh, das kenne ich gar nicht. Schickst du es mir nachher?«

Gregório entspannte sich sofort. Männer haben diese primitive Angewohnheit, Frauen zu unterschätzen. Da ich keinen besonders intelligenten Eindruck auf ihn machte, fühlte er sich sicher und ließ sich auf eine belanglose Unterhaltung mit mir ein. Was für ein Macho, gut gemacht! Ich lächelte ihn an, flirtete mit ihm, wie ich es seit mindestens zwanzig Jahren nicht mehr getan hatte. In seinen Augen konnte man förmlich den Blick des Eroberers sehen.

»Also, wann lädst du mich zum Essen ein?«, fragte ich.

»Wir müssen mal schauen, wann es die Zeit zulässt ...«

»Morgen?«

»Morgen ist es schwierig, montags sind viele Restaurants geschlossen. Wie wäre es mit Mittwoch oder Donnerstag?«

Ich durfte ihm keine Möglichkeit geben unterzutauchen, also setzte ich alles auf eine Karte: »Enttäusch mich nicht, George. Ein Mann wie du kennt doch sicherlich einen schönen Ort, an dem wir uns auch an einem Montag einen romantischen Abend machen können.«

Wie immer funktionierte es auch jetzt. Männer entspannen sich, wenn sie das Sagen haben.

»Ich werde sehen, was ich machen kann.«

»Ich bin nämlich ab Dienstag beruflich unterwegs und

komme erst nächste Woche wieder zurück.« Ich bemerkte sofort, dass ihn diese Information beruhigte. Wenn ich am nächsten Tag verreisen würde, wäre es der perfekte Abend, um sein perfides Spiel mit mir zu spielen. »Das Schicksal zeigt uns, dass wir unser Glück nicht weiter auf die Folter spannen sollten.«

»Abgemacht. Ich suche uns ein schönes Restaurant und schreibe dir nachher. Um acht oder um neun?«

»Lieber um neun. Aber jetzt muss ich langsam los, die Arbeit wartet auf mich!«

Ich näherte mich ihm, versuchte angewidert, nicht an all das zu denken, was ich über ihn wusste, und drückte ihm einen feuchten Kuss auf die Backe, direkt neben seinem Mund. Ich drehte mich um und ging zum Ausgang, wog meine mir von Gott gegebenen Hüften und war mir sicher, dass er mich beobachtete. Ich musste sicherstellen, dass er unsere Verabredung einhalten würde. An der Ecke wartete ich, bis er wenige Minuten später aus der Bäckerei kam und folgte ihm unauffällig. Die Schachtel mit den Donuts legte ich auf dem Dach des nächstbesten Autos ab. So würde der Tag auch noch jemand anderem etwas Glück bringen.

Gregório bog um die Ecke des Supermarkts und entfernte sich von den Passanten, die den Bürgersteig bevölkerten. In mir wuchs das Unbehagen. Er ging mit festen Schritten den Bürgersteig hinunter, wie jemand, der sich seines Weges sehr sicher war. Wenn er noch drei oder vier Blöcke weiterlief, wäre es unmöglich, unbemerkt zu bleiben. Versuchte er, mich in eine Falle zu locken? Automatisch legte ich eine Hand auf meine Hüfte und spürte meine Pistole. Ich hatte nicht die geringste Lust, sie auch einzusetzen, aber ...

An der nächsten Seitenstraße bog er links ab. Ich schloss vorsichtig zu ihm auf, schaute um die Ecke – darauf gefasst, dass er dahinter auf mich lauern würde, und bereitete mich auf seinen Angriff vor. Aber er stand ein Stück weiter die Straße hinunter und öffnete gerade die Tür eines dort geparkten Leichenwagens. Ich blickte mich um und rannte dann zu einem Taxistand auf der gegenüberliegenden Straßenseite.

Endlich konnte ich den Satz anbringen, von dem jeder schon einmal geträumt hatte: »Folgen Sie dem Wagen da vorne. Beeilen Sie sich!«

Als der Wagen an uns vorbeifuhr, versteckte ich mich auf der Rückbank. Auf der Seite war das Logo des Bestattungsunternehmens Paz Eterna zu sehen. Es gab keinen Zweifel mehr: Ich hatte den richtigen Mann gefunden. Am liebsten hätte ich Nelson angerufen und die Neuigkeiten mit ihm geteilt, aber mein Verstand befahl mir zu warten. Es war Sonntagmorgen, ohne den sonst so üblichen dichten Verkehr, und wir erreichten bald unser Ziel. Ich kann nicht behaupten, dass ich überrascht war, es ergab alles einen Sinn. Wie heißt es? Der beste Ort, um einen Baum zu verstecken, ist der Wald. Gregório stellte seinen Leichenwagen an dem Ort ab, an dem er niemals jemandem aufgefallen wäre: dem Parkplatz der Gerichtsmedizin von São Paulo. Eilig verließ er den Wagen und lief auf den Haupteingang zu.

Ich bezahlte den Taxifahrer, gab ihm ein üppiges Trinkgeld und zog mein Handy hervor, um Prata anzurufen.

»Hallo, mein Bester, wie geht's dir? Bist du im Institut?«

»Wo sonst, Verô. Aber ich muss einen Bericht fertigstellen. Was brauchst du?«

»Dich, Süßer«, antwortete ich mit einem Grinsen. »Ich stehe vor dem Gebäude, ich war bei einem Freund in der Kardiologie. Kann ich auf einen Kaffee zu dir raufkommen?«

»Wow. Dass du mal Zeit für mich hast und dazu an einem Sonntagmorgen!«

Er lachte sein mir so vertrautes Lachen und sagte, dass er sich nur die Hände waschen müsse und mich dann in seinem Büro erwarte. Ich legte auf und nutzte die Gelegenheit, mir Gregórios Leichenwagen aus der Nähe anzuschauen. Ich duckte mich, um nicht entdeckt zu werden, und versuchte, durch das Fenster ins Innere zu schauen. Dort sah ich absolut nichts Außergewöhnliches: Vordersitze, Handschuhfach, Radio mit CD-Spieler und hinten ausreichend Platz für den Sarg. Am Rückspiegel baumelte ein Rosenkranz. Wie gottesfürchtig!

Mit angespannten Nerven betrat ich das Gebäude der Gerichtsmedizin. Ich zog es vor, die weniger frequentierte Nebentreppe zu nehmen. Gregório war ebenfalls im Gebäude, aber hier auf ihn zu stoßen war das Letzte, was ich wollte. Ich lief die Korridore entlang, schaute durch Türen und drehte mich immer wieder um, betend, dass ich dem Bastard nicht in die Arme lief. Ich hätte eine verdammt gute Ausrede gebraucht. *Hallo, ich wollte mir nur mal ein paar Tote anschauen.* Wie erbärmlich hätte das geklungen. Ich betrat das Büro von Prata und schloss sofort hinter mir die Tür.

Prata war der Typ sexy Freak: dunkle Haut, der klassische Bauch, den ein Mann in den Fünfzigern hatte, lange Haare und eine Brille wie John Lennon. Er war seit fünfundzwanzig Jahren mit einer mit Plastik und Botox vollgepumpten Wasserstoffblondine verheiratet, die auf den Namen Lucrécia hörte, Luc.

Als wir uns kennenlernten, erlag ich sofort seinem Charme. Es war weniger etwas Körperliches, vielmehr verzauberte er die Frauen mit seiner kultivierten Art und seinem Humor. Prata war niemand, der sein Wissen zur Schau stellte, er zog es vor, seine Intelligenz nach und nach in unterhaltsamen Gesprächen anhand von gut platzierten Anekdoten zu zeigen.

Unsere Affäre hatte nicht lange gehalten, der Sex war langweilig, und seine Frau war eine Nervensäge, besitzergreifend und impulsiv. Übrig blieb das, was uns beiden am wichtigsten gewesen war: Freundschaft.

»Also, Verô, was gibt's Neues?«

»Zu viel Arbeit im Büro, zu viel Ärger zu Hause. Das Übliche. Wie sieht's bei dir aus?«

»Ich überlege, mich zu trennen.«

»Also auch das Übliche ...«

»Diesmal meine ich es ernst, Verô. Neulich hat Luc mein Handy genommen und behauptet, die Putzfrau wäre es gewesen. Und das nur, um zu kontrollieren, mit wem ich telefoniert habe. Sie hat den Verstand verloren.«

»Pass auf dich auf, Prata. Ich habe keine Zweifel, dass dich diese Verrückte eines nachts ersticht, damit sie dich nicht verliert.«

»Darüber macht man keine Scherze. Und bei dir, irgendwelche Eisen im Feuer?«

Ich wusste, dass er gleich auf den Punkt kommen würde.

»Ich habe vor ein paar Wochen jemanden über das Internet kennengelernt. Er ist nett, ich mag ihn.«

»Verô, Verô ... du liebst das Chaos. Hast du dich von Paulo getrennt?«

»Paulo ist mein Ehemann, das eine hat mit dem anderen nichts zu tun. Wenn ich Glück habe, gibt das unserer Ehe einen neuen Kick.«

»Und wenn du Pech hast, stehst du am Ende ganz allein da.«

»Um ehrlich zu sein, brauche ich deine Hilfe. Der Typ arbeitet hier im Institut. Ich würde gerne mehr über ihn erfahren. Kannst du mir helfen?«

»Hier in der Gerichtsmedizin? Wie heißt er?«

»Gregório Duarte.«

»Der Name sagt mir nichts, vielleicht arbeitet er in einer anderen Abteilung.«

Ohne Zeit zu verlieren gab Prata den Namen im Computer ein und drehte den Bildschirm in meine Richtung. Da war er, Gregório Duarte, Gerichtsmediziner, fünfunddreißig Jahre alt, seit acht Jahren am Institut beschäftigt. Laut der dort angegebenen Adresse wohnte er in Perdizes – in der Rua Monte Alegre 1985.

»Ich wusste, dass er mir nicht sein wahres Alter verraten hat ... Mir hat er gesagt, er sei 28!« Ich lachte, um davon abzulenken, dass ich mir seine Adresse einprägte.

»Wenn ich so jugendlich aussehen würde wie er, würde ich auch lügen.«

»Hübsch, nicht wahr?«

»Nicht mein Typ, Verô. Ich stehe eher auf die Studentinnen. Sonst noch was?«

»Nur noch eine Sache«, sagte ich, während ich Ordnung in das Aktenchaos auf seinem Schreibtisch brachte. »Kannst du mir seinen Dienstplan für diesen Monat ausdrucken?«

Prata brach in schallendes Gelächter aus: »Das ist die Verônica, die ich kenne! Kontrolle bis ins kleinste Detail!«

»Immerhin habe ich bisher noch nicht Paulos Telefon gestohlen.«

Ohne weitere Fragen zu stellen, druckte er mir Gregórios Dienstplan aus und wechselte das Thema. Ich erzählte, dass Carvana mit jedem Tag mehr die Schnauze voll hatte und sich gemütlich in seinem Job eingerichtet hatte, aber Prata meinte, dass es doch immer so war: Nach einer Weile sah man ein, dass es nichts brachte, und man gab auf, die Welt retten zu wollen. Für mich fühlte es sich wie ein indirekter Ratschlag an. Schließlich gestand ich aber ein, dass mein Ziel nicht war, die Welt zu retten, sondern lediglich ein paar Arschlöcher da draußen zur Strecke zu bringen.

Zu Hause verglich ich Gregórios Dienstplan mit den Zeiten unserer Gespräche auf AmorIdeal.com. Bis auf wenige Ausnahmen stimmten sie exakt überein, genauso, wie ich es mir schon gedacht hatte. Allmählich verstand ich den Modus Operandi von @sexystudent88: Nach monatelangen Gesprächen und nachdem er die Frauen betäubt, beraubt und vergewaltigt hatte, wartete er ihre Reaktion ab und hoffte, dass sie Selbstmord begingen. Verschaffte ihm das einen zusätzlichen Kick? Interessierte er sich eigentlich nur für die toten Körper der Frauen?

Auf diese Fragen hatte ich noch keine Antworten, aber mir war klar, dass er, wenn eines seiner Opfer in die Gerichtsmedizin gebracht wurde, die Papiere fälschte und die Leichen im Namen des Bestattungsinstituts Paz Eterna abholte. Und da es das Bestattungsinstitut nicht gab, konnte er die Leichen nur zu sich nach Hause bringen. In einem eigenen Haus zu wohnen bot zahlreiche Vorteile: kein Pförtner, kein Nachbar, niemand, der sich einmischte.

Es gab nur einen Weg herauszufinden, was er mit den Leichen gemacht hatte. Im Internet fand ich ein Geschäft auf der Avenida 25 de Março, die genau das verkaufte, was ich brauchte.

Am Montagmorgen hielt ich auf dem Weg zur Arbeit dort an und kaufte zwei Minikameras mit Speicherkarte, Bluetooth-Verbindung und Bewegungssensor. Der koreanische Ladenbesitzer erklärte mir in wenigen Worten, wie ich die Kameras einrichten musste. Alles war perfekt, abgesehen vom Preis, der mir die Tränen in die Augen trieb. Die Kameras kosteten ein Vermögen. Aber wenn mein Plan aufginge, würde ich nicht lange auf den Kosten sitzenbleiben.

Als ich den Laden verließ, piepte mein Handy und zeigte mir an, dass ich eine neue Nachricht auf AmorIdeal.com erhalten hatte. »George« entschuldigte sich für seine späte Antwort und bestätigte unsere Verabredung heute Abend um neun Uhr in der Cantina Roperto.

Vor lauter Aufregung hätte ich beinahe mitten auf der Straße laut aufgejuchzt. Endlich würde ich dieses Arschloch in die Hände kriegen.

Licht, Kamera, Action!

23

Ich machte früh Feierabend und musste mir nicht einmal eine Ausrede einfallen lassen, da sich Carvana irgendeinen Virus eingefangen hatte und zu Hause im Bett lag. Ich ging zu meinem Friseur, mit der unumstößlichen Absicht, umwerfend auszusehen. Ich setzte alles auf eine Karte und mein Abendessen mit Gregório. Hatte er Marta Campos wirklich erst lieben können, nachdem sie tot war? Endlich würde ich eine Antwort auf diese Frage bekommen.

Während Rodrigãos Assistentin Monique mir die Haare wusch, machten sich meine Gedanken selbständig, befeuert vom Fortschritt meiner Ermittlungen. Wenn mein Plan aufging und ich die nötigen Beweise bekam, hatte ich keine andere Möglichkeit, als alles Carvana zu übergeben. *Schließ den Fall ab, Verô, schließ den Fall ab!*, hörte ich den Alten brüllen.

Gregório umzubringen kam nicht in Frage. Natürlich war mir der Gedanke in den Sinn gekommen, dass die Welt ohne ihn eine bessere gewesen wäre, aber das wäre dann doch etwas zu viel gewesen. Ich musste mich damit begnügen, ihm eine Abreibung zu verpassen. Aber einstweilen ließ ich meiner Phantasie freien Lauf. Mir gefiel der Gedanke, unserem Don Juan sein bestes Stück abzuschneiden. Auf der anderen Seite würde ich dabei wahrscheinlich mehr als genügend Spuren hinterlassen und käme auch nicht ungeschoren davon. Wenn ich wusste, was ich mit ihm machen wollte, musste ich alle Schritte bedenken, um unentdeckt zu bleiben.

Ich bat Monique um eine abschließende Kopfmassage und entspannte mich, während Aninha, meine Lieblingsmitarbeiterin, sich für die Maniküre auf das kleine Bänkchen vor mich setzte.

»Was hast du denn heute vor, Verô? Möchtest du lieber einen durchsichtigen Nagellack, oder soll es der rote sein?«

»Ich habe mich noch nicht entschieden. Lass mich kurz darüber nachdenken«, antwortete ich. »Erzähl, wie geht es deinem gehörnten Ehemann? Und was macht der Hausfreund?«

»Nicht so laut, Verô! Es muss doch nicht jeder davon erfahren!« Aninha lächelte ihr süßes, ungezogenes Lächeln. »Den Ehemann gibt es immer noch, und der Hausfreund ist ein Traum! Und bei dir, Liebes? Du beehrst uns an einem Montag? Aber doch nicht etwa für Paulo, oder? Sag schon, wer ist es?«

Ich zwinkerte ihr zu. »Jedenfalls hoffe ich, dass er all das hier wert ist. Wenn er mich versetzt, ist es vorbei! Diese Typen machen sich doch gar keine Vorstellung davon, was sie im Leben einer Frau auslösen, wenn sie sie zum Abendessen einladen. Haare, Pediküre, Maniküre, Make-up, Wachsen. Schmerzhaft, teuer, und dann sagen sie im letzten Augenblick ab, ohne zu wissen, in welche Unkosten man sich ihretwegen gestürzt hat. Am liebsten würde man ihnen dann die Rechnung schicken!«

»Wie recht du hast. Manche Männer lernen erst, wenn es ihnen selbst an die Brieftasche geht.«

Wir lachten. Aninha war meine Alltagspsychologin, sie sprach ohne Pause und erteilte Ratschläge, während sie sich um meine Hände und Füße kümmerte. Bei ihr wurde mir immer wieder klar, dass Kosmetikerinnen und Friseure die Hüter der wahren Geheimnisse der Menschheit waren. Aber trotz all ihrer spannenden Geschichten über die eine oder andere Bettgeschichte, neue Liebhaber, Seitensprünge, Scheidungen, Mode und den üblichen Tratsch aus der Welt der Promis gelang es mir nicht, auf andere Gedanken zu kommen und für eine Weile die Männer in meinem Leben zu vergessen.

Paulo war der perfekte Ehemann, aber inzwischen schon ein bisschen abgenutzt. Die Eintönigkeit hatte sich in unser Bett geschlichen und die Routine die Leidenschaft vertrieben, außerdem war ich schon immer eine Frau gewesen, die öfter mal etwas Neues brauchte. An einer langen Beziehung festzuhalten war in der Theorie etwas Gutes. Doch ausgerechnet in dieser fragilen Phase erschien Nelson wieder auf der Bildfläche, leidenschaftlich, kreativ und vor allem ein guter Freund – er akzeptierte mich so, wie ich war, mit all den kleinen und größeren Fehlern. Mittlerweile nahm er auf eine Art und Weise Raum in meinem Leben ein, die langsam gefährlich zu werden drohte. Sich jetzt zu verlieben würde mir nichts als Ärger bereiten.

Und dann war da noch Gregório, der dritte Mann, der sich ins Bild drängte. Natürlich hatte ich nicht das geringste Interesse an ihm, ich wusste nur zu gut, was passierte, wenn man ihm auf den Leim ging. Ich konnte nur den Gedanken nicht ausblenden, wie es wäre, noch einmal von vorne zu beginnen und ein neues Leben zu leben, neue interessante Männer kennenzulernen, spannende Gespräche zu führen, neue Eroberungsspiele, bei denen ich das Prickeln spüren konnte. Es war kein gutes Gefühl, in einer Ehe gefangen zu sein. Aber da waren ja auch noch die Kinder.

»Was machst du denn für ein Gesicht, meine Schöne?«, fragte Rodrigão und fuhr mit seinen Fingern durch meine

Haare. »Du siehst ja aus, als hättest du gerade jemanden getötet und wüsstest nicht, was du mit der Leiche anfangen sollst.«

»Noch nicht, aber ich habe gerade tatsächlich daran gedacht«, lachte ich.

»Ich hoffe, du sprichst nicht von mir!«

Ich grinste ihn an. Aninha und Rodrigão machten meine Besuche in ihrem Salon zu den wenigen erholsamen Momenten in meinem Leben. Ich hatte es ungemein nötig, die Anspannung der vergangenen Tage abzuschütteln. Als sie mir den letzten Schliff verpassten, betrachtete ich das Ergebnis im Spiegel. Die Haare lagen perfekt, auf den Nägeln trug ich Rot, meine Haut strahlte.

»Rodrigão, sind meine Haare hinten nicht dunkler als vorne? Am Ende sieht es noch so aus, als hätte ich bei den Strähnchen Geld sparen wollen!«

»Auf keinen Fall, Süße, so trägt man das heute!«

Zu Hause dann gönnte ich mir ein Bad und suchte mir das perfekte Kleid aus dem Schrank. Vor dem Spiegel drehte ich mich zweimal und war von mir selbst begeistert.

Ich sah umwerfend aus. Gregório würde mir aus der Hand fressen.

Ich war zehn Minuten vor der vereinbarten Zeit in der Cantina Roperto und war erstaunt, als ich Gregório erblickte, der schon auf mich wartete. Er trug ein schickes Jeanshemd und ein angenehmes Rasierwasser, offensichtlich wusste er, wie er mich beeindrucken konnte.

Im Restaurant, einem der traditionellsten in Bixiga, dem italienischen Einwandererviertel von São Paulo, gab es jeden

Abend Livemusik. Gregórios Wahl war für unseren Anlass perfekt, die Musik war die Grundlage all unserer Gespräche. Alte Weinflaschen hingen von der Decke oder standen reihenweise an den Wänden, Fotos von Prominenten an den Wänden, alles so, wie es in den italienischen Restaurants in dieser Stadt üblich war.

Nachdem wir miteinander angestoßen und den ersten Schluck Wein getrunken, die köstlichen Dips und die Oliven auf dem Tisch probiert und unsere Gerichte aus der Karte ausgewählt hatten, entschuldigte ich mich, um auf die Toilette zu gehen. Während ich die Treppe zur Toilette hinaufging, behielt ich ihn im Auge. Als ich oben ankam, blieb ich stehen und wartete, ob er die Gelegenheit nutzen würde, um meinen Wein zu »veredeln«. Es dauerte keine Minute, bis ich sah, dass meine Erwartungen erfüllt wurden. Er schaute sich um und zog eine kleine Flasche aus seiner Jacke hervor, vergewisserte sich, dass kein Kellner in der Nähe war, und ließ die Flüssigkeit in mein Glas tropfen. Ich wartete noch ein wenig und war rechtzeitig an unserem Tisch zurück, als der Kellner mit dem Essen kam. Eine Ziegenkeule für ihn, die Spezialität des Hauses, ein Filet Mignon à Parmegiana für mich, eines meiner Lieblingsgerichte.

»Wow, das sieht köstlich aus!«

»Wunderbar, nicht wahr? Ich bin heute zum ersten Mal hier, aber das wird mit Sicherheit nicht das letzte Mal gewesen sein«, sagte er und griff nach seinem Besteck.

»Warte, warte. Lass mich kurz ein Foto für die sozialen Netzwerke machen. Ich weiß, ich bin verrückt.«

Noch bevor er etwas erwidern konnte, griff ich nach meinem Handy und tat so, als würde ich ein Foto von meinem Teller machen. Ich nutzte die Tatsache, dass ich noch stand, ging um den Tisch herum und versuchte, ein Foto von seinem

Essen zu machen. Dabei rutschte mir »aus Versehen« das Telefon aus der Hand und fiel auf den Boden. Höflich, wie er war, beugte er sich vor, um es aufzuheben, und konnte dabei nicht sehen, wie ich unsere Gläser vertauschte.

Völlig gelassen gab er mir mein Telefon. Er hatte keinen Anlass zu vermuten, dass ich gesehen hatte, was er getan hatte. Für ihn war ich nur eine weitere verträumte Idiotin. Ich dankte ihm mit einem Lächeln und erhob mein Glas, um vor dem Essen noch einmal mit ihm anzustoßen.

»Auf die Überraschungen, die das Leben bringt!« Unsere Gläser klirrten fröhlich.

Das Essen war köstlich, und ich fühlte mich noch wohler, als ich, nachdem wir beide unsere Gerichte aufgegessen und die Weinflasche geleert hatten, bemerkte, wie Gregório allmählich die Kontrolle verlor. Mitten in einer seiner Geschichten – zweifellos einer erfundenen – fing er an zu lallen und konnte seine Ausführungen nicht mehr zu Ende bringen. Obwohl er noch völlig bei Bewusstsein war, gelang es ihm nicht, die Worte richtig auszusprechen. Der Alkohol verstärkte die Wirkung der Droge noch. Ängstlich blickte er in sein Glas, bevor er mich mit großen Augen anstarrte.

»Was hast du, Hübscher? Fühlst du dich nicht gut?«

Langsam strich er sich über das Gesicht und die Haare, Schweiß stand ihm auf der Stirn. Sein ungläubiger Blick ließ mich beinahe laut auflachen. Ich strahlte ihn an, als er begriff, dass sich sein eigener Zauber gegen ihn gewendet hatte. In Gregórios Augen lag blanker Hass, aber er stand zu sehr unter dem Einfluss seiner Drogen, um irgendetwas zu tun. Ich glaube, er versuchte, sich zu mir vorzubeugen, wobei er sein Weinglas auf den Boden schleuderte. Der Kellner eilte herbei, um die Scherben aufzukehren.

»Es tut mir leid«, sagte ich. »Ich glaube, mein Freund hat

mehr getrunken, als ihm guttut. Ich hätte nie gedacht, dass der kleine Whisky, bevor wir hierher aufgebrochen sind, ihm so schlecht bekommen würde. Bringen Sie mir bitte die Rechnung.«

Der Kellner schaute mich an wie jemand, der diesen Satz jeden Tag hörte. Man sah keinen Unterschied zwischen jemandem, der zu tief ins Glas geschaut hatte, und jemandem, der K.-o.-Tropfen in seinem Getränk hatte. Wenige Minuten später kehrte er mit dem kleinen Kartenlesegerät in der Hand zu mir zurück.

»Wie möchten Sie zahlen?«

Ich schaute auf die Rechnung, diese würde ich nicht auf mir sitzenlassen.

»Schatz, gibst du mir bitte deine Brieftasche?«

Er antwortete nicht, griff aber intuitiv, mit sehr langsamen Bewegungen, in seine Jackentasche.

»Brauchst du Hilfe, Schatz?«

Ich stand auf, schob meine Hand in die Innenseite seines Jacketts und zog die Brieftasche heraus. In einem Clip steckte ein dickes Bündel mit Geldscheinen. Vielleicht wollte er dieses Mal gar nicht mit Karte bezahlen, aber ich musste eine Spur von ihm hinterlassen. Mein Finger glitt über die verschiedenen Kreditkarten und ich wählte eine von ihnen aus.

»Die PIN, Gregório. Verrate mir die PIN.«

Er bemerkte nicht einmal, dass ich ihn mit seinem richtigen Namen ansprach. Er hielt inne und lallte die Zahlen herunter. Am nächsten Tag würde er sich an nichts mehr erinnern können.

»Komm, Liebling, leg deinen Arm um mich«, sagte ich zu ihm und griff ihn an der Taille. Ich durchsuchte seine Taschen nach dem Parkschein. Der Junge vom Parkservice brachte einen schwarzen Toyota, der noch nach Neuwagen roch. »Junger Mann, helfen Sie mir, ihn auf den Beifahrersitz zu setzen? Er hat mal wieder zu viel getrunken.«

Ich nahm ein ganzes Bündel Geldscheine aus seinem Portemonnaie und steckte es dem Parkservice zu; der Junge hat vielleicht Augen gemacht! Ich gab Gregórios Adresse ins Navi ein und fuhr los. Gregório war schon kurz darauf neben mir tief und fest eingeschlafen. Ich schaltete das Radio ein, suchte einen Rock-Sender und fuhr durch die leeren Straßen von São Paulo. Das Haus machte einen sympathischen Eindruck, es war hellblau gestrichen und von einem elektrischen Tor gesichert.

Ich aktivierte den automatischen Toröffner und parkte neben dem Leichenwagen. Ich wartete, bis sich das Tor wieder geschlossen hatte, bevor ich mit Gregório ausstieg, dessen Arm ich über meine Schulter geworfen hatte. Irgendwie schaffte ich es, ihn ins Haus zu schleppen. Ein ruhiger, aber schöner Ort zum Leben. Im Erdgeschoss befand sich ein kleines Esszimmer mit einem runden Tisch und vier Stühlen, eine funktional eingerichtete Küche und eine Schiebetür, die in ein geräumiges Schlafzimmer mit einem Doppelbett führte, das sich unter einer mit Vogel- und Blättermotiven bedruckten Decke und mehreren gigantischen Kissen verbarg. Etwas so Schickes hatte ich nicht erwartet.

Ich ließ Gregório auf das Bett fallen und ging über die Treppe ins obere Stockwerk, in dem sich ein großer Raum befand. Darin standen ein riesiger moderner 72-Zoll-Fernseher, Regale, die bis unter die Decke mit Krimis gefüllt waren, darunter jedoch auch einige Bücher, die sich explizit mit dem Thema Forensik beschäftigten. Hinter einer Tür lag ein weiteres Zimmer, das er, dem Schreibtisch und dem Laptop nach zu urteilen, als Büro nutzte. Sein Lebensstil beeindruckte mich. Mit einem vom Staat gezahlten Gehalt war es nicht möglich, so einen Standard zu halten, aber Gregório wusste, wie er sein lausiges Gehalt aufbessern konnte.

Ich ging die Treppe wieder hinunter. Gregório schnarchte ohrenbetäubend. Ich zog ihm nach und nach seine Kleider aus. Es war nicht leicht, sein Körper war schlaff, außer Kontrolle, und ich ging auch nicht gerade auf meine sanfteste Art vor. Als ich seine Unterhose herunterzog, stellte ich fest, dass es gut war, dass ich mich gegen meine Idee entschieden hatte, ihm seine Männlichkeit abzuschneiden –, da gab es nicht viel, dessen ich ihn hätte berauben können.

Sorgfältig wählte ich die Stelle aus, an der ich die erste Kamera installierte, oberhalb des Fernsehers, mit einer selbstklebenden Halterung an der Wand befestigt. Dort würde sie nicht auffallen, und ich hätte einen hervorragenden Blick auf das gesamte Zimmer. Erneut durchsuchte ich das Haus und versuchte herauszufinden, wohin er die Frauen brachte. Vielleicht in sein Arbeitszimmer? Das konnte ich mir kaum vorstellen, er hätte ihre Körper die steile Treppe hinauftragen müssen.

Durch die Küchentür gelangte ich ins Freie, warf einen Blick in den Garten und kehrte dann in die Garage zurück. An der Wand hinter dem Leichenwagen entdeckte ich eine kleine, unscheinbare, nicht verschlossene Tür. Dahinter war es stockdunkel. Ich tastete die Wand ab, bis ich einen Lichtschalter fand. Das Licht ging an und raubte mir den Atem. Dieser Raum war eine perfekte Nachbildung der Gerichtsmedizin. Eine Stahlbahre auf Rädern, Wasserschläuche, Eimer aus Aluminium, ein Medikamentenschrank und ein Metalltisch mit Instrumenten. Der gesamte Raum war mit weißen Fliesen ausgekleidet, deren Fugen an einigen Stellen bereits fehlten. Trotzdem war dieser Ort nahezu klinisch sauber, es roch intensiv nach Reinigungs- und Desinfektionsmittel.

In einer Ecke stand auf einem Holztisch vor einem Sessel ein alter, gerahmter Spiegel. Mehrere Lampen, die um den Spiegel angeordnet waren, ließen diese Ecke wie eine mit Sorgfalt gestaltete Garderobe erscheinen. An der Wand stand eine männliche Schaufensterpuppe, an der mehrere Schürzen (alle mit dem Logo »Paz Eterna«) und zwei Kittel mit dem eingestickten Namen des Bestattungsinstituts hingen. Auf dem Tisch stand ein Schminkkoffer mit allem, was das Herz einer Frau höherschlagen ließ – Schminktücher, Pinsel in mehreren Größen, Cremes und Make-up. Alles sehr ordentlich.

Ich öffnete die oberste Schublade des kleinen Holztischs und fand dort falsche Schnurrbärte, akkurat der Größe nach geordnet. In der zweiten lagen Brillen mit unterschiedlichen Gestellen, einige von ihnen farbig. An der Wand hingen mehrere Perücken, dunkelhaarige, mit glatten Haaren, mit Locken, eine mit Pferdeschwanz, eine falsche Glatze. Es war, als sei ich in einem Filmstudio gelandet. Je tiefer ich in die beiden Fälle eindrang, desto überzeugter war ich, dass der Wahnsinn der Menschen keine Grenzen kannte. Gregório war ein Mann mit tausend Gesichtern.

Es war offensichtlich, dass ich die zweite Kamera in diesem Raum anbringen musste. Zwischen den Medikamentenflaschen im Medizinschrank, mit Glastüren wie in einer alten Apotheke, fand ich die ideale Stelle. Nachdem ich auch die Kamera installierte hatte, machte ich Aufnahmen mit meinem Handy. Sollten die Kameras nicht funktionieren, hätte ich immerhin noch diese Bilder von diesem abgefahrenen Ort.

Ich kehrte ein letztes Mal in Gregórios Zimmer zurück, um nachzusehen, ob er noch schlief, was der Fall war. Dann nahm ich sein iPhone aus dem Jackett, legte seinen Daumen auf den Sensor, änderte das Passwort und steckte das Gerät in meine Handtasche. Ich drehte eine weitere Runde durch das Haus auf der Suche nach irgendwelchen Wertgegenständen und holte seinen Laptop aus dem Arbeitszimmer. Wenn ich alle Daten kopiert und die Festplatte gelöscht und neu formatiert hatte, würde ich mit dem Verkauf immerhin das Geld für die Kameras wieder reinbekommen. Mir war nach feiern zu Mute. Im Keller wählte ich einen der besten Weine aus und steckte auch den in meine Handtasche.

Ich war überzeugt, dass dieser Wichser mit dem Lebensstil, den sich ein Mediziner der Pathologie niemals leisten konnte, das erbeutete Geld irgendwo im Haus aufbewahren musste. Ich durchwühlte das Wohnzimmer, riss die Bücher aus dem Regal und schaute dahinter. Nirgends entdeckte ich einen Hinweis auf einen Safe. Ich schaute hinter die Gemälde, öffnete alle Schubladen, für einige benötigte ich die Schlüssel von seinem großen Schlüsselbund. Nichts. Ich schaute, ob es Möbel gab, die aussahen, als würden sie in ihrem Innern etwas verbergen. In der Küche öffnete ich alle Dosen. Allerdings hatte ich anscheinend zu viele Filme gesehen und fand nichts als Vorräte.

Ich ließ mich auf das gemütliche Sofa fallen und dachte nach. Er konnte das Geld weder in seiner Steuererklärung angegeben noch auf sein Bankkonto eingezahlt haben. Wo also war es? Mein Blick fiel auf den Boden. Holzdielen mit einem sauberen Teppich. Das musste es sein. Nacheinander klopfte ich die Dielen ab, bis ich endlich auf eine stieß, unter der es hohl klang. Aus der Küche holte ich ein scharfes Messer, kniete mich auf den Boden und versuchte, die Diele herauszuheben. Beim zweiten Versuch schaffte ich es. Dort war es. Dollar und Euro. Und alles für mich. Ich hätte zu gern gesehen, wie er bei der Polizei Anzeige erstattete!

Selbst nachdem ich alles an mich genommen hatte, war meine Wut noch nicht verraucht. Okay, ich habe ihn nicht kastriert, aber mein Bedürfnis danach, ihn fertigzumachen, war noch lange nicht gestillt. Im Wohnzimmer warf ich auch die letzten Bücher auf den Boden, zerriss Seiten und zertrümmerte alles, was mir in die Finger kam. Ich zog meinen Schuh aus und kratzte mit dem Absatz über den großen, schwarzen Fernsehbildschirm. Dieser Hurensohn hatte es nicht verdient, gemütlich auf dem Sofa zu sitzen und sich von seinem Smart-TV berieseln zu lassen. Nachdem ich meiner Wut Luft gemacht hatte, öffnete ich mit der Fernbedienung das große Tor und fuhr mit seinem schönen schwarzen Toyota davon. Ich fuhr ein paar Blocks bis zur größten Crackhöhle im Stadtteil Muniz de Sousa, wo bereits ein UberTaxi auf mich wartete. Mit dem Schlüssel auf dem Fahrersitz ließ ich den Toyota zurück, um es den Dieben dort noch leichter zu machen.

Zu Hause tat ich kein Auge zu. Ich konnte es nicht erwarten, Gregórios Reaktion zu sehen, wenn er aufwachte. Ich spürte bereits den wunderbaren Geschmack der Rache, der mich am Gaumen kitzelte.

24

Mit den Händen auf das Waschbecken gestützt, steht Janete im Badezimmer und betrachtet den Schwangerschaftstest, als warte sie darauf, dass das Fallbeil auf dem Schafott ihrem Leben ein Ende bereitet. Ein Schweißtropfen läuft ihr über den Nacken, sie senkt den Kopf, wendet ihren Blick vom Spiegel ab und rechnet wieder und wieder ihren Menstruationszyklus nach: Ohne Zweifel, es war zu spät. Das ist nicht möglich, ihr Körper arbeitet doch sonst so zuverlässig wie ein Schweizer Uhrwerk. Im letzten Monat hatte sie ihre Periode, wenn auch nur schwach, so dass sie nicht einmal auf die Idee gekommen war, etwas sei anders als sonst. In diesem Monat: nichts. Nicht einmal ein kleiner Tropfen.

Die ersten Übelkeitsschübe kamen gleichzeitig mit dem Wutausbruch von Brandão, als er ihr die Haare abschnitt. In den darauffolgenden Tagen hat ihre Demütigung wie eine starke Betäubung gewirkt, so dass sie völlig vergessen hat, die Pille zu nehmen. Sie hat auch vergessen zu beten. Musste sie jetzt den Preis dafür bezahlen? Wie konnte sie nur so nachlässig gewesen sein? Sie zählt bis fünf, atmet tief ein. Sie muss die Wahrheit erfahren, es gibt keinen anderen Ausweg.

Sie nimmt den Schwangerschaftstest in ihre zitternden Hände und setzt sich auf die Toilette. Sie schließt ihre Augen, während sie sich strikt an das in der Packungsbeilage beschriebene Verfahren hält. In weniger als drei Minuten wird sie erfahren, was das Schicksal für sie bereithält. Sie wartet und konzentriert sich auf die kleine Anzeige: Nach und nach erscheint die erste Linie, sie zeigt ihr, dass der Test funktioniert. Tick, tack, tick, tack ... Ja, nein, ja, nein ... Langsam, aber unaufhaltsam, erscheint auch eine zweite Linie, anfangs noch schwach und kaum zu sehen, aber innerhalb einer Minute leuchtet sie so klar wie das Licht eines Leuchtturms über dem offenen Meer.

Janete bricht auf dem Boden zusammen und weint vor Verzweiflung. In dem Moment, in dem sie dachte, ihre Situation könnte nicht noch schlimmer werden, muss sie einsehen, dass der Weg in die Tiefe unendlich ist. Hätte es noch tragischer für sie enden können? In ihrem Körper trägt sie ein unschuldiges Kind, dessen Leid schon jetzt vorbestimmt ist. Ein Kind mit dem Kainsmal, ein verfluchtes Kind. Die Strafe ist für sie bestimmt, sie wird ihr auferlegt werden. Sie steht auf, wäscht sich das Gesicht, zieht ein leichtes Kleid an, während sie versucht, sich zu erinnern, in welcher Klinik ihre Nachbarin vor einigen Jahren ihr Kind abgetrieben hat.

Brandão darf nichts von der Schwangerschaft erfahren. Sie möchte sich nicht einmal vorstellen, wie er reagieren würde –, womöglich würde sich seine Mordlust auf das Kind übertragen. Ist so etwas vererbbar? In einem Film hat sie gesehen, wie das Verhalten vom Vater an den Sohn weitergegeben wurde. Das ist einer der Gründe, warum sie den Wunsch, ein Kind zu bekommen, aufgegeben hat. Außerdem hat er nie Interesse dafür gezeigt, ein Kind zu haben. Egozentrisch wie er war, wollte er Janetes Aufmerksamkeit nicht mit einem Kind teilen müssen. Für Brandão würde die Schwangerschaft einer Katastrophe gleichkommen. Der Name der Klinik muss ihr allein einfallen, sie kann niemanden danach fragen. Vielleicht gibt es sie schon gar nicht mehr, immerhin ist es ganz schön lange her. Außerdem musste sie noch eine Lösung finden, das Geld für eine Abtreibung zusammenzubringen, die sicherlich einiges kosten würde.

Auf der anderen Seite – Janete hat die Angewohnheit, Dinge immer aus mehreren Perspektiven zu betrachten – könnte ein Kind ihre Beziehung wieder in normale Bahnen lenken. Viele Paare finden wieder zueinander, wenn sie ein Kind bekommen. Vielleicht stellt sich Brandão überraschend als großartiger Vater heraus. Noch ist nicht alles verloren.

Sie geht ins Wohnzimmer, kniet vor dem Schrein nieder und entzündet eine neue Kerze für die Mutter Gottes vom Haupte und beginnt zu beten.

Hier knie ich zu deinen Füßen,
Oh, himmlische Mutter Gottes!

Ah! Hab' Mitleid mit mir!
Meine Seele leidet unter der Reue
Deinen göttlichen Sohn
so oft verschmäht zu haben

Oh, gütige Mutter,
vergiss nicht das Elend
das meinen Körper befallen hat
und mein irdisches Leben
mit Verbitterung erfüllt

Oh, Mutter Gottes vom Haupte,
möge der Tag kommen,
an dem ich, von Dir geführt,

die ewige Güte des Himmels erfahre.
So sei es. Amen.

Sie betet noch einmal. Und noch einmal, immer leidenschaftlicher. Sie wird von einer Trance ergriffen, die sich warm in ihrem ganzen Körper ausbreitet. Langsam verlässt sie die Verzweiflung, und ihr Herz wird von Güte erfüllt. Sie stellt sich vor, wie ihr Kind durch das Wohnzimmer läuft, auf das Sofa klettert und sie Kuchen backt und Schokoladenkugeln zubereitet. Es ist ihre Chance, das Leben eines normalen Ehepaares zu führen: Vater, Mutter, Kind.

Janete weint vor Rührung, sie streichelt ihren Bauch – ein neues Leben, eine neue Seite, auf der sie mit größter Sorgfalt ihre Geschichte schreiben wird. Sie bittet die Heilige um Verzeihung für ihre absurde Idee, das Kind abtreiben zu lassen.

Ich bin keine Mörderin.

Im Schlafzimmer findet sie, versteckt zwischen den Seiten eines Kreuzworträtselheftes, den Brief von Verônica. Sie liest ihn zum tausendsten Mal, liest ihn sich laut vor. Droht sie ihr, wenn sie schreibt: »Es ist alles auf Band«? Was meint sie mit der »finalen Lösung«? Janete hat keine Antworten auf ihre Fragen, aber sie fühlt sich jedes Mal schlecht, wenn sie diese Zeilen liest. Sie erinnert sich an die Nacht, in der Paloma sterben musste, als sie selbst daran dachte, ihrer Tragödie ein Ende zu bereiten: Mit Brandãos Waffe hat sie ihrem Mann im Traum schon viele Male in den Kopf geschossen. Ihr Plan sah vor, sich danach auch zu erschießen, um endlich Frieden zu haben, aber sie hatte nicht den Mut, ihr Vorhaben in die Tat umzusetzen. Keines ihrer Vorhaben.

Sie versteckt den Brief wieder, als wäre er ein ungeliebter Gegenstand, auf den sie aber dennoch nicht verzichten kann. Sie setzt sich auf das Bett und nimmt den Kopf in ihre Hände.

Die Heilige weigert sich, ihr zu verraten, was sie als Nächstes tun soll. Sie wird es selbst herausfinden müssen. Sie betrachtet Brandãos verschlossenen Nachttisch, sie weiß nicht, welche Geheimnisse er dort verwahrt, die ihn beinahe dazu gebracht haben, auch sie zu töten. Aber sie findet, dass es an der Zeit ist, diese Geheimnisse zu lüften. Beim letzten Mal hat sie die Schuld auf sich genommen, die Schuld für etwas, was sie nie getan hat.

Mit einem Gedanken, der ihr dumm vorkommt, steht sie auf: Passt etwa der Schlüssel zu ihrem Nachttisch, ihrem identischen Nachttisch, auch zu Brandãos Schublade? Sie probiert es und schreit überrascht auf, als das Schloss aufspringt. Unglaublich, dass sie noch nie zuvor daran gedacht hat. Vorsichtig und nervös holt sie einen Gegenstand nach dem anderen heraus, bereit, sich der Realität zu stellen, wie grausam sie auch sein mag. Die Spielregeln haben sich geändert, die Gleichung wurde um ein Kind ergänzt, sie kann nicht mehr so blind weitermachen wie zuvor.

Ein violetter Umschlag erregt ihre Aufmerksamkeit. Sie öffnet ihn und zieht mehrere Liebesbriefe heraus, die sie ihrem Mann geschrieben hat. Wer hätte gedacht, dass er eine so romantische Ader hat? Sie blättert die Briefe durch, Erinnerungen kommen in ihr hoch und zaubern ihr ein Lächeln ins Gesicht. Sie muss unwillkürlich daran denken, dass sie trotz aller Probleme auch besondere, wundervolle Tage voller Zuneigung hatten. Ihre Gedanken lenken sie so sehr ab, dass sie überrascht aufschreckt, als sie zwischen all den Briefchen ein Foto findet. Sie stößt einen unterdrückten Schrei aus: Auf dem Foto sieht sie sich selbst, allerdings mit einem dunklen Muttermal am Kinn. Janete hat dieses Foto nie von sich machen lassen, aber – oh mein Gott! – diese Frau sieht genauso aus wie sie.

Im gleichen Augenblick hört sie, wie Brandão nach Hause kommt. Sie spürt den Impuls, alles eilig in die Schublade zurückzulegen, hält aber inne. Stattdessen behält sie das Foto in ihren Händen und dreht sich zur Tür, wartet darauf, dass ihr Mann zu ihr ins Schlafzimmer kommt. Es vergeht weniger als eine Minute.

Sobald Brandão die offene Schublade sieht, baut er sich vor ihr auf, aber Janete weicht nicht zurück. Sie stemmt sich mit aller Kraft, von der sie nie erwartet hätte, dass sie sie aufbringen konnte, gegen den Unterarm ihres Mannes und sagt: »Willst du wirklich die Mutter deines Kindes schlagen?«

»Meines Kindes?« Er wird wütend. »Wovon redest du?«

»Ich habe gerade den Test gemacht.«

»Mein Vögelchen, stimmt das? Wie ist das passiert? Ich bin nicht bereit, Vater zu werden. Ich glaube, das werde ich niemals sein.«

Sie lässt sich nicht aufhalten.

»Vielleicht schenkt dir Gott die Leben, die du genommen hast, wieder zurück?«

Janete geht ins Badezimmer und zeigt ihm den eindeutigen Beweis. Brandão nimmt den Test in seine Hände, schluckt, ist schockiert. Er sitzt auf dem Bett, sein Blick wechselt zwischen seiner Frau und der offenen Schublade, ohne zu verstehen.

»Warum hast du meine Schublade geöffnet, Vögelchen?«

»Weil ich deine Frau bin, deine Komplizin. Ich erwarte dein Kind und möchte nicht, dass es zwischen uns irgendwelche Geheimnisse gibt.« Janete reicht ihm das Foto. »Ich will wissen, wer das ist.«

Er steht auf und tritt ans Fenster, verharrt dort mehrere Minuten, sein Blick verloren zum Horizont gerichtet. Sie gibt ihm die Zeit, die er braucht, aber so leicht wird sie diesmal nicht aufgeben. Sie ist bereit, sich der Realität zu stellen, was auch immer das für sie bedeuten wird. Er dreht sich um, geht zur Tür, doch Janete stellt sich ihm in den Weg.

»Wohin gehst du?«

»Ich brauche jetzt was Starkes.«

Sie begleitet ihn ins Wohnzimmer und setzt sich aufs Sofa. Brandão füllt ein hohes Glas mit Eiswürfeln und füllt es mit seinem Lieblingswhisky – Natu Nobilis. Er setzt sich in den Sessel, in seinen Augen erkennt sie eine tiefe Müdigkeit.

»Frag«, sagt er. »Ich sage dir, was du wissen willst.«

»Wer ist diese Frau, Brandão? War sie dein erstes Opfer?«

»Sie ist kein Opfer.«

»Wer ist sie dann?«

»Meine Mutter, Vögelchen, meine Mutter.«

Sein Tonfall ist tief und leise, er antwortet aufmerksam und bedacht, als laufe er über ein Minenfeld. Er kann ihr nicht in die Augen schauen.

»Deine Mutter?«

»Der Mensch, den ich über alles geliebt habe. Und am meisten gehasst.«

»Diese Frau sieht aus wie ich, Brandão! Um Himmels willen, warum hast du mir noch nie von ihr erzählt?«

»Was hätte ich dir über sie erzählen sollen?«

Brandão dreht mit seinem Zeigefinger die Eiswürfel im Glas umher, als würde ihm das beim Denken helfen. Er lutscht an seinem Finger und nimmt einen großen Schluck Whisky, verzieht das Gesicht, als ihm die torfige Flüssigkeit die Kehle hinunterläuft. Ein Schweigen legt sich zwischen sie und wird immer unerträglicher, bis er endlich fortfährt.

»Als sie noch da war, war sie die beste Mutter der Welt. Dann ... Sie verschwand einfach, war wie vom Erdboden verschluckt. Sie hatte versprochen, mich zu ihr zu holen, und kam doch nie wieder zurück. Sie hat mich verraten.«

In seine Stimme mischt sich Wut, seine Lippen werden schmaler. In einem Zug leert er sein Glas, steht auf, um es wiederaufzufüllen. Janete erkennt, dass er ihr die Geschichte nicht chronologisch erzählen wird. Sie muss ihre nächste Frage mit Bedacht auswählen.

»Du hast immer noch deine Großmutter. Hat sie deshalb so große Angst bekommen, als sie mich sah? Dachte sie, ich sei deine Mutter?«

»Ja«, antwortete er mit einem nostalgischen Lächeln. »Ich habe seit vielen Jahren nicht mehr an meine Mutter gedacht ...«

»Wie hieß sie?«

Brandão windet sich im Sessel, als wäre er ihm unbequem. Sie weiß nicht, wie lange sich ihr Mann noch so passiv verhalten und all ihre Fragen beantworten wird. Um die erneute Stille zu überbrücken, steht sie auf, holt mehr Eis, öffnet eine Tüte Chips und stellt die Whiskyflasche auf den Couchtisch.

»Anahí, aber alle nannten sie Ana«, antwortet er, während er die Flasche öffnet. »Als ich geboren wurde, war sie gerade dreizehn, sie ist beinahe bei meiner Geburt gestorben. Meine Großmutter hat sich um mich gekümmert.«

»Deine Großmutter hat indianische Wurzeln, das kann man nicht übersehen. Ist sie immer nackt?«

»Für sie ist das normal, mein Vögelchen.«

»Obwohl sie schon so lange Zeit in der Stadt lebt, weit entfernt von ihrem Stamm?«

»Meine Großmutter hat den Stamm nie verlassen, sie wurde ihm entrissen, entführt. Aber das ist meine Sache, ich möchte dich nicht damit belasten.«

»Erkläre es mir, Schatz ...«

»Hör auf, so dumm zu sein«, erwidert er mit steigender Wut. »Ich will nicht mehr darüber reden.«

Instinktiv greift sie nach einem Kissen, um sich damit zu schützen, doch nichts passiert. Sie legt den Kopf auf das Sofa und wartet, dass er weitertrinkt und sich entspannt. Dann erst wagt sie es, Brandão wiederanzusehen.

»So etwas gibt es nicht, *deine Sache* ... Jetzt, mit dem Kind, ist unsere Welt eine andere, eine einzige, mein Schatz. Teile deine Geheimnisse mit mir.«

»Dies ist meine Geschichte, sie hat nichts mit uns zu. Punkt. Jeder, der in ihrem Stamm mit einer körperlichen Behinderung zur Welt kam, war dem Tode geweiht. Für sie bedeutete das einen Gnadenakt, damit der Geist nicht unter einem Defekt des Körpers leiden musste.«

Janete kannte das bereits, Verônica hatte es ihr erzählt, aber trotzdem tat sie überrascht und sagte: »Aber deine Großmutter hat überlebt ...«

»Damals war ein berühmter Fotograf im Auftrag eines internationalen Magazins zu Besuch bei ihrem Stamm. Er war entrüstet von diesem Ritual, hat meine Großmutter entführt und zu sich auf seine Farm in São Luís, in Maranhão, geholt. Sie war damals noch ein Kind und musste ihr ganzes Leben bei diesem Bastard auf der Farm verbringen.«

»Bei diesem Bastard? Aber hat er ihr nicht das Leben gerettet?«

»Oh, wie naiv du bist.« Brandão schüttelt mit dem Kopf. »Er hat meine Großmutter als Sklavin gehalten, versteckt in einer Hütte, irgendwo auf dem Anwesen. Dort lebte sie, gefangen in ihrer eigenen Unwissenheit über die Welt. Er hat sie bei jeder sich bietenden Gelegenheit vergewaltigt. So wurde meine Mutter geboren.«

»Warum ist sie nie weggelaufen?«

»Der Geist eines Indianers ist schwer zu erklären. Sie war ein kleines Kind, als er sie mitnahm. Sie sprach kein Wort

Portugiesisch, das tut sie übrigens bis heute nicht, abgesehen von ein paar Worten, die sie hier und dort aufgeschnappt hat. Wohin hätte sie denn gehen sollen? Sie konnte nicht zu ihrem Stamm zurückkehren, dort hätte sie nicht überlebt. Sie hat resigniert, das hat sie getan. Sie hat sich mit ihrem Schicksal abgefunden. Dann kam meine Mutter, dann ich … Die Zeit vergeht schnell, mein Vögelchen.«

»Aber deine Mutter hat er nicht mehr einsperren können, nicht wahr? Dein Vater hat euch dort rausgeholt?«

Brandão spannt seine Muskeln an. Janete erkennt, dass sie die falsche Frage gestellt hat. Er steht auf und stellt sein Glas beiseite.

»Lass uns ins Bett gehen. Wir haben genug geredet für heute.«

»Nein, Schatz, erzähl mir die Geschichte zu Ende.«

Sie hält seinen Arm fest, aber Brandão befreit sich von ihr.

»Du bist so unglaublich dumm! Was glaubst du, wer mein Vater war? Ein Prinz, der gekommen ist, um die beiden zu retten?«

Es dauert, bis Janete sich das Unvorstellbare vorstellen kann. Sie ist entsetzt, als sie begreift, was passiert sein muss. Sie umarmt ihren Mann und nimmt sein Gesicht in ihre Hände. Hier, vor ihr steht ein Mann, den sie bisher nicht kannte. Endlich hat sich Brandão ihr geöffnet und sie als seine Gefährtin anerkannt – vielleicht ist das ein Zeichen der Heiligen, dass sich von nun an die Dinge ändern werden. Sie führt ihren Mann zum Sofa und legt seinen Kopf in ihren Schoß.

»Ich verstehe, wie schwer es dir fällt, mir diese Geschichte zu erzählen. Ich bin auf deiner Seite, mein Schatz«, sagt sie, streichelt seinen Kopf liebevoll. »Ich bin auf deiner Seite, was immer auch passieren mag. Wie seid ihr, du und deine Großmutter, hierher nach São Paulo gekommen?«

»Ich will nicht mehr darüber reden.«

»Du weißt, dass ich dich nie verurteilt habe, Brandão. Meine Liebe zu dir ist bedingungslos.«

»Ich habe den Bastard getötet. Er war mein Vater und mein Großvater. Wenn du es wissen willst, es war das erste Mal, dass ich es getan habe ... Ich habe gespürt, wie gut es tut, jemanden umzubringen, der so verdorben war wie er.«

»Du hast recht«, antwortet Janete und schluckt trocken.

»Meine Mutter ist von dort weggelaufen und nie wieder zurückgekehrt. Auch ich bin weggelaufen, habe mich in São Paulo bei der Militärpolizei beworben, aber ich bin zurückgekehrt, um mein Versprechen zu halten. Ich habe diesen Dreckskerl umgebracht und meine Großmutter gerettet. Sie hat einen würdigen Lebensabend verdient.«

»Der Nachname dieses Fotografen ... hieß er Antunes Brandão?«

»Natürlich nicht! Meine Geburt wurde nie angemeldet. Ein älterer Mann hier in São Paulo hat mir geholfen. Cláudio Antunes Brandão. Er hatte niemanden und kümmerte sich bis zu seinem Tod um mich, lange genug, bis ich erwachsen war. Er hat mir meinen Namen gegeben.«

»Dann hast du auch einen indianischen Namen?«

»Manuá.«

»Manuá? Ein wunderbarer Name.«

»Manuá starb an dem Tag, als ich Brandão wurde. Dieser Junge lebt nicht mehr.«

Die Zärtlichkeit weicht aus seinem Blick, und schweigend zieht er Janete an seiner Hand ins Schlafzimmer. Mehr gibt es nicht zu sagen. Sie versucht zu verhindern, dass schlechte Gedanken ihr Glück vertreiben. *Es war das erste Mal, dass ich das getan habe*, hat er gesagt. Es spielt jetzt keine Rolle mehr. Brandão hat ihr sein Herz geöffnet. Um nichts in der Welt möchte sie die Chance verpassen, die bedingungslose Liebe zu spüren, von der sie immer geträumt hat.

»Gute Nacht, Manuá«, sagt sie und küsst ihn auf den Mund.

»Gute Nacht, Vögelchen.«

Ihr Körper schmiegt sich perfekt an den Körper ihres Mannes. Sie bemerkt, dass seine Atmung immer langsamer und gleichmäßiger wird. In seinen Armen fühlt sie sich geschützt und geborgen. In wenigen Minuten wird Brandão beginnen zu schnarchen.

Janete bekommt jedoch kein Auge zu. Der unheilvolle Brief von Verônica verfolgt sie. Diese Polizistin wird nicht so einfach aufgeben. Wenn Reue töten könnte, läge Janete leblos auf dem Boden. Sie hat ein großes Problem. Sie hätte keine Hilfe suchen dürfen. Jetzt muss sie einen Ausweg finden, dafür sorgen, dass niemand ihrem Glück im Wege steht.

Sie muss Verônica loswerden.

25

Die Liste meiner Aufgaben wurde länger und länger. Nicht nur, dass Dienstag war, Carvana war immer noch krank, so dass alle bürokratischen Pflichten von der Erstellung der Kriminalstatistik des Monats bis hin zur Beantwortung der Mails des Alten an mir hängen blieben.

Schon früh am Morgen rief ich die Wäscherei an, um zu fragen, ob seine Hemden abholbereit waren. Es sollte verboten werden, solche Aufgaben von Vorgesetzten übertragen zu bekommen, schließlich war ich Assistentin bei der Polizei. Aber in Brasilien hatte das nichts zu bedeuten, hier lief ohnehin alles verkehrt. Zwischen meinen Aufgaben warf ich immer wieder einen Blick auf mein Handy.

Ich fügte der Statistik eine neue Spalte hinzu und begann, müde vom ständigen Starren auf den Computerbildschirm, abgearbeitete Akten für den Versand ins Archiv vorzubereiten. Mein Handy summte, und eilig öffnete ich die App: Schon bei der kleinsten Bewegung wurde die Kamera in Gregórios Haus aktiviert und startete die Übertragung. Er lag immer noch im Bett, die Füße in das Bettlaken gewickelt, die Arme über der Brust verschränkt. Dann drehte er sich zur Seite, immer noch betäubt von seinen eigenen K.-o.-Tropfen. Der Bildschirm wurde wieder dunkel. Ich musste noch ein wenig warten.

Versunken in meine Gedanken, fuhr ich erschrocken zusammen, als ich einen Lufthauch an meinem Hals spürte.

»Verdammt, Nelson, bist du verrückt?«

»Hmmm, du riechst wunderbar, Verô. Ich habe dich von meinem Schreibtisch aus beobachtet, und mir ist aufgefallen, dass du mit jedem Tag schöner wirst.«

»Halt mal den Ball flach, du Lustmolch.«

»Ich meine es ernst ... Du hängst schon den ganzen Morgen an deinem Handy. Wartest du auf einen Anruf?«

»Auf deinen«, lachte ich, legte meinen Kopf zur Seite und schenkte ihm mein breitestes Grinsen, während ich unauffällig mein Telefon verschwinden ließ.

»Komm schon, Verô, ich bin es, dein Watson! Verrate mir, womit du dich gerade beschäftigst ... Ist es der Fall dieser Janete?«

»Ich wünschte, er wäre es. Das arme Ding befindet sich immer noch in den Händen dieses Dreckskerls, und ich sitze hier und kann nichts für sie tun. Lass uns bitte über etwas anderes reden, die Sache zieht mich gerade einfach nur runter.«

Leider war es tatsächlich so: Während mich der Fall Marta Campos mit nichts als Stolz erfüllte, reichte es, nur an Janete zu denken, um mich wie die unfähigste Polizistin des Universums zu fühlen. So eine Scheiße.

»Das war ein wahrer Albtraum«, sagte Nelson. »Aber leider hat jede Technik ihre Grenzen, du hast dir nichts vorzuwerfen. Warst du nicht bei ihr, um ihr zu erklären, was passiert ist?«

»Was hätte ich ihr schon erklären können? Glaubst du wirklich, dass sie nach allem, was passiert ist, noch mit mir reden würde?«

»Was weiß ich, Verô ...«

»Ich habe ihr einen Brief unter der Tür durchgeschoben«, erwiderte ich. »Aber das ist Wochen her! Seither kein Lebenszeichen von ihr. Ich habe den richtigen Zeitpunkt verpasst, mit Carvana zu reden und offiziell die Ermittlungen aufzunehmen. Alles, was ich tun kann, ist warten.«

»Vergiss die ganze Sache«, sagte er. In seiner Stimme schwang Mitgefühl mit, etwas, das ich in diesem Moment brauchte.

»Ich werde es versuchen.«

Ich drehte mich auf meinem Schreibtischstuhl, um weiter meine Tabellen auszufüllen, als sich erneut mein Handy meldete. Ich sah Nelson an und wartete darauf, dass er an seinen Platz zurückging, aber er lächelte mich nur herausfordernd an und machte deutlich, dass er nicht tun würde, was ich von ihm erwartete. Ich kam zu dem Schluss, dass es nicht schaden würde, ihm zu zeigen, was ich getan hatte. Nelson war selbst bei diesen kleinen illegalen Maßnahmen der perfekte Partner. Ich zog mein Handy hervor, so, dass auch er den Bildschirm sehen konnte. Es gefiel mir, sein erstauntes Gesicht zu sehen, als er den nackten Mann im Bett erblickte.

»Verô, wer ist das?«

»Das Arschloch, das Marta Campos hereingelegt hat«, antwortete ich mit einem süffisanten Lächeln.

»Bist du sicher, dass er es ist?«

»Absolut!«

Mehr musste ich gar nicht sagen. Schweigend beobachteten wir, wie Gregório langsam wach wurde und sich in seinem Bett aufrichtete. Nach einigen Sekunden griff er zum Nachttisch, öffnete hastig die Schubladen, durchwühlte sie, offensichtlich auf der Suche nach seinem Handy. Als er es nicht fand, begann er, die Laken und dann seine Hosentaschen zu durchsuchen.

»Er wird nicht finden, wonach er sucht. Der Arme«, sagte ich grinsend, zog sein iPhone aus meiner Handtasche und hielt es Nelson hin.

»Du schlimmes Mädchen, hast du ihn etwa ausgeraubt?«

»Ausgeraubt? Ich? Ich habe ihn nur etwas betäubt, bin in sein Haus eingedrungen und habe mir meine Kosten zurückerstattet ...«

Nelson lachte laut auf, ohne den Blick vom Bildschirm abzuwenden. Gregório schlich herum und versuchte zu verstehen, was passiert war. Er verschwand aus dem Zimmer, kam aber wenige Minuten später zurück, wutentbrannt. Wahrscheinlich hatte er das Chaos gesehen, das ich hinterlassen hatte, und festgestellt, dass auch sein Laptop verschwunden war. Gut gemacht. Voller Wut schlug er auf das Bett, rollte mit den Augen, ihm wurde schwindelig, und er erbrach sich.

Wie gut es tat, die Angst in seinen Augen zu sehen, die Ohnmacht, die er spürte, nackt und ohne Habseligkeiten in seinem eigenen Haus aufzuwachen. Ich kicherte wie jemand, der sich einen gelungenen Streich ansah, während Gregório, dem immer noch schwindelig war, sich bemühte, Geist und Körper in Einklang zu bringen. Während er versuchte, das Durcheinander aufzuräumen, musste er wohl erkennen, dass er selbst zum Opfer geworden war.

»Du bist ein Genie, Verô«, sagte Nelson und klatschte vor Begeisterung mit den Händen.

Ich dankte ihm mit einer Geste, als würde ich meinen unsichtbaren Hut ziehen. Gregório verschwand wieder aus unserem Blickfeld, und die Kamera schaltete sich aus. Ich erwartete, dass er in den Raum hinter der Garage gehen würde, aber nichts passierte. Beide Kameras blieben dunkel.

Nelson und ich blickten uns an, noch immer aufgeputscht von unserem fiesen Streich. Wir lachten, und mir kamen die Bilder von Gregórios fragendem Blick und seinen hilflosen Gesten vor Augen.

Dann stellte Nelson die Frage, vor der ich mich am meisten fürchtete: »Und jetzt? Was machen wir damit?«

Ich beschloss, ehrlich zu sein: »Ich weiß es nicht, Nelson. Ich habe nicht die geringste Ahnung.

Obwohl ich keine Ahnung hatte, wie ich das Material verwenden sollte, ohne selbst in Schwierigkeiten zu geraten, verfolgte ich Gregório in den folgenden Wochen auf Tritt und Schritt. Jedes Mal, wenn mein Handy vibrierte, ließ ich alles stehen und liegen, um meine ganz persönliche Big-Brother-Sendung anzuschauen. Ich konnte ihm dabei zusehen, wie er Tag für Tag vor sich hinsiechte. Es war mir eindeutig gelungen, ihm einen schweren Schlag zu versetzen. Ich lernte seinen Alltag kennen, wusste, wann er aufstand, wie lange er in seinem Zimmer blieb. Gregório musste versucht haben, mich über AmorIdeal.com zu kontaktieren, aber mein Profil existierte längst nicht mehr. Seine Männlichkeit war verletzt, und er hatte niemanden, an dem er seine Wut auslassen konnte. Ich fühlte mich phantastisch.

Ich begann, darüber nachzudenken, ob ich die Kamera im Raum hinter der Garage möglichweise am falschen Ort installiert hatte, da dort nichts passierte. Es musste einen Grund dafür geben, dass es in diesem Raum so ruhig war. Meine Überlegungen raubten mir mehrere Nächte lang den Schlaf.

Dann endlich, eines Morgens, regte sich mein Handy und ich konnte Gregório dabei beobachten, wie er sich mit langhaariger Perücke und falschem Schnurrbart vor den Theaterspiegel setzte. Zweifellos verhielt er sich verdächtig, aber noch würde es keine Konsequenzen für ihn haben. Mir waren die Hände gebunden, weder konnte ich etwas tun, noch konnte ich Carvana sagen, dass die Kameras etwas Illegales aufzeichneten. Immerhin fühlte ich mich erleichtert. Gregório zu beobachten war in diesen Tagen meine größte Freude.

Zu Hause war die Situation immer noch angespannt und seltsam. Nach unserem Streit durchlebten Paulo und ich eine distanzierte Zeit. Wir schliefen kaum noch miteinander, redeten noch weniger, und ständig kam er mit neuen Anschuldigungen und Vorwürfen. Gelegentlich nahm ich mir vor, ein ernsthaftes Gespräch mit ihm zu führen, um an alte, bessere Zeiten anzuknüpfen, aber dann überkam mich die Trägheit, und ich verspürte keine Lust auf eine neue Auseinandersetzung.

Als ich am Mittwochabend nach Hause kam, trug Paulo eine Schürze, der Tisch war gedeckt, und im Hintergrund lief romantische Musik. Die Stille in den Kinderzimmern sagte mir, dass die Kinder bei seiner Mutter waren. Ich ließ meine Tasche in den Sessel fallen und setzte mich in der Küche an den Tresen, während Paulo mir ein Glas Wein einschenkte.

»Was für eine zauberhafte Überraschung!«

»Ein ganz besonderes Abendessen, ein neues Rezept. Lass uns auf deinen Erfolg anstoßen, Verô!«

Es lag eine gewisse Ironie in seiner Stimme, aber ich beschloss, sie zu ignorieren. Wir stießen an, schauten uns tief in die Augen.

»So erfolgreich bin ich nun auch wieder nicht.«

»Ich bitte dich ... Du bist eine erfolgreiche Polizistin, die an wichtigen Ermittlungen beteiligt ist. Ich habe noch nie erlebt, dass Carvana dich so oft braucht ...«

»Bist du etwa eifersüchtig, Liebling? Das fehlte jetzt noch, nach so langer Zeit«, sagte ich vorsichtig. »Der Wein ist köstlich! Was ist das für einer?«

Meine Bemerkung über den Wein war unvorsichtig gewesen. Mir war gar nichts Besonderes daran aufgefallen, ich wollte lediglich das Thema wechseln.

»Sag du es mir«, sagte er. »Ich habe auf vivinho.com.br nachgeschaut, der Wein ist ganz schön teuer ... Ich habe ihn nicht gekauft.«

Scheiße, das war der Wein, den ich bei Gregório hatte mitgehen lassen! Ich stand auf, ging langsam um den Tresen herum und griff nach der Flasche, um mir Zeit zu verschaffen, mir eine Antwort zurechtzulegen.

»Jetzt spionierst du mir also schon nach?«

»Und du kaufst jetzt Weine, die wir uns nicht leisten können?«, erwiderte er.

»Ich habe den Wein gar nicht gekauft, Schatz. Wir haben ihn neulich beschlagnahmt, und ich habe ihn als Dank von Carvana bekommen. Du hättest ihn nicht aufmachen dürfen, ohne mir etwas davon zu sagen ...«

»Ich erkenne diese neue Verô gar nicht wieder«, sagte er mit Verbitterung in seiner Stimme. »Ich wusste auch nicht, dass ihr Gegenstände aus den Häusern von Verdächtigen mitnehmen dürft.«

»Hör auf, so zickig zu sein, Paulo«, sagte ich, stellte mein Glas auf den Tisch und drehte mich in Richtung Tür. »Du weißt nichts über meine Arbeit. Du weißt nicht, wie die Polizei arbeitet, welchem Druck wir ausgesetzt sind. Ich habe keine Lust, mich mit dir darüber zu streiten.«

Er hielt mich am Arm fest: »Früher hast du dich aus solchen Dingen rausgehalten. Vor allem aus Diebstählen.«

»Willst du mir etwas unterstellen?«

Ich befreite mich aus seinem Griff und verließ die Küche, aber Paulo gab nicht auf.

»Ich dachte, wir wissen alles übereinander.«

»Weißt du, was du bist? Du bist paranoid! Ich dachte, wir machen uns einen schönen Abend, damit wir die Probleme hinter uns lassen können. Wenn du mir nur Vorwürfe machen willst, dann bin ich raus. Zweifle nur weiter an mir, ich war dir gegenüber nie misstrauisch!«

»Ich habe dir auch nie Grund dazu gegeben. Mein Leben ist wie ein offenes Buch für dich. Aber deins ...«, er versuchte, mich zu provozieren. »Früher konnten wir über alles reden, du hast mir von deiner Arbeit erzählt, ich dir von meiner ... Mehr will ich gar nicht. Kann es nicht einfach wieder so sein? Wo ist die Verônica, mit der ich so viel Blödsinn anstellen konnte?«

Paulo so zu sehen ließ mein Herz erweichen. Er öffnete die Arme, und ich trat zu ihm, legte mein Gesicht auf seine Brust und atmete tief ein. Was war nur mit uns geschehen?

»Die Verônica ist gerade im Urlaub, Paulo«, antwortete ich dann. »Die neue Verônica ist ziemlich beschäftigt, ihr gehen viele Dinge durch den Kopf. Ich hoffe, du kannst diese Phase akzeptieren.«

»Das tue ich. Aber keine Geheimnisse mehr, okay?«

Bevor wir unser Gespräch fortführen konnten, vibrierte mein Handy. Ich erwartete, dass Gregório wieder wach geworden war und die Kameras aktiviert hatte. Meine Neugierde war geweckt. Es hätte keinen schlechteren Zeitpunkt geben können, um auf das Display zu schauen: Paulo küsste mich gerade zärtlich, aber ich konnte mich einfach nicht konzentrieren.

»Warte kurz, Schatz, es könnte wichtig sein.«

»Das ist nicht dein Ernst, Verô! Jetzt?«

Beleidigt und enttäuscht ließ er mich stehen. Er nahm sein Glas und ging zum Fenster hinüber. Auf meinem Telefon gingen mehrere Nachrichten von Nelson ein, dass er mich *as soon as possible* sehen müsse. Nelsons Nachricht verschaffte mir sofort ein gutes Gefühl. Ich hatte keine Lust, mit Paulo über die Fälle zu reden. Mit Nelson hingegen machte es mir Spaß, die Fakten abzuwägen. Ich nahm meine Tasche und ging zu meinem Mann.

»Ich muss los. Das war Carvana. Es ist dringend.«

»Und das Essen, das ich extra für uns gekocht habe? Werde ich immer hinter allem anderen anstehen müssen?«

»Die neue Verônica muss auch außerhalb ihrer Arbeitszeiten zum Einsatz«, log ich und bedeckte sein Gesicht mit Küssen. »Hab bitte Geduld mit mir, nur noch ein wenig, ich liebe dich. Ich verspreche, dass ich nicht lange weg sein werde.«

»Mach dir keine Sorgen, wenn es doch später wird. Ich fliege morgen früh mit einem Kollegen zu einem Meeting nach Rio und komme erst mit dem letzten Flug zurück.«

»Mit Mário?«

»Jetzt willst du mein Leben kontrollieren, aber ich darf nicht wissen, was du treibst?« Er lächelte mich an, ein Lächeln in dem Wissen, dass er gewonnen hatte. »Mach dir keine Sorgen um den Wein. Ich mache mir eine neue Flasche auf, und morgen trinken wir zusammen den Rest.«

Ich sagte ihm, dass ich mich darauf freute, und machte mich eilig auf den Weg. Nelsons Nähe würde mir guttun. Gleichzeitig rief dieses Gefühl eines glücklichen Teenagers ein immenses Schuldbewusstsein in mir hervor. Paulo war der beste Ehemann, den man sich wünschen konnte, mein sicherer Hafen – und was machte ich?

Ich schrieb Nelson, dass wir uns in unserem Lieblingscafé treffen würden, rief ein Taxi und nutzte die Fahrt, um über ihn und mich nachzudenken. Es war schon merkwürdig, wie wir in der letzten Zeit wieder zueinandergefunden hatten (vielleicht sogar etwas zu sehr). Ich musste dringend lernen, Zuneigung von Verlangen zu trennen.

Männer wie Paulo eigneten sich hervorragend als Ehemann. Sie waren unterhaltsam, zärtlich, wollten Frauen nicht dominieren, waren offen und ehrlich im Gespräch, zeigten ihre Gefühle. Es stimmte schon, dass sie ein wenig unterwürfig waren, aber das konnte man aushalten. Nelson war eine Mischung: in einem Moment aufmerksam und hilfsbereit, im anderen dominant und leidenschaftlich im Bett; eine Kombination, die ebenso verlockend wie gefährlich war. Vielleicht war es schon zu spät für mich, um dem Risiko aus dem Weg zu gehen.

Im Café bestellte ich einen Cappuccino und begann, Nelson von den Problemen meiner Ehe zu erzählen. Entgegen dem, was man hätte erwarten können, verfolgte er jeden meiner Sätze wie jemand, der sich die letzte Folge seiner Lieblingsserie ansah.

»Wir sind Zikaden, Verô«, sagte er, als ich meine Erzählung beendet hatte. »Wir leben gerne. Paulo ist eine Ameise, fleißig, zuverlässig. Das kann mit der Zeit sehr eintönig werden.«

»Ich fühle mich, als müsste ich Steine schleppen.«

»Alles, was du brauchst, ist Geduld, dann wird es schon wieder. Deswegen habe ich nie geheiratet. Ich habe bisher keine Frau getroffen, die es erträgt, Steine zu schleppen.«

»Wie kann es sein, dass du so viel über die Ehe weißt, wenn du es selbst nie ausprobiert hast?«

»Priester geben dir auch gute Ratschläge und waren nie verheiratet.«

Wir lachten und wünschten uns gegenseitig Glück. Als ich meinen Kaffee ausgetrunken hatte, schlug Nelson ein anderes Getränk vor – Kaffee mit Likör 43. Ich war so versunken in unser Gespräch, dass ich beinahe das anhaltende Summen meines Telefons verpasst hätte –, Gregório war wieder aktiv. Die Kamera, die meinen Alarm ausgelöst hatte, war die im Raum hinter der Garage. Ich war sofort hellwach, konnte kaum erwarten, endlich zu sehen, was dort passierte. Zweifellos hatte der Dreckskerl zwei Gesichter: den Arzt und das Monster. Und ich war im Begriff, seine dunkelste Seite kennenzulernen.

Ich legte mein Handy auf den Tisch zwischen uns, damit wir gemeinsam beobachten konnten, was dort passierte. Gregório war kaum wiederzuerkennen: lange Haare, Schnurrbart, eine marineblaue Jacke mit dem Logo von Paz Eterna. Er bewegte sich langsam, schwerfällig, und als er sich umdrehte, erkannte ich den Grund: Er trug eine tote Frau in seinen Armen. Er legte ihren Körper auf den Stahltisch in der Mitte des Raumes, streichelte ihr Gesicht, ihre langen Haare. Wenn ich es nicht besser gewusst hätte, hätte ich denken können, dass die Frau noch am Leben war. Schließlich verschwand er am linken Bildrand, und kurz darauf erfüllte gleißendes, weißes Licht den Raum.

Auf dem Sessel vor dem Spiegel begann Gregório, seine Verkleidung abzunehmen. Er nahm seine falsche Brille ab und legte sie behutsam in die Schublade, zog die Perücke aus und hängte sie zu den anderen an die Wand. Er riss sich den Schnurrbart aus dem Gesicht. Jetzt war er wieder der hübsche, jungenhafte Mann, von dem sich die Frauen in die Irre führen ließen. Mit den Fingerspitzen fuhr er durch sein Haar, strich es nach hinten und zog ein Abschminktuch aus der kleinen Schachtel auf dem Tisch. In wenigen Minuten hatte er die dicke Schminkschicht aus dem Gesicht entfernt.

Dann stand er auf, tauschte seine Jacke gegen eine der Schürzen, die an der Schaufensterpuppe hingen, und trat an den auf dem kalten Metall liegenden Körper der Frau. Der Mann mit den tausend Gesichtern offenbarte sein tiefstes Inneres. Seinen Bewegungen nach zu urteilen unterhielt er sich mit der Leiche. Schade, dass wir nicht hören konnten, was er sagte. Mit leicht nach vorn gebeugtem Kopf strich er sanft, beinahe zärtlich über den toten Körper – über ihre Arme, ihre Wangen, ihren Bauch und ihre festen Brüste. Durch das Kamerabild konnte ich seine Erregung spüren.

Es war ein ebenso groteskes wie intimes Ritual. Ich tauschte ungläubige Blicke mit Nelson aus, ohne dass einer von uns in der Lage war, etwas zu sagen. Wir wollten keine Sekunde dieses Schauspiels verpassen. Gregório drehte den Wasserhahn auf und wusch die Leiche, die bereits grünliche Flecken am Bauch aufwies. In langsamen, kreisenden Bewegungen seifte er ihren ganzen Körper mit der Hingabe von jemandem ein, der ein Baby badete, und ließ das Wasser über den Abfluss in der Bahre ablaufen, das sich in einem Behälter unter dem Tisch sammelte.

Er trocknete die Leiche mit einem weißen Handtuch ab und föhnte ihr Haar, dass sich zu kleinen Locken kräuselte. Als er fertig war, öffnete er seinen professionellen Schminkkoffer und erweckte das blasse Gesicht Schritt für Schritt wieder zum Leben. Grundierung, Schatten, Rouge, Wimperntusche. Gregório war ein Zauberer, ein perfekter Dekorateur der Toten.

Aus einer anderen Schublade nahm er schwarze und rote, immer noch originalverpackte Unterwäsche heraus und zog die Leiche an, als würde er nie etwas anderes tun. Ich hatte das Gefühl, mich gleich übergeben zu müssen, war aber zu gefangen von dem, was ich sah. Ich beobachtete, wie er nach einem iPod griff und ihn an eine Stereoanlage anschloss. Im Rhythmus der Musik begann er, sich auszuziehen. Ich fragte mich, was der Soundtrack für eine solche Gelegenheit sein würde.

Vollkommen nackt begann Gregório erneut, die Leiche zu berühren. Er flüsterte ihr kurze Sätze zu, dann begann er, ihre Ohren und den weißen Hals abzulecken. Ganz allmählich wurden seine Berührungen immer intimer. Er stieg auf die Leiche, legte den Kopf in den Nacken, leckte sich gierig mit der Zunge über die Lippen, während er die harten Brustwarzen der toten Frau zwischen seinen Fingerspitzen rieb. So verharrte er mehrere Minuten, ehe er den Kiefer der Leiche gewaltsam öffnete und seinen steifen Penis in ihren Mund schob.

Der Schweiß rann ihm über den Körper, er stieß seinen Penis noch tiefer in ihren Mund, brüllte vor Erregung und wechselte immer wieder die Position, während er sie streichelte und küsste. In einer Mischung aus Ekel und Aufregung stieß ich mich vom Tisch ab, niemand hatte so etwas verdient. Die Hölle wäre für diesen Psychopathen noch ein angenehmer Ort. Nach einem langen Vorspiel kam Gregório endlich, wobei er schamlos aus vollem Halse lachte. Hinterher schmiegte er sich an ihren toten Körper, ihren Arm auf seine Brust gelegt. Jetzt fehlte nur noch, dass er sich eine Zigarette anzündete.

Einige Minuten später stand er auf, sein Penis hing schlaff herunter. Er ging zum Schrank, öffnete eine Schublade und nahm einen kleinen Behälter heraus. Ich konnte nicht fassen, was ich dann sah. Gregório kniete vor dem Metalltisch nieder und bat die tote Frau mit Tränen in den Augen offensichtlich, ihn zu heiraten. Er küsste ihre Hände und steckte ihr den Ring an. Er nahm einen Kranz aus dem Schrank und befestigte ihn vorsichtig auf dem Kopf der Frau. Seine tote, nackte Braut. Dann nahm er sie auf den Arm, als hätten sie gerade tatsächlich geheiratet, und trug sie über die Türschwelle aus dem Raum hinaus. Ich erwartete, dass er sie in sein Schlafzimmer bringen würde, aber nichts geschah. Der Bildschirm wurde schwarz, und alles, was blieb, war Schweigen. Mit einem solchen Video würde jeder Richter einem Antrag auf Unzurechnungsfähigkeit stattgeben.

Nelson schaute mich ernsthaft an: »Verô, du hast einen Fall mit wasserdichten Beweisen. Wir müssen diesen Typen sofort aus dem Verkehr ziehen! Wann sprichst du endlich mit Carvana?«

»Ruhig, ich ... Ich muss noch nachdenken ... Ich hatte keinerlei Erlaubnis für das, was ich gemacht habe, jeder Anwalt wird meine Beweise in der Luft zerreißen.«

»Aber es hat doch keinen Sinn, von all dem zu wissen und nichts zu unternehmen. Lass dir von Carvana helfen. Er kann immer noch den alten Ausweg der anonymen Anzeige nutzen, er weiß, wie er die Beweise verwenden kann. Die ganze Geschichte ist mittlerweile viel zu gefährlich, als dass du das Ding allein durchziehen kannst.«

»Gib mir bitte ein paar Tage, um den Mut aufzubringen und mir meine Version der Geschichte zu überlegen, okay?«

Nelson ließ es sich nicht nehmen, mich in seinem Auto nach Hause zu bringen. Der Morgen graute bereits. Paulo war schon aufgebrochen, das Bett war ordentlich gemacht, als hätte in der letzten Nacht niemand dort geschlafen. Ich nahm ein langes Bad, als hätte sich all der Dreck, den ich gesehen hatte, unter meine Haut gefressen. Danach lud ich das Video auf meinen Computer herunter und speicherte das gesamte Material in der Cloud. Ich legte mich aufs Bett, mein Gehirn arbeitete auf Hochtouren, aber mein ausgelaugter Körper bettelte um eine Pause. Wie von allein fielen mir die Augen zu.

Als mein Handy klingelte, hatte ich gerade einmal drei Stunden geschlafen. Auf dem Display erschien eine unbekannte Nummer.

»Hier ist Janete«, hörte ich. »Ich stehe in einer Telefonzelle.«

Ich setzte mich auf und rieb mir die Augen. Ihre Stimme klang angespannt, abgeschnitten. Ich stellte mir vor, wie schwer es ihr gefallen sein musste, diesen Anruf zu tätigen.

»Hallo, Janete. Was ist passiert? Geht es dir gut?«

»Wir müssen uns sehen. Brandão ist gerade zur Arbeit gefahren.«

»Treffen wir uns im Imbiss von Tina?«

»Nein. Können Sie jetzt zu mir nach Hause kommen?«

Ich explodierte vor Glück. Nachdem es mir gelungen war, den Peiniger von Marta Campos zu überführen, hatte nun auch endlich Janete eingesehen, dass sie mich brauchte. Nach der langen Zeit des Schweigens wollte sie mich endlich sehen. Ich sprang aus dem Bett und zog meinen Schlafanzug aus.

»Ich ziehe mir schnell etwas an und mache mich dann auf den Weg, okay? Mach dir keine Sorgen.«

Auf der Suche nach neuer Energie schaute ich in den Kühlschrank und stellte fest, dass Rafa den letzten Energydrink getrunken haben musste. Ich spritzte mir schnell kaltes Wasser ins Gesicht, zog mir meine Kleidung vom Vortag an und nahm mir für den Weg in den Osten der Stadt eine Banane mit. All meine Hoffnung fokussierte sich darauf, dass Janete wusste, wo sich der Bunker befand. Plötzlich hatte ich zwei Fälle, über die ich Carvana informieren musste: einen nekrophilen Betrüger und einen Serienmörder. Zwei Arschlöcher weniger auf dieser Welt.

Ohne Berufsverkehr erreichte ich mein Ziel deutlich schneller. Janete wartete bereits voller Sorge hinter der Tür. Sie trug ein schlichtes Kleid, das ihre Knie bedeckte und ein wenig kitschig wirkte, eine Schürze, die sie sich um die Taille gewickelt hatte, aber sie sah gut aus. So hatte ich sie noch nie gesehen.

»Guten Morgen, Janete.«

»Kommen Sie rein, Dona Verônica, kommen Sie rein. Es ist besser, wenn Sie niemand sieht.«

Zuerst dachte ich, sie würde sich aufs Sofa setzen, ging dann aber direkt weiter in die Küche.

»Ich mache uns beiden erst mal eine Tasse Kaffee.«

Wir blieben am Tresen stehen, und Janete kam ohne Umschweife auf meinen Brief zu sprechen. Sie klang freundlich, und ich war froh, dass sich die Dinge endlich beruhigt hatten. Als sie mir die Tasse mit frischem, dampfendem Kaffee reichte, dankte ich ihr, nahm einen kleinen Schluck und hoffte, dass mich der Kaffee vollends wach machen würde. Nicht jeder steckt es einfach so weg, dreißig Stunden fast nicht zu schlafen.

Janete redete ohne Pause. Ich hörte ihrem Vortrag weitere fünf Minuten zu und versuchte zu verstehen, worauf sie hinauswollte. Ich trommelte ungeduldig mit meinen Fingern auf meinen Oberschenkel, als mir plötzlich schwindelig wurde, ein lautes Summen meinen Kopf erfüllte und von meinem ganzen Körper Besitz zu ergreifen schien.

Ich stützte mich am Tresen ab und versuchte, den nächsten Stuhl zu fassen zu bekommen. Mein Blick kreiste durch den Raum, dann sah ich Janete in die Augen. In ihnen lag ein sadistisches Glühen, das ich zuvor noch nie bei ihr gesehen hatte. Mir wurde schwarz vor Augen, und bevor sie ganz aus meinem Blickfeld verschwand, fragte ich mit dünner Stimme: »Was hast du getan, Janete?«

26

Ich wachte auf, hielt meine Augen aber geschlossen. Seit dem Morgen, an dem ich meine Eltern verloren hatte, trug ich diesen Instinkt in mir, dass ich vor allem anderen erst einmal hören musste, was um mich herum passierte. Ich musste wissen, was mich erwartete, wenn ich meine Augen öffnete. Es war Vorsicht, gleichzeitig aber auch Angst.

Mein Kopf schien eine Tonne zu wiegen, und mein Mund schmeckte unangenehm bitter. Als ich versuchte, meine Arme zu bewegen, stellte ich fest, dass ich gefesselt war. Nach und nach kamen meine Erinnerungen zurück. Ich sah mich in Janetes Küche stehen und den von ihr vergifteten Kaffee trinken, registrierte ihren zynischen Blick, als ich mein Gleichgewicht verlor. Sie hatte Glück, dass sie mich gefesselt hatte, sonst hätte ich diese Heuchlerin auf der Stelle getötet.

Vorsichtig riskierte ich, mein rechtes Auge einen Spaltbreit zu öffnen, und sah Janete wenige Meter von mir entfernt aus dem Fenster blicken, während sie mir den Rücken zuwandte. Meine Augen, die ich jetzt ganz geöffnet hatte, wanderten durch das Zimmer: Ich lag auf dem Rücken in ihrem Bett, Hände und Füße waren an das Bettgestell gefesselt. Ich musste einsehen, dass ich keine Chance hatte. Immerhin hatte sie mir meine Kleidung nicht ausgezogen.

Erst jetzt wurde mir klar, wie intelligent Janete war. Zunächst hatte ich Zweifel an ihr und ihrer zerbrechlichen Art gehabt, aber später, geleitet von meinem Mitgefühl, hatte ich dann völlig ihr zweites Gesicht vergessen: das Gesicht des Bösen. Sie war kein Opfer. Janete hatte in ihrem Mann den perfekten Lehrmeister. Hinter ihrem zarten Äußeren verbarg sich eine geheime, ungeheure Grausamkeit, das widerliche Vergnügen, die barbarische Verbündete von Brandão zu sein.

Zudem kannte ich nach wie vor nur ihre Version der Verbrechen. Wer sagte mir, dass alles so geschehen war, wie sie es mir erzählt hatte? Wie viel Hass musste sie empfinden, in einer solchen Falle gefangen zu sein? Ich schaute mich um und versuchte, so viele Informationen wie möglich aufzunehmen, solange sie noch nicht bemerkte, dass ich aufgewacht war. Alles, was zählte, war, von hier wegzukommen.

Auf dem Nachttisch erblickte ich eine Flasche Rivotril. Ich hatte keine Ahnung, wie lange ich dort gefesselt war, aber die Wirkung des Medikaments ließ allmählich nach. Am Lichtschein, der durch das Fenster fiel, erkannte ich, dass es bereits dämmerte ... Angst erfüllte mich und vertrieb jeden Gedanken an eine Rettung. Ohne dass ich es wollte, zog mein Leben vor meinen Augen vorbei wie in einem schlecht geschnittenen Trailer – meine Mutter, mein Vater, mein Mann, meine Kinder, unsere Ehe, meine Träume, meine Karriere. Eine Träne lief mir übers Gesicht, und ich musste schniefen. Janete drehte sich sofort zu mir um.

»Guten Morgen, Verônica.«

Ihre Stimme klang ebenso nervös und ängstlich, wie ich mich fühlte. Das konnte ein Vorteil sein, wenn es mir gelang, die Kontrolle zu übernehmen. Janete blickte auf mich herab und lächelte mich an. Sie rieb mit den Händen ihre gekreuzten Arme und wippte von einem Fuß auf den anderen.

»Warten wir auf deinen mordenden Lehrmeister?«

»Halt den Mund, Verônica. Mein Fehler war es, dich überhaupt zu kontaktieren!«

Ich seufzte, erschöpft von der Litanei der geprügelten Ehefrau, die die Schuld bei sich suchte.

»Du kannst es einfach nicht sein lassen, mir die Schuld zu geben, oder? Kannst du überhaupt noch in den Spiegel schauen?«

Sie brach unmittelbar in Tränen aus. Ihr Körper zitterte, ihr Blick von mir abgewandt, sie vermied um jeden Preis, mich anzusehen. Wie eine im Käfig eingesperrte Löwin lief sie im Zimmer umher. Janete war eine tickende Zeitbombe. Meine einzige Chance war, dass die Splitter mich nicht zu sehr verletzten, wenn sie explodieren würde. Sie wischte sich mit den Händen übers Gesicht, streichelte ihren Bauch, ließ eine Hand dort ruhen.

Ihre Körpersprache ließ nur eine Schlussfolgerung zu, und so sagte ich: »Also, wie lautet dein Plan? Du bringst mich um und lässt zu, dass dein Kind aufwächst, während Vater und Mutter im Gefängnis sitzen?«

Sie machte einen schnellen Schritt auf das Bett zu und hielt mir ihren Zeigefinger unter die Nase.

»Von dir lasse ich mir mein Glück nicht kaputtmachen! Du bist so eine Anfängerin und hast nichts als Unglück in mein Haus gebracht. Du hast mich nach Strich und Faden angelogen. Ich muss dich loswerden!«

»Hältst du mich für so dumm hierherzukommen, ohne meinem Team zu sagen, wo ich bin?«, bluffte ich und tat dabei so gelassen, wie ich es selbst an meinen guten Tagen nur selten war. »Je länger ich hier bin, umso wahrscheinlicher ist es, dass sie schon auf dem Weg zu uns sind.«

Janete blickte mich mit großen Augen an und wich zaghaft

zurück, was mir einen Hauch von Hoffnung schenkte. Diese Möglichkeit hatte sie offenbar nicht in Betracht gezogen. Sie kniete sich neben das Bett, und innerhalb weniger Sekunden war ihr Hass der Resignation gewichen.

»Brandão hat sich verändert, die Dinge werden sich beruhigen«, sagte sie mit fester Stimme. »Er hat mir alles erzählt, alles ergibt jetzt einen Sinn. Sein Leben muss furchtbar gewesen sein. Das, was er zusammen mit seiner Großmutter und seiner Mutter durchmachen musste, hätte jeden aus der Bahn geworfen, aber ... Jetzt wird alles anders. Er wird bald Papa sein. Papa! Er ist ein neuer Mensch. Du musst mir glauben!«

»Ein neuer Mensch?«, erwiderte ich verächtlich. »Ein Kindheitstrauma ist kein Vorwand, jemanden zu töten, Janete. Dieser neue Mensch wird dein Kind missbrauchen, er wird dein wehrloses Kind foltern! Ist es das, was du willst?«

Sie richtete sich vor mir auf und sagte voller Stolz: »Brandão würde seinem eigenen Fleisch und Blut so etwas niemals antun! Wie dumm du bist, du verstehst gar nichts! Er wird diesem Kind die gleiche Hingabe widmen wie seiner Großmutter. Er wird dieses Kind lieben!«

»Glaubst du wirklich, dass dieser Blödsinn wahr ist?«

»Es ist die Wahrheit!« Ihre Augen sprangen ihr förmlich aus dem Gesicht, ihre Wangen glühten. »Du bist diejenige, die nur daran denkt, ihren Fall zu lösen, um berühmt und gefeiert zu werden!«

Der Mensch ist ein verdorbenes, egoistisches Wesen, er zieht es vor, sich einem Problem zu stellen, das er schon kennt, als mit Würde dem Unbekannten entgegenzutreten. Janete hatte nicht den Mut, sich von ihrem kriminellen Mann zu trennen, aber sie hatte den Mut, mich ihm zu opfern, damit er mich foltert. In ihrem wahnsinnigen Selbstbild war sie die Frau, die bereit war, alles dafür zu tun, um ihr eigenes elendiges Leben zu bewahren.

»Dann erklär es mir, Janete, hilf mir, es zu verstehen ... Brandão wird sich also über das Baby freuen, ein Baby, das den ganzen Tag schreit, für das du das Fläschchen vorbereiten und Windeln wechseln musst. Du wirst keine Zeit mehr für irgendetwas anderes haben, du wirst keine Zeit mehr für ihn haben. Und natürlich werden die monatlichen Ausgaben steigen ...«

»Sei einfach still, verdammt!«

»Wie viele Leben wird dein Glück noch kosten?«

Sie blickte mich stumm an und schluckte ihre Tränen hinunter. Sie weigerte sich anzuerkennen, dass ich recht hatte, und meine Aussichten verdüsterten sich weiter. Dann griff Janete nach einem Küchenmesser, das am Kopfende ihres Bettes lag. Ihre Finger zitterten, doch sie umklammerte das Messer mit festem Griff.

»Nur deines, Verônica«, sagte sie und legte die Klinge an meinen Hals.

Sie zögerte, atmete tief durch. Ich musste Kraft aufbringen, mich konzentrieren, um weiterzuargumentieren. Ein falscher Satz, und ich würde jämmerlich in ihrem Bett verbluten. Ohne einen Muskel zu bewegen, versuchte ich, mich, so gut ich konnte, zu verteidigen.

»Wenn du jetzt zustichst, stürmen meine Leute das Haus.«

Janete überlegte ein paar Sekunden, legte dann das Messer beiseite und suchte meinen Körper ab. Sie fand mein Handy in der Hosentasche und schleuderte es gegen die Wand. Ich zwang mir ein Mona-Lisa-Lächeln ab, während ich mein zerstörtes Telefon auf dem Boden betrachtete.

»Du bist genauso eine Mörderin wie dein Mann. Nur dass du noch kleinlicher und inkompetenter bist. Die Wanze ist nicht in meinem Handy, Janete.« Meine Entschlossenheit überraschte sie. Ich schüttelte den Kopf, damit ihr Blick auf meine Ohrringe fiel. Sollte ich Janete glauben machen können, ich trüge solche Ohrringe, wie ich sie ihr gegeben hatte, dann hatte ich einen Plan. Sie folgte meinem Blick und verstand schließlich meine Botschaft: Ohne etwas zu sagen, nahm sie mir meine Ohrringe ab und begann, sie aufmerksam zu untersuchen.

»Kollegen ...«, rief ich schnell, bevor sie meinen Schmuck noch eingehender untersuchen konnte.

Erschrocken lief sie ins Bad und warf meine Ohrringe in die Toilette, unmittelbar darauf hörte ich das Rauschen der Spülung. Mit einem verlorenen Ausdruck kam sie zurück ins Schlafzimmer.

»Jetzt können wir uns endlich unter vier Augen unterhalten«, sagte ich. »Wir haben nicht viel Zeit. Es wird nicht lange dauern, bis sie hier sind, und du wirst das Gespräch mit meinem Vorgesetzten fortsetzen müssen.«

»In deinem Brief ...«, sagte sie leise, fast kapitulierend. »Du hast geschrieben, dass du eine endgültige Lösung hast ... Was wolltest du mir damit sagen?«

Endlich hielt ich das Heft wieder in der Hand, musste jedoch gut aufpassen, um jemals lebend hier herauszukommen.

»Wenn du jemanden töten willst, dann Brandão. Ich helfe dir.«

Mein Vorschlag hatte die Wirkung wie ein Schuss in Janetes Brust. Erschrocken und aufgewühlt verließ sie das Zimmer und ließ mich verzweifelt auf dem Bett zurück. Ich war mir sicher, dass sie ihren Mann anrufen würde, um ihm zu erzählen, was sie getan hatte, mit der Gewissheit, dass er ihr verzeihen würde. In ihren Augen war das Kind der Schlüssel, der sie schützte.

Es dauerte mehrere Minuten, ehe sie zurückkam, in ihren Händen hielt sie die zu einem kleinen Knäuel zusammengewickelte Schürze. Leise weinend setzte sie sich neben mich auf die Bettkante.

»Wenn ich ihn umbringe, lande ich im Gefängnis«, sagte sie so leise, dass ich sie kaum hörte.

»Es gibt einen Weg, wie du ihn loswerden kannst, ohne je entdeckt zu werden«, antwortete ich. »Wir können das aber nur zu zweit machen. Ich werde dir etwas Strychnin besorgen. Wenige Tropfen in seinem Essen reichen schon aus, um deinem Albtraum ein Ende zu bereiten. Und du kannst die Mutter sein, von der du immer geträumt hast.«

»Aber sie werden herausfinden, dass er vergiftet wurde, und ich werde ins Gefängnis gehen müssen.«

»Ein guter Freund von mir arbeitet in der Gerichtsmedizin. Er wird bescheinigen, dass Brandão eines natürlichen Todes gestorben ist. Niemand wird je etwas erfahren, Janete«, sagte ich mit einer Sicherheit, die ich selbst noch nicht spürte.

Mit den Aufzeichnungen der Kameras bei Gregório könnte ich Prata dazu bringen, einen falschen Bericht auszustellen. Ich könnte einen Fall mit der Lösung eines anderen aufklären, wunderbar. Ein meisterhafter Abgang, schachmatt.

»Ich werde wissen, dass ich den Vater meines Kindes getötet habe! Die Schuld wird auf mir lasten ... Wie soll ich nur damit umgehen?«

»Sperr sie in die gleiche Schublade, in die du schon die Schuld am Tod von so vielen Frauen gesperrt hast. Paloma zuliebe ... Du bist kein schlechter Mensch, Janete.«

Sie wurde bleich. Das war die Bestätigung, dass ich tatsächlich gehört hatte, wie Paloma brutal ermordet worden war. Janete nahm erneut das Messer in die Hand, und ich gab auf.

Es würde keine Sondereinheit kommen, es war kein göttlicher Beistand in Sicht: Hier sollte es also für mich enden.

Doch dann begann sie, meine Fesseln aufzuschneiden. Ich rieb meine Handgelenke und Knöchel, um die Durchblutung anzuregen. Wie gern hätte ich erst Janete und dann Brandão umgebracht und später auf Notwehr plädiert. Was für eine Befriedigung hätte es mir verschafft, dieses widerliche Arschloch hier in seinem Haus zu erledigen. Aber so grausam war ich nicht. Dennoch, mein Plan wäre perfekt gewesen.

Ich stand vom Bett auf und griff nach meinem Handy. Der Bildschirm war oberflächlich kaputt, aber ich konnte es noch benutzen, bis ich ein neues haben würde. Ich steckte es mir wieder in die Tasche.

»Spätestens morgen bringe ich dir das Gift«, sagte ich, als ich zum Abschied gegen die Schlafzimmertür klopfte.

Mit zitternden Beinen verließ ich das Haus. Ich setzte mich ins Auto und fuhr, bevor die Wirkung des Adrenalins nachlassen würde. An der nächsten Ampel hatte ich den Eindruck, an Brandãos Corsa vorbeigefahren zu sein, und seufzte erleichtert auf. Das war knapp gewesen. Ich zitterte, nahm mein Handy und überlegte, wem ich die erste Nachricht schicken sollte – Nelson oder Paulo. Besser meinem Mann zuerst, entschied ich und schrieb ihm, dass ich auf dem Weg nach Hause war. Doch nur wenige Augenblicke später bekam ich eine Antwort von ihm, worin er mir mitteilte, dass er überraschend doch länger in Rio bleiben und erst am nächsten Tag nach São Paulo zurückfliegen würde. Immerhin musste ich mir so keine Ausreden für ihn zurechtlegen.

Ich fuhr direkt zum Institut der Gerichtsmedizin. Mit meinem Ausweis war es nicht schwer, Gregório zu finden. Er saß in einem klassischen alten Büro, mit einem alten Computer und allerlei Laborinstrumenten. Ich fühlte mich erschöpft, mit dunklen Ringen unter den Augen, aber das war jetzt egal. Ich klopfte an die Tür und trat ein, ohne auf seine Antwort zu warten. Der Ausdruck des Erstaunens in seinem Gesicht brachte meine gute Laune zurück.

»Vera? Du widerliches Miststück! Wo sind meine Sachen? Ich rufe die Polizei«, rief er und hielt meinen Arm, dabei zog er ein nagelneues Handy aus der Tasche seiner Schürze.

»Du hältst dich für besonders schlau, nicht wahr, Gregório Duarte?«, erwiderte ich mit einem Lächeln. »Ich *bin* die Polizei, du Arschloch. Ich weiß alles über dich ...«

Er ließ seine Hand sinken und blickte mich zweifelnd an.

»Was ist los, Kleiner, hat es dir die Sprache verschlagen? Du ekelhaftes nekrophiles Stück Scheiße!«

»Wer bist du? Lass mich in Ruhe!«

»Ich glaube, du wirst jetzt keine Anzeige mehr erstatten, oder?«

Es tat so gut, die Maus in ihrer Falle ums Überleben kämpfen zu sehen. Gregório drehte mir den Rücken zu und versuchte, mich zu ignorieren. Ich nahm mein Handy und suchte die richtige Stelle der Aufnahme heraus, die Szene, in der er seinen Schwanz in den Mund der Toten schob.

»Schauen wir uns einen kleinen Film an?«

Ich hielt ihm das zersprungene Display entgegen. Als er sich umdrehte, hatte er sich vollkommen verwandelt. Wie ein Tier kam er auf mich zu, versuchte, mir das Gerät aus der Hand zu nehmen. Ich wehrte ihn ab und drehte ihm seinen Arm auf den Rücken, unsere Gesichter waren nur wenige Zentimeter voneinander entfernt.

»Ich gebe dir die Aufzeichnung nur, wenn du mir zuhörst ...«, flüsterte ich.

Gregório wischte sich den Schweiß von der Stirn.

»Was willst du noch von mir?«

»Du meinst, außer dir deinen schmierigen Schwanz abzureißen ... Abgesehen davon gebe ich mich mit ein bisschen reinem Strychnin zufrieden. Ich gebe dir eine halbe Stunde.«

»Oder was? Willst du mich anzeigen? Willst du ihnen erzählen, dass du mich unter Drogen gesetzt und ausgeraubt hast?«

»Vielleicht. Willst du das Risiko wirklich eingehen?«

»Warum glaubst du, dass ich das Gift hier im Institut auftreiben kann?«

»Ich bin mir sicher, dass dir eine Lösung einfällt.«

»Ach, wirklich? Es ist doch viel einfacher, Rattengift aufzutreiben, das Strychnin enthält.«

»Dabei ist es aber schwierig, die richtige Menge zu berechnen. Du bist schlau, Gregório, dir gelingt es sicherlich, eine kleine Menge aufzutreiben, die du für eine Analyse oder eine andere Probe benötigst. Wenn ich nicht umgehend das bekomme, was ich brauche, mein Süßer, landet dieses Video in den sozialen Netzwerken, und ich überlasse dich deinem Schicksal. Ich bin mir ehrlich gesagt nicht so sicher, ob du das überlebst ... Zumindest deine Karriere als Arzt wird den Bach runtergehen. Das immerhin kann ich dir garantieren.«

»Wozu um alles in der Welt brauchst du Strychnin? Wer garantiert mir, dass du mich nicht noch einmal verarschst?«

»Im Leben gibt es keine Garantien, mein Hübscher. Tu es oder lass es bleiben. Oh, und bevor du auf irgendwelche dummen Gedanken kommst, solltest du wissen, dass ich nicht allein bin, dass es noch eine Kopie dieses Videos gibt. Also, wie lange brauchst du?«

Eine Stunde später verließ ich die Gerichtsmedizin mit einem Fläschchen Strychnin in der Tasche. Sogar meine Müdigkeit war verschwunden. Sieg auf der ganzen Linie. Um neunzehn Uhr hielt ich an einer Telefonzelle an und wählte Janetes Nummer. Wenn Brandão abnehmen würde, würde ich auflegen. Ich hatte Glück.

»Ich habe das Zeug«, sagte ich. »Wir treffen uns in einer Stunde in Tinas Imbiss.«

Erleichtert hängte ich den Hörer ein. Endlich, nach all dem Schrecken, deutete alles auf ein glückliches Ende hin. Marta Campos wurde gerächt, ich fühlte mich wie neugeboren, und Janete würde ihr eigenes, selbstbestimmtes Leben führen können. Ich parkte in der Nähe des Imbisses, wo Janete bereits ungeduldig auf mich wartete.

»Brandão wird jeden Augenblick nach Hause kommen.«

»Perfekt. Du kannst es schon heute vollenden.«

Ohne zu zögern, drückte ich ihr das Fläschchen mit dem Gift in die Hand. Zögernd blickte Janete auf das Etikett.

»Ich weiß nicht, ob ich den Mut dazu aufbringen werde, Verônica.«

Ich machte einen weiteren Schritt auf sie zu und legte meine Hand diskret auf ihren Bauch, als würde ich versuchen, die Bewegungen ihres Babys zu spüren.

»Erinnere dich, dass du nicht nur für dich handelst. Du musst dich und dein Kind verteidigen.«

»Aber er ist doch der Vater!«

»Brandão ist ein Monster«, erwiderte ich mit Nachdruck. »Du hast keine andere Wahl – du oder er. Töten oder getötet werden. Es ist allein deine Entscheidung, nur deine, Janete.«

Ich drehte mich um und verließ sie, ohne noch einmal zurückzuschauen.

27

Vorsichtig tritt Janete durch die Haustür. Ihre Beine zittern, aber sie beherrscht sich und hebt den Kopf auf eine selbstsichere Art, wie sie es nur selten tut. Auf dem Sofa sitzt Brandão und schaut Nachrichten, in seiner Hand ein Glas Whisky. Mit einem gefährlichen Lächeln sieht er sie an.

»Warst du spazieren, Vögelchen?«

»Ich wünschte, ich wäre es«, erwidert sie rasch. »Mein Blutdruck war so niedrig, dass ich zur Apotheke gegangen bin, um ihn prüfen zu lassen ... Zum Glück war es nur ein kurzer Schwächeanfall.«

Sie legt ihre Handfläche auf die Stirn und versucht, so erschöpft wie möglich zu gucken. Brandão steht auf und gibt ihr einen Kuss, legt seine Arme um sie, seine Zunge berührt ihr Ohr, und sie erschaudert vor Erregung.

»Wo ist mein Abendessen?«, flüstert er dann und berührt mit seinen Lippen ihre Ohrläppchen.

»Ich kümmere mich sofort darum. In zwanzig Minuten können wir essen.«

Sie löst sich aus seiner Umarmung und geht mit schnellen Schritten in die Küche. Ihr explodiert beinahe das Herz in der Brust, eine Mischung aus Leere und Angst erfüllt sie. Sie darf ihm nicht zeigen, wie es in ihr aussieht. Schnell öffnet sie den Kühlschrank und nimmt die bereits von ihr vorbereiteten Zutaten heraus – geschnittene Paprika und Zwiebeln, Hackfleisch, Bohnenpaste, Tomatenmark. Während sie alles nacheinander schmort und Tabasco und Kreuzkümmel hinzugibt, denkt sie über die letzten Monate nach. Sie muss jetzt die richtige Entscheidung treffen.

Mit der rechten Hand rührt sie das Fleisch in der Pfanne um, in der linken Hand hält sie die kleine Flasche, die Verônica ihr gegeben hat. *Eine Polizistin, die mir hilft, ihn zu töten ... In meinem Leben läuft alles verkehrt*, denkt sie. *Sieh nur, worauf du dich eingelassen hast.* Stille erfüllt die Küche, obwohl sie aus dem Wohnzimmer die Stimme der Wetterfrau hört, die vor einer Kaltfront warnt, die schon bald den Großraum São Paulo erreichen wird.

Die Zeiger der Küchenuhr bewegen sich. Sie wartet darauf, dass das Fleisch gar wird, und betrachtet in der Zeit die kleine Flasche mit dem Gift. Sie sieht so harmlos und unscheinbar aus. Wenn alles gut geht, wird sie schon bald die lang ersehnte Ruhe haben und ein normales Leben mit ihrem Kind führen können. Bis sie den Mut aufbringt, den letzten Schritt zu machen, stellt sie das Fläschchen zwischen die Gewürze ins Regal. Cayennepfeffer, Chili, Jalapeños, Koriander, Strychnin ... Der Gedanke, wie ihr Rezept im Fernsehen gekocht wird, amüsiert sie. *Ein mörderisches Chili!* Sie lächelt.

»Worüber lachst du, Vögelchen?«

Er kommt zu ihr in die Küche. Rasch antwortet sie: »Ich habe an unser Kind gedacht, an unser Glück.«

»Und ist das Essen bald fertig? Es riecht wunderbar ...«

Sie nickt und hofft, dass ihm das Fläschchen mit dem Strychnin nicht auffällt, denn es sieht anders aus als die übrigen Gewürze. Außerdem hat die Flasche keinen Aufkleber. Wenn er das Gift entdeckt, ist sie verloren.

»Setz dich schon mal, das Essen kommt gleich.«
»Okay, *Mami*. Ich habe Kohldampf.«

Brandão küsst ihren Hals und geht zurück ins Wohnzimmer. Sie seufzt erleichtert auf und steckt die Flasche schnell in ihre Tasche. Sie weiß nicht mehr, welche Entscheidung die richtige ist. Dabei zuzusehen, wie ihr Ehemann diese Mädchen foltert, ist etwas ganz anderes, als ihn mit ihren eigenen Händen umzubringen. Ihre Entscheidung, ihre Verantwortung ... Wie kann sie Gott noch unter die Augen treten, wenn sie den Vater ihres eigenen Kindes vergiftet? Den Mann, den sie liebt – und hasst. Niemand wird ihr vergeben. Selbst wenn es nie jemand herausfinden würde, *sie* würde es sich nie verzeihen können.

Während die rote Soße im Topf köchelt und weiter eindickt, denkt sie nach. Sie deckt den Tisch, blickt zur Mutter Gottes vom Haupte auf ihrem Altar und fleht um Hilfe. Sie weiß, dass die Heilige ihr keinen Beistand dabei leisten wird, einen Mord zu begehen. Nach allem, was sie erlebt hat, hat sie viel von ihrem Glauben verloren. *Töten oder getötet werden*, hatte Verônica gesagt. *Es ist allein deine Entscheidung, Janete.*

Sie spürt das Kind in ihrem Leib und geht entschlossen zurück in die Küche. Sie gibt etwas Paprika und Bohnenpaste in die Pfanne und öffnet die Flasche mit dem Strychnin. Ein weißes, geruchsloses, bitteres Pulver. Die Schärfe und der Pfeffer werden den Geschmack überdecken. Es ist an der Zeit, sich von allem Bösen zu befreien, Amen. Janete hält die Flasche über den Topf mit der Soße, aber kurz bevor das Pulver herausrieselt, hält sie inne und denkt an das Kind, das sie in sich trägt.

Aufgewühlt stützt sie sich auf die Arbeitsfläche. In ihr wächst ein neues Leben heran, ein Zeichen der Mutter Gottes. Das muss bedeuten, dass sie den Vater ihres Kindes nicht töten darf. Nicht ohne ihm die Chance zu geben zu beweisen, dass er ein besserer Mensch geworden ist. Während Verônica meint, dass jegliche Veränderung unmöglich sei, überzeugt sie ihr Herz vom Gegenteil. Brandão hat das Recht, Vater zu sein. Nach all dem Bösen, was ihm in seinem Leben widerfahren ist, hat er das Recht, glücklich zu sein.

Sie verschließt das Fläschchen und hofft, es nie wieder öffnen zu müssen. Sie nimmt den Käse aus dem Kühlschrank, schneidet ihn in dünne Scheiben und legt den Deckel auf den Topf mit dem Chili. Am Tisch wartet ihr Mann bereits mit dem Besteck in den Händen. Sie serviert ihm einen Teller und freut sich, dass er mit so großem Appetit ist.

»Schmeckt es dir?«

»Es ist köstlich. Was genau ist da drin? Es ist scharf, aber sehr lecker. Auf den Punkt genau!«

»Ich wollte für ein bisschen Abwechslung sorgen. Ich wusste, dass es dir schmecken würde.«

Brandão leert seinen Teller, und sie füllt ihn noch einmal auf. Wenn sie den Mut gehabt hätte, wäre es so leicht gewesen, ihn zu töten –, sie möchte überhaupt nicht daran denken. Dieser Gedanke gehört der Vergangenheit an. Verônica kann sie nicht dazu zwingen, ein Verbrechen zu begehen. Und wenn sie sie noch einmal bedrängen sollte, kann sie ihren ungeheuren Vorschlag, den sie zu allem Überfluss sogar beinahe in die Tat umgesetzt hätte, gegen sie verwenden. Als Beweis wird ihr die Flasche mit dem Gift dienen.

Während er seinen zweiten Teller leert, geht Janete in die Küche, um den Nachtisch zuzubereiten: Pfirsich in Sirup mit einer extra großen Portion Sahne. Sein Lieblingsdessert. Der süße Duft bereitet ihr Übelkeit, gleichzeitig spürt sie die Erleichterung, dass sie die richtige Entscheidung getroffen hat. Sie serviert ihrem Mann den Nachtisch und trägt das schmutzige Geschirr auf einem Tablett in die Küche.

»Heute Abend hast du dich selbst übertroffen, mein Vögelchen«, sagt er und gibt ihr zwei feste Schläge auf den Po. »Ich bin in so guter Laune, dass wir direkt versuchen sollten, ein neues Dienstmädchen zu finden, meinst du nicht?«

Janete gefriert das Blut in den Adern. Ihr erscheint es, als gefriere alles um sie herum.

»Was meinst du damit, Liebling, lass uns doch lieber ins Schlafzimmer gehen ...«, erwidert sie in dem Wissen, dass sie ihn nicht umstimmen wird. Sie versucht es zu verhindern, aber dennoch bricht sie in Tränen aus. Sie stützt ihre Ellbogen auf den Tisch und versteckt ihren Kopf zwischen den Armen. »Bitte ...«

»Stell dich nicht so an. Dieser Abend verdient einen ganz besonderen Abschluss! Es ist schon wieder eine ganze Weile her, dass wir unseren Spaß hatten, komm schon!«

Sie hebt den Blick und schaut in die kalten Augen ihres Mannes.

»Brandão, du hast es mir versprochen ...«

»Nichts habe ich dir versprochen! Du hast geschworen, dass du mich nicht verurteilen würdest, dass deine Liebe zu mir bedingungslos ist!« Er nimmt sie voller Zuneigung in die Arme. Er küsst ihre Stirn, schaut sie liebevoll an. Leise flüstert er: »Du hast bereits bewiesen, dass du mich verstehst. Du bist meine Seelenverbündete, Vögelchen. Ich habe dir Dinge erzählt, die ich niemals jemand anderem erzählen werde.«

»Oh Gott, du hast alles falsch verstanden!«

»Was meinst du damit? Hast du mich angelogen, als du gesagt hast, du würdest mir vertrauen?«

Er hält sie weiterhin fest in seinen Armen, aber seine Hände wandern langsam über ihren Körper, greifen nach Janetes Hals und drücken ihn immer weiter zu. Janete schnappt nach Luft, versucht zu atmen. Ohnmächtig vor Angst ist ihr einziger

Gedanke der an ihren Vater. Er hatte recht. Im Leben versteht jeder nur das, was er verstehen will, oder das, wozu er zu verstehen in der Lage ist. Doch dann kapituliert sie.

»Natürlich verstehe ich dich, mein Schatz, natürlich. Ich hatte nur gedacht, wir hätten andere Pläne für den Abend ...«

Er lächelt sie an wie ein Kind, dem gerade eine Süßigkeit versprochen wurde.

»Dann bist du bereit? Der Abend ist perfekt! Ich kann mich morgen sogar noch erholen, bevor ich am Wochenende wieder meine anstrengenden Schichten habe. Los, mach dich fertig!«

Sie geht in ihr Zimmer, spürt, dass sie auch noch den letzten Rest Selbstachtung verloren hat. Sie war so dumm, so naiv, so voreilig. Sie hat ihre Gelegenheit verpasst, all das hier zu beenden. Dass sie gezögert hat, wird nun ein weiteres Leben kosten.

Sie steht vor dem Kleiderschrank und überlegt, was sie in dieser Nacht, deren Ende nicht abzusehen ist, anziehen soll. Sie weint, zieht ihre Jeans aus, dann ihre dunkle Bluse. Jetzt versteht sie den Unterschied: Es ist besser, einen Schuldigen zu töten als einen Unschuldigen. Da der Tod sie ohnehin durch ihr Leben begleitet, musste sie nur die Wahl treffen, an wem sie sich lieber die Hände schmutzig macht. *Ich kann immer noch das Leben einer Frau retten*, denkt sie, als sie das kleine Fläschchen mit dem Gift aus ihrer Hose zieht und in ihren BH steckt.

Wortlos steigt sie ins Auto. *Alles wird gut*, wiederholt sie für sich wie ein Mantra, und es gelingt ihr tatsächlich, ruhig zu bleiben. Sogar, als sie eines der vielen Mädchen am Busbahnhof anspricht. Sie heißt Cícera. Janete spult mechanisch ihre Routine herunter, aber dieses Mal spürt sie eine eisige Kälte, die nicht zu vertreiben ist. Mit verbundenen Augen geht sie wieder und wieder ihren Plan durch: Wenn Brandão das Mädchen aus dem Kofferraum holt, wird sie das Gift in den Kaffee schütten. Wenn ihr Mann dann seine Großmutter besucht, befreit sie Cícera, und sie werden gemeinsam fliehen. Natürlich besteht die Gefahr, dass auch seine Großmutter von dem Kaffee trinken und sterben wird, aber zum Teufel damit. Sie vereint ihr gemeinsames Schicksal.

Wenn Verônica recht hat, wirkt das Gift nach ungefähr fünfzehn Minuten. Er wird länger brauchen, um zum Haus der Großmutter zu gehen und wieder zurückzukommen. Die Wirkung des Gifts wird ihn schnell außer Gefecht setzen, und er wird zusammen mit dieser schrecklichen Indianerin sterben. Die beiden friedlosen Wesen, von Krämpfen geplagt, schauerlich nebeneinander auf dem Boden liegend, zuckend, bis sie schließlich aufhören zu atmen. Janete empfindet weder Trauer noch Reue.

Als sie aussteigt, hält er sie am Arm fest.

»Heute verzichten wir auf die Augenbinde. Du hast meinen Käfig gesehen, jetzt sind wir gemeinsam darin gefangen.«

Er führt sie, als begleite er sie zum Traualtar. Unter dem weiten Sternenhimmel gehen sie zur Luke, und gemeinsam steigen sie die Treppe hinunter. Janete setzt sich auf den alten roten Samtsessel. Sie nutzt die Gelegenheit, um sich umzuschauen und die Arbeitsfläche zu begutachten, wo die Kaffeemaschine steht. Sie rechnet aus, dass sie keine Minute brauchen wird, um ihren Plan umzusetzen.

»Die Kiste, Vögelchen!«

Gehorsam reckt Janete ihren Hals und setzt sich die Kiste auf. Als ihr Kopf von Dunkelheit umgeben ist und sie das Klicken der Verriegelung hört, zeichnet sich auf ihren Lippen ein Lächeln der Rache ab. Ein letztes Mal. Brandão ist so einfältig, sie nie zu fesseln. Er glaubt immer noch, sie sei die unterwürfige Janete, die sie noch vor Monaten gewesen ist. Das wird er später bitter bereuen.

Sie zählt die Minuten, hört das Kaffeewasser brodeln und ihren Mann die Treppe hinaufsteigen. Als sie die Luke hört, weiß sie, dass jetzt der Augenblick des Handelns gekommen ist. Sie muss schnell sein. *Klick, klick.* Sie öffnet die Kiste und legt sie auf dem Sessel ab. Mit zitternden Händen zieht sie die Flasche aus ihrem BH hervor und öffnet den Deckel. Das weiße Pulver rieselt in die Kaffeemaschine. In weniger als zwanzig Sekunden sitzt sie wieder auf dem Samtsessel und setzt sich die Kiste auf den Kopf. *Klick, klick.*

Erleichterung erfüllt sie. Sie weiß nicht, wie lange sie warten muss, bis Brandão zurückkommt. Es erscheint ihr ewig, aber sicher ist es nur die Angst, die ihr einen Streich spielt. Dann hört sie ihren Mann die Treppe herunterkommen, Cícera auf dem Arm. Das Mädchen weint, bettelt um ihr Leben, nicht einmal das Klirren der Ketten kann die Verzweiflung in ihren Schreien übertönen. Unerschütterlich vollbringt Brandão sein Ritual: Er zieht das Mädchen an den Haken in die Höhe, nimmt die Kaffeekanne und lässt die schwere Luke von außen zufallen.

Janete wartet weitere zehn Minuten, damit sie ihren Plan sicher ausführen kann. *Klick, klick.* Sie nimmt die Kiste ab. Cícera schwebt in der Luft, mit Haken und Ketten unter der Decke gefangen wie ein geopferter Vogel. Beruhigend hebt Janete ihre Hände, gibt dem Mädchen ein Zeichen, dass sie Geduld haben müsse, aber Cícera weint und stöhnt leise weiter. Janete bringt den Tisch in Position, läuft zu den Haken an der Wand, wo die Ketten befestigt sind, und lässt das Mädchen langsam herabschweben. Sie handelt ohne Furcht, obwohl ihr ganzer Körper von einem unbändigen Kribbeln erfasst wird. Ihr Mann müsste jetzt schon tot sein.

Sie hat bereits die meisten der fiesen kleinen Haken, die in der Haut des Mädchens stecken, gelöst, als sie hört, wie mit lautem Scheppern die Luke über ihr aufgerissen wird. Wie von Sinnen stürmt Brandão in den Bunker. Aus jeder Pore seines Körpers trieft der Hass. Panisch blickt sich Janete um, versucht zu entkommen, doch schon ist er bei ihr, reißt ihr so fest an den kurzen Haaren, dass er lose Haarbündel in der Hand hält. Sie versucht, etwas zu sagen, sich zu entschuldigen, aber Brandão ist taub vor Wut. Er schlägt ihr ins Gesicht, tritt ihr in den Bauch, lässt seinen ganzen Hass an ihr aus.

Sie krümmt sich zusammen, macht sich klein, versucht, Kraft zu gewinnen, um sich zu befreien, sich aus den Krallen des Monsters zu lösen, aber schon nach wenigen Sekunden ergreift er sie wieder und schleift sie über den kalten Boden wie eine alte Puppe. Dann schleudert er sie zurück auf ihren Sessel. Genau so fühlt sie sich: alt und gebraucht. Ihre Knochen brennen, in ihrem Kopf dreht es sich, sie verteidigt sich nicht einmal mehr. Während seine Schläge auf sie einprasseln, versucht sie zu verstehen, was passiert ist. Die Schlussfolgerung ist so erschütternd wie einfach: Brandão kocht den Kaffee nur für seine Großmutter. Janete war davon ausgegangen, dass er den Kaffee zusammen mit der alten Frau trinken würde, aber anscheinend hatte sie sich geirrt. Die alte Indianerin war wahrscheinlich schon tot, aber er war hier, lebendig und voller Hass.

Vom Entsetzen betäubt lässt Janete es zu, dass ihr Mann sie an Händen und Füßen an den Sessel fesselt. Wenn Brandão sie berührt, fühlt sich seine Haut kalt an, so kalt wie das Metall der Ketten. Er löst sich von ihr und lässt all seine Wut an Cíceras Körper aus. Er sticht die Haken wieder in die Haut an ihrem Rücken und zieht sie mit einer solchen Brutalität unter die Decke, als würde er keinen Menschen, sondern lediglich einen Gegenstand am Haken in die Höhe ziehen. Wie ein Vogel fliegt Cícera an den unter der Decke verlaufenden Schienen durch den Raum und wird dabei schneller und schneller. Das arme Ding schreit vor Schmerz, Blut strömt aus jeder ihrer durchstochenen Wunden. Janete weigert sich, diesem makabren Schauspiel zuzusehen, und schließt die Augen. Die Kiste war besser – ihre Vorstellungskraft hatte nicht ausgereicht, um sich das auszumalen, was Brandão mit all den Mädchen machte.

Cícera schreit, bis sie das Bewusstsein verliert. Janete aber hört, wie Brandão das Wiegenlied »Acalanto para Helena« singt, während er sich beruhigt, und sie spürt den Moment, in dem das Mädchen stirbt. Eine brutale Stille erfüllt den gesamten Raum und tritt an die Stelle der schmerzerfüllten Schreie nur wenige Sekunden zuvor. Es ist grausam, aber Janete hat keine Zeit zu leiden. Brandão lässt schon die Ketten los und geht zu dem metallenen Tisch, nimmt einen Stift. Ohne ein Wort zu sagen malt er einen schwarzen Punkt auf Janetes Kinn. Sie versteht nicht, was diese Markierung bedeutet, und macht sich vor Angst in die Hose.

Die warme Flüssigkeit läuft ihre zitternden Beine entlang, während Brandão die Kiste auf ihren Kopf setzt. In der Dunkelheit betet sie ein Vater Unser und ein Ave Maria. Sie spürt, wie von oben eine zähe Flüssigkeit durch die kleinen Öffnungen der Schachtel dringt und ihr Haar benetzt, wie sie sich über ihren ganzen Körper ausbreitet und bis zu ihren nackten Füßen hinunterfließt. Der unverkennbare Geruch von Kerosin. Sie bittet Gott, dass es schnell vorübergehen möge. Sie hat den Wunsch, sich über den Bauch zu streicheln – *gebenedeit sei die Frucht deines Leibes* –, aber die Fesseln verhindern es. Sie kann sich nicht einmal von ihrem Kind verabschieden.

Das alles passiert so unglaublich schnell. Sie hört das Ratschen eines Feuerzeugs, das Knistern der Funken, und schon im nächsten Augenblick verschlingen die Flammen bereits ihre Kleidung und ihren Körper. Ihre Tränen verdunsten so schnell, dass sie ihr nicht einmal über ihre Wangen laufen können. Sie atmet den Rauch ein, und an der Schwelle zur Bewusstlosigkeit riecht sie noch ihr verbranntes Fleisch.

Bevor ihr Leben mit dem Kopf in der Kiste zu Ende geht, denkt Janete einen letzten Gedanken: Ich bin in der Hölle angekommen.

28

Ich musste nicht lange zögern, um diesem Tag den Titel »Schwarzer Donnerstag« zu verleihen. Nach allem, was passiert war, fühlte es sich merkwürdig an, ins »traute Heim« zurückzukehren und dort festzustellen, dass noch all die Sorgen der Hausfrau und Mutter auf mich warteten, angefangen mit dem Chaos im Wohnzimmer und den auf dem Boden verstreuten Spielsachen von Lila. Der Gedanke traf mich wie eine Ohrfeige: *Die Kinder – scheiße!*

Rafa und Lila waren bei Dona Bela, meiner Schwiegermutter. Ich hatte keine Ahnung, wie viele Tage sie schon dort waren. Paulo hatte seinen Aufenthalt in Rio immer wieder verlängert, und ich hatte versprochen, sie abzuholen: Dieses Versprechen war allerdings unter meinen ganzen Aufgaben und Pflichten untergegangen. Mein Kopf meldete sich mit einem heftigen Brummen zurück. Ich ließ mich aufs Sofa fallen, und während ich meine Schuhe auszog und mir die Füße massierte, rief ich Dona Bela an. Sie ging so schnell ans Telefon, dass ich vor Erstaunen begann zu stottern.

»Do... Dona B-Bela, entschuldige, Paulo hat mir gerade erst geschrieben, und ich habe komplett vergessen, dir Bescheid zu sagen. Er kommt erst morgen aus Rio zurück, und ich bin immer noch im Kommissariat ...«

»Glaubt ihr eigentlich, ich hätte kein Leben?«, unterbrach sie mich. »Glaubt ihr, dass ich rund um die Uhr zu eurer Verfügung stehe? Bin ich von Beruf Oma, oder was?«

»Dona Bela, reg dich bitte nicht auf.«

»Ich habe auch meine Termine, meine Verabredungen, Verônica. Ich bin alt, aber ich bin nicht tot.«

»Morgen früh kommt dein Sohn, und du bekommst deinen Alltag zurück.«

»Meinen Alltag?« Meine Schwiegermutter schnaubte, wobei sie mit ihrer Abneigung gegen mich nicht hinterm Berg hielt. »Du bist eine schreckliche Mutter, das bist du, Verônica, und meine Aufgabe ist es nicht, mich rund um die Uhr um deine Kinder zu kümmern! Am Samstag werden wir ein ernsthaftes Gespräch führen.«

»Am Samstag?«, frage ich und verstand nicht, worauf sie hinauswollte.

»Samstagmorgen ist Rafas Wettkampf. Du hast es vergessen, nicht wahr?«

»Natürlich nicht«, log ich. Ich hatte es tatsächlich vergessen. Dabei war Schwimmen für meinen Sohn das Wichtigste auf der Welt. »Ich muss los, Dona Bela. Danke, dass du noch mal einspringen kannst.«

»Es ist eine Frage des Respekts«, entgegnete sie mir, ohne auch nur die geringste Absicht, unser Gespräch zu beenden. »Du respektierst mich nicht, ihr behandelt mich, als wäre ich nichts als eine lästige Verpflichtung ...«

Ohne ihr zuzuhören, ließ ich weitere fünf Minuten ihre Tiraden auf mich einprasseln. Ich beherrschte mich, hielt mich zurück, während sie über mich und die Erziehung meiner Kinder schimpfte, schließlich brauchte ich sie, brauchten wir sie. Als ich endlich auflegen konnte, sah ich im dunklen Display mein Spiegelbild. Ich sah das bedrückte Gesicht einer

Frau, die wusste, dass sie einen Fehler gemacht und keine Ausreden mehr hatte, nicht einmal gegenüber sich selbst. Mein Körper und mein Geist begannen, sich über die Belastung der vergangenen Wochen zu beklagen.

Obwohl ich es nicht erwarten konnte, einfach nur ins Bett zu fallen, gönnte ich mir den Luxus einer langen heißen Dusche. Als das Wasser meinen Rücken hinunterfloss und der Dampf die Duschwand beschlug, gelang es mir endlich, wieder einen klaren Kopf zu bekommen. Nachdem ich beinahe in den Fängen von Janete gestorben war, musste ich mein Leben wieder ins Gleichgewicht bringen und lernen, die Dinge zu schätzen, die wirklich wichtig waren. Ich dachte an Paulo und fühlte, wie sich mein Herz zusammenzog: ein wunderbarer, treuer Ehemann, mein Verbündeter, Vater meiner Kinder ... Ich durfte meine Ehe nicht weiter vernachlässigen. Und obwohl ich mir selbst nicht die Schuld am Zustand unserer Ehe gab – ich hatte ihn nie wirklich betrogen, es war nur um Sex gegangen –, traf ich eine Entscheidung: Nelson musste von nun an ohne mich auskommen.

Er war eine heiße Teenagerphantasie, drohte aber immer mehr, mein reales Leben aufs Spiel zu setzen. Meine Kinder hatten das nicht verdient, Paulo hatte das nicht verdient, meine Ehe hatte das nicht verdient. Ich versprach mir selbst, ab sofort fürsorglicher und verständnisvoller zu sein und mir mehr Zeit für meine Familie zu nehmen.

Ich schlüpfte in mein Nachthemd und ging in Gedanken die Schritte meiner triumphalen Wiederauferstehung durch: Am nächsten Morgen würde ich früh aufstehen, mich sexy anziehen und Paulo am Flughafen abholen. Wahrscheinlich wird er von meiner Initiative überrascht sein, aber er wird meinen Vorschlag nicht ablehnen können, das Frühstück gegen einen Abstecher in ein Motel an der Ausfallstraße einzutauschen, bevor wir die Kinder bei seiner Mutter abholen würden. Der Gedanke gefiel mir. Im Bett rief ich die Homepage des Flughafens auf und checkte die Ankunftszeiten der ersten Flüge, dann stellte ich meinen Wecker und schlief sofort ein.

Am nächsten Morgen war es für São Paulo unverhältnismäßig kalt. Mein Plan sah eigentlich vor, etwas Aufreizendes für meinen Mann anzuziehen, dabei hatte ich allerdings nicht mit so niedrigen Temperaturen gerechnet. Ich löste das Problem einfach auf meine Weise: Ich zog ein kurzes Kleid an und einen langen Mantel mit Gürtel darüber, der meine Kurven betonte. Ich war schon früh am Flughafen Congonhas. Mit dem Daumen rieb ich meine Zähne, um eventuelle Lippenstiftflecken zu entfernen, und steckte mir ein Kaugummi in den Mund.

Mit den Ellbogen auf dem Handlauf abgestützt, wartete ich vor der Schiebetür, die sich für jeden ankommenden Fluggast öffnete. Neben mir umarmten sich glückliche Familien wie auf einem Klassentreffen, ein Mann hielt Schilder mit den Namen »Joana Alvarenga« und »Mr. Howard Grey« in die Höhe. Aufgeregt dachte ich, Paulos Silhouette am Gepäckband gesehen zu haben, aber anscheinend hatte ich mich geirrt. Nervös blickte ich immer wieder auf die Uhr: Die meisten Passagiere der ersten Maschine hatten den Flughafen schon verlassen, aber Paulo war nicht unter ihnen gewesen. Ich trat von einem Fuß auf den anderen wie ein Hund, der darauf wartete, gefüttert zu werden. Ich wollte ihm gerade eine SMS schreiben, als ich ein Paar sah, das sich küssend und lachend auf den Ausgang zubewegte. Irgendetwas an ihnen kam mir bekannt vor, aber die Schiebetür schloss sich, bevor ich wusste, was es war.

Paulo? Das konnte nicht er gewesen sein. War er nicht mit

Mário unterwegs? Ich versteckte mich hinter einer Werbetafel abseits des Blickfelds der ankommenden Fluggäste und wartete ungeduldig, dass sich die Schiebetür wieder öffnete. Mein Herz schlug so unkontrolliert, dass ich dachte, ich müsste hier und jetzt in Ohnmacht fallen. Die Türen öffneten sich wieder ... Und tatsächlich, er war es, im Arm eine große Blondine. Sie war schlanker als ich. Meine Beine zitterten, als ich sah, wie sie mit erstaunlicher Intimität ihre Hand auf den Rücken meines Mannes legte. Als sie sich näherten, erkannte ich das Flittchen: Carla. Sie und Paulo arbeiteten schon seit Jahren zusammen, aber nie wäre mir in den Sinn gekommen, dass sie mehr als nur Arbeitskollegen waren.

Hektisch suchte mein Gehirn nach Gesprächsfetzen, Andeutungen oder anderen Anhaltspunkten, anhand derer ich schon früher etwas hätte ahnen können. Wann hatte Paulo angefangen, mich zu betrügen? Er war immer pünktlich, hatte Termine und Verabredungen immer eingehalten ... Wann hatte er angefangen, Zeit für diese Schlampe zu haben? Während seiner Mittagspause?

Ich schlug mir selbst gegen den Kopf, während ich mir immer wieder sagte: *Idiotin, Idiotin, Idiotin!*

Ich zog mich weiter hinter die Werbetafel zurück, während die beiden Händchen haltend an mir vorbeiliefen und das Flughafengebäude verließen, wobei sie ihre Koffer hinter sich herzogen. Es bedurfte einer großen Selbstbeherrschung, dass ich ihnen nicht hier und jetzt eine Szene machte, die Schlampe zur Rede stellte, sie verprügelte und meinem Mann alle Knochen brach. Ich wollte nicht aus einem Impuls heraus handeln. Immer noch zitternd folgte ich den beiden zum Taxistand.

Als sie sich in die Schlange für die regulären Taxis stellten, ging ich zum fast menschenleeren Schalter für die Privattaxis hinüber. Ich ließ einigen Passagieren den Vortritt, um mit Paulo und dieser Schnepfe auf gleicher Höhe zu bleiben. Sie unterhielten sich angeregt, er streichelte ihre Wange so liebevoll, wie er es bei mir schon lange nicht mehr getan hatte. Nach einem heißen, romantischen Aufenthalt am Zuckerhut fiel ihnen der Abschied offensichtlich schwer. Sie gaben sich einen langen Abschiedskuss und setzten sich in zwei verschiedene Taxis. Ich beschloss, *ihr* zu folgen. Ich wollte alles über diese Frau wissen, die dabei war, meine Familie zu zerstören.

In mir drehte sich alles, ich hatte den Geschmack von Erbrochenem im Mund, trotz des Kaugummis. Wir fuhren über die Avenida Rubem Berta, bogen rechts in die Avenida Indianópolis ein. Im Stadtviertel Japaquara hielt das Taxi schließlich vor einem einfachen Haus mit kleinem Vorgarten und winzigem Balkon. Carla stieg aus dem Taxi und stieß einen freudigen Schrei aus, als ein etwa vierjähriges Kind über den Rasen auf sie zulief. Das Kindermädchen, das sich um den Jungen gekümmert hatte, kam kurz darauf aus dem Haus. Als sie ihren Sohn in die Luft hob und sich mit ihm im Kreis drehte, gefror mir das Blut in den Adern. Ich hatte das Gefühl, das Bewusstsein zu verlieren. Der Junge war eine Kopie von Rafa, nur kleiner. Das gleiche runde Gesicht, die gleiche dünne Nase mit den vielen Sommersprossen, die gleichen Augen, die Paulo von seiner Mutter geerbt hatte. Mein Mann hatte eine zweite Familie! Ein zweites Leben, ein zweites Haus, eine zweite Frau. Deshalb hatte er mich so gut behandelt und war so nachgiebig mit mir gewesen. Es war keine Liebe, die er für mich empfand, er fühlte sich schuldig.

Der Taxifahrer drehte sich zu mir um und fragte, ob es mir gut ginge. Aber noch bevor ich antworten konnte, öffnete ich die Tür und erbrach mein Frühstück auf den Bürgersteig. Er seufzte resigniert, immerhin hatte ich nicht auf die Fußmatte gekotzt. Ich spürte die Bitterkeit in meinem Hals, wischte mir den Mund mit dem Mantelärmel ab und sagte dem Fahrer, er solle losfahren.

»Wohin?«

Ich nannte ihm die Adresse des Altenheims und rollte mich dann auf der Rückbank zusammen. Ein Leben voller Lügen ... Sie mussten schon seit Jahren zusammen sein, der Junge war der lebende Beweis dafür. Wie oft hatte Paulo sich bei ihr über mich beschwert? Sie mussten über mich gelacht, sich über meine Sorgen lustig gemacht haben. Womöglich hat er ihr unsere Fotos gezeigt – ich konnte beinahe ihre bitteren Kommentare über mich hören.

Es gelang mir erst, den Strom der Tränen einzudämmen, als ich im Zimmer meines Vaters ankam. Ich kuschelte mich an ihn und rollte mich ein – wie ein Kind, das von niemandem gefunden werden wollte. Wie gut, dass er nicht in der Lage war, mein Unglück zu verstehen. Ich war so blind gewesen! Diese verdammte Schlampe – in meinen eigenen vier Wänden habe ich nicht sehen wollen, was ich jeden Tag auf der Straße sah! Wusste noch jemand davon?

Ich verbrachte den ganzen Nachmittag bei meinem Vater und klammerte mich an seinen knochigen, alten Körper, ohne mich auch nur mehr als wenige Zentimeter zu bewegen. Meine Wut wurde allmählich von Trauer abgelöst. Irgendwann versiegte der Fluss meiner Tränen, mein Schluchzen wurde leiser, und es gelang mir, wieder normal zu atmen. Ich wusch mein Gesicht, kontrollierte die roten Flecken um die Augen herum und die rote, angeschwollene Nase, die der eines Clowns ähnelte. Ein Clown, eine Betrogene in Paulos Händen, nichts anderes war ich. Es war schon dunkel, als ich meinen Vater verließ. Ich richtete meine Kleidung, so gut es eben ging, gab ihm einen Abschiedskuss und machte mich auf den Weg, um mir das zu holen, was von meinem Leben noch übrig war. Noch nie hatte ich ein schlimmeres Gefühl gespürt als das des Selbstmitleids, das jetzt von meinem Körper Besitz ergriff.

Mein Handy zeigte mir, dass Paulo fünfmal versucht hatte, mich anzurufen. Scheiße, dachte ich, und bestellte mir ein UberTaxi. Mein Handy vibrierte und zeigte mir an, dass das Auto in sechs Minuten kommen würde. Ich schob das Telefon wieder in meine Tasche und spürte eine Berührung auf meiner Schulter. Ich drehte mich um und wollte nicht glauben, was ich sah: Direkt vor mir, in Jeans, rosa Hemd und mit dem Lächeln eines Arschlochs stand Gregório.

»Was für ein Tag, nicht wahr, Prinzessin?«

Ich war so perplex, dass ich nicht einmal reagieren konnte. Mit einer erbärmlichen Handbewegung versuchte ich, meine Tränen abzuwischen. Er griff nach meinem Arm, hielt mich brutal fest, seine Fingernägel bohrten sich in meine Haut.

»Glaubst du, du bist die Einzige, die bekommt, was sie will, Verônica Torres? Ich verfolge dich seit gestern. Ich habe die arme Frau gesehen, der du das Strychnin gegeben hast. Was auch immer du vorhast, ich mache dich fertig! Du bist eine beschissene Polizistin, eine Witzfigur!«

»Lass mich los! Wenn du auch nur irgendetwas gegen mich unternimmst, garantiere ich dir, dass du öffentlich gelyncht wirst, du widerlicher Leichenschänder! Es wird keinen Ort geben, an dem du dich verstecken kannst.«

»Kein Problem. Glaubst du, ich habe nicht mehr gegen dich in der Hand? Ich weiß alles über deinen korrupten Vater. Alles. Ich hatte den ganzen Morgen Zeit, um mich schlauzumachen. Dein Chef ist am Arsch, wenn er von deinen illegalen Ermittlungen erfährt und alles dem Polizeichef a. D. Júlio Torres berichten muss, von dem alle glaubten, er sei tot.«

Er wusste anscheinend nicht, wie es meinem Vater wirklich ging. »Deine Nachforschungen waren nicht gründlich genug. Du solltest mehr Angst vor meinem Vater haben als vor mir. Er wurde für seine Ermittlungsarbeit ausgezeichnet, er hat nichts vor dem Gesetz zu befürchten – ganz im Gegensatz zu dir.«

Gregório zögerte kurz. Aber er gab noch nicht auf, er setzte zum Gegenangriff an.

»Vorsicht, Prinzessin, wenn man einem Menschen alles nimmt, hat er nichts mehr zu verlieren. Mach mich ruhig in den sozialen Netzwerken fertig, ich werde dafür sorgen, dass man dich in der Luft zerfetzt, bevor überhaupt jemand deine Posts gelesen hat.«

Mir war danach, ihm ins Gesicht zu spucken, aber ich schaute ihm nur in die Augen: »Du musst mir noch einen Gefallen tun. Wahrscheinlich in den nächsten Tagen. Sobald du mir gegeben hast, worum ich dich bitte, bekommst du das Video und hast nichts mehr von mir zu befürchten. Ehrenwort.«

»Ich scheiß auf dein Ehrenwort. Willst du einen Rat, Prinzessin? Beeil dich! Und vergiss nicht, dass ich dein ach so perfektes Leben ebenso schnell mit einem Fingerschnipsen beenden kann. Verpiss dich, du Schlampe!«

29

In den verspiegelten Wänden des Aufzugs betrachtete ich mein jämmerliches Erscheinungsbild: eine Verônica mit zugeschwollenen Augen, hängenden Schultern und strähnigen Haaren. Ich sah aus, als hätten die jüngsten Ereignisse alle Energie aus meinem Körper gesogen –, was auch stimmte. Es war beeindruckend, wie es im Leben immer noch weiter bergab gehen konnte.

Nachdem ich sein Leben komplett auf den Kopf gestellt hatte, glaubte dieser missratene Casanova doch wirklich, er habe das Recht, mir zu drohen. Im Grunde hatte dieser Dreckskerl doch gar keine Ahnung, worauf er sich da einließ. Ich hingegen kannte es nur zu gut: Die Welt des Drogenhandels und der institutionellen Korruption hatte schon viele Menschen in den Abgrund getrieben. Es war gut möglich, dass er am eigenen Leib erfahren würde, wie es sich anfühlte, wenn man in ein Wespennest stach, indem er herausposaunte, dass mein Vater noch am Leben war. So oder so, das war nicht mein Problem – Gregório würde selbst spüren, wie schwer meine Büchse der Pandora auf ihm lastet.

Ich steckte den Schlüssel ins Schloss und betrachtete die Haustür. Ich fühlte mich leer, spürte eine zentnerschwere Last auf meiner Brust. Ich hatte keine Ahnung, wie ich mein »perfektes Leben« weiterleben sollte. Ich holte tief Luft und öffnete mit geschlossenen Augen die Tür. Als ich kein Geräusch hörte, wusste ich, dass das Wohnzimmer leer war, und betrat, seltsam erleichtert, den Raum. Ich ließ meine Tasche auf den nächsten Sessel fallen und fühlte mich, als wäre ich von einer riesigen Last befreit worden. Aus reiner Gewohnheit blickte ich auf mein Handy: kein einziger neuer Anruf, weder von Carvana noch von Nelson oder Paulo.

Mit bleischweren Füßen schleppte ich mich über den Flur ins Kinderzimmer. Da lagen sie und schliefen im Halbdunkel ihren tiefen Schlaf. Unschuldige, die vom menschlichen Mist der Erwachsenen verschlungen wurden. Badehose, Badekappe und Bademantel von Rafa lagen bereits ordentlich gefaltet auf dem Stuhl, bereit für den großen Tag. In seinem Alter hatte man noch kurzfristige Ziele, und keiner der Erwachsenen in seinem Leben wusste es zu schätzen. Leise ging ich zu ihnen hinüber und gab ihnen einen Kuss auf die Stirn.

Paulo wartete in unserem Bett auf mich. Er zappte sich gerade durch die Fernsehkanäle, die Hälfte seines Körpers unter dem Laken verborgen. Als er mich sah, breitete er voller Zuneigung seine Arme aus.

»Schatz, ich habe dich so vermisst. Ich konnte es kaum erwarten, die Flasche Wein mit dir zu trinken.«

Ich lächelte ihn müde an und wand mich von ihm ab: »Heute nicht, ich bin echt erledigt.«

Ich konnte es nicht ertragen, ihn anzusehen. Ich ging ins Badezimmer, schloss die Tür hinter mir ab und zog mich aus. Paulo aber gab nicht auf, er klopfte zweimal sanft an die Badezimmertür und sagte: »Lass mich rein, bitte!«

Ich ignorierte ihn, entfernte die letzten Reste meines Make-ups und drehte das Wasser auf. Dann nahm ich eine heiße Dusche und betete, dass auch meine Seele davon gereinigt werden würde. Es tat so gut, das heiße Wasser verbrühte meine Haut, der körperliche Schmerz gesellte sich zu meinen emotionalen Qualen. Der große Spiegel beschlug und sorgte dafür, dass ich mich selbst nicht ansehen musste. Paulos eindringliche Stimme auf der anderen Seite der Tür war nicht mehr als ein weit entferntes Gespenst.

»Alles in Ordnung mit dir, Verô?«, fragte er, als ich Minuten später nur in ein Handtuch gewickelt aus dem Badezimmer kam. »Du bist ... so merkwürdig ... Ist irgendetwas passiert?«

Oh ja, das ist es, Paulo. Du steckst seit Jahren deinen Schwanz in diese blonde Schlampe Carla, und ich sitze hier und hatte von alledem keine Ahnung, hätte ich am liebsten gesagt, antwortete jedoch nur: »Nein, alles in Ordnung.«

Es war noch nicht der richtige Zeitpunkt, um ihn mit dem zu konfrontieren, was ich herausgefunden hatte, selbst wenn ich es gerne gewollt hätte. Aber Paulo kannte mich zu gut, als dass er meine Lüge geschluckt hätte.

»Sprich mit mir, Verô.«

»Ich bin einfach nur müde, Paulo.« Ich konnte ihn nicht einmal mehr *Liebling* nennen. »Es ist einfach so viel los. Dazu der Verkehr, vermisste Opfer, morgen und am Sonntag haben wir Meetings im Kommissariat. Wie immer. Mir geht's gut.«

»Du musst also am Wochenende arbeiten? Und was ist mit Rafas Wettkampf?«

»Um nichts in der Welt werde ich den Wettkampf meines Sohnes verpassen, das verspreche ich dir. Aber danach muss ich sofort aufs Kommissariat. Das war doch die letzten Wochenenden auch nicht anders.«

Aufmerksam wie ein Luchs beobachtete ich seine Reaktion: Er versuchte zu lächeln, ließ die Schultern hängen und legte seinen Kopf leicht schräg.

»Ich habe am Sonntag auch noch ein langweiliges Meeting«,

log der Mistkerl. »Wahrscheinlich muss ich nächste Woche wieder nach Rio, um den Deal mit dem Kunden endlich unter Dach und Fach zu bringen. Offensichtlich geht es nicht nur bei dir drunter und drüber.«

Zweifellos wird er in der nächsten Woche alle Hände voll mit Carla zu tun haben. Während ich zurück ins Badezimmer ging, blitzte vor meinen Augen eine Szene auf, wie ich wie von Sinnen ins Kinderzimmer rannte, mir die Schere der Kinder griff, mit der sie ihre Bastelarbeiten machten, und Paulo seiner Männlichkeit beraubte. Es bereitete mir eine sadistische Freude, ihn vor Schmerz aufschreien zu hören und zu sehen, wie er auf der Bettdecke, die wir von seiner Mutter geschenkt bekommen hatten, langsam verblutete.

Anscheinend musste ich bei der Vorstellung grinsen, Paulo fragte: »Worüber lachst du, Verô?«

»Ach, nur ein Gedanke, den ich gerade hatte.«

Im Badezimmer öffnete ich das Türchen des Medikamentenschranks und ließ das Rivotril direkt auf meine Zunge tropfen.

»Wann müssen wir morgen fahren?«, fragte ich.

»Der Wettkampf beginnt um zehn.«

»Weckst du mich rechtzeitig?«

Ich wickelte mich in meine Decke ein, drehte ihm den Rücken zu, schloss die Augen und dachte an Janete. Wie war es wohl, jede Nacht neben einem Serienmörder zu schlafen? Aus irgendeinem Grund erschien mir Paulo in diesem Augenblick gefährlich und grausam. Er war ein zynischer Verräter, nichts anderes. Ich hatte erwartet, in dieser Nacht keine Sekunde Schlaf zu finden, aber noch bevor er anfing, laut zu schnarchen, war ich schon weggeglitten und träumte von einer Welt, in der alles schön, perfekt und harmonisch war.

Jede Frau, die Probleme zu Hause hat, weiß, dass Rivotril perfekt ist, um einzuschlafen, den nächsten Morgen aber zur Hölle macht.

Als die Kinder aufstanden, um sich für den Wettkampf vorzubereiten, war mein Kopf immer noch mit Watte gefüllt. In Zeitlupe zog ich mir eine Jeans, eine schwarze Bluse und meine alten roten Ankle Boots an. Beim Blick aus dem Fenster sah ich in einen grauen, schweren Wolkenhimmel, der schon jetzt heftige Regengüsse ankündigte. Für alle Fälle wickelte ich mir einen dunkelroten Schal um den Hals. Ich durfte mir jetzt nicht erlauben, krank zu werden.

Im Wohnzimmer versuchte ich, Rafa aufzumuntern und ihm Mut zu machen. Ich nahm seine kalten Hände in meine und sah die Nervosität in seinen Kinderaugen. Paulo versuchte, irgendetwas Lustiges zu sagen. Ich ignorierte ihn und konzentrierte mich weiter auf meinen Sohn. Bei mir hatte dieser Dreckskerl nichts mehr zu melden. Es interessierte mich nicht einmal, wann ihm auffallen würde, dass in unserer Ehe etwas sehr, sehr falsch lief.

»Lass uns gehen«, sagte ich und nahm die Autoschlüssel, die auf dem kleinen Tisch neben der Couch lagen.

Meine Botschaft war klar: *Heute fahre ich.* Paulo wagte nicht, mir zu widersprechen. Wenn mein Mann irgendeine positive Eigenschaft hatte, dann die, dass er wusste, wann er den Mund halten musste.

Die Fahrt verlief in absolutem Schweigen – jeder war mit seinen eigenen Gedanken beschäftigt. In der Halle, in der sich auch das Schwimmbad des Vereins befand, erwartete uns das Chaos, das bei jeder Schwimmveranstaltung hereinbrach: Jungen und Mädchen, die schlotternd und nervös herumhüpften, Mütter, die Bademäntel und vieles mehr in den Händen hielten, Väter, die auf den Holzbänken mit den jüngsten Erfolgen ihrer Kinder prahlten, und über allem lag der widerliche Gestank nach Chlor.

Für mich war es, als würde ich einen litauischen Film anschauen – fremde, mir vage bekannt erscheinende Szenen, die sich vor meinen Augen abspielten, ohne dass ich verstand, was passierte. Ich fühlte mich völlig losgelöst von dem Trubel um mich herum. Während des gesamten Wettkampfs hielt ich das Handy in der Hand. Es war meine Verbindung zur realen Welt da draußen. Ich schaute jede Minute auf den Bildschirm, nur um zu festzustellen, dass Janete nicht angerufen hatte. Es war bereits Samstag. Zweifellos hatte sich ihr eine Gelegenheit geboten, um zu tun, was sie tun musste. Aber ... nichts geschah.

Ich beruhigte mich mit dem Gedanken, dass sie beschlossen hatte, Brandão erst am Sonntagmittag zu vergiften, eine für eine traditionelle brasilianische Familie folgerichtige Logik: *Hier, mein Schatz, dein Reis mit schwarzen Bohnen, Steak und Pommes frites. Es kann sein, dass ich statt des Salzes etwas Strychnin auf die Pommes gegeben habe. Ups. Iss nur, solange es noch heiß ist, es ist reichlich da. Und dann schauen wir uns das Nachmittagsprogramm an ...*

Mir gefiel die Vorstellung, wie Brandão langsam an dem Gift erstickte, wie sich ihm die Kehle zuschnürte, er nach Luft rang und mit den Fingernägeln über die Tischplatte kratzte in dem jämmerlichen Versuch, sich an irgendetwas festzuhalten. Zu schade, dass ich nicht dabei sein konnte –, es wäre um ein Vielfaches aufregender gewesen, als acht Kinder mit Schwimmbrillen zu beobachten, die um eine Plastikmedaille kämpften.

Doch Brandãos langsamer und schmerzvoller Tod war Janetes exklusives Privileg. Ich würde erst später dazustoßen und Gregório dazu bringen, einen natürlichen Tod zu bescheinigen. Die Tatsache, dass er die Wahrheit über meinen

Vater herausgefunden hatte, änderte nichts an meinem Plan. Gregório hatte eindeutig mehr zu verlieren als ich; er hatte gar keine andere Wahl, er musste tun, was ich von ihm verlangte.

Der Schuss zum ersten Start hallte durch die Halle und holte mich abrupt zurück in die Realität. Ich streckte meinen Rücken, setzte mich aufrecht hin und konzentrierte mich auf die Schwimmer, die gerade ins Wasser gesprungen waren. Noch war Rafa nicht an der Reihe. Ich nutzte die Gelegenheit und sah mich um, schaute mir die Menschen an, die auf den Tribünen rund um das Becken saßen. Wenn ich die Schlampe Carla hier entdecken würde, könnte ich nicht dafür garantieren können, nicht zu meiner Waffe zu greifen.

Als die erste Runde gerade zu Ende war, kam Dona Bela zu uns auf die Tribüne, in ihren Händen eine zu den Schuhen passende Tasche von Michael Kors. Ohne ein Wort zu sagen, setzte sie sich neben mich und räusperte sich.

»Dir auch einen wunderschönen guten Morgen, Dona Bela!«

Sie erwiderte etwas Unverständliches, tat, als wäre sie beleidigt, aber ich hatte nicht die geringste Lust, mich auf dieses peinliche Schauspiel einzulassen. Rafa war es, der die Situation rettete. Auf dem Weg zum Becken drehte er sich um und kam zu mir, um mir einen Kuss zu geben.

»Mama, wünsch mir Glück. Jetzt geht es um alles!«

Ich küsste meinen Sohn auf die Stirn.

»Gib alles, Großer! Gib alles, was du hast!«

Er rannte zu seinem Startblock. Es erfüllte mich mit Stolz, wie groß er geworden war, mein kleiner Mann. In einem 25-Meter-Becken dauerte die Runde eines Wettkampfs etwas über eine Minute. Der Schuss ertönte, und Rafa sprang mit seinen Mitstreitern ins Wasser. Sobald er seinen Kopf aus dem Wasser streckte, rief ihm Paulo vom Beckenrand laute Anweisungen zu. Neben mir schrie Dona Bela immer wieder vor Begeisterung auf.

Die Handflächen aneinandergepresst verfolgte ich den Wettkampf, und meine Anspannung löste sich erst, als Rafa als Erster anschlug, eine Armlänge vor dem nächsten Kind. Ich jubelte aus Leibeskräften, und der ganze Müll der letzten Wochen fiel von mir ab. Vielleicht übertrieb ich es ein wenig, denn Dona Bela und einige Eltern schauten mich peinlich berührt an.

Stolz kletterte Rafa auf das Podium, und ich wusste, dass er in dem Moment damit kämpfen musste, seine Tränen zurückzuhalten. Später, als wir im neu eröffneten Restaurant einer Burger-Kette in der Nähe zu Mittag aßen, prahlte Rafa damit, dass er eine neue persönliche Bestzeit im Einzel und in der Staffel erzielt hatte.

»Herzlichen Glückwunsch, mein Großer«, sagte ich und biss genüsslich in meinen Burger mit Speck und Gouda. In Zeiten des völligen Chaos gab es keine Diät, die es mir verboten hätte, glücklich zu sein (oder zumindest meinen Magen glücklich zu machen).

»Was ist los, Verô? Du bist so still?«, fragte Dona Bela provozierend, als sie auf ihrem Tablett die letzten Pommesreste zusammensuchte. »Seit wann fehlen dir die Worte?«

»Seitdem du gekommen bist«, antwortete ich mit vollem Mund.

Paulo sah seine Mutter an und befürchtete eine weitere Eskalation. Ich beendete mein Mittagessen, tupfte mir die Soßenreste von den Lippen und stand noch vor dem Nachtisch auf.

»Es tut mir leid, aber ich muss zu einem Meeting. Rafa, mein Süßer ...«, sagte ich und zerzauste ihm die Haare. »Du bist mein ganzer Stolz.«

»Ich bin nicht dein Süßer, Mama.«

Ich nahm mein Portemonnaie und legte einen Hunderter auf den Tisch.

»Lass schon, Verô. Ich zahle«, sagte Paulo.

Aber gerne, wenn er darauf bestand. Ich nahm den Hunderter und steckte ihn wieder ein. Mir kam der Gedanke, dass unsere Gütertrennung hier und jetzt begann. Mehr denn je musste ich auf meine Ausgaben achten.

Ich stieg ins Auto und fuhr umher, ohne zu wissen, was ich mit dem Rest des Tages anfangen sollte. Als ich an einer günstigen Tankstelle vorbeikam, nutzte ich die Gelegenheit, den fast leeren Tank endlich mal wieder zu füllen. Der Tankwart war einer jener Männer, die einem manchmal im Traum erschienen: braune Haut, muskulöse, verschmierte Arme, die unter dem Overall herausschauten. Als er sich zu meinem Fenster herunterbeugte, um zu fragen, wie voll er den Tank machen sollte, verschlang er mich fast mit seinen grünen Augen, die in seinem ölverschmierten Gesicht funkelten.

Nachdem ich mit dem Tanken fertig war, wusste ich nicht, wohin ich fahren sollte, und so fuhr ich zum Kommissariat. Das Gebäude war halb leer, nur die wachhabenden Polizisten liefen über die engen, von kaltem Licht erleuchteten Korridore. Auf meiner Etage war niemand zu sehen, und so gönnte ich mir den Luxus, im Büro von Carvana ein Nickerchen zu machen. Ich wachte erst gegen acht Uhr abends wieder auf, als mein Handy eine Nachricht von Paulo anzeigte: *Verô, ein Notfall in der Firma. Vielleicht muss ich heute schon nach Rio, ich melde mich. Küsse.*

Wissen Sie, was das Schlimmste war? Seine lächerlichen Lügen waren mir vollkommen egal. Es war so, wie mein Vater immer sagte: Schlimmer als jemand, der sich über dich beschwert, ist jemand, der dich aufgibt. Ich hatte Paulo aufgegeben. Ich checkte zum tausendsten Mal meine Anrufe und Nachrichten. Keine Spur von Janete. *Möge der Sonntag gute Nachrichten bringen*, dachte ich, aber nicht einmal die Kraft der Gedanken vermochte es, dieses Wochenende zu retten.

Paulo war nicht zu Hause, Rafa übernachtete bei einem Freund aus dem Schwimmverein, und Lila war bei einer Freundin. Solange der Krieg gegen Brandão nicht wieder ausbrach, wusste ich, dass es an der Zeit war, mich für einen anderen Krieg zu rüsten: den mit meiner Familie. Ich suchte alle Bankauszüge der vergangenen Jahre zusammen, die Belege für die Kosten im Haushalt, die Gehaltsabrechnungen seiner Firma, und nahm mir vor, einige Fotos von ihm und seiner Geliebten zu schießen, um den Familienrichter davon zu überzeugen, dass ich das Opfer dieses Mistkerls geworden bin. Ich hatte nicht den geringsten Zweifel, dass sich Paulo in ein Monster verwandeln würde, wenn ich die Scheidung einreichte. Er würde alles vertuschen und seine Spuren verwischen. Erst wenn es ums Finanzielle geht, lernt man einen Menschen richtig kennen.

Den ganzen Sonntagvormittag verbrachte ich damit, die Unterlagen zu ordnen und im Internet nach den jüngsten Urteilen in Scheidungs- und Güterteilungsfragen zu suchen. Ein guter Anwalt kostete ein Vermögen. Das kam zu diesem Zeitpunkt für mich nicht in Frage. Zu meinem Unglück musste ich auch noch erkennen, dass es gar nicht viel gab, um das wir uns hätten streiten können. Paulo hatte tatsächlich einen ordentlichen Betrag auf unser gemeinsames Konto eingezahlt, aber unsere Wohnung lief auf seinen Namen, denn sie war im Besitz seiner Familie, das Erbe seines verstorbenen Vaters, und würde im Falle einer gerichtlichen Scheidung nicht berücksichtigt werden. Wenn jeder von uns seinen eigenen Weg gehen würde, müsste ich zusehen, wie ich zurechtkam. Hoffentlich würden wenigstens ordentliche Unterhaltszahlungen für die Kinder dabei herausspringen.

Nach der Analyse unserer Finanzen begann ich damit, mir eine Strategie zurechtzulegen, wie ich ihn zusammen mit Carla fotografieren könnte. Wahrscheinlich hätte ich nach Rio fliegen müssen, um die beiden Turteltauben dort in kompromittierenden Situationen zu beobachten. Nur Gott weiß, wann ich genug Zeit und Geld haben würde, um dieses Vorhaben tatsächlich umsetzen zu können. Gegen vier Uhr holte ich die Kinder ab, antwortete mit einem *Ok, Schatz* auf seine Nachricht, in der er mir mitteilte, dass er die ganze Woche in Rio bleiben müsste.

Den Rest des Sonntags verbrachte ich im Schlafanzug auf dem Sofa, beruhigte meine Seele mit einem großen Becher Eis, den ich ganz auslöffelte, und zappte mich durch verschiedene Filme und Serien auf Netflix – ich vergeudete mehr Zeit mit der Suche nach dem, was ich mir ansehen wollte, als mit dem Anschauen selbst. Der sechste Sinn der Kinder ließ sie ruhig in ihrem Zimmer spielen, ohne meine Geduld zu strapazieren.

Am Sonntagabend überkam mich eine starke Traurigkeit. Es reichte schon, die Titelmelodie der Abendnachrichten zu hören, und mir stiegen bereits die Tränen in die Augen. Die Menschen bedeuteten nichts, unser Leben bedeutete nichts. Alles, was wir um uns herum aufgebaut hatten, zerfiel zu Staub. Worin unterschied ich mich noch von Janete?

Gleichzeitig fasste ich den Entschluss, dass ich endlich Maßnahmen ergreifen und aktiv werden musste. Ihr langes Schweigen nahm allmählich bedrohliche Züge an. Ich schaute auf die Uhr, elf, aber ich wusste, dass Nelson noch wach war. Ich rief ihn an, und er nahm beim ersten Klingeln ab.

»Nelson, Liebling, könntest du für mich den Schichtplan

von Brandãos Einheit prüfen? Ich muss wissen, ob er morgen Dienst hat ...«

»Warum?« Ich hörte sofort die Aufregung in seiner Stimme. »Gibt's was Neues?«

»Nein, nichts. Und genau das ist mein Problem.«

»Verô, Verô ... Hast du schon mit Carvana gesprochen? Hast du ihm alles erzählt?«

»Ich mache es morgen, ich verspreche es dir«, log ich. »Kannst du mir schicken, worum ich dich gebeten habe, *please*?«

Innerhalb weniger Minuten hatte ich meine Antwort.

Nachdem es das ganze Wochenende kalt, grau und verregnet war, begrüßte am Montagmorgen die Sonne die neue Woche.

Ich verließ das Haus schon früh am Morgen und trug eine Variation meines üblichen Outfits, das sich lediglich durch ein anderes Paar Schuhe unterschied. Gegen den Strom der Berufspendler auf ihrem Weg in die Stadt erreichte ich schnell mein Ziel: das Stadtviertel Parque do Carmo. Ich fuhr zweimal um den Block, in dem Janete und Brandão wohnten, und hielt Ausschau nach irgendetwas Auffälligem. Der Anblick ihres kleinen Hauses inmitten der vielen anderen bescheidenen Wohnhäuser hatte eine besondere Wirkung auf mich. So viel hatte ich in der kurzen Zeit in diesem Haus erlebt.

Ich suchte in den Fenstern nach einem Lebenszeichen: nichts war zu sehen. Brandãos Auto stand auch nicht in der Garage, ein gutes Zeichen. Ich parkte meinen Honda ein gutes Stück die Straße herunter, achtete dabei aber darauf, dass ich schnell verschwinden konnte, sollte es notwendig sein, und lief dann auf das Haus zu. Aus Gewohnheit schaute ich mich immer wieder um, aber außer ein paar Kindern, die hinter der nächsten Kreuzung auf der Straße Fußball spielten, war niemand auf der Straße zu sehen.

Als ich mich dem Zaun näherte, hatte ich das Gefühl, beobachtet zu werden, schob den Gedanken aber schnell beiseite. Vielleicht war es die alte tratschende Nachbarin. In diesem Augenblick fiel mir ein, dass ich Nelson hätte sagen sollen, dass ich bei Janete vorbeischauen wollte, bevor ich aufs Kommissariat fuhr. Es wäre sicherlich nicht verkehrt gewesen, jemanden über meinen Aufenthaltsort zu informieren. Nur für den Fall, dass etwas passierte. Zu spät. Ich befand mich bereits auf ihrem Grundstück, meine Sorge, ich könnte beobachtet werden, war verschwunden, das Adrenalin übernahm die Kontrolle. Es gab kein Zurück mehr.

Schon an der Haustür fielen mir zwei schwarze Müllsäcke auf. Ich nahm sie mit hinters Haus, um sie dort genauer zu untersuchen. Ich löste die Knoten, erwartete den ekligen Geruch von verdorbenen, verschimmelten Lebensmitteln und war erstaunt, dass mir nichts dergleichen entgegenschlug. In beiden Säcken fand ich nichts außer geschreddertem Papier und Frauenkleidung. Bald erkannte ich Janetes Bluse mit dem Blumenmuster, die in kleine Fetzen gerissen war. Ich spürte meine Verzweiflung und wühlte im Beutel mit den zerrissenen Papierschnipseln. Ich brauchte nicht lange, um zu finden, was ich befürchtet hatte: ihre Kreuzworträtselhefte. Janete hätte sie niemals weggeworfen. Es musste etwas Fürchterliches passiert sein. Einen Moment lang betete ich, dass Brandão sie nicht ermordet hatte, sondern dass sie einfach nur weggelaufen war. Vielleicht ist sie wieder nach Hause gegangen, zu ihrer Familie. Das oder ... *sie war tot.*

Ich spürte, wie mein Mund trocken wurde, mir wurde schwindelig, aber ich ließ mich davon nicht beirren. Das waren doch nichts als Vermutungen, oder? Vorsichtig stellte ich die Müllsäcke zurück an die Haustür und ging dann wieder hinters Haus. Ich wusste, wie ich hineinkam, ohne Spuren zu hinterlassen. Ich betrat das Haus, das nur von den zarten Sonnenstrahlen beleuchtet wurde, die durch die Vorhänge drangen, und schon nach den ersten Schritten erkannte ich, dass jedes Anzeichen auf die Bewohner des Hauses fehlte. Das Haus wirkte wie verlassen. Kein schmutziges Geschirr in der Spüle, kein Geschirr auf dem Abtropfgestell, der Kühlschrank und die Waschmaschine waren leer, keine Wäsche auf der Wäscheleine. Auf dem Wohnzimmertisch stand verloren nur etwas dekorativer Plunder. Es sah aus wie ein Haus, das zur Miete stand.

Schlimmer noch, es war wie ein Mausoleum. Mit zwei Fingern strich ich über den Esstisch und sah die Spur, die meine Finger in einer wochenalten Staubschicht hinterließen. Es wurde immer bizarrer. Janete hätte ihr Haus niemals in einem solchen Zustand zurückgelassen. Überwältigt von meinen Gefühlen ging ich ins Schlafzimmer. Als ich den großen Kleiderschrank und die Schubladen der Kommode öffnete, füllten sich meine Augen mit Tränen. Nur Männerkleidung. Brandãos Hosen und Hemden. Im Badezimmer nichts, in der Kommode nichts. Keine Spur von Janete.

Schwindelig setzte ich mich auf die Toilette. Brandão hatte Janete vollkommen aus seinem Leben gelöscht. Sie war wie ein Gespenst. Wenn ich Carvana von ihr erzählen würde, wie sollte ich beweisen, dass es sie wirklich gab? Ich wusch mir das Gesicht und versuchte, ruhig zu bleiben und vernünftig zu handeln. Dann ging ich ging zum Bett und öffnete die Schublade ihres Nachttischs. Das Einzige, was ich dort fand, war der kleine Schlüssel. *Scheiße, Scheiße, Scheiße* ... Wie konnte jemand einen anderen Menschen einfach so auslöschen?

Eine flüsternde Stimme in meinem Ohr sagte mir, ich solle den Schlüssel bei Brandãos verschlossener Schublade ausprobieren. Und tatsächlich, er passte. Ich achtete sorgfältig darauf, nichts zu bewegen, und zog vorsichtig den violetten Umschlag heraus. Die Liebesbriefe waren verschwunden, alles, was ich fand, war das verblasste Foto und ... Janetes Personalausweis! Meine Hände zitterten, als ich ihren Ausweis in die Hand nahm. Ich verglich ihr kleines Passfoto mit dem anderen Foto, war mir aber unsicher, ob es sich wirklich um dieselbe Person handelte. Irgendetwas war anders, nur kam ich nicht darauf, was es war. Nelson würde mir dabei helfen müssen.

Ich steckte die Dokumente in meine Tasche, mir war egal, dass Brandão feststellen könnte, dass sie fehlten. Wir befanden uns längst im Krieg. Ich wollte gerade die Schublade schließen, als mein Blick auf die .380er-Munition fiel. Diesmal lag neben der Munition auch die Pistole – eine Pistole aus dem Bestand der Polizei. Wahrscheinlich war sie schon vor einigen Jahren in einem anderen Bundesstaat gestohlen oder sichergestellt worden. Aus einem Impuls heraus nahm ich die Waffe und eine Handvoll neuer Patronen an mich. Ich verließ das Haus durch die Hintertür und überprüfte, dass ich nichts zurückgelassen hatte. Mit meiner Tasche über einer Schulter und einem Müllsack in jeder Hand ging ich zurück zu meinem Auto.

Um 13.00 Uhr traf ich im Kommissariat ein und trug selbstverständlich eine frühere Ankunftszeit in die Anwesenheitsliste ein. Carvana war bereits zum Mittagessen gegangen, auf meinem Schreibtisch erwarteten mich Dutzende Zettel mit irgendwelchen Aufträgen, die zu erledigen waren. Ich begann tatsächlich, die dringendsten Aufgaben abzuarbeiten, gab aber bald auf: Ich konnte mich beim besten Willen nicht auf diese stupiden Aufträge konzentrieren. Ich öffnete Facebook und versuchte, Leute in Jales ausfindig zu machen, Janetes Heimatort, die ihren Mädchennamen trugen. Drei von ihnen schrieb ich eine Nachricht, gab an, dass ich von der Polizei sei und Informationen von ihnen benötigte. Zwei von ihnen antworteten misstrauisch und weigerten sich, mir ihre Kontaktdaten zu schicken. Die letzte, Jane, willigte ein, mit mir zu sprechen.

Ich erfand eine Lügengeschichte, um zu rechtfertigen, dass ich mit Janete sprechen müsste. Jane gab an, dass sie eine Cousine von Janete sei, aber nicht wüsste, wo sie sich aufhielt. Am Ende gab sie mir die Telefonnummer von Janice, Janetes Schwester. Ich erreichte sie sofort und erzählte ihr die gleiche Geschichte, allerdings ohne irgendetwas Neues zu erfahren. Janice hatte schon seit Jahren nichts mehr von Janete gehört. Ihre Schwester hatte ihre Familie im Stich gelassen, sehr zum Missfallen ihrer Mutter, und alles nur wegen ihres Freundes, den niemand aus der Familie mochte.

»Und wer sind Sie?«, fragte sie, nachdem sie genug gejammert hatte. »Sind Sie eine Freundin von ihr? Ist etwas passiert? Oh, mein Gott, ich habe immer gewusst, dass diese Geschichte kein gutes Ende nehmen würde ...«

So höflich, wie es nur möglich war, vermied ich es, auf ihre Fragen zu antworten, und verabschiedete mich. Mit dem Hörer in der Hand blieb ich sitzen. Ich konnte nicht mit leeren Händen zu Carvana gehen und ihm Bericht erstatten. Die Müllsäcke in meinem Auto hätten vielleicht helfen können, etwas zu beweisen, aber der alte Mann hätte mich gar nicht erst angehört, es sei denn, ich hätte ihm handfeste Beweise vorbringen können.

Mir kam eine Idee. Jetzt oder nie, letzter Versuch. *Sei mutig, Verô, sei mutig*, sagte ich zu mir selbst. Auswendig wählte ich Janetes Telefonnummer. Ich legte auf, bevor es am anderen

Ende zum ersten Mal klingelte. Mein Herz schlug mir bis zum Hals. Ich probte meine kleine Lügengeschichte und rief erneut an. Es klingelte. Noch einmal.

»Hallo?« Ich hörte Brandãos schlecht gelaunte Stimme.

»Guten Tag. Ich würde gerne mit Janete sprechen.«

Ich lächelte angespannt und trommelte mit den Fingernägeln auf meine Tischplatte. Brandão brauchte ein paar Sekunden, um zu antworten, als hätte er sich seine Antwort gut überlegen müssen.

»Hier wohnt niemand, der so heißt.«

»Was wollen Sie mir damit sagen? Sie ist Kundin unserer Wäscherei und hat ihren Regenschirm hier vergessen. Das ist die Telefonnummer, die wir in unserer Kundendatei haben. Ich wollte ihr nur Bescheid geben ...«

»Ich sagte Ihnen doch, dass hier niemand wohnt, der so heißt!«, erwiderte er grimmig und legte auf. Eine Sackgasse.

Ich nahm Janetes Ausweis und das Foto aus meiner Handtasche und ging zu Nelsons Tisch hinüber.

»Du siehst aus wie jemand, der gerade einen Geist gesehen hat. Was ziehst du denn für ein Gesicht?« Er drehte sich auf dem Stuhl um und kam hinter seinem Bildschirm hervor.

Ich ging neben ihm in die Hocke und flüsterte ihm zu: »Janete ist verschwunden. Ich war bei ihr zu Hause, und es gibt nichts mehr, das auf sie hindeuten würde.«

»Das stinkt gewaltig. Glaubst du, sie ist tot?«

»Ich wünsche mir, dass es noch Hoffnung für sie gibt«, antwortete ich mit einem traurigen Lächeln.

»Hast du schon mit Carvana gesprochen?«

»Er ist noch unterwegs. Ich habe begonnen, meinen Bericht zu schreiben. Der Alte will immer alles dokumentiert haben. Du weißt ja, wie er ist.«

Nelson schaute mich an wie ein Schuldirektor, der einen

Schüler zur Rede stellte, den er bei einem Streich erwischt hatte: »Verô, Verô ... Du hattest mir versprochen, dass du heute mit ihm reden wirst.«

»Ich werde mein Versprechen halten. Aber ich brauche deine Hilfe bei einem kleinen Detail.« Ich legte die beiden Fotos nebeneinander auf seinen Schreibtisch. »Schau mal ... Handelt es sich bei den beiden um dieselbe Person?«

Nelson brauchte nicht einmal fünf Sekunden, um mir zu antworten: »Natürlich nicht, Verô. Sie sehen sich verblüffend ähnlich, aber diese hier hat einen Leberfleck am Kinn.«

Ich betrachtete die Fotos noch einmal, ohne es zu glauben. Es war so offensichtlich! Ich war noch nie gut darin gewesen, die sieben Fehler in den beiden Bildchen in der Zeitung zu finden. Aber wenn das nicht Janete war, wer war dann die Frau auf dem zweiten Bild? Ich dankte ihm für seine Hilfe und ging zurück an meinen Schreibtisch.

Ich ärgerte mich, dass ich den Unterschied nicht allein erkannt hatte. Die Wahrheit war, dass ich mehrere Male versagt hatte: bei Janete, als ich Brandãos Schublade unverschlossen gelassen hatte und als ich sie auf dem Weg zum Bunker verloren hatte. Bei Marta Campos, indem ich zugelassen hatte, dass Gregório mich verfolgen konnte und Dinge herausfand, mit denen er mich jetzt gewaltig unter Druck setzte. Ich hatte als Polizistin versagt! Ich hatte kein Talent, war weder intelligent, noch konnte ich schnell denken. Ich würde niemals eine gute Polizistin werden.

Ich fühlte mich vollkommen fehl am Platz und fragte mich, was meine wahre Berufung war. Mir fiel keine Antwort ein, aber glücklicherweise sollte sich das schon bald ändern.

30

Ich blieb bis spät am Abend im Kommissariat und erledigte die Aufgaben, die Carvana mir gegeben hatte: Berichte ausfüllen, Anzeigen erfassen und vergessene E-Mails beantworten. Es reichte nicht, dass ich mich fühlte wie die schlechteste Polizistin, die unaufmerksamste Mutter und dümmste Ehefrau der Welt, jetzt hatte der Alte auch noch beschlossen, dass ich unter Bergen aus Akten versauern sollte.

»Du lässt nach, Verô. Das muss schneller gehen«, sagte er, als ich zum hundertsten Mal in sein Büro trat, um noch mehr Papiere abzuliefern. »So kann es nicht weitergehen.«

Mit meiner durchnässten Kleidung und meiner geschundenen Seele ersparte ich mir eine Antwort. Mein Haar war so verschwitzt, dass es, obwohl ich es zu einem Pferdeschwanz zusammengebunden hatte, in meinem Nacken klebte. Er saß an seinem luxuriösen Schreibtisch, die obersten Knöpfe seines Hemdes geöffnet, so dass die grauen Brusthaare herausschauten, strich sich übers Kinn und ließ seinen Blick von oben bis unten über mich wandern, als stünde ein Schwerverbrecher vor ihm.

»Was ist denn mit dir passiert, Verô?«

»Ich halte es zu Hause nicht mehr aus, Doc. Ich glaube, ich werde die Scheidung einreichen.«

Ich war noch nicht bereit, ihm die Wahrheit zu sagen, auch wenn ich es Nelson versprochen hatte. Je weniger Leute wussten, was ich wusste, umso besser. Carvana lächelte und blies den Rauch seiner stinkenden Zigarre in meine Richtung. Jetzt stank ich auch noch nach Tabak. Danke, Doc.

»Die Probleme, die du zu Hause hast, dürfen dich nicht von der Arbeit ablenken, Verô. Es ist an der Zeit, über deine Karriere bei der Polizei nachzudenken«, antwortete er mir, kalt und zynisch wie ein korrupter Politiker. »Du weißt, dass ich alles für deinen Vater tun würde. Ich meine, du weißt, was ich alles für deinen Vater getan habe. Und für dich. Aber wie es aussieht, wird der alte Júlio nie mehr aus seinem Zimmer herauskommen, nicht wahr? Er wird bis zum Ende seiner Tage in dieser Anstalt bleiben und nicht in der Lage sein, irgendjemanden auch nur irgendetwas zu erzählen.«

»Was hat das mit meiner Karriere zu tun?«

»Ich muss mich vor meinem Vorgesetzten dafür rechtfertigen, dass du hier bist. Das wird schwer, wenn ...«

Zum Glück unterbrach das Klingeln von Carvanas Telefon seine erbärmliche Rede. Er machte sich gerne vor mir wichtig, brachte mich damit jedes Mal an den Rand des Wahnsinns, aber er zitterte vor Ehrfurcht, wenn ein hohes Tier bei ihm anrief. An seinem Gesichtsausdruck konnte ich erkennen, dass es sich um etwas Ernstes handelte. Nachdem er aufgelegt hatte, stand er auf und knöpfte sich das Hemd zu. Er ließ mich wieder seine Krawatte binden und zog sein Jackett an.

»Ich muss los. Wir reden später weiter. Morgen kommst du bitte früh, okay?«

»Wer war das am Telefon? Ist alles in Ordnung, Doc?«

Carvana schlug die Tür hinter sich zu, ohne zu antworten. Manchmal bedauere ich, dass ich nicht hinter ihm hergelaufen bin, um eine Antwort zu verlangen.

31

Ich habe nie an Horoskope geglaubt – obwohl ich gestehen muss, dass ich die Angewohnheit habe, andere Menschen nach ihrem Sternzeichen zu fragen und daraus Schlussfolgerungen zu ziehen.

Nachdem ich am nächsten Tag aufgewacht war, bereitete ich immer noch müde und verschlafen das Frühstück für die Kinder vor, wobei ich mich fühlte, als hätte ich Gewichte an den Armen. Auf dem Esstisch lag die Zeitung von gestern, die Seite mit dem Horoskop war aufgeschlagen. Ich überflog sie: *LÄCHLE, der Montag ist der beste Tag deiner Woche.* Wenn das wahr sein sollte und der Rest der Woche noch schlimmer werden würde, wäre ich zweifellos am Sonntag so weit, meinem erbärmlichen Dasein ein Ende zu setzen.

Ich zog mich an – ganz in Schwarz, passend zu meiner Stimmung – und legte meine Glücksarmreifen an den linken Arm. Ich musste sehr clever und geduldig sein, wenn ich mit Carvana sprechen würde. Ein Blick auf die Uhr sagte mir: Zur Abwechslung war ich heute mal wieder spät dran. Ich hatte kaum Zeit, um mich ordentlich zu schminken, und begnügte mich daher mit dem Nötigsten, brachte die Kinder zur Schule und beeilte mich, wenn schon nicht pünktlich, so doch wenigstens vor dem Alten im Kommissariat zu sein.

»Guten Morgen, Verônica«, sagte jemand, als ich aus dem Aufzug kam.

Verschlafen betrat ich die Polizeiwache, wo mich das hektische Treiben der Kollegen augenblicklich zurück ins Hier und Jetzt holte. Einige schrien in ihr Telefon, es herrschte ein chaotisches Hin und Her, die Atmosphäre war extrem geladen. Man musste kein großartiger Ermittler sein, um zu erkennen, dass etwas sehr Schlimmes passiert war. Ich suchte den Raum ab, hielt Ausschau nach Nelson und fand ihn schließlich im Zentrum des Chaos. Ich ging zu ihm und legte ihm meine Hand auf die Schulter.

»Mein Gott, Nelson, was ist denn hier los?«

Er drehte sich zu mir um und schaute mich an, als würde er ein Gespenst sehen.

»Verdammte Scheiße, Verô.« Er stand auf und nahm mich in den Arm, er zitterte am ganzen Körper. »Ich versuche schon die ganze Zeit, dich zu erreichen! Warum gehst du nicht an dein verdammtes Telefon?«

Ich zog mein Telefon aus der Tasche und schaute auf den Bildschirm. Dreißig Anrufe in Abwesenheit.

»Entschuldige, es war auf Stumm geschaltet.«

Ohne darauf zu reagieren, sagte er: »Carvana ist verschwunden.«

»Wie, verschwunden?«

»Gestern Abend hat er das Kommissariat um kurz vor elf verlassen. Er hat seine Frau angerufen und ihr gesagt, dass er zu einem dringenden Meeting mit einem hochrangigen Offizier der Militärpolizei gerufen wurde. Laut ihrer Aussage klang er äußerst besorgt.«

»Und dann?«

»Es stellte sich heraus, dass er in der Nacht nicht nach Hause gekommen war. Er geht nicht an sein Handy, und seit kurz nach Mitternacht hat er auf keine Nachricht mehr reagiert. Bei der Militärpolizei weiß niemand etwas von einem Meeting. Sie behaupten, von dort hätte ihn niemand angerufen. Weißt du irgendetwas?«

»Nein, ich ... Warum sollte ich etwas wissen?«

»Bist du nicht seine Assistentin? Seine Frau hat schon Hunderte Male angerufen, sie ist vollkommen außer sich. Sie möchte dich sprechen.«

»Sicher, ich rufe sie an. Lass mich vorher einen Blick in seinen Kalender und seine E-Mails werfen.«

Ich ging zu meinem Schreibtisch, mein Magen fühlte sich an, als hätte ich Ziegelsteine gefrühstückt. Ich trank ein Glas Wasser und versuchte nachzudenken. Dann erinnerte ich mich an den Anruf, der seinen Vortrag am Abend zuvor unterbrochen hatte. Es war eine Männerstimme gewesen, das hatte ich gehört. Ich eilte zu seinem Schreibtisch und überprüfte mit zittrigen Händen die Liste der eingegangenen Anrufe. Um mich herum begann sich alles zu drehen, ich hatte das Gefühl, mich gleich übergeben zu müssen. Heilige Scheiße, das war die Nummer von Janete.

Ich schloss mich in der Herrentoilette ein (die Damentoilette war besetzt) und übergab mich, mit den Händen auf den kalten Rand gestützt, ins Waschbecken. Ich betrachtete mich im Spiegel, zitterte am ganzen Körper. Noch nie war ich einem Albtraum in der Realität so nahegekommen. Er war greifbar, real. Ohne Zweifel hatte Brandão herausgefunden, dass Janete Hilfe von außen bekommen hatte, aber er hatte mich nicht auf der Rechnung, Sekretärinnen sind unsichtbar.

Carvana schwebte in Lebensgefahr. Während wir uns unterhielten, war er angerufen und zu einem dringenden Meeting gerufen worden. Das war der tödliche Köder gewesen, ohne dass ich Verdacht geschöpft hatte. Ein weiterer Misserfolg als

Polizistin, ein weiteres Leben, für das ich verantwortlich war. Wenn ihm etwas zustieß, würde ich mir das niemals verzeihen. Selbst als Kriegsveteran war seine Situation nahezu aussichtslos: Brandão war ein erfahrener Polizist, ein skrupelloser Killer, und gleichzeitig ahnte das Opfer nicht, dass es in Gefahr war. Hätte ich ihm doch bloß von Janete erzählt ... Es war meine Schuld, allein meine Schuld!

Ich holte mein Notizbuch hervor und ging durch, was ich alles über den Fall wusste. Die Informationen prasselten auf mich ein wie die Salve eines Maschinengewehrs. Ich blätterte durch meine Aufzeichnungen und ignorierte das Chaos um mich herum. Mein Gott, wie konnte ich so dumm sein zu glauben, ich könnte zwei Fälle von einem solchen Ausmaß allein lösen? Marta Campos hatte keine Gerechtigkeit bekommen, Janete war sehr wahrscheinlich tot, und jetzt war Carvana in den Händen dieses Wahnsinnigen. Mein Herz schlug so schnell, dass es mir aus dem Hals zu springen drohte. *Denk nach, Verô, denk schnell, verdammt* ... Vor meinen Augen begannen schwarze Punkte zu tanzen. Ich blickte durchs Fenster in Richtung Horizont und versuchte, mich zu konzentrieren.

Inmitten einer kleinen Gruppe von Kollegen tippte Nelson aufgeregt, aber konzentriert auf seinem Computer herum. Wenn dieser Skandal öffentlich wurde, wären unsere Karrieren am Ende. Wir hatten so viele illegale Dinge getan, für die wir sogar im Gefängnis landen konnten. Ich durfte niemanden mit mir in den Abgrund ziehen, am wenigsten Nelson. Wenn ich unterging, war es besser, allein unterzugehen.

Aus meiner Schreibtischschublade zog ich einen Stoffbeutel hervor und legte alles hinein, was mir nützlich sein konnte: Munition, ein Fernglas, meine Notizen, einen USB-Stick, zwei Müsliriegel und mein Handyladekabel. Ich achtete darauf, dass mich niemand beobachtete, als ich in den Aufzug stieg. Niemand achtete auf mich.

Ich setzte mich ins Auto und gab Janetes Adresse ins Navi ein. Ich drückte auf »Start« und schaltete das Radio an. Auf einigen Sendern wurde bereits über das Verschwinden eines erfahrenen Ermittlers der Mordkommission von São Paulo berichtet. Die Presse konnte einem den letzten Nerv rauben, sie ernährte sich von Verbrechen und den Tragödien anderer. Geier mit einem Abschluss in Journalismus – es war nahezu unmöglich, etwas vor ihnen zu verbergen. Irgendwas sickerte immer zu ihnen durch, und wir waren gezwungen, unter dem Druck von allen Seiten zu arbeiten. Ein Haufen von Leuten, die selbst nichts zustande brachten und immer wieder die gleichen Vorwürfe wiederholten.

Ich atmete mehrere Male tief durch, während ich sämtliche Verkehrsregeln missachtete. Ein Auto blieb mitten auf der Kreuzung vor mir stehen und versperrte mir den Weg. Mit einer Hand auf der Hupe trat ich auf die Bremse und kam gerade noch rechtzeitig zum Stehen. Der Dreckskerl machte mir den Weg frei, aber ich fühlte mich zu benommen und musste an der nächsten Tankstelle anhalten. Wenn ich Carvana retten wollte, musste ich lebend bei Janete ankommen. Ich schaltete die Warnblinkanlage ein, fuhr mir mit den Fingern durch die Haare und versuchte, einen schnellen Dutt zu machen, aber meine Hände zitterten so sehr, dass sich meine Haarsträhnen im Sicherheitsgurt verfingen. *Bleib verdammt nochmal ruhig, Verô, behalte die Nerven, verdammt ...* Doch es war sinnlos.

Ich war ein einziges Nervenwrack, aber es war niemandem damit geholfen, wenn ich mich hier meinem Selbstmitleid hingab. Also beschloss ich, die Fahrt fortzusetzen. Ich legte einen Arm auf die Lehne des Beifahrersitzes, schaute nach hinten und legte den Rückwärtsgang ein. In diesem Moment fiel mein Blick auf die beiden Müllsäcke, die ich aus Brandãos und Janetes Haus mitgenommen hatte und die immer noch auf meiner Rückbank lagen.

Da wurde mir klar, dass Brandão Carvana an den Ort gebracht hatte, wo auch der Bunker war, nicht zu seinem Haus in Parque do Carmo. Dort würde ich keine hilfreichen Hinweise finden. Ich schaltete die Warnblinkanlage wieder ein und machte mich wie ein ausgehungerter Wolf auf der Suche nach einem Stück Fleisch über die beiden Mülltüten her. Ich weiß nicht, was mich dazu gebracht hat, die Tüten gerade hier, an einer Tankstelle an der Avenida Radial Leste zu durchwühlen, aber irgendetwas sagte mir, dass es genau hier und jetzt sein musste.

Ich begann mit den Papierschnipseln und setzte sie wie ein Puzzle auf dem Armaturenbrett zusammen. Ich fand ein Rezept, Einkaufszettel, zwei Werbeflyer, nichts Relevantes. Viele der Fetzen schienen keinen Sinn zu ergeben. *Scheiße!* Ich blätterte Janetes Kreuzworträtselhefte durch. Sie hatte ganze Bände, alle mit einem blauen Kugelschreiber ausgefüllt. Sie verbrachte den ganzen Tag daheim, kümmerte sich um den Haushalt und wartete nur darauf, dass ihr Mann zum Abendessen nach Hause kam. Sie hatte viel Zeit. Hat sie vielleicht etwas auf die Rückseite geschrieben? Es würde mich Stunden kosten, alle Hefte zu kontrollieren.

Mir traten Tränen in die Augen, ein schreckliches Gefühl der Hilflosigkeit überkam mich. Inmitten des auf den Autositzen verstreuten Müllbergs und der Kreuzworträtselhefte dachte ich daran aufzugeben. Die Erinnerung an die arme Janete und ihr kleinkariertes Leben machte es nur noch schlimmer. Am Ende sollte sie recht behalten: Ich war für ihre Tragödie verantwortlich. Hätte ich mich ruhig verhalten, hätte ich mich nicht in die Ermittlungen eingemischt, wäre das alles nicht passiert. Letztlich war ich nichts anderes als eine kleine, unbedeutende und unsichtbare Sekretärin.

Mit ausgeschaltetem Motor trat ich das Gaspedal so weit durch, wie ich nur konnte. Vielleicht war das die beste Option. Den Honda auf 150 km/h beschleunigen und frontal gegen die nächste Mauer prallen. Paulo würde das Leben mit seiner Geliebten fortsetzen, auf dem Kommissariat würde alles seinen gewohnten Gang gehen, und die Kinder würden sich, auch wenn es zunächst hart für sie wäre, an ein Leben ohne mich gewöhnen. Ich hatte meine Mutter verloren und wusste nur zu gut, dass die Zeit alle Wunden heilte. Ich drehte den Schlüssel um, startete den Motor. Der erste Schritt auf meinem Weg in Richtung Tod. Diesmal würde ich mir keinen Fehler erlauben.

Während der Motor sanft schnurrte, griff ich nach der Rolle Toilettenpapier, die ich immer im Handschuhfach hatte, und wischte mir die Tränen aus dem Gesicht. Aus irgendeinem dummen Grund steckte ich die Kreuzworträtselhefte – schwierig, leicht und für Profis – wieder in die Mülltüten und dachte darüber nach, gegen welche Wand ich fahren sollte. Dann fiel mir plötzlich etwas ins Auge: Ein Heft war anders als alle anderen. *Criptograma Geografia* stand auf dem Umschlag. Ich nahm es in die Hand und schaute auf die Rückseite: »Ein Kryptogramm ist eine verschlüsselte Botschaft, die nur mit einem Code entschlüsselt werden kann.« Ich blätterte die Seiten durch, von einem Stichwort zum nächsten, wie jemand, der in aller Eile versucht, ein Buch zu Ende zu lesen. Einige Rätsel waren noch leer, einige nur zur Hälfte ausgefüllt, ohne dass ich etwas damit hätte anfangen können.

Dann schlug ich das Rätsel in der Mitte des Hefts auf, das zu meiner großen Überraschung vollständig ausgefüllt war. Diagonal las ich: BUNKERVERSTECK. Ein Blitz durchfuhr meinen ganzen Körper wie ein heftiger Stromschlag. Ich hatte den Wunsch, laut zu lachen, konzentrierte mich aber auf das Heft. Janete war schlau. Wenn irgendetwas passieren würde, wusste sie, dass ich in ihren Rätselheften in der Schublade nach Hinweisen suchen würde. Natürlich hatte sie nicht damit gerechnet, dass Brandão die ganzen Hefte einfach in den Müll werfen würde, aber ... Hier war es. Hier stand, wonach ich gesucht hatte. Wer nicht wusste, wonach er suchen musste, hätte es nicht entdeckt. Ich wusste, wie ich das Rätsel zu lesen hatte: Es war die Wegbeschreibung zum Bunker.

B	E	R	G	E	V	O	N	C	A	N	T	A	R	E	I	R	A				
Z	U	G	L	I	N	I	E														
E	I	N	F	A	H	R	T	S	T	O	R										
			K	I	E	S	W	E	G												
		V	I	E	H	G	I	T	T	E	R										
				B	R	U	E	L	L	A	F	F	E	N							
					V	O	G	E	L	G	E	S	A	N	G						
			M	U	H	E	N	V	O	N	K	U	E	H	E	N					
				Z	I	T	R	O	N	E	N	G	R	A	S						
					S	A	N	D	W	E	G										
E	X	P	L	O	S	I	O	N	S	T	E	I	N	B	R	U	C	H			
			W	E	I	T	E	N	T	F	E	R	N	T	E	H	U	E	T	T	E
						K	I	R	C	H	E	N	G	L	O	C	K	E	N		
H	O	C	H	L	K	S	2	R	T	S	3	L	K	S	4	R	T	S	1		

Eine Mischung aus Erleichterung und Trauer schnürte mir den Hals zu. Danke, Janete. Jetzt finde ich dich. Ich schnäuzte mich und wischte mir mit dem Ärmel die Nase ab. Es war nicht die Zeit zum Weinen. Ich ließ das Rätsel auf dem Beifahrersitz liegen und änderte die Zieleingabe im Navi. Serra da Cantareira. Start. Ohne Zeit zu verlieren, verband ich mein

Handy mit der Freisprechanlage und rief Gregório an. Zu meinem Erstaunen nahm er nach dem ersten Klingeln ab.

»Was willst du noch von mir, du Schlampe?«

»Erinnerst du dich an den Gefallen, den du mir noch tun sollst? Jetzt ist es so weit.«

»Einen Scheiß werde ich für dich machen.«

»Ich habe dir versprochen, dass ich dir alles aushändige, wenn du mir noch diesen einen Gefallen tust. Du wirst doch nicht so dumm sein abzulehnen, oder?«

Er seufzte tief, mein Zeichen, dass ich alles von ihm verlangen konnte.

»Ich werde es dir nachher in Ruhe erklären.«

Ich legte auf, ohne mich von ihm zu verabschieden. Der Fisch zappelte am Haken, das gab mir ein wenig mehr Zeit. Ich fühlte mich wie eine Seiltänzerin in sechstausend Metern Höhe. Ich wendete und fuhr nach Cantareira, während ich mir vor meinem geistigen Auge ausmalte, was mich dort erwarten würde. Eine stumme Wut kroch die Wände meiner Seele hinauf. Ich würde keine Gnade kennen.

An der gleichen Stelle wie an jenem schicksalshaften Tag, an dem ich Brandãos Auto verfolgte, bog ich auf den unbefestigten Weg ein. Ich fuhr noch ein Stück weiter und hielt das Kryptogramm wie eine Straßenkarte ans Lenkrad. Am Himmel war keine einzige Wolke zu sehen, die Sonne brannte auf mich herab. So viel Schönheit passte nicht zu meinem Gemütszustand. Um mich herum waren nur einige Hütten, Sträucher und Bäume, ein paar Zäune und Tore zu sehen. Ich nahm die erste Abzweigung nach links und fuhr die Straße hinauf, kurz darauf bog ich noch einmal links ab und landete in einer

Sackgasse. Ganz so einfach war es dann doch nicht. Janete war immer mit verbundenen Augen unterwegs gewesen, sie zählte die Male, die das Auto rechts oder links abbog, konnte aber nicht gesehen haben, wie viele Querstraßen sie zwischen einer Abbiegung und der nächsten passierten. Es war wie ein unmöglich zu durchdringendes Labyrinth.

Ich wendete und begann wieder an meinem Ausgangspunkt. Wenn ich nur die Richtungen kannte, würde ich nie ans Ziel kommen. Ich fuhr zwei Kilometer die Straße entlang, auf der Suche nach jemandem, der mir helfen konnte. Das Einzige, was ich fand, waren drei Pferde und eine Schweinefarm, bis ich endlich auf einen Mann am Straßenrand stieß. Ich wurde langsamer und ließ die Fensterscheibe herunter.

»Entschuldigen Sie, Senhor, wo ist hier die Bahnstrecke?«

»Sie müssen noch ein wenig die Straße hinauffahren und dann links abbiegen. An der Ecke ist ein Schild mit der Aufschrift *Sítio Carinhoso*.

»Vielen Dank.«

Links. Das war der erste Teil des Weges. LKS2. Ich folgte der Wegbeschreibung, fuhr noch ein paar Kilometer weiter, überquerte die Gleise und nahm dann die Abzweigung nach rechts. Der intensive Geruch von Zitronengras, das auf beiden Seiten des schmalen Wegs wuchs, stieg mir in die Nase – der Duft von Zitronen, ich war richtig! Ich versuchte, mich in Janetes Lage zu versetzen, und überlegte, was sie mit verbundenen Augen als eine Abbiegung empfunden haben konnte. Noch einmal bog ich rechts ab, fuhr immer weiter den Berg hinauf, bis mir dir Vegetation vertraut erschien. Ich hielt an und blickte mich um. Eine angsterregende Lichtung, menschenleer, mit schlammigem Boden und ... einem umgestürzten Baum. Das war es! Ich hatte die Stelle gefunden, an der ich mit dem Auto gestanden hatte, als Paloma ermordet worden war, nur dass ich jetzt, im hellen Tageslicht, alles sehen konnte. Von hier hatte ich die Schüsse gehört, es konnte nicht weit entfernt sein.

Ich stellte den Motor ab und stieg aus. Wie beim letzten Mal hatte ich das Gefühl, meine Schuhe würden im Schlamm versinken. Ich musste einige Schritte gehen, bis ich mich daran gewöhnt hatte. Ich nahm das Fernglas aus der Tasche, und mich erfüllte ein Gefühl des Stolzes, dass ich so gut vorbereitet war. Das war der absolute Gegensatz zu meinem Empfinden zuvor, in allem versagt zu haben. Es fühlte sich beinahe so an, als würde mein ganzer Körper auf null gestellt, alle meine Sinne schärften sich. Ich konnte Kühe und Affen hören, aber die Geräusche kamen aus allen Richtungen und boten mir keinen Anhaltspunkt, den richtigen Weg zu finden. Erneut schaute ich auf das Kreuzworträtsel und flehte die Worte an, mir etwas Neues zu sagen.

Ich drehte mich einmal im Kreis, wobei ich das Fernglas fest in der Hand hielt und die gesamte Umgebung absuchte. Im Westen, versteckt zwischen den Bäumen, entdeckte ich eine kleine Kirche. Es war viertel vor zwölf. Wenn Janete die Glocken hören konnte, würde ich das auch. Angst breitete sich in meinem Körper aus, wurde aber von meinem Jagdtrieb vertrieben. Ich setzte mich wieder hinter das Steuer und fuhr über einen kleinen Feldweg, von dem ich hoffte, er würde mich zu der kleinen Kirche führen. Als ich mich der Kirche näherte, erkannte ich, dass es sich um eine Kapelle handelte, mit verblassten Farben an den Wänden und einem erstaunlich gut erhaltenen Glockenturm.

In der Hoffnung, dass die Kirchenglocken gleich zu Mittag schlugen, betrat ich die leere Kapelle. Auch hier setzte sich der heruntergekommene Eindruck fort. Bilder von Jesus Christus im Kreuzgang und grob geschnitzte Heiligenfiguren. Ich kniete vor dem Altar nieder und schloss meine Augen zu einem kurzen Gebet. Ausnahmsweise betete ich für mich selbst. Für jemanden, der sein Leben gewöhnlich hinter einem Schreibtisch und vor einem Telefon verbrachte, hatte ich meinen Schutzengel sicherlich schon längst in den Wahnsinn getrieben. Kurz darauf wurde ich durch das kräftige Läuten der Glocken, das mir neue Kraft verlieh, in die Realität zurückgeholt.

Ich stand auf und verließ die Kirche. Mit dem Fernglas in der Hand suchte ich die Umgebung ab. Nicht weit von mir entfernt entdeckte ich ein Areal mit mehreren Felswänden. War das der Steinbruch? Ich konnte keine Explosionen hören, aber vielleicht machten die Mitarbeiter gerade Mittagspause. Ich ging weiter und fand kurz darauf eine Schotterstraße. Kies! Das musste es sein.

Ich lief zurück zum Auto, kontrollierte die Glock .380, die ich aus Brandãos Schublade gestohlen hatte – eine unglaublich gute Waffe, die von Verbrechern und heimlich auch von der Polizei verwendet wurde. Eine bescheuerte (und ziemlich umstrittene) Verordnung besagte, dass wir im Dienst nur Pistolen der Marke Taurus verwenden durften. Ich entriegelte die Waffe und sicherte sie sofort wieder. Ich hatte vierzehn Schuss Munition im Magazin und ein weiteres Magazin bei mir. Mit eisigen Fingern und einem mit Adrenalin vollgepumpten Körper füllte ich das Ersatzmagazin auf, mit jeder Hülse fiel es mir schwerer. Dreißig Schuss, um mein Leben zu verteidigen, und ein Fernglas, um den Mörder zu finden, bevor er mich entdeckte. *Viel Glück, Verô.*

Ich folgte der Schotterstraße, die Umgebung entsprach jener, die ich bereits in den letzten vierzig Minuten gesehen hatte: Hier gab es nichts als Bäume, Büsche und immer wieder abzweigende Straßen, die es unmöglich machten, mir den

Rückweg zu merken. So weit oben hatte ich längst jedes Handynetz verloren. Ich versuchte, mir einzuprägen, über welche Wege ich fuhr, aber nachdem ich einen weiteren umgestürzten Baum erblickte, der genauso aussah wie der Baum, den ich zehn Minuten zuvor gesehen hatte, gab ich auf. Ich folgte einer Kurve nach rechts und hätte das Viehgitter in der Straße beinahe nicht gesehen, das im 45-Grad-Winkel vor mir stand. Ich verzog das Lenkrad, fuhr über unebenes Gelände um das Viehgitter herum, schloss für eine halbe Sekunde meine Augen und fühlte mich wie Janete mit ihrer Augenbinde. Ein paar Meter weiter fand ich eine geschützte Stelle, an der ich den Wagen stehen ließ. Ich versteckte den Autoschlüssel auf dem Hinterreifen und griff nach der Pistole.

Nach weniger als fünf Minuten Fußmarsch stieß ich auf ein mit einem Vorhängeschloss gesichertes Tor. Hier musste ich richtig sein. Durch den Wald lief ich den Zaun entlang, bis ich eine Öffnung fand. Ich ging in die Hocke und zwängte mich durch den engen Spalt. Auf der anderen Seite kletterte ich einen kleinen Abhang hinauf. Die trockenen Blätter raschelten laut unter meinen Füßen. Schließlich erreichte ich die obere Kante, wo sich die Lichtung befand. Im Schutz eines Baumes verschaffte ich mir mit Hilfe des Fernglases Überblick. Die Buschlandschaft erstreckte sich bis zum Horizont. Und inmitten der idyllischen Vegetation stand ein Auto.

Ich kroch nach links, den steil abfallenden Hang entlang bis zu einer Stelle, an der ich besser sehen konnte: Tatsächlich, es war der schwarze Corsa von Brandão! Beinahe hätte ich einen Jubelschrei ausgestoßen. Ich holte tief Luft, mein Herz schlug wild, während ich den unebenen Boden nach etwas absuchte, das wie eine Luke aussah.

Ein paar Meter weiter fand ich eine kleine, rechteckige Holzkiste, mit zwei metallenen Griffen ... Natürlich, die Kiste ...

Die Kiste, wie Janete sie beschrieben hatte! Meine Knie gaben nach, als ich versuchte weiterzugehen. Ich musste mich an einem Baum festhalten. *Ruhig, Verô*, dachte ich. *Deine Zeit ist gekommen!* Ich entsicherte die Waffe und streckte meine Arme aus, wartete darauf, dass das Zittern nachließ. Ich sagte mir wieder und wieder ein Mantra auf, das sie uns am Schießstand beigebracht hatten, und als sich mein Atem beruhigte, beugte ich mich vor. Ich ging weiter, und nach zwei Minuten hatte ich etwas gefunden, das wie eine Falltür aussah.

Ich kniete mich auf eine der beiden Metalltüren und versuchte, mit dem Griff die andere zu lösen. Sie waren schwer. Ich legte die Waffe neben mich, wischte mir den Schweiß vom Gesicht und zog mit beiden Händen, um mehr Kraft aufbringen zu können. Beim dritten Versuch gelang es mir endlich, eine der beiden Falltüren zu öffnen.

Ich hatte es tatsächlich geschafft! Im selben Augenblick drang beißender Rauch in meine Nase und Tränen liefen mir übers Gesicht. Nach so vielen Jahren bei der Polizei hatte ich bereits unfassbar Grausames gesehen: vergewaltigte Frauen, missbrauchte Kinder, Schießereien und Messerstechereien an Orten, von denen man das niemals erwartet hätte. Aber nichts von alledem hatte mich darauf vorbereitet, was mich an diesem Ort erwartete. Noch bevor ich hinabstieg, kam mir der faulige Geruch entgegen, der nur dann entstand, wenn ein menschlicher Körper verweste. Wer ihn einmal gerochen hatte, vergaß ihn nie wieder.

Mir wurde schwindelig, als ich die Wendeltreppe hinunterstieg, begleitet von einem zweiten intensiven Geruch – dem nach verbranntem Fleisch, ein unerträglicher Gestank, der einem durch die Luftröhre drang, sich tief im Körper festsetzte und die Eingeweide umdrehte. Ich durfte jetzt nicht ohnmächtig werden. Ich hielt mich am kalten Metallgeländer fest, das von einer dunklen Rußschicht bedeckt war. Wie oft hatte sich Janete an diesem Geländer festgehalten? Ein Lichtstrahl, der durch die Falltür ins Innere des Bunkers fiel, erhellte einen Teil des Raumes und gab den Blick auf eine Stahlschiene frei, Ketten und Haken, die unter der Decke hingen. Ich kniff die Augen zusammen und dachte, ich hätte im hinteren Teil des Bunkers eine Silhouette ausgemacht, aber dort war nichts als Dunkelheit.

Ich verfluchte mich, dass ich mein Handy im Auto vergessen hatte. Auch wenn ich hier keinen Empfang hatte, hätte ich es jetzt gut als Taschenlampe benutzen können. So aber tastete ich mich Millimeter für Millimeter voran. Wenn Brandão mich hier unten in der Dunkelheit erwartete, wäre ich ein leichtes Ziel für ihn. Mit der Waffe in der Hand versuchte ich, den ekelerregenden Gestank zu ignorieren. Erfolglos suchte ich an der Wand nach einem Lichtschalter, aber natürlich gab es hier unten keinen Strom. Etwas Feuchtes und Klebriges tropfte auf meinen Arm, aber ich konnte nicht erkennen, was es war.

Nach weiteren drei Schritten stieß ich mit meinen Füßen gegen einen metallenen Gegenstand auf dem Boden. Ich bückte mich und merkte, dass es eine Lampe war. Als ich den Boden abtastete, berührten meine Finger eine Packung Streichhölzer. Um die Lampe anzuzünden, musste ich meine Waffe aus der Hand legen. Ich schaute mich um. Es herrschte eine ohrenbetäubende Stille, offenkundig war ich ganz allein hier unten. Ich musste es riskieren. Ich steckte die Pistole in den Hosenbund und hob das Glas der Lampe hoch, zündete ein Streichholz an. In panischer Angst vor dem, was mich erwarten würde, nahm ich die Lampe in die linke Hand und zog die Waffe aus meiner Hose. Als ich die Lampe in die Höhe hielt, musste ich mich reflexartig übergeben.

Unter der Decke hing eine verweste Leiche, die an der dort entlanglaufenden Schiene hing, mit Rollen an Ketten und Haken befestigt, die sich in ihr rotes und schwarzes Fleisch bohrten. Der Körper der Frau löste sich hier unten in dem an ein Gewächshaus erinnernden Klima auf und tropfte auf den kalten Boden. Ich ging weiter, zielte mit meiner Pistole ins Dunkle. Es war wie die Erkundung eines abgebrannten Hauses: geschmolzene Gegenstände aus Kunststoff und Metall, zerbrochenes Glas, das Kohlenmonoxid in der Luft vernebelte meine Sinne.

Ich erreichte eine Wand mit allerlei Werkzeugen und verbranntem Papier, auf dem noch die Reste von Zeichnungen zu erkennen waren. Das mussten die Skizzen sein, von denen Janete mir welche gegeben hatte. Meine Lampe erlosch, und ich musste ein neues Streichholz anzünden.

Mir blieb die Luft weg, und ich sackte neben ihr zu Boden. Ich ließ die Waffe sinken und weinte. Ich weinte um Janete, um mich, um das arme Mädchen, das wie die Karikatur eines perversen Traums unter der Decke hing. Ich weinte um Paulo und die Kinder, weinte um meine Ehe und um Nelson, ich weinte um meinen Vater, um Carvana, mein Versagen und meine Feigheit. Ich weinte nicht um den Schmerz dieser Welt, meine eigenen Schmerzen reichten aus, mich vollkommen zu verschlingen.

Ich habe keine Ahnung, wie lange ich dort saß, aber mit jeder Träne nahm meine Wut zu, die den Schmerz einfror und mich ein neues Gefühl spüren ließ, das ich in den Tiefen meiner Seele wahrnahm. Als ich den Bunker verließ, wusste ich, was zu tun war.

Es war Nacht geworden. Meine Finger schlossen sich, so fest sie konnten, um den Griff der Waffe. Ich musste nicht weit laufen, bis ich die kleine Hütte fand, die Janete mir beschrieben hatte. Geduckt näherte ich mich. Auf der Veranda schwangen zwei dunkle Lampen im Wind, auf dem Boden lagen verstreut mehrere leere Kisten. An der Wand waren Dutzende von Vogelkäfigen und Holzkisten gestapelt, die die kleinen Fenster versperrten und verhinderten, dass ich in das Innere der Hütte schauen konnte. Ich zweifelte keine Sekunde daran, dass Brandão sich darin aufhielt, ich durfte jetzt keinen Fehler machen.

In den Kisten befanden sich Vögel, überall lagen Federn verstreut, und es roch intensiv nach Vogelkot. Ich konnte mir nicht vorstellen, dass hier, bei dem Lärm, den die Vögel machten, und dem Gestank, jemand leben konnte. In einer Ecke stand ein hölzerner Webstuhl, der allerdings unbenutzt zu sein schien. Ich ging links um die Hütte herum, bis ich zu einem Fenster kam, durch das ich endlich einen Blick ins Innere werfen konnte: ein Zimmer mit einem kleinen Tisch, auf dem eine Lampe stand, und zwei kleine Hocker. Kein Fernseher, kein Telefon. Keine Bücher, keine Dekoration. Nur ein Kopfschmuck aus bunten Federn, der an einer der Wände hing. Der Boden bestand lediglich aus festgetretener Erde.

Darauf bedacht, kein Geräusch zu machen, ging ich um die Kisten herum zu einem zweiten Fenster. Dahinter fand ich eine einfache Küche mit einer Waschschüssel und einem Holzofen. Ich legte meine Hand auf den Türgriff, zögerte kurz, dann zog ich daran: Die Tür war offen! Als ich den Griff herunterdrückte, gab er ein leises, rostiges Quietschen von sich. Ich machte einen Schritt hinein, ging durch die verlassene Küche und betrat das Zimmer, das ich durch das Seitenfenster gesehen hatte. Es war noch kleiner, als es von außen gewirkt hatte.

An zwei Haken war eine Hängematte gespannt, an den Wänden lagen meterweise aufgerollte Seile und ordentlich gefaltete, handgewebte Stoffbahnen, bunt und mit geometrischen Mustern. Im Schrank fand ich ein paar Reinigungsmittel und einen Behälter mit Kerosin, das an einem Ort wie diesem, ohne elektrischen Strom, unverzichtbar war.

Die Luft in der Hütte war stickig, es war dunkel und sehr, sehr spartanisch. Der Schweiß lief mir über den Rücken, und meine Beine wurden weich. Das Bild von Janetes verzerrtem, entwürdigtem Körper hatte sich in mein Gedächtnis eingebrannt, ich würde es nie wieder loswerden. Ich schloss meine Augen und öffnete sie wieder, als könnte ich so besser sehen. Zwei Türen zogen meine Aufmerksamkeit auf sich. Ich entschied mich für die linke. Mein ganzer Körper war angespannt, als ich die Klinke in die Hand nahm, bereit für eine schnelle Flucht. Ich öffnete die Tür und …

Nichts. Meine Brust brannte. Die Leere des Raumes empfing mich mit einer Stille, die nicht zu meinem am Anschlag klopfenden Herz passte. Ich betete, dass ich nicht jeden Augenblick einen Herzstillstand erleiden würde. Ich hatte die Tür bereits wieder geschlossen und wandte mich gerade der zweiten Tür zu, als ich von draußen ein Geräusch hörte. Ich erstarrte, mein ganzer Körper in Alarmbereitschaft, und hörte das Geräusch erneut. Es klang wie das rhythmische Graben einer Schaufel.

Ich verharrte und näherte mich dann langsam dem Fenster, setzte behutsam einen Fuß vor den anderen. Augenblicklich erkannte ich die Silhouette von Brandão. Er ging unter einem Baum hindurch, in den Ästen hing eine Lampe. Er trug einen Tarnanzug, und das fahle Licht der Dämmerung erschwerte mir zusätzlich die Sicht. Ich konnte nicht genau sehen, was er dort machte. Wahrscheinlich befand sich Carvana irgendwo in der Nähe, gefesselt, geknebelt. Ich hatte keinen Zweifel, dass der Mistkerl ihn jeden Augenblick lebendig begraben würde. Eilig verließ ich die Hütte, umrundete sie, um mich Brandão von der anderen Seite zu nähern. Ich versteckte mich hinter einem Stapel von Kisten und beobachtete, was er tat.

Carvana war nirgends zu sehen. Brandão hatte mit Steinen einen Kreis markiert und hob darin ein Loch aus. Zunächst dachte ich, er würde ein Grab ausheben, aber dafür war das Loch zu klein und zu tief, es sah eher so aus, als würde er etwas pflanzen. Er kniete auf dem Boden, und im schwachen Schein der Lampe über ihm konnte ich sein verzerrtes Gesicht erkennen.

Ich beobachtete ihn und dachte darüber nach, wie ich ihn überraschen konnte. Aber bevor ich irgendetwas anderes unternahm, musste ich Carvana finden. Brandão ließ die Schaufel zu Boden fallen und betrat die Hütte, er verschwand aus meinem Blickfeld. Kurz darauf kam er wieder heraus. Er trug etwas über seine Schulter, es sah aus wie ein Körper, den er sich wie ein Sack auf den Rücken geworfen hatte. Brandão stellte sich vor das Loch, nahm den Körper von seinen Schultern und hielt ihn an den Füßen fest. Die Lampe begann sich im Wind zu wiegen und tauchte die Szene in ein noch düsteres Bild. Plötzlich fiel der Lichtschein auf die Augen des Körpers, die mich leblos anstarrten. Wie benommen trat ich zwei Schritte zurück. Es war Carvana. Tot.

Geschockt verließ ich mein Versteck, streckte meine Arme mit der Waffe aus und zielte auf Brandãos linken Unterarm. Als ich abdrückte, spürte ich die ganze Wucht des Rückpralls, wich aber nicht einen Millimeter zurück. Der Dreckskerl schrie überrascht auf, wandt sich vor Schmerzen auf dem Boden und versuchte, die Blutung zu stoppen. Vorsichtig näherte ich mich ihm und schoss erneut, diesmal in sein rechtes Knie.

Ich hörte, wie seine Kniescheibe zersplitterte, und während Brandão brüllte, tastete ich ihn ab und zog seine Pistole aus dem Hosenbund. Ich warf sie ins Gebüsch.

Mit meiner auf ihn gerichteten Waffe sagte ich: »Dreh dich ganz langsam um, du Arschloch.«

Er nahm die blutüberströmten Hände nach oben. Ich rechnete dennoch damit, dass er sich auf mich stürzen würde, und machte genau im richtigen Moment einen Schritt zur Seite. Selbst verwundet war Brandão eine wilde und gefährliche Bestie.

»Verdammter Mistkerl!«

»Ganz ruhig, ich kann alles erklären«, begann er und schaute mir in die Augen. »Ich bin auch Polizist und ... Aaaaaahh!«

Ich schoss erneut. Die Kugel traf ihn mitten in den Bauch, und sofort breitete sich ein Blutfleck auf seinem Tarnanzug aus. Er starrte mich erschrocken an und fiel nur wenige Sekunden später in Ohnmacht. Den nächsten Schritt musste ich mir in meinen dunklen Träumen schon viele Male vorgestellt haben, denn ich wusste genau, was zu tun war. Sein toter Körper war schwer, aber das Adrenalin verlieh mir ungeheure Kräfte, von denen ich nicht wusste, dass ich sie besaß.

Ich holte die Seile und den Behälter mit Kerosin aus der Hütte und zog Brandão zu dem Baum, an dessen Ast die Lampe hing. Ich lehnte ihn mit dem Rücken an den Stamm und band seinen schlaffen Körper mit einem Seil daran fest. Von der Terrasse holte ich eine der leeren Vogelboxen und stellte sie vor ihn. Ich wusste, dass jemand, der so widerstandsfähig war wie er, lange brauchen würde, um an einem Bauchschuss zu sterben. Mir war klar, dass er jeden Moment wieder zu sich kommen würde. Ich wartete geduldig. Wir hatten alle Zeit der Welt.

Weiß wie ein Blatt Papier öffnete er schließlich die Augen.

Er hatte große Mengen Blut verloren und versuchte zu verstehen, was geschehen war. Er begann, Entschuldigungen zu stammeln, ohne dass ich verstehen konnte, was er sagte. Es interessierte mich auch nicht im Geringsten. Ich leerte den Behälter über ihn aus, bis sein ganzer Körper mit der zähen, stinkenden Flüssigkeit getränkt war.

»Das ist für Janete«, sagte ich ruhig.

Brandão hatte nur einen kleinen Augenblick, um seine Augenbrauen hochzuziehen, bevor ich seinen Kopf in der Vogelkiste fixierte. Durch das Holz hörte ich gedämpftes, panisches Wimmern, ließ mich aber nicht aufhalten. Ich entflammte ein Streichholz und zündete diesen menschlichen Abfall aus sicherer Entfernung an. Sofort schlugen die Flammen in die Höhe und verschlangen den Körper. Die Schreie wurden vom lauten Knistern der Flammen verschluckt.

In diesem Augenblick verstand ich, wie sich Triumph und Erfüllung anfühlten.

Ich wandte mich von dem Schauspiel ab und rannte zum Körper von Carvana, der bereits halb in dem ausgehobenen Loch lag. Es gab keinen Zweifel, dass der alte Mann tot war, auf seiner Brust hatte sich ein großer Blutfleck ausgebreitet.

Zärtlich streichelte ich sein eiskaltes Gesicht: »Entschuldige, Doc. Ich wollte dir nie weh tun.«

Es war der letzte Tag vom Ende meines Lebens. Noch immer neben dem toten Körper von Carvana hockend, blickte ich zu Brandão, der sich bereits in ein gestaltloses Stück aus Fleisch und Knochen verwandelt hatte.

Check. Fall gelöst.

GAZE DE MANHÃ

Polizei findet verbrannte Leichen in der Serra da Cantareira

Von Plínio R. Spinoza

Geheimer Friedhof

– Nach einem anonymen Hinweis hat eine Einheit der Militärpolizei am vergangenen Montag einen verlassenen Hof in der Region Serra da Cantareira im Norden São Paulos durchsucht und dort insgesamt zwölf verscharrte Leichen entdeckt. Allen Körpern, die anscheinend auf einem illegal angelegten Friedhof unter Steinen begraben wurden und in kunstvolle Tücher gewickelt waren, fehlte laut Aussage einer Quelle dieser Zeitung der linke Arm. Mit Unterstützung der Feuerwehr und Spürhunden, die speziell für das Auffinden von Leichen und Knochen trainiert sind, setzt die Polizei die Suche nach weiteren Opfern fort. Ein Team der Kriminaltechnik aus São Paulo befindet sich ebenfalls am Fundort.

Laut Informationen der zuständigen Polizeibehörde deuten die am Tatort festgestellten Hinweise auf rituelle Handlungen und die hohe Zahl an Toten darauf hin, dass es das Werk eines Serienmörders ist. Die Ermittler vermuten, dass es sich bei den Leichen um Personen handelt, die in den vergangenen Jahren als vermisst gemeldet wurden. Bei der Identifizierung der Leichen wird auf die Auswertung von DNA-Analysen zurückgegriffen, außerdem werden Angehörige der Opfer gebeten, diese anhand von Kleidungsstücken und anderer Gegenstände wie Mobiltelefone, Schmuck oder Uhren zu identifizieren.

Unter den bereits identifizierten Toten befindet sich der Leiter der Mordkommission von São Paulo, Polizeichef Wilson Carvana, der mit mehreren Schüssen in die Brust und den Hinterkopf quasi hingerichtet wurde. Der Hauptmann des 8. Bataillons der Militärpolizei Tatuapé, Cláudio Antunes Brandão, konnte bisher nur anhand seiner Dienstmarke identifiziert werden, die er um den Hals trug. Sein Körper ist so stark verbrannt, dass weitere DNA-Analysen erforderlich sein werden, um die Identität zu bestätigen. Die beiden Beamten waren vor mehr als dreißig Tagen als vermisst gemeldet worden. Bei diesem Fund

GROSSRAUM SÃO PAULO

handelt es sich um einen der mysteriösesten Fälle São Paulos der vergangenen Jahre. Die Polizei geht zunächst davon aus, dass der Mörder die Beamten umgebracht hat, um sich einer Verhaftung zu entziehen. Die Assistentin von Polizeichef Wilson Carvana, Verônica Torres, wird weiterhin vermisst.

Nähere Angaben zu den Hintergründen dieses Verbrechens, das mindestens zwei Beamte das Leben gekostet hat, hat die Polizei nicht gemacht. Die Leichen wurden zur weiteren Untersuchung in die Gerichtsmedizin von São Paulo gebracht.

Vor Ort – In unmittelbarer Nähe zu dem privaten Friedhof hat die Polizei zudem eine Art Bunker entdeckt. Darin wurden zwei weitere Leichen gefunden, von denen eine ebenfalls stark verkohlt war. Bei der Durchsuchung des Bunkers wurden mehrere Zeichnungen gefesselter und vergewaltigter Frauen beschlagnahmt, die nun am Instituto de Criminalística näher analysiert werden. Auch das Haupthaus auf dem Anwesen in der Serra da Cantareira wurde durchsucht. Dort fand die Polizei mehr als fünfzig tote Vögel, die, gefangen in ihren Käfigen, durch den Mangel an Futter und Wasser verendet sind.

Nach der Auswertung aller vor Ort gesammelter Beweise hoffen die Experten der Kriminaltechnik, den Hergang der Verbrechen anhand von Ballistikdaten, DNA, der Autopsie der Leichen und weiterer Informationen rekonstruieren zu können. Die Polizei hat die Präfektur von Jaçanã (Tremembé) um technische Unterstützung gebeten.

Bis Redaktionsschluss zu dieser Ausgabe lagen weder ein Grundbuchauszug noch weitere Informationen über den Eigentümer des Geländes vor.

GAZETA DE MANHÃ

Weiteres Opfer des vermeintlichen Kisten-Killers identifiziert

Von Plínio R. Spinoza

Über eine Woche, nachdem im Fall des mutmaßlichen *Kisten-Killers* die Ermittlungen aufgenommen worden sind, wurden gestern die sterblichen Überreste der Polizistin Verônica Torres, Assistentin des ebenfalls ermordeten Leiters der Mordkommission, Wilson Carvana, identifiziert. Die verbrannte Leiche der Polizistin befand sich, mit Handschellen an einen ebenfalls verbrannten Sessel gefesselt, in einem unterirdischen Bunker, der sich auf dem gleichen Grundstück in der Serra da Cantareira befindet, etwa fünfzig Meter vom Haupthaus entfernt. Das Auto des Opfers wurde verlassen in der Nähe des Tatorts gefunden.

Die Polizei intensiviert derweil ihre Ermittlungen, um zu klären, inwieweit Polizeichef Wilson Carvana, seine Assistentin Verônica Torres und Hauptmann Cláudio Antunes Brandão, dessen Identität anhand eines DNA-Tests inzwischen bestätigt wurde, an der Suche nach dem mutmaßlichen Serienkiller, der nach wie vor auf freiem Fuß ist, beteiligt waren. Der Zusammenhang zwischen dem Tod der drei Polizeibeamten (zwei Beamte der Zivilpolizei und ein Hauptmann der Militärpolizei) und den vierzehn Frauenleichen, die auf einem illegal angelegten indigenen Friedhof gefunden wurden, ist ebenfalls noch nicht bekannt.

Paulo Monteiro de Lima, Ehemann der brutal ermordeten Polizistin, traf die Nachricht über die Schwangerschaft seiner Frau vollkommen überraschend. Er zeigte sich enttäuscht über den Verlauf der Ermittlungen. Neben ihrem Ehemann hinterlässt Verônica Torres einen Sohn und eine Tochter. Sie wird morgen mit allen militärischen Ehren auf dem Friedhof Araçá beigesetzt. Der Minister für öffentliche Sicherheit, Carlos Pinholli, sagte gegenüber dieser Zeitung, dass es für die Zivilpolizei von São Paulo eine Frage der Ehre sei, den Mörder ausfindig zu machen und ihn seiner gerechten Strafe zuzuführen.

GROSSRAUM SÃO PAULO

GROSSRAUM SÃO PAULO

Weitere Opfer identifiziert – In der vergangenen Woche konnten zwei weitere Leichen identifiziert werden: Es handelt sich um Cícera Alves de Souza (21) und Paloma da Silva Rocha (23). Beide stammen aus São Luís do Maranhão und sind auf der Suche nach Arbeit nach São Paulo gekommen. Ihre Familien hatten den Kontakt zu den Frauen verloren, nachdem sie Ende des vergangenen Jahres einen Überlandbus des Betreibers Expresso RN bestiegen hatten. Die Familien nahmen die Nachricht mit großer Trauer auf.

Am vergangenen Freitag schloss die Polizei die Ausgrabungsarbeiten an dem Ort, an dem sie die Überreste der Frauen gefunden hatte, ab. Die noch nicht identifizierten Leichen werden weiterhin in der Abteilung für forensische Anthropologie der Gerichtsmedizin von São Paulo untersucht. Laut dem zuständigen Gerichtsmediziner Gregório Duarte war die Identifizierung der Polizistin Verônica Torres nur anhand eines Vergleichs des verkohlten Kiefers mit den von ihrer Familie vorgelegten zahnärztlichen Berichten möglich. Bei einigen Leichen soll eine 3D-Gesichtsrekonstruktion durchgeführt werden, damit diese von Verwandten oder Freunden identifiziert werden können.

Die für die Ermittlungen zuständige Polizeibehörde bittet jeden, der Angaben zu diesem Fall machen kann, sich über die anonyme Hotline der Polizei zu melden. Gleichzeitig bittet er alle Personen, die ein Familienmitglied vermissen, genetisches Material für einen DNA-Abgleich zur Verfügung zu stellen, um die Arbeit der Gerichtsmedizin zu unterstützen. Die Ermittlungen werden mit zusätzlichen Beamten fortgeführt.

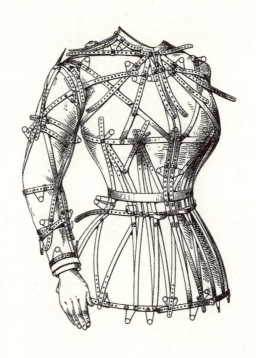

Epilog

Man muss sich nicht die Pulsadern aufschneiden, um für immer zu verschwinden. Da mein Gesicht in allen Zeitungen abgedruckt war, hatte ich kaum Zeit, mich in jemand anderen zu verwandeln. Ich veränderte meine Frisur und färbte mir die Haare schwarz. Ich kaufte mir eine strahlend weiße Zahnschiene, die die für mein Lächeln so charakteristische Zahnlücke ein für alle Mal schloss. Ich ging ins Solarium und verlor – angetrieben durch die Ereignisse – weitere der überschüssigen Kilos. Zuletzt änderte ich meinen Kleidungsstil.

Ich hatte beschlossen, dass ich mich, sobald sich der aufgewirbelte Staub gelegt hatte, in Rio de Janeiro einer Schönheitsoperation unterziehen würde und endlich so aussehen würde, wie ich es mir in meinen Träumen immer vorgestellt hatte. Vorläufig begnügte ich mich damit, von dem Geld zu leben, das ich in Gregórios Haus gefunden hatte. Ich konnte nicht riskieren, an mein Bankkonto zu gehen oder meine Kreditkarte zu verwenden. Dazu war es noch zu früh.

Während der Heuchler Paulo in den Zeitungen Gerechtigkeit verlangte und hinter verschlossenen Fensterläden seine Geliebte vögelte, während meine Kinder versuchten, ihren emotionalen Schock zu verarbeiten, blieb mir nichts anderes übrig, als mich zu verstecken und die Füße stillzuhalten. Ich musste warten, bis sich der Sturm in den Medien beruhigt hatte. In den folgenden Monaten lebte ich bescheiden, zog von einem Motel ins nächste, Orte, an denen man niemandem Rechenschaft schuldete oder niemand einen nach dem Ausweis fragte.

Zum Jahreswechsel fand ich ein Apartment im elften Stock des Copan-Gebäudes, einer Ikone der Architektur São Paulos mit mehr als fünftausend Bewohnern. Allein in meinem Block gab es knapp fünfhundert Apartments – der perfekte Ort, um nicht aufzufallen. Auf eine merkwürdige Art und Weise fühlte ich mich in diesem Turmbau zu Babel zu Hause.

Ende Januar rief ich Gregório an und forderte ihn auf, mich zu treffen. Seit meinem Meistercoup hatte ich mit Wegwerfhandys Kontakt zu ihm gehalten, aber nun war es an der Zeit, mein Versprechen einzulösen. Ich trug einen geblümten Rock, eine weiße Bluse und beigefarbene Ballerinas, neben meinen Armreifen, von denen ich mich nicht hatte trennen können, und wartete auf ihn. Ich schaute aus dem Fenster, beobachtete die ameisengroßen Menschen, die unter mir hin- und herliefen. Ich roch und schmeckte die verpestete Luft, die mir wieder bewusst machte, dass ich in einer Großstadt lebte, die rund um die Uhr geöffnet hatte.

Die Tür war nur angelehnt. Gregório betrat das Apartment, ohne anzuklopfen. Ich drehte mich zu ihm um und nahm seelenruhig einen weiteren Schluck Kaffee. Er war sichtlich erstaunt, mich so zu sehen. Ich war ein anderer Mensch, aber nicht nur ich. Auch er hatte sich verändert. Er hatte seine jugendliche Ausstrahlung, seine sportliche Figur verloren. Seine Haare waren ergraut und voller Schuppen, unter den Augen waren tiefe Ringe, seine Lippen rissig. Man sah, wie miserabel es ihm ging. Die letzten Monate waren nicht leicht für ihn gewesen. Meine ständige Drohung, das Video, auf dem er eine tote Frau fickte, ins Internet zu stellen, war ein Schatten, den ich immer wieder aufs Neue über ihn gelegt hatte. Es war meine Art, ihn für all das, was er Marta Campos und den anderen Frauen angetan hatte, zu foltern.

»Hier hast du dich also versteckt«, sagte er verächtlich.

»Mach dir keine Hoffnung, morgen bin ich schon wieder woanders.«

»Hast du Angst, dass ich jemandem von deinem Loch verrate?«

»Vielleicht. Angst hilft uns zu überleben. Möchtest du einen Kaffee?«

Er grinste, angespannt: »Ich bin schon einmal auf dein Gerede reingefallen. Das passiert mich nicht ein zweites Mal. Wo ist das Video?«

Wenn er sich nicht unterhalten wollte, dann würde ich auch nicht darauf bestehen. Ich reichte ihm mein Handy.

»Es ist alles hier drauf. Ich schwöre, dass ich keine Kopien gemacht habe.«

»Deine Sterbeurkunde«, sagte er und reichte mir das Gegenstück. »Verônica Torres ist offiziell tot. Dein Leben muss wirklich beschissen gewesen sein, wenn du lieber hier wohnst, als bei deiner Familie zu sein.«

Ich zuckte lediglich mit den Schultern. *Ich habe mich getötet, aber auf eine intelligente Weise*, pflegte ich mir zu sagen. Mein neues Leben hatte gerade erst begonnen, und doch hatte ich schon einiges gelernt. Der wahre Vorteil daran, unsichtbar zu sein, war nicht allein die Tatsache, von niemandem wahrgenommen zu werden, sondern vielmehr, das Spiel des Lebens nach den eigenen Regeln zu spielen.

»Das war's dann also«, sagte er und wandte sich von mir ab. »Ich hoffe, wir sehen uns niemals wieder.«

Ich ging auf ihn zu, um die Tür hinter ihm zu schließen,

und griff dabei nach dem mit Chloroform getränkten Schal, den ich vorher bereits an die Garderobe gehängt hatte. Bevor Gregório entkommen konnte, hatte ich ihn bereits mit dem Betäubungsmittel überrascht. Er verlor sofort den Halt, ließ das Handy fallen und begann zu taumeln. Ich hielt ihn am Gürtel seiner Jeans fest und schaffte es, ihn gegen die Wand und gleichzeitig den getränkten Schal auf seine Nase und seinen Mund zu drücken. Noch stand er, zwar wacklig und fassungslos, dann aber verlor er das Bewusstsein. Mühsam zerrte ich ihn zum offenen Fenster. Vor uns breitete sich die Skyline von São Paulo aus. Sein weicher Körper lehnte sich nach vorn, über die Brüstung. Eine kalte Brise schlug mir ins Gesicht. Wie eine Puppe brauchte er nur einen kleinen Schubs. Schade, dass er nicht wieder zu Bewusstsein gekommen war. Ich hätte gerne gesehen, wie er um sein Leben winselte.

Ohne Zeit zu verlieren, griff ich nach den Beinen und hob sie in die Luft, die Schwerkraft erledigte den Rest. Ich habe ihm nicht einmal nachgeschaut, schloss das Fenster und strich meinen Rock glatt.

Ich verließ das Apartment in dem Wissen, dass ich niemals hierher zurückkommen würde. Ohne Eile lief ich die Treppenstufen hinunter und hielt dabei den Kopf gesenkt, um nicht von möglichen Überwachungskameras aufgezeichnet zu werden. Als ich unten ankam, prüfte Afonso, der Portier des Copan, gerade die Post.

»Guten Morgen«, sagte ich.

»Guten Morgen, Janete.«

Mit einem Lächeln auf den Lippen lief ich die Avenida Ipiranga hinunter. Ich fühlte mich frei, mit der Gelassenheit von jemandem, der endlich seine wahre Bestimmung gefunden hatte.

Brandão mit der Kiste auf dem Kopf, der in Flammen aufgegangen war, Gregório, der elf Stockwerke in die Tiefe gestürzt war. Wenn ich mich um die Dinge kümmerte, war die Welt zweifellos ein besserer Ort. Ich war geboren, um zu töten, und so schnell würde ich nicht wieder damit aufhören.

Für alle, die riskieren, gefährlich zu leben.

»So leicht verletzbar unser Herz – ein Spiegel der Tiefe unserer Seele. Ein so tiefes und zitterndes Instrument aus Glas, das singt oder weint.«

Sylvia Plath

AM ENDE FÜGT SICH ALLES.

Personenverzeichnis

Verônica Torres genannt Verô; Assistentin des Polizeichefs im Polizeipräsidium São Paulo
Paulo Monteiro de Lima Verôs Mann
Rafael und Lila Kinder von Verô und Paulo
Júlio Torres Verôs Vater, ehemaliger Drogenfahnder der Zivilpolizei von São Paulo
Dr. Wilson Carvana genannt Doc; Leiter der Mordkommission im Polizeipräsidium São Paulo (Zivilpolizei); Verôs Chef; ehemaliger Kollege ihres Vaters
Nelson Verôs Kollege bei der Polizei; IT-Nerd
Prata Gerichtsmediziner; hatte vor längerer Zeit eine Affäre mit Verô
Cláudio Antunes Brandão Hauptmann der Militärpolizei von São Paulo
Janete seine Frau
Marta Campos junge Frau, arbeitet in einem Architekturbüro; begeht Selbstmord
João Paulo ihr Ex-Verlobter
Gregório Duarte Pathologe am Institut der Gerichtsmedizin von São Paulo